W0406083

BARTLEBY & MOI

Un récit de Gay Talese

Du même auteur

Sinatra a un rhume, traduit de l'anglais (États-Unis) par Michel Cordillot, Éditions du sous-sol, 2014, nouvelle édition avec préface de François Busnel, 2018

Ton père honoreras, traduit de l'anglais (États-Unis) par Yves Malartic, Éditions Robert Laffont, 1973, Éditions du sous-sol, 2015 pour la traduction révisée par Michel Cordillot

Le Motel du Voyeur, traduit de l'anglais (États-Unis) par Michel Cordillot, Éditions du sous-sol, 2016, Éditions Points, 2017

La Femme du voisin, traduit de l'anglais (États-Unis) par Jacques Bonomo, Éditions Julliard, 1980, Éditions Points, 2016 pour la traduction révisée

Tout est affaire d'imagination, traduit de l'anglais (États-Unis) par Michel Cordillot, Éditions du sous-sol, 2019

Bartleby & moi
Mémoires d'un vieux scribe

traduit de l'anglais (États-Unis)
par Michel Cordillot

Gay Talese

FEUILLETON
Non-Fiction

Éditions
du sous-
sol

Titre original
Bartleby & me. Reflections of an Old Scrivener

Le livre a été publié pour la première fois en 2023
par Mariner Books.

© 2023 by Gay Talese

© Éditions du sous-sol, 2025 pour la traduction française

Couverture : © *Broadway from Wall Street*, Edmund F. Arras, 1913

Conception graphique : Cyriac Allard

Éditions du sous-sol – 22, rue du Pont-Neuf, 75001 Paris

ISBN : 978-2-38663-043-9

Pour Nan qui, depuis soixante-six ans et jusqu'à ce jour, a contribué à baliser notre cheminement au gré des heureux hasards.

PREMIÈRE PARTIE

UNE HISTOIRE DE WALL STREET

1

New York est la ville des choses qu'on ne remarque jamais. On peut y voir des chats dormir sous les voitures, deux tatous de pierre escalader la cathédrale Saint-Patrick, ou des milliers de fourmis se promener tout en haut de l'Empire State Building. Ces fourmis ont dû être apportées là par le vent ou par des oiseaux, mais personne n'en est très sûr. À New York, personne ne sait d'où viennent ces fourmis, ni d'où vient ce mendiant qui prend le taxi pour se rendre dans la Bowery. Personne ne s'interroge sur cet homme tiré à quatre épingles qui fouille les poubelles de la Sixième Avenue, ou encore sur ce médium prétendument "clairvoyant, clairentendant et clairsensuel" installé entre les 70e et 80e Rues, à l'ouest de la Cinquième Avenue. New York est une ville totalement excentrique, ainsi que l'attestent toutes sortes d'informations insolites. Les New-Yorkais clignent des yeux environ vingt-huit fois par minute, quarante fois quand ils sont énervés. Lors d'un match de baseball au Yankee Stadium, la plupart des mangeurs de pop-corn s'arrêtent instinctivement de mâcher juste avant un lancer.

Il en va de même pour les amateurs de chewing-gum au moment où ils quittent les escaliers mécaniques du grand magasin Macy's – ils se concentrent pour ne pas trébucher. Quand les employés du zoo du Bronx nettoient le bassin des otaries, ils y trouvent des pièces de monnaie, des trombones, des stylos-billes et des carnets appartenant à des petites filles...

À New York, du matin au soir et du soir au matin, jour après jour, on entend le chuintement ininterrompu des pneus des voitures sur la chaussée du Washington Bridge. Ce pont n'est jamais totalement immobile. La circulation le fait vibrer. Le vent le fait bouger. Les grandes veines d'acier qui le parcourent gonflent avec la chaleur et se contractent avec le froid. L'été, la distance entre la partie centrale de son tablier et la surface de l'Hudson est souvent inférieure de trois mètres à ce qu'elle est en hiver. Telle une séductrice irrésistible, cette structure passablement agitée à la beauté gracieuse se refuse à dévoiler ses secrets aux romantiques qui s'extasient à sa vue, à ceux qui,

> désireux de fuir la réalité, se jettent depuis sa rambarde, à la jeune fille potelée qui parcourt d'un pas lourd ses 1 067 mètres pour perdre du poids, et aux 100 000 automobilistes qui, chaque jour, le traversent, le heurtent, trichent au péage et finissent prisonniers des embouteillages.

Ces lignes ont été écrites il y a plus de soixante ans par le jeune journaliste du *New York Times* que j'étais. Au cours de mon adolescence dans une petite ville côtière du New Jersey à la fin des années 1940, j'avais rêvé de travailler un jour pour un grand journal. Mon intention n'était pas forcément de me consacrer à l'actualité, qui par nature est éphémère et privilégie la dimension négative des choses. Elle s'intéresse à ce qui n'a pas marché la veille de préférence à tout ce qui s'est déroulé normalement. Pour citer Bob Dylan, c'est le plus souvent "une actualité inutile". Ou alors on se trouve en présence d'un type de journalisme qui s'apparente à un traquenard, avec des reporters armés d'un magnétophone qui s'emploient presque toujours à pousser des personnalités à se ridiculiser en s'efforçant de répondre à des questions pièges.

Néanmoins, jour après jour, l'actualité est alimentée par les déclarations ou les faits et gestes de ceux qui sont jugés dignes d'en faire les titres, qu'il s'agisse d'hommes politiques, de banquiers, d'éminents hommes d'affaires, d'artistes, d'animateurs ou de sportifs. Et à moins d'avoir été impliqué dans un crime ou un scandale, d'avoir été victime d'un accident ou d'une mort violente, tous les autres sont condamnés à l'anonymat. S'ils avaient vécu tranquillement en respectant la loi, s'ils étaient décédés de mort naturelle, nul responsable de rubrique nécrologique n'aurait songé à demander à un reporter de leur consacrer un article. Ils ne sont pas jugés dignes de faire l'actualité et sont tout bonnement du menu fretin. J'ambitionnais quant à moi de devenir le spécialiste de ces anonymes lorsque je suis entré au *New York Times* au milieu des années 1950.

Pour ce qui est de mes lectures, j'ai toujours eu une préférence marquée pour les auteurs de fiction capables de rendre l'ordinaire extraordinaire. Ils possèdent ce don de rendre inoubliable un personnage de l'ombre. Auteur d'une formidable nouvelle intitulée *Bartleby le scribe*, Herman Melville appartient à cette catégorie d'écrivains.

Parue dans le *Putnam's Monthly Magazine* en 1853, deux ans après la publication de son roman *Moby-Dick*, cette nouvelle se passe dans une petite étude notariale ennuyeuse sise au premier étage d'un immeuble de Wall Street. Le narrateur, qui s'exprime à la première personne sans que l'on connaisse son nom, est un notaire présenté comme un individu affable dépourvu d'ambition et de vanité. Au lieu de chercher à se faire connaître en plaidant des affaires devant les tribunaux, il "besogne douillettement parmi les obligations, les hypothèques et les titres de propriété des riches".

À cette époque où les copies de documents juridiques étaient rédigées à la main, avec de l'encre et une plume, le notaire décide de déléguer ce travail exigeant et répétitif à un scribe nommé Bartleby qu'il a récemment recruté. Libre au lecteur de décider s'il s'agit là de son nom ou de son prénom, mais quoi qu'il en soit, Bartleby, "lividement propre, pitoyablement respectable, incurablement abandonné", lui fait une première impression favorable, demeurant assis la plume à la main tout au long de la journée, la tête penchée, écrivant sans relâche sur son bureau d'angle à l'abri d'un paravent pliable que le maître des lieux a placé là pour préserver son intimité et celle de son nouvel employé.

Le bureau du notaire et celui de Bartleby sont installés du même côté de la pièce, tandis que deux autres copistes ayant davantage d'ancienneté ainsi qu'un garçon de bureau (un jeune homme tout juste pubère mais déjà plein d'ambition, qui perçoit un dollar par semaine pour faire le coursier et balayer le sol qu'aucun tapis ne protège) ont le leur dans la partie opposée. Jamais Bartleby ne prend l'initiative d'engager la conversation avec ses collègues ou avec le notaire, mais il échange chaque jour quelques mots avec le garçon de bureau – qui sort ensuite de l'étude en faisant tinter dans sa main des pièces de monnaie pour aller acheter une poignée de biscuits au gingembre destinés à Bartleby, sans oublier d'en prélever deux pour lui. Ne sortant jamais déjeuner, Bartleby semble se nourrir presque exclusivement de noix de gingembre. Quand le notaire et les autres employés quittent l'étude le soir venu, ils laissent derrière eux Bartleby, qui continue de travailler à son bureau à la lueur d'une bougie.

Le notaire finit cependant par perdre la haute opinion qu'il a de Bartleby. Ce jour-là, pour la première fois, il demande à Bartleby de l'aider à vérifier un document juridique. Jusqu'alors, Bartleby avait passé tout son temps à écrire seul derrière son paravent, s'abstenant de se joindre aux autres employés quand ils se mettaient à deux pour comparer des documents et s'assurer que la copie était mot pour mot identique à l'original. Les jours où il y avait beaucoup à faire, le notaire et le rusé garçon de bureau qui aspire à gravir les échelons mettaient la main à la pâte.

Si le notaire est dépeint comme un homme sensé, il a aussi parfaitement conscience d'être le patron – doté d'une "confiance naturelle en l'obéissance immédiate" de ses subordonnés. Aussi, le jour où il fait précisément appel à Bartleby en lui expliquant ce qu'il attend de lui, le notaire est surpris d'entendre le scribe répondre d'une voix douce de l'autre côté du paravent : "J'aimerais mieux pas."

Pensant s'être mal fait comprendre, le notaire demande de nouveau à son assistant de quitter la place qu'il occupe derrière l'écran placé entre eux et d'apporter son siège afin de participer à la vérification du document. Mais de nouveau, sans bouger d'un pouce et d'une voix polie mais ferme, Bartleby lui répond : "J'aimerais mieux pas."

Cette fois, le notaire bondit de son siège, passe de l'autre côté du paravent et, toisant Bartleby, lui lance : "J'aimerais mieux pas ! Qu'est-ce que ça signifie ? Avez-vous perdu la tête ? Je veux que vous m'aidiez à collationner cette feuille. Prenez-la !"

De nouveau Bartleby répond d'une voix si douce et si déférente qu'elle laisse son employeur sans voix, tétanisé et perdu : "J'aimerais mieux pas."

> Je le regardai attentivement. Son visage anguleux était détendu. Son regard gris calme et sans la moindre ride trahissant une forme d'agitation. Y aurait-il eu la trace du moindre malaise, de colère, d'impatience ou d'impertinence dans son attitude ; en d'autres mots y aurait-il eu quoi que ce soit d'ordinairement humain en lui, j'aurais sans doute fait usage de la force pour l'expulser des locaux.

Les critiques et les spécialistes de la littérature, qui au fil des années ont organisé d'innombrables séminaires pour réfléchir au sens profond de *Bartleby le scribe*, ont accordé une grande importance à son sous-titre : *Une histoire de Wall Street*. L'hypothèse a été émise que le bureau du notaire, où pénètrent à peine les rayons du soleil, reflétait en fait la mauvaise opinion que Melville avait du monde de la finance, et que Bartleby était l'incarnation de l'adversaire du capitalisme ou celle de sa victime, ou encore un exemple de "l'aliénation marxiste du col blanc". En témoigne ce florilège de commentaires de haute volée : "Bartleby est un rat de laboratoire piégé dans un labyrinthe sans issue"/"En refusant de lutter, il lutte"/"'J'aimerais mieux pas' devient le mantra des gens brisés qui n'ont plus rien"/"L'histoire appartient au narrateur qui, comme la société guidée par l'argent dans laquelle il vit, consume l'énergie vitale de Bartleby tout en exprimant paradoxalement une pieuse préoccupation pour sa personne"/"Du début à la fin de l'histoire, Bartleby ne laisse pas transparaître la moindre émotion".

Cette dernière remarque n'est d'ailleurs pas totalement exacte. Vers la fin du récit, quand Bartleby a été arrêté puis incarcéré pour avoir refusé de quitter le vieux bâtiment après avoir été démis de son emploi, et alors que l'étude a déménagé, le notaire vient lui rendre visite dans la cour de sa prison et Bartleby se montre alors irritable d'une façon qui ne lui ressemble pas.

Refusant d'accepter les salutations du notaire, il l'apostrophe en ces termes : "Je vous connais et je refuse de vous dire quoi que ce soit." Un silence s'ensuit et, comprenant qu'il est inutile de rester plus longtemps, le notaire s'en va – non sans avoir tenté un dernier geste de bonne volonté en proposant de l'argent à un employé des cuisines de la prison contre la promesse qu'il nourrira Bartleby correctement. Mais cela aussi se révèle inutile puisque Bartleby entame une grève de la faim et se laisse mourir dans sa prison.

L'histoire se termine au moment où le notaire dit avoir eu vent d'une rumeur selon laquelle, avant d'intégrer son étude, Bartleby avait travaillé à Washington comme employé subalterne au service des lettres au rebut, emploi qu'il avait perdu à la suite d'un changement de gouvernement. Bien que dans l'impossibilité d'en vérifier l'exactitude, le notaire essaie néanmoins d'imaginer à quel point cette expérience d'avoir eu "à manier continuellement ces lettres au rebut et de les préparer pour les flammes" a pu s'avérer déprimante et traumatisante pour Bartleby.

Mais, là encore, le notaire admet ne pas être certain que Bartleby ait jamais occupé ce poste et, qui plus est, tout au long de ce récit, Melville ne fournit jamais au lecteur le moindre indice concernant la vie privée de Bartleby ou les motifs qui l'ont poussé à agir comme il l'a fait.

❷

Dans le cadre de la préparation des portraits qu'il m'a été demandé de rédiger et au cours de toutes les années durant lesquelles j'ai vécu à New York, j'ai rencontré de nombreuses personnes qui, d'une façon ou d'une autre, me rappelaient Bartleby. J'en croise certaines régulièrement, sans toutefois avoir accès à leur vie privée. Je connais parfois leur nom, parfois pas, et quelquefois nous n'échangeons pas grand-chose d'autre qu'un signe de tête. Et pourtant nous ne cessons de nous croiser tandis qu'elles vaquent à leurs occupations de portier, de guichetier à la banque, de réceptionniste, de serveur, de postier, d'homme à tout faire, de femme de ménage, d'employé derrière le comptoir d'un magasin de bricolage, d'un pressing ou d'une pharmacie, ou tout autre endroit où travaillent des gens susceptibles de correspondre à la définition d'un anonyme aux yeux d'un journaliste chargé de la rubrique nécrologique.

Lors de mon embauche au *New York Times* à l'âge de vingt et un ans – j'ai commencé comme garçon de bureau, l'été 1953, avec un salaire hebdomadaire de 38 dollars –, la première chose qui m'a frappé en pénétrant dans la vaste salle du deuxième étage réservée aux journalistes dans le vieux bâtiment de style gothique qui abritait ses locaux, c'était les bureaux disposés en forme de fer à cheval derrière lesquels travaillaient des dizaines de correcteurs. Presque tous étaient coiffés d'une visière en bakélite verte et, penchés sur leur ouvrage, crayon à la main, ils lisaient, corrigeaient et réécrivaient les feuillets dactylographiés des articles à paraître dans l'édition du lendemain.

Les lecteurs du journal ignoraient les noms de ces correcteurs, comme d'ailleurs la plupart des journalistes signataires des articles qu'ils révisaient. De même que Bartleby, les relecteurs étaient physiquement proches de leurs collègues de travail mais n'entretenaient aucun rapport avec eux. Assis pendant des heures derrière ces bureaux incurvés au milieu de la salle de presse, bougeant et parlant le moins possible, ces hommes réfléchissaient, repliés sur eux-mêmes, entièrement préoccupés par la lecture et l'évaluation de ce qui méritait d'être imprimé dans l'édition du lendemain et que le journal de référence pouvait préserver pour toujours.

Une fois leur ultime révision vérifiée et validée par le correcteur en chef, les articles étaient transférés par un système de pneumatiques jusqu'à la salle de composition à l'étage supérieur. C'est là que les mots des journalistes étaient transformés par les linotypistes en suites de caractères métalliques, lesquelles étaient ensuite placées sur des plateaux calés de façon à entrer très précisément dans le cadre de la page de journal par des équipes d'imprimeurs équipés de maillets – autres personnes dont on connaissait rarement le nom et dont on entendait rarement la voix : et pour cause, car parmi les imprimeurs travaillant au *Times*, ou pour d'autres publications, beaucoup étaient sourds-muets.

Ce qui dans d'autres métiers aurait pu être considéré comme un handicap passait pour un atout quand on travaillait si près du tintamarre de la salle de composition et à proximité des énormes presses des premier et deuxième sous-sols du bâtiment de treize étages du *Times*. Chaque soir, à l'heure où les machines se mettaient en route, le bruit devenait tellement assourdissant que rares étaient les gens, dotés d'une audition normale qui étaient capables de le supporter ; de plus, les vibrations étaient si fortes qu'on pouvait les ressentir jusqu'au premier étage, réservé aux publicitaires, dans la salle de presse du deuxième et même dans la salle des compositeurs au troisième.

Une fois leur travail de la nuit achevé, et tandis que des milliers et des milliers d'exemplaires étaient assemblés en liasses avant d'être chargés dans les camions de livraison, certains ouvriers de l'imprimerie traversaient la rue pour aller boire une bière accompagnée d'un whisky à la Gough's Chop House, au 212 de la 43e Rue Ouest. Les ouvriers imprimeurs se reconnaissaient à leur couvre-chef maculé d'encre fait de papier journal plié de façon à former un carré ; ils commandaient leurs consommations en langue des signes, sans que cela semble gêner le serveur.

Même si je n'ai personnellement jamais lié connaissance avec un correcteur ou un ouvrier imprimeur, j'avais l'occasion de les observer de près lorsque, en compagnie des autres garçons de bureau, je passais mes heures de repos chez Gough où les burgers coûtaient trente *cents* et où nous nous rendions chaque week-end pour convertir en argent liquide nos chèques de paye de la semaine. Les ouvriers de l'imprimerie restaient généralement au comptoir, alors que les correcteurs s'installaient de préférence dans une des alcôves au fond, non loin des journalistes qui dînaient eux aussi très tard, mais sans se mêler à eux.

Le cloisonnement ainsi respecté ne témoignait pas d'un manque de respect réciproque, mais plutôt de l'acceptation, avec l'accord tacite de la direction, que le journal avait probablement tout à gagner à ce que journalistes et correcteurs ne se mélangent pas trop les uns aux autres. Certes ils travaillaient pour le même journal, mais ils avaient des priorités différentes. Les journalistes recueillaient des faits ; les correcteurs les vérifiaient. Les journalistes étaient des séducteurs-nés qui enjôlaient leurs sources pour leur tirer les vers du nez, tandis que les correcteurs étaient les sentinelles du journal, chargées de rectifier les faits et de porter haut son drapeau ; ils avaient été formés à raccourcir les articles, à vérifier que la grammaire était respectée, à rendre clair ce qui ne l'était pas assez. En évitant de faire ami-ami avec les journalistes, ils étaient mieux à même de résister aux supplications de ceux qui désiraient bénéficier de davantage de place pour leur article ou voir rétabli un passage qui leur tenait à cœur et que le correcteur avait écarté, parce que trop pédant à son goût.

Les journalistes mécontents des interventions du correcteur avaient interdiction d'aller se plaindre directement à lui. Ils devaient s'adresser au responsable de la rubrique “Ville” – une démarche périlleuse, dans la mesure où il y avait toujours un risque que ce dernier, ayant horreur des conflits, puisse considérer le journaliste comme un pleurnicheur et décide de lui confier moins d'articles. Quelle que soit la raison, les journalistes étaient à l'époque interdits de séjour à l'étage où se trouvaient les bureaux disposés en fer à cheval. En tant que garçon de bureau, j'étais souvent chargé par le correcteur en chef installé au centre de l'espace délimité par ces bureaux – il avait pour surnom "le placier" – de faire une course, mais par la suite, je me tins éloigné de cet endroit pendant les dix années durant lesquelles je travaillai comme journaliste, et je n'eus par conséquent jamais vraiment l'occasion de lier connaissance avec les correcteurs.

C'était pourtant toujours avec une certaine curiosité que je les observais. J'étais persuadé qu'ils auraient eu des histoires intéressantes à raconter et que leur vie était bien plus riche qu'on aurait pu le penser. J'avais notamment été conforté dans cette idée le soir où j'avais vu l'un d'eux quitter la salle de presse un étui à violon sous le bras une fois son travail achevé.

3

À cette époque, je fis la connaissance d'un électricien du *New York Times* et je l'interviewai un après-midi avant de prendre mon travail de garçon de bureau. Je rédigeai ensuite sur lui un bref article que je déposai dans la boîte à courrier du responsable de la rubrique "Ville". C'est ainsi que le *Times* publia les premières lignes dont j'étais l'auteur. Elles furent insérées dans la page réservée aux éditoriaux, lesquels paraissaient non signés à l'époque, mais la semaine suivante, une prime de dix dollars vint s'ajouter à mon chèque hebdomadaire.

L'électricien dont il était question dans cet article s'appelait James Torpey ; c'était un homme affable et trapu portant des lunettes. Aidé parfois d'un ou deux assistants, M. Torpey veillait au bon fonctionnement du célèbre bandeau électromécanique du journal qui, grâce à quelque 15 000 ampoules de 20 watts, faisait défiler en continu des informations en lettres dorées d'un mètre cinquante de haut le long de la corniche du troisième étage de la Times Tower. Situé presque au croisement de Broadway et de la 42e Rue – là où chaque année, le soir du 31 décembre, se déroule la célèbre descente de la boule –, ce bâtiment élancé de vingt-quatre étages à la façade ouvragée construit en 1903 avait abrité le siège du *Times* jusqu'en 1913. Gagnant de l'importance, ce dernier avait été contraint d'emménager dans un immeuble plus spacieux situé à moins d'un pâté de maisons, au 229 de la 43e Rue Ouest.

Pour des raisons essentiellement sentimentales, la famille Sulzberger n'avait toutefois pu se résoudre à vendre la Times Tower, inaugurée en 1904 par celle qui était en 1953 la matriarche vieillissante du *Times*. Fille unique du propriétaire du journal Adolph S. Ochs, Iphigene Ochs Sulzberger était alors une petite écolière âgée de onze ans. Lors du décès de son père en 1935, le mari d'Iphigene, Arthur Hays Sulzberger, avait pris sa suite. Dans le discours qu'elle avait fait en 1904, la jeune Iphigene avait voué la Times Tower au “bien-être de l’humanité”. C’était alors le deuxième plus haut building de New York, le premier étant le gratte-ciel de vingt-huit étages situé 15 Park Row qui appartenait à un syndicat dirigé par August Belmont, un financier grand amateur de chevaux qui avait fondé en 1905 l’hippodrome de Belmont Park à Long Island.

M. Belmont, qui était en assez bons termes avec le propriétaire du *Times*, avait averti Adolph Ochs de l’ouverture prochaine d’une station de métro dans la 42e Rue, ce qui avait sans doute amené ce dernier à déplacer son siège du 41 Park Row plus au nord de la ville en faisant construire son bâtiment sur Longacre Square, un nom venu en droite ligne de Londres. Trois mois après l’inauguration du bâtiment par Iphigene, Longacre Square avait été rebaptisé Times Square en l’honneur du journal qui venait de s’y installer.

Lorsque j’y entrai en 1953, il allait s’écouler huit ans avant que des membres de la jeune génération de la famille Sulzberger moins attachés à la Tower ne le vendent à un fabricant d’enseignes publicitaires lumineuses nommé Douglas Leigh. Les seuls employés du *Times* qui travaillaient encore dans ce bâtiment étaient ceux du service des petites annonces, installés au rez-de-chaussée, ainsi que les opérateurs des bandeaux lumineux qui occupaient le troisième étage. À l’intérieur de cet immeuble rectangulaire, étroit et mal fichu, le reste de l’espace était occupé par des locaux commerciaux dont le nombre ne cessait de diminuer. C’était au pied des marches de son entrée principale que les camions de livraison déposaient chaque jour les exemplaires fraîchement imprimés du *New York Daily News*, du *New York Mirror* et d’autres titres encore, et j’avais entre autres missions celle d’aller les récupérer chaque soir pour les apporter dans la salle de presse de la 43e Rue où plusieurs rédacteurs les passaient rapidement en revue avec l’espoir de n’y trouver aucune information intéressante qui aurait échappé au *Times*.

Cédant à ma curiosité un jour que j’étais arrivé au Tower Building longtemps avant l’heure de passage des camions de livraison, je m’aventurai à emprunter l’escalier et, arrivé au troisième étage, je marquai un temps d’arrêt devant la porte restée ouverte d'une pièce encombrée de machines et d'instruments dont l'utilité et la fonction m'échappaient. Mon attention fut immédiatement attirée par un homme juché sur une échelle qui, de sa main droite, fourrageait dans le rayon du haut d'un grand placard mural en me tournant le dos. Des rangées de plaques de bakélite, un plastique noir peu épais d'ancienne génération, dont la forme et la taille évoquaient un livre broché, étaient alignées sur les rayonnages. Plus haut, mais à l'extérieur des placards, se trouvait un tapis roulant qui se déplaçait lentement sur deux courroies de caoutchouc traversant le plafond dans pratiquement toute sa longueur avant de faire une boucle vers le bas et de courir en lisière des rails de guidage d'un transporteur en fer forgé de type industriel mesurant près de dix mètres de long installé à environ un mètre du sol.

J'observai un moment la scène et quand, une fois redescendu de son échelle, l'homme se tourna vers moi, je le saluai poliment avant de lui dire que j'étais un garçon de bureau et que j'étais très intrigué par ce qu'il était en train de faire. Avec un hochement de tête amical, il se présenta comme étant James Torpey, chef opérateur du bandeau affichant les nouvelles. Il parut hésiter, puis il me tendit un des éléments qu'il tenait dans sa main, m'expliquant qu'il s'agissait d'une plaque contact électrique. C'était une lettre en métal argenté de vingt centimètres, montée sur de la bakélite. Il m'apprit que la pièce où nous nous trouvions renfermait plusieurs centaines de plaques semblables, et que sur chacune d'elles figurait une des vingt-six lettres de l'alphabet. Celle qu'il me montrait portait la lettre “c”.

M. Torpey me dit ensuite que son travail consistait à utiliser ces plaques contact pour composer rapidement lettre après lettre puis mot après mot tel ou tel titre reçu via le télétype relié à la salle de presse de la 43e Rue, de la même façon que l'aurait fait un compositeur disposant à la main des caractères en plomb. Une fois les mots rangés dans le bon ordre puis insérés dans un cadre métallique étroit, ledit cadre rejoignait une extrémité du tapis roulant, puis, à mesure qu'il se déplaçait, un contact se faisait avec des brosses électriques chargées d'alimenter les milliers d'ampoules à l'intérieur du panneau diffusant les nouvelles depuis l'extérieur du bâtiment, avec pour résultat de faire instantanément apparaître en lettres de feu d'un mètre cinquante le titre en entier.

M. Torpey m'apprit que le bandeau lumineux long de plus de cent vingt mètres qui faisait le tour des quatre faces du bâtiment sur lequel défilait le titre de droite à gauche était lisible à plusieurs blocs de distance. Il m'apprit aussi que les propriétaires du journal et lui-même avaient procédé de concert à l'inauguration de ce bandeau lumineux le 6 novembre 1928, jour où le premier titre de Torpey annonça qu'Herbert Hoover venait de l'emporter sur Al Smith à la présidentielle.

Torpey avait ainsi nombre de scoops à son actif : il avait été le premier à annoncer en 1932 la découverte du cadavre du fils de l'aviateur Charles Lindbergh et d'Anne Morrow Lindbergh suite à sa disparition. L'enfant avait été kidnappé dans sa chambre au domicile familial près de Hopewell, dans le New Jersey. Torpey fut également le premier à faire savoir que le jury de l'État du New Jersey avait déclaré Bruno Richard Hauptmann coupable de l'enlèvement et du meurtre de l'enfant, ce pour quoi il serait exécuté en 1936. Le soir du 14 août 1945 fut envoyé à Torpey le titre le plus réjouissant qu'il ait eu à reproduire, puisqu'il s'agissait d'annoncer la capitulation des Japonais et la fin de la Seconde Guerre mondiale.

Bien que mon expérience journalistique fût encore très limitée, j'eus immédiatement conscience de tenir une bonne histoire avec Torpey – typiquement le genre que j'aimais. Ce scribe de l'ombre qui recopiait des mots qui irradiaient de lumière me faisait penser à Bartleby. Il se trouvait là, dans ce quartier abritant de nombreux théâtres, tel une sorte de chorégraphe qui donne vie à une troupe de lettres scintillantes et éblouissantes. Et, plus important encore, c'était également là une occasion qui m'était offerte d'attirer l'attention sur cet homme qui fabriquait les gros titres sans que son nom à lui soit jamais mentionné.

Voici donc ce qui parut le 2 novembre 1953 dans la page du *Times* réservée aux éditoriaux :

> Le bandeau lumineux annonçant les nouvelles à Times Square fêtera ses vingt-cinq ans cette semaine. Après une première annonce diffusée le 6 novembre 1928, la nuit de l'élection opposant Hoover et Smith, ce bandeau est devenu une attraction dans Broadway en faisant tourner tout autour de la Times Tower ses lettres d'or d'un mètre cinquante de haut [...], de l'aube jusqu'à minuit [...], et après n'avoir connu que trois interruptions, toutes dues aux obligations d'extinction des feux durant la guerre.
>
> Et à l'heure où nous célébrons le quart de siècle de cette enseigne lumineuse, ce n'est que justice de rendre hommage à James J. Torpey, un monsieur affable, qui, en sa qualité de chef électricien, a mis depuis le premier jour les gros titres en lumière [...]
>
> À de nombreuses reprises au cours de ces vingt-cinq dernières années, son travail effectué à l'intérieur de la Times Tower est allé très largement au-delà de l'appel du devoir. Pour ne mentionner qu'un exemple, le jour de la victoire en 1945, M. Torpey est resté à son poste durant vingt-trois heures et trente minutes dans l'attente de recevoir de la salle de presse du *New York Times* le feu vert pour faire connaître la nouvelle qu'espérait ardemment la foule immense massée sur la place : l'annonce officielle de la fin de la guerre.

4

Au cours de mes allées et venues en tant que garçon de bureau, je me liai également d'amitié avec un autre personnage de l'ombre nommé Isaac Newton Falk, un employé de très petite taille âgé de soixante ans qui travaillait au service des archives – surnommé "la morgue" –, tout au bout du couloir menant à la salle de rédaction.

En entrant dans ce lieu, on était d'emblée frappé par la multitude de rangées de hauts classeurs en acier remplis de dossiers cartonnés contenant des dizaines de millions de coupures de presse – certaines d'entre elles, jaunies et cassantes, dataient d'avant 1900. Également archivées à la morgue se trouvaient de nombreuses nécrologies rédigées en prévision de la disparition de telle ou telle personnalité, par des journalistes qui n'étaient plus eux-mêmes de ce monde. En pénétrant dans la morgue, j'ai souvent pensé à Melville, à Bartleby et au service des lettres au rebut.

La première fois qu'on m'y avait envoyé, c'était dans le but de chercher des informations générales sur le réseau du métro pour le compte du rédacteur chargé des questions de transports. Isaac Newton Falk m'avait aidé. Lorsqu'il me tendit les documents par-dessus le comptoir, je n'aperçus que sa tête et ses épaules. Il mesurait moins d'un mètre cinquante. Il avait des sourcils broussailleux et ses lunettes à monture d'acier étaient constellées de pellicules. Il portait une visière verte d'où ses cheveux gris hirsutes jaillissaient en tous sens. Il me parut timide et un peu maladroit, mais ayant appris à mieux le connaître par la suite, je fus impressionné par sa bonne volonté, son efficacité et son intelligence.

Un jour, à l'occasion d'une pause-café, il me révéla que sa mère, une inconditionnelle de la musique classique, l'emmenait fréquemment à l'opéra et au concert lorsqu'il était enfant, ce qui lui avait permis d'acquérir à la longue des connaissances pointues sur les grands compositeurs et leurs œuvres. En conséquence de quoi, quand les standardistes du *Times* recevaient de l'extérieur des appels téléphoniques demandant des renseignements – les communications de ce genre étaient toujours transférées à la morgue –, on faisait systématiquement appel à Falk sitôt que la question portait sur la musique classique. Au départ, ses collègues n'étaient pas convaincus de l'exactitude de ses réponses à froid, mais après consultation du responsable des critiques musicales du journal, on s'aperçut que Falk était presque incollable.

Il avait commencé à travailler à la morgue en 1924, bénéficiant à coup sûr du fait que son grand-père maternel, Michael. B. Abrahams, avait auparavant travaillé au *Times* comme adjoint du responsable de la rubrique "Ville". Quand il n'était pas de service au comptoir de la morgue, Falk s'asseyait au fond de la pièce au milieu des autres employés, qui, armés de ciseaux, découpaient des articles dans les journaux étalés devant eux. Près de quarante exemplaires du *Times* et un peu plus d'une vingtaine d'exemplaires d'autres publications étaient chaque jour mis de côté dans ce but. Chaque article était soigneusement découpé en suivant les marges puis étiqueté en fonction de la personne ou du sujet traité. Il était ensuite plié et rangé dans un dossier cartonné peu épais de format A 5 fermé par une ficelle, puis archivé alphabétiquement dans un des classeurs métalliques.

Indépendamment de ses connaissances en matière de musique classique, l'autre centre d'intérêt de Falk était le baseball, en particulier tout ce qui touchait à son équipe favorite, les New York Giants – jusqu'à ce qu'ils lui brisent le cœur en déménageant à San Francisco en 1957. Avant cette date, le stade des Giants se trouvait aux Polo Grounds dans le nord de Manhattan, et durant la saison de baseball quand il n'était pas de service, on trouvait généralement Falk dans les tribunes des Polo Grounds assistant à un match muni des accessoires qu'il emportait toujours : une trompe en caoutchouc et deux cloches à vache.

Chaque fois qu'un joueur des Giants se faisait mettre sur la touche ou commettait une erreur, il soufflait dans sa trompe. Si un Giant réussissait une frappe, il agitait sa cloche. Quand un Giant scorait, Falk ne se contentait pas d'agiter sa cloche, il la faisait bruyamment choir sur le sol à côté de son siège. Ces manifestations d'enthousiasme débordant importunaient parfois ses voisins de tribune, mais Falk ne fut jamais chassé grâce au laissez-passer que lui avait attribué Ford Frick, le président de la Ligue nationale.

Au début de l'année 1936, un jour qu'il prenait sa pause déjeuner à la morgue en lisant les pages consacrées aux sports, il avait repéré une erreur dans l'organisation des rencontres de la saison de baseball à venir. Le calendrier prévoyait que les New York Giants et les Yankees joueraient à domicile le 20 août. Or, les deux clubs étaient censés ne jamais recevoir le même jour, et Falk avait donc aussitôt contacté le bureau du service des sports du *Times* ainsi que d'autres journaux pour leur signaler cet impair. Mais la plupart de ses interlocuteurs avaient ignoré son appel, lui répondant qu'il avait mal lu le programme ou bien qu'il s'agissait d'une coquille. Le seul qui voulut bien l'écouter fut John Drebinger, un journaliste sportif sourd. Ce dernier couvrait les Yankees pour le *Times*, et il prit finalement langue avec les dirigeants de la Major League en charge du planning des rencontres pour leur suggérer de corriger leur erreur. Résultat, on attribua un laissez-passer valable pour toute la saison à “Isaac Newton Falk accompagné de la personne de son choix”, qui lui ouvrait gratuitement les portes de tous les matchs de la Ligue nationale, privilège qui fut renouvelé chaque année jusqu'à la fin de ses jours.

Je souhaitais écrire un article sur Falk, que j'entendais dépeindre comme un personnage intéressant quoique paradoxal – un homme à certains moments discret quand il découpait des articles à la morgue, mais qui se comportait à d'autres en supporter hystérique agitant ses cloches à vache. J'avais espéré que ce papier paraisse dans le *Times Talk* [Le Times en parle], le bulletin interne de douze pages imprimé sur papier glacé qui était distribué chaque mois aux cinq mille employés du bâtiment principal et que recevaient aussi plusieurs centaines de retraités, de correspondants étrangers et d'abonnés privilégiés, ainsi que les départements de journalisme de l'enseignement supérieur.

Après avoir rédigé une ébauche d'une page, je la déposai à l'accueil du *Times Talk* au onzième étage. À ma grande déception, je reçus quelques jours plus tard un bordereau me signifiant un refus poli. On m'y expliquait que Falk était un personnage un peu trop excentrique pour avoir son portrait dans *Times Talk*.

Toutefois, une semaine plus tard, un mémo du responsable de la rubrique "Voyages" installée au septième étage me mit un peu de baume au cœur en me faisant part de son intérêt pour une autre idée qui m'était venue : celle d'un article consacré aux hommes qui gagnaient leur vie en promenant les touristes le long des planches d'Atlantic City dans de grands fauteuils à trois roues faits de jonc tressé. La municipalité d'Atlantic City s'apprêtait à fêter son centenaire – elle avait reçu sa charte d'incorporation en 1854 et l'activité liée aux "paniers sur roulettes" le long des planches était apparue environ trente ans après.

Ayant passé ma jeunesse à Ocean City, à une quinzaine de kilomètres au sud d'Atlantic City, je connaissais bien ces fauteuils à trois roues et j'avais même eu droit à une promenade en guise de cadeau d'anniversaire. Le prix était d'un dollar de l'heure pour une ou deux personnes, avec un supplément de cinquante *cents* s'il y avait un troisième passager. L'Afro-Américain disert qui poussait avec vigueur mon fauteuil m'avait appris que j'étais son dixième client de la journée. Il faisait entre quarante et cinquante kilomètres à pied chaque jour et prétendait n'être jamais fatigué. Cette activité concernait environ quatre mille fauteuils et donc autant d'hommes. Son fondateur était un habitant de Philadelphie partiellement handicapé nommé Harry D. Shill, qui, durant les années 1880, en plus de louer des poussettes pour promener les enfants sur les planches, s'était lancé dans la location de fauteuils destinés aux invalides au vu du nombre de convalescents qui passaient leurs vacances à Atlantic City. Quand cette activité s'étendit au grand public, un de ses clients les plus célèbres fut le vice-président d'Herbert Hoover, Charles Curtis, qui se rendait régulièrement à Atlantic City depuis Washington.

L'article que je rédigeai parut dans le cahier "Voyages" du *Sunday Times*, le 21 février 1954. Il était illustré par la photographie d'un couple qui se faisait promener dans un fauteuil à trois roues non loin d'un des meilleurs hôtels de la ville, classiquement baptisé le Marlborough-Blenheim. Son titre était le suivant : "Les célèbres fauteuils roulants du bord de mer". Ce texte, le premier à paraître signé de mon nom, débutait ainsi :

> Une partie non négligeable des 10 millions de visiteurs qui viennent ici chaque année considèrent qu'il manquerait quelque chose à leurs vacances s'ils n'avaient pas fait une promenade dans un des fauteuils géants à trois roues qui, au même titre que les caramels salés et les ventes aux enchères, font partie des plaisirs de la vie dans cette station balnéaire qui fête en ce moment son centième anniversaire.

5

Alors que j'effectuais mes dernières semaines de travail en tant que garçon de bureau, il me vint quelques mois plus tard une nouvelle idée qui fut acceptée par le *New York Times Magazine*. J'avais proposé un papier sur une actrice du cinéma muet nommée Nita Naldi qui, dans les années 1920, avait tenu à Hollywood les premiers rôles féminins aux côtés de l'idole Rudolph Valentino. Elle avait d'abord travaillé comme modèle pour artiste, actrice de vaudeville et danseuse dans une troupe, avant d'être immortalisée en personnage exotique dans le film de la Paramount *Docteur Jekyll et Mister Hyde* avec John Barrymore, qui avait été le premier à la repérer à l'époque où elle dansait.

En 1954, alors que Nita Naldi avait cessé depuis plusieurs décennies d'être une des femmes fatales les plus en vue de l'industrie du cinéma, on annonça qu'une comédie musicale intitulée *The Vamp*, inspirée de sa vie, serait sous peu à l'affiche à Broadway, avec en vedette Carol Channing. J'avais appris la nouvelle en lisant la rubrique "Théâtre" d'un tabloïde un jour que j'allais au travail en métro. L'article précisait également que Nita Naldi vivait recluse dans un petit hôtel de Broadway, mais sans préciser lequel.

Il y avait alors près de trois cents hôtels dans le quartier new-yorkais de Broadway. Dès que j'avais un moment libre, je passais des heures à compulser les pages jaunes dans la salle de presse du *Times* pour relever leurs coordonnées. Puis je me mis à les appeler un à un avec l'un des combinés téléphoniques installés au fond de la salle auxquels les garçons de bureau avaient librement accès. En l'espace de quatre jours, je composai le numéro d'environ quatre-vingts hôtels, demandant à chaque fois sur un ton confiant qu'on me passe la chambre de Nita Naldi, espérant donner l'impression de savoir qu'elle résidait dans cet établissement.

Mais aucun employé n'avait entendu parler d'elle. Puis le jour où je contactai l'hôtel Wentworth, situé au 57 de la

46e Rue Ouest, l'homme qui était de service à la réception me répondit à ma grande surprise : "Oui, elle est là. Qui la demande ?" Je raccrochai aussitôt. Je ne voulais surtout pas lui parler au téléphone. Non seulement il était déjà tard, mais un vieux journaliste du *Times* m'avait mis en garde : "Jeune homme, il ne faut jamais interroger qui que ce soit par téléphone si tu peux faire autrement."

Il m'avait expliqué que le téléphone était un instrument qui se prêtait mal aux interviews parce que cela vous empêchait d'apprendre bien de choses rien qu'à observer le visage et les réactions de votre interlocuteur, sans même parler de l'atmosphère du lieu. L'expérience aidant, je me suis aperçu que, en effet, les gens révèlent davantage d'eux-mêmes si vous êtes en face d'eux ; et que plus vous serez à même de les convaincre que votre intérêt est sincère, plus grandes seront vos chances de les voir se montrer coopératifs.

L'après-midi suivant, deux heures avant de me présenter à mon travail, je traversai le hall du Wentworth pour gagner l'angle où se trouvait la cabine téléphonique et, pour ne pas avoir à faire appel à un employé de la réception, toujours susceptible de poser des questions indiscrètes, je demandai sur un ton ferme à la standardiste de me mettre en communication avec Mlle Naldi. Il me semblait également que faire usage du téléphone intérieur serait moins intrusif, plus direct et probablement plus efficace qu'un appel depuis l'extérieur, dans la mesure où je l'appelais de l'endroit même où elle résidait – j'étais déjà sur place, ce qui rendait ma présence bien réelle.

"Bonjour, Mademoiselle Naldi, lui dis-je en guise de préambule, je débute dans le journalisme au *Times* et je me trouve dans le hall de votre hôtel. J'aimerais vous voir quelques minutes pour parler avec vous de l'article que je souhaite vous consacrer.

— Vous êtes en bas ? demanda-t-elle sur un ton dramatique qui laissait transparaître une légère inquiétude. Qui vous a dit où j'habite ?

— Il m'a suffi d'appeler tous les hôtels de Broadway que j'ai pu trouver.

— Vous avez dû dépenser beaucoup d'argent, me dit-elle apparemment rassérénée. En tout cas, je n'ai que peu de temps devant moi.

— Puis-je venir me présenter, Mademoiselle Naldi ?"

Il y eut un silence, puis elle répondit : "Accordez-moi cinq minutes avant de monter. Oh là là, c'est le bazar dans cette pièce !"

Je pris aussitôt l'ascenseur pour monter au quatrième étage et j'attendis cinq bonnes minutes dans le couloir avant de frapper à sa porte. Quand elle ouvrit, elle me dévisagea longuement, puis, après que je me fus présenté, elle sourit et d'un signe m'invita à entrer. Elle se présenta à son tour, rejouant une scène avec Valentino probablement filmée trente ans auparavant. Grande et ténébreuse, elle avait des sourcils sombres et arqués, de longues boucles d'oreilles, une robe noire et une chevelure de jais qu'elle devait teindre fréquemment. Puis elle se mit à parler, avec de grands gestes théâtraux comme il se devait à l'époque du muet.

Elle partageait sa petite suite avec ses quatre perroquets, et son salon aurait pu passer pour un décor de cinéma du début du siècle, avec ses tapisseries, son moulage de couronne et ses meubles Art déco désormais vieillots et tout rayés. Les perroquets, très discrets, vivaient en couple dans deux cages séparées, et un petit lustre couvert de poussière pendait au centre de la pièce.

Je commençai l'interview en lui posant des questions sur sa jeunesse et sur ce qu'avait représenté en termes de promotion son passage de danseuse dans la troupe des Ziegfeld Follies en 1919 à son rôle de vedette aux côtés de Valentino en 1922 dans *Arènes sanglantes*. Elle ne manifesta aucune réticence à parler du déclin de sa carrière, concédant que *Cobra*, son dernier film avec Valentino en 1925, n'avait pas été un grand succès, et pas davantage celui qu'elle avait tourné un an plus tard. Intitulé *The Mountain Eagle*, c'était le deuxième film d'Alfred Hitchcock en tant que réalisateur. Elle ajouta que quelques investissements malheureux, ses propres erreurs en matière de gestion, ainsi que le fait qu'on avait cessé de lui proposer de grands rôles l'avaient mise sur la paille en 1932. Plus tard, elle avait fait de rares apparitions dans des séries télévisées ou pour tenir des petits rôles dans plusieurs pièces de théâtre et comédies musicales à Broadway, mais sans parvenir à se remettre à flot. Elle me confessa que sans l'aide du fonds de solidarité des artistes, elle n'aurait pas pu payer sa chambre au Wentworth.

Tout en sachant gré aux producteurs de *The Vamp* de l'avoir recrutée pour préparer Carol Channing qui devait y tenir le rôle principal, elle me déclara qu'elle-même aurait été un bien meilleur choix. Après tout, elle avait vécu cette histoire, sans compter qu'elle avait une voix riche et puissante, ainsi qu'une grande expérience des comédies musicales. Mais elle me demanda de ne pas le mentionner dans mon article. Et je m'abstins de le faire.

Après deux heures passées à prendre des notes, je la remerciai pour son aide et en l'espace de trois ou quatre jours, je rédigeai mon article chez moi, sur mon temps libre. À la fin, je glissai les dix pages dactylographiées constituant la version finale de mon papier dans une enveloppe que je confiai à la secrétaire du responsable de l'édition dominicale.

Une semaine plus tard, son patron me téléphona pour me dire qu'il avait choisi de le publier. J'étais fou de joie. Mais il ajouta que sa parution devrait coïncider avec la première de *The Vamp* ; or, la préparation de cette comédie musicale n'en étant encore qu'à son stade initial, et aucune date n'ayant été fixée pour la première, ce ne serait sans doute pas avant un certain temps.

Quoi qu'il en soit, je serais forcément absent de New York. Fin juin je partais me présenter au centre de la cavalerie blindée de Fort Knox dans le Kentucky, pour accomplir mes deux années de service militaire. Quand j'en informai le rédacteur, il me dit de ne pas m'inquiéter ; sitôt que la date de la première serait connue, il ajouterait l'information au bas de mon article et m'enverrait les épreuves. L'article parut finalement dans l'édition dominicale du 16 octobre 1955.

Une histoire de Wall Street

Il commençait ainsi :

Être une vamp séduisante et vénéneuse à souhait : tel est le but recherché par Carol Channing, vedette de *The Vamp*, titre parfaitement bien choisi de la comédie musicale sur le cinéma muet, dont la première aura lieu à Broadway le 10 novembre prochain. Pour y parvenir, elle s'est adjoint les services d'une sorte de conseillère, à la fois coach, aide de camp et critique : l'exotique sirène d'antan Nita Naldi. Quand elle était au sommet de sa gloire dans les années 1920, Nita Naldi symbolisait tout ce qu'un personnage de film muet pouvait avoir de passionné et de maléfique.

Et il se concluait par ces lignes :

Mademoiselle Naldi est encore aujourd'hui plantureuse et ténébreuse, et un nombre incroyable de gens la reconnaissent chaque fois qu'elle se hasarde hors de chez elle. “Les femmes ont apparemment cessé de me haïr”, constate-t-elle avec satisfaction. Souvent on l'arrête dans la rue pour lui demander : “Qu'est-ce que ça faisait d'embrasser Valentino ?” Les plus jeunes lui disent : “Mademoiselle Naldi, mon père m'a tellement parlé de vous !” L'actrice réagit alors avec élégance. Il n'y a pas très longtemps, à l'angle de Broadway et de la 42e Rue, un homme s'est approché d'elle, émerveillé, et s'est exclamé : ‘Mais vous êtes Nita Naldi le vampire !” On aurait dit qu'il avait remonté le temps pour ramener Mademoiselle Naldi dans son univers trente ans en arrière. Mais soucieuse de vivre dans le présent, l'actrice répliqua sur un ton mi-agacé, mi-résigné : “Oui, et alors. Ça vous gêne ?”

6

Je savais depuis longtemps que les États-Unis conservaient d'importants stocks d'or dans une chambre forte de Fort Knox, mais jusqu'au jour où je reçus ma feuille de route, j'ignorais que cet endroit abritait également une base militaire où l'on préparait des milliers d'hommes à mener une guerre mécanisée. Bien visible au milieu de cette base située à une cinquantaine de kilomètres au sud de Louisville se trouvait le Musée du général George Patton, baptisé ainsi en l'honneur du célèbre officier de cavalerie blindée de la Seconde Guerre mondiale ; et peu après mon arrivée, on apprit que le nouveau chef d'état-major nommé à Fort Knox après son retour de Corée allait être le colonel Creighton W. Abrams, qui avait héroïquement combattu en Europe sous les ordres de Patton, avant et pendant la bataille des Ardennes.

Étudiant en journalisme à l'Université de l'Alabama – où j'avais été admis en 1949 sur la recommandation de notre médecin de famille à Ocean City, qui était originaire de Birmingham –, j'avais consacré une partie de mon temps libre à suivre les cours de préparation militaire, un programme ouvert sur tous les campus du pays afin de permettre aux étudiants de devenir officiers dès leur appel sous les drapeaux. Ayant été envoyé à Fort Knox, je devais être immédiatement affecté comme sous-lieutenant dans une unité de chars d'assaut. Il suffisait que je valide au préalable un cours de formation de base de seize semaines à l'école des blindés, période durant laquelle j'eus à relever différents défis tels que monter et descendre des collines en tank, apprendre à changer les chenilles d'un véhicule blindé, charger et tirer avec le canon de la tourelle, et essayer de dormir un peu en bivouaquant avec trois autres hommes à l'intérieur d'un char d'assaut. Cette dernière épreuve se révéla de loin la plus pénible.

En novembre, au terme de pratiquement cinq mois de formation, je fus muté au quartier général pour faire fonction d'adjoint à l'officier en charge des relations publiques et l'aider à rédiger des articles destinés au journal de la base,

Inside the Turret [À l'intérieur de la tourelle], concernant tout ce qui se passait à Fort Knox, et aussi pour préparer les communiqués de presse adressés aux journaux de l'État du Kentucky, en particulier le principal quotidien de la ville voisine de Louisville, *The Courier-Journal.*

Des milliers de soldats passaient leurs week-ends à Louisville, contribuant à la bonne santé de l'économie locale, de sorte que les rédacteurs du *Courier-Journal*, comme ceux du *Louisville Times*, un journal du soir, prêtaient une oreille intéressée à nombre de mes propositions. Le rédacteur de la page société du *Courier-Journal* publia par exemple mon article sur les étudiants globe-trotteurs et polyglottes qui suivaient les cours de l'école des officiers à Fort Knox et, à une autre occasion, l'édition dominicale fit paraître l'interview que j'avais réalisée d'un lieutenant né à Bangkok qui avait été mon condisciple à l'école des blindés.

Il en alla de même avec un autre article paru dans le *Courier-Journal Magazine* à propos d'un parachutiste âgé de vingt ans, lui aussi basé à Fort Knox, le soldat Stanley A. Melczak. Ses deux parachutes avaient refusé de s'ouvrir au cours d'une mission d'entraînement en Alaska six mois auparavant, mais il avait malgré tout survécu à un saut de 300 mètres depuis un avion de transport C-119 et m'avait conté son aventure.

Le soldat Melczak ne devait sa survie qu'à une congère de douze mètres d'épaisseur. Les faits s'étaient produits le 29 janvier 1955. En compagnie d'une trentaine d'hommes appartenant à la 11e division aéroportée, il était censé faire l'apprentissage du combat dans des conditions extrêmes, mais de tous ceux qui avaient sauté, Melczak avait été le seul dont les parachutes s'étaient mis en torche.

Une fois sorti de l'hôpital, et après avoir été temporairement transféré à Fort Knox, il m'expliqua qu'il était tombé les pieds en avant dans la congère, avec les jambes et les hanches à angle droit. Son corps avait fonctionné comme un amortisseur. “Le médecin et l'aumônier ont été les premiers à se porter à mon secours. Ils ont sectionné les lanières de mes parachutes, m'ont allongé sur un brancard et m'ont administré plusieurs piqûres, puis j'ai été transféré en hélico sur un hôpital militaire. J'avais l'impression de m'être cassé les bras et le dos, mais en fait je m'en suis tiré avec trois vertèbres fracturées."

Après sa parution dans le *Courier-Journal*, mon article sur Melczak – "L'homme le plus chanceux" – fut retenu par l'Associated Press dans sa sélection d'articles destinés à être publiés dans des dizaines de journaux en Amérique et dans le monde entier. Ayant déjà ma solde de l'armée, je refusai de toucher des droits d'auteur pour ce texte et pour tous les autres publiés à cette époque. Mais ils parurent signés de mon nom, mention étant presque toujours faite de mon grade de sous-lieutenant et de ma qualité d'adjoint à l'officier chargé des relations publiques de Fort Knox.

Mon patron était un lieutenant-colonel assez âgé. Originaire du Texas, c'était un amateur de cigares qui avait également un faible pour le bourbon du Kentucky. Et qui, après plusieurs décennies passées sous les drapeaux, attendait avec une impatience non dissimulée le jour de son départ à la retraite prévu l'année suivante. Saisissant toutes les occasions d'alléger sa charge de travail et le stress qui allait avec, il me déléguait souvent des responsabilités qui relevaient en réalité de sa compétence, comme celle d'accompagner le chef de l'état-major, le colonel Creighton Abrams, à des soirées mondaines ou aux conférences qu'il donnait parfois.

Abrams, alors sur le point d'être promu général de brigade, était un fumeur de cigares invétéré et il lui arrivait de m'en offrir un quand nous étions assis à l'arrière de sa voiture. Ce fut une période heureuse très dommageable pour ma santé. À l'époque, il était même permis de fumer le cigare sur les vols commerciaux, et il est probable que l'amour d'Abrams pour les havanes contribua à son décès prématuré. Quand il mourut en 1974, à l'âge de cinquante-neuf ans, il était général quatre étoiles et occupait le poste de chef de l'état-major des armées au Pentagone. Il avait subi une opération chirurgicale à l'hôpital militaire Walter Reed afin de se faire enlever un poumon atteint d'une tumeur cancéreuse. Quelques années après sa mort, l'armée lui rendit hommage en baptisant à son nom le nouveau char de combat, le M1 Abrams.

Je fus démobilisé fin juin 1956. Quatre mois auparavant, j'avais accompagné la 3e division blindée lors de son transfert de Fort Knox à Francfort pour les besoins d'un article décrivant l'arrivée en Allemagne de milliers de soldats chargés de gagner la guerre froide. Mais rien de ce que je vis dans ce pays ne réussit à me convaincre que l'armée à laquelle j'appartenais était autre chose qu'une armée de temps de paix. Certes de nombreux bâtiments imposants rasés à la suite des bombardements qui remontaient déjà à plus de dix ans n'avaient pas encore été reconstruits, mais l'économie semblait florissante, sans doute alimentée par la manne financière des dollars que les soldats américains apportaient dans leurs poches. La vie à Francfort ne me semblait pas très éloignée de celle qu'on menait à Louisville, si ce n'est qu'en Allemagne, les Américains allaient chaque jour acheter des appareils photo Leica et devenaient des experts en chopes de bière, tandis que dans les rues, des prostituées leur faisaient de l'œil, assises au volant de coupés Mercedes-Benz roulant au ralenti.

Je me déplaçai un jour à trente kilomètres au nord de Francfort, pour interviewer à Butzbach un jeune officier de la 3e division blindée originaire de Marietta, dans l'Ohio, qui venait de prendre possession d'un château du XVIIe siècle, et qui s'affairait à l'aménager pour y loger plusieurs dizaines d'hommes de son unité. Le terrain sur lequel se trouvait ce château constituait l'un des huit points fortifiés placés sous la responsabilité de la 3e division blindée en Allemagne de l'Ouest ; et le château lui-même avait vocation à abriter un casernement, un garage pour mettre à l'abri les Jeep (dans ce qui avait été les écuries d'un chevalier) ainsi qu'une salle de réfectoire.

L'article que je rédigeai sur le lieutenant qui commandait ce château fut publié mi-avril dans le *Courier-Journal*. Si j'étais resté à l'armée deux années de plus, j'aurais pu être amené à traiter un sujet bien plus sensationnel en signalant l'arrivée au sein de la division d'un soldat fraîchement appelé sous les drapeaux, un certain Elvis Presley.

7

À mon retour de l'armée en 1956, je fus promu ; de garçon de bureau je devins reporter au service des sports du *Times*. J'aurais certes préféré le service des informations générales, mais la seule place vacante était aux sports, et j'acceptai donc ce poste sans hésiter, même si j'étais conscient que cela risquait de me coller dans le dos l'étiquette de membre du “service baballe” du journal.

On devait ce surnom désobligeant à Jimmy Cannon, éditorialiste au service des sports du *New York Post*. Mais c'était tout simplement oublier que de nombreux auteurs célèbres avaient commencé leur carrière en écrivant sur le sport. De plus, j'étais influencé par les écrivains dont les œuvres traitaient d'événements sportifs depuis que, lycéen, je travaillais comme pigiste pour l'hebdomadaire de ma ville natale, l'*Ocean City Sentinel-Ledger*, puis pour le quotidien *Birmingham Post-Herald*, en tant que correspondant sur le campus.

C'était le cas d'Ernest Hemingway avec ses textes sur la pêche et la corrida, de John O'Hara sur cette pratique ésotérique qu'est le tennis, et aussi de la nouvelle d'Irwin Shaw sur “la percée de 70 mètres”, à propos d'un demi-arrière de l'équipe de football américain d'une université du Midwest qui connaît son heure de gloire pendant un entraînement quand, évitant tous les plaquages, il va au terme de sa course aplatir dans l'en-but adverse. Malheureusement plus rien par la suite ne viendra soutenir la comparaison avec ce moment magique vécu sur la pelouse d'entraînement et, lors de la scène suivante qui se déroule à l'extérieur du stade, sa petite amie, par ailleurs très riche, qui l'attend assise au volant de son coupé dont la capote est baissée, lui demande : “As-tu été bon aujourd'hui ?

— Assez bon”, répond-il.

Il monte dans la voiture, s'affaisse voluptueusement sur le siège de cuir doux et allonge les jambes. Il sourit en repensant à sa percée de soixante-dix mètres. “Sacrément bon, même.”

Il y avait aussi ce texte de F. Scott Fitzgerald, *Rêves d'hiver*, sur un caddie du Minnesota qui réfléchit à sa condition tout en portant les clubs de joueurs utilisant des balles de couleur rouge ou noire parce qu'elles se voient davantage que les balles blanches quand il faut jouer dans les fairways ou les bunkers recouverts de neige. Sur le parcours, le caddie rencontre une jolie fille dont il deviendra l'ami avant qu'elle lui brise le cœur. Cette nouvelle était un prélude à *Gatsby le Magnifique*.

Quand je commençai pour ma part à rédiger pour le *Times* des articles sur le sport où il était question de caddies, de joueurs de football américain et d'autres athlètes, je m'efforçais d'imiter la technique narrative de Fitzgerald, d'Irwin Shaw et de mes autres auteurs préférés en portant comme eux une grande attention aux détails – comme celui dont nous fait part Carson McCullers dans *Le Jockey* : "Quand il avale une côte d'agneau, on peut en voir les contours apparaître sur son ventre une heure après."

J'avais a priori du mal à croire qu'on puisse distinguer la forme d'une côte d'agneau dans le ventre d'un jockey, jusqu'à ce qu'un beau jour le chef du service des sports du *Times* m'envoie interviewer l'ancien meilleur jockey des États-Unis, Harry Roble, à qui je mentionnai cette histoire.

Roble ne la connaissait pas, mais quand je lui citai le passage de McCullers sur la côte d'agneau, il acquiesça et me dit : "Ouais, c'est plausible", avant d'ajouter : "Je n'ai jamais aimé les côtes d'agneau, mais parfois je me tapais en douce un steak après une course, et je pouvais sentir ce satané steak me tendre la peau du ventre. À l'époque, je faisais quarante-neuf kilos et je luttais pour me maintenir à ce poids ; j'aurais pris un kilo supplémentaire par bol de soupe."

Quand je rédigeai mon texte sur Roble pour le *Times*, l'introduction, secrètement dédiée à Carson McCullers, commençait ainsi :

> Harry Roble était l'un de ces jockeys qui prennent un kilo après avoir avalé un bol de soupe, et quand il mangeait un steak, son ventre en gardait parfois l'empreinte.

Je restai au service des sports de 1956 à 1959, et dans l'intervalle, j'eus à de nombreuses reprises l'occasion d'écrire des articles répondant à l'intérêt qui était le mien pour les personnages jouant un rôle secondaire dans un environnement d'excellence sportive – des gens qui opéraient dans les coulisses des stades ou assumaient une fonction primordiale dans les rencontres bien qu'il en soit rarement fait mention – tels que l'arbitre sur un ring, le jardinier qui avait tondu le gazon du terrain de sport, les jeunes ramasseurs de balles d'un tournoi de tennis – ou ceux qui travaillaient au service des sportifs, comme le Dr Walter H. Jacobs, dentiste spécialisé dans les appareils dentaires ; Mike Gillan, "le Capezio des fabricants de fers à cheval" ; ou encore Hal Ott, qui fabriquait des perruques, des boucs et des moustaches pour le boxeur poids lourd Floyd Patterson, parce que ce dernier, pris d'un sentiment de honte après une défaite, préférait se grimer avant de quitter les lieux. Il y eut aussi George Bannon, un papy de soixante-dix-huit ans qui avait la régularité d'une horloge et dont le rôle consistait à faire retentir la cloche signalant la fin et la reprise des rounds lors des galas de boxe au Madison Square Garden. Quand j'interviewai Bannon, il me déclara avoir assisté à 7 000 combats et avoir fait retentir la cloche plus de 100 000 fois. Avant de devenir le Bartleby de la cloche de ring, il gagnait sa vie comme accordeur de pianos dans le Bronx.

Entre deux reportages sportifs, je soumettais à d'autres services du journal des idées d'articles décalés. Au rédacteur chargé de la rubrique "Théâtre" je proposai un sujet sur un éclairagiste chargé de la régie de scène à Broadway. Suite à l'envoi dans l'espace par les Russes de la chienne Laïka, je proposai au responsable des actualités américaines un article sur les chiens qui avaient fait les gros titres – tel Balto, le chien de tête qui avait été le héros de la course au sérum pour aller livrer en traîneau au fin fond de l'Alaska des doses de vaccin antidiphtérique en 1925 ; ou Chinook, qui avait accompagné l'amiral Richard E. Byrd lors de son expédition au pôle Sud en 1927 ; ou encore Fala, l'espiègle petit Scotty noir de Franklin D. Roosevelt, qui avait déclenché un scandale durant l'élection présidentielle de 1944.

Certains Républicains avaient en effet accusé les autorités d'avoir dilapidé l'argent du contribuable en envoyant aux îles Aléoutiennes un destroyer chargé de récupérer Fala, oublié sur place, prétendait-on, à l'issue d'une visite présidentielle. L'affaire avait été tuée dans l'œuf à l'occasion d'un discours dans lequel le président Roosevelt avait déclaré que les Républicains étaient “prêts à aller jusqu'à déclarer la guerre à Fala”.

En 1957, je traitai dans le *Magazine* dominical des multiples vies des quelque 400 000 chats de gouttière new-yorkais, et durant la même année et la suivante, je rédigeai, toujours pour le *Magazine*, des articles sur les chauffeurs de bus, les employées des standards téléphoniques, un capitaine de ferry-boat, les diseuses de bonne aventure, les artistes tatoueurs, les policiers se déplaçant en hélicoptère, les équipes de démolisseurs, les arrangeuses de mariage, les organisateurs de combats de coqs et les fabricants des mannequins qui ornaient les vitrines des grands magasins.

Après ma mutation en 1959 au service des nouvelles du jour, je continuai de me concentrer sur la vie de ceux qui n'étaient pas considérés comme dignes de faire l'objet d'un reportage, tels que les portiers, les cireurs de chaussures, les promeneurs de chiens, les affûteurs de ciseaux, les ouvriers qui nettoyaient la nuit les carreaux de faïence des tunnels de Lincoln et de Holland, les employés assis dans les guérites du métro, les porteurs dans le district du vêtement, les cochers des calèches de Central Park, un marchand de foin installé dans la gare de marchandises de la ville, un fabricant de charrettes à bras fier de son métier installé au 541 de la 11e Rue Est, un imprimeur très occupé à fabriquer des formulaires d'amende de stationnement au 111 de la 19e Rue Ouest et la papeterie installée à l'angle de Broadway et de la 72e Rue, qui avait vendu 3 500 bougies en deux heures lors de la panne d'électricité survenue en plein mois d'août. Lors de cette même panne, à l'intérieur d'un bâtiment de trois étages qui abritait la Guilde des aveugles juifs new-yorkais dans la 62e Rue près de Broadway, 200 ouvriers non-voyants avaient aidé les 70 ouvriers voyants à descendre les escaliers dans le noir pour atteindre le trottoir, sains et saufs.

Cette même année je rédigeai également un reportage sur un chauffeur de Manhattan nommé Roosevelt Zanders qui, devenu riche, avait désormais lui-même un chauffeur. Né à Youngstown, dans l'Ohio, M. Zanders, âgé de quarante-trois ans, dirigeait un service de voitures de luxe qui employait cinq chauffeurs à New York pour conduire ses cinq Cadillac, tandis qu'il roulait dans sa Rolls-Royce customisée garnie sur toute sa largeur d'un tapis de fourrure, avec deux systèmes différents d'appareils haute-fidélité et un cric qui faisait pratiquement la taille d'un lutteur nain.

En 1959, le jour du défilé de la Saint-Patrick, j'avais réservé un siège dans une tribune qui, installée sur la Cinquième Avenue au niveau de la 64e Rue, offrait une vue bien dégagée sur les 89 fanfares et les 130 000 marcheurs ; mais mon attention s'était assez vite détourné des prévôts et autres dignitaires qui ouvraient le défilé pour m'intéresser à cette question : qui donc le ferme ?

Je quittai ma place et redescendis la Cinquième Avenue sur plusieurs blocs jusqu'au moment où j'aperçus le dernier participant au cortège : un musicien de seize ans qui portait la casquette à visière et l'uniforme à rayures de l'orchestre de la Holy Cross High School à Flushing, dans le Queens. Il s'appelait Richard Kryston, se trouvait alors au niveau de la 49e Rue et avançait aussi majestueusement que cela lui était possible en portant son soubassophone, une sorte de gros tuba aux formes arrondies. Il venait de passer deux heures à attendre de pouvoir démarrer, si bien que lorsque arriva pour lui le moment de se mettre en marche, l'obscurité tombait déjà sur la Cinquième Avenue et le grésil commençait à dégouliner sur son énorme instrument doré.

Il était 17 h 18, et il avançait en direction de la cathédrale Saint-Patrick. Le cardinal Spellman et ceux qui l'accompagnaient regardaient le défilé depuis les marches. Mais juste avant que le musicien n'arrive, le cardinal et les autres quittèrent leur poste d'observation pour se mettre au sec à l'intérieur.

Il continua son chemin, passant devant Peck & Peck, puis devant le magasin Bergdorf Goodman – sans que personne ne lui prête attention en dehors des mannequins des vitrines qui dans leur immobilité élégante semblaient le saluer.

La foule massée sur les trottoirs depuis une heure s'était dispersée à 17 h 25 quand Richard Kryston arriva devant l'estrade installée au niveau de la 64e Rue pour les officiels. Le maire, M. Wagner, son chapeau dégoulinant, signait des autographes et saluait de la main les gens qui l'apostrophaient : "Bonjour Bob !", "Bonjour Monsieur le maire !" Le maire ne prêta aucune attention au musicien qui passait.

À 17 h 30, les policiers commencèrent à rentrer chez eux. Les gens criaient pour trouver un taxi. Il pleuvait de plus en plus fort. Les équipes municipales de nettoyage démontèrent les gradins en bois. Puis arrivèrent les balayeurs, vêtus d'uniformes légers et maniant le balai avec vigueur comme Chaplin dans ses films. À 17 h 45, quand on aperçut pour la dernière fois le joueur de soubassophone, il soufflait dans son instrument au-delà de la 80e Rue, mais il faisait presque trop nuit pour qu'on puisse le voir.

8

Durant les presque sept années où je travaillai au service chargé de traiter des questions d'actualité, je ne fus que très rarement envoyé en reportage en dehors de la ville – trois ou quatre fois par an peut-être. Et comme lorsque j'opérais à New York, je m'efforçais d'interviewer des gens à même d'exprimer un point de vue différent sur le sujet traité, des gens auxquels on ne demandait généralement pas leur avis et auxquels on ne prêtait pas attention, en d'autres termes des gens à l'image de ce musicien qui avait fermé le défilé.

Le 22 octobre 1962, dans un discours alarmiste retransmis depuis la Maison-Blanche, le président John F. Kennedy annonça que des avions de reconnaissance avaient découvert la présence à Cuba de rampes de lancement de missiles soviétiques. Il ajouta que si elles n'étaient pas démantelées sans délai, un conflit majeur éclaterait avec la Russie. Je me trouvais alors sur le campus de Wooster College dans l'Ohio, où je couvrais l'accueil réservé à un petit monsieur aux cheveux blancs résidant en Nouvelle-Angleterre nommé Sherman Adams, qui avait accepté l'invitation du département des sciences politiques à venir donner une série de conférences sur le système politique américain, et je ne fis donc pas partie des journalistes du *Times* appelés à traiter de la crise des missiles.

Gouverneur de l'État du New Hampshire de 1949 à 1953, M. Adams avait travaillé à la Maison-Blanche de 1953 à septembre 1958 comme chef de cabinet du président Dwight D. Eisenhower. Mais il avait été contraint de démissionner quand on apprit qu'il avait reçu divers cadeaux d'un fabricant de textiles de Boston adjudicataire de contrats avec le gouvernement fédéral, notamment un luxueux manteau en laine de vigogne.

Lors de l'arrivée de M. Adams sur le campus de Wooster, il ne s'était trouvé personne parmi les professeurs qui l'avaient invité pour faire allusion à cette affaire, et les étudiants que j'avais interrogés n'avaient jamais entendu parler de Sherman

Adams, tant sa notoriété avait été de courte durée. En outre, vraisemblablement préoccupés par leurs propres problèmes, les étudiants étaient pétrifiés après avoir regardé l'allocution présidentielle à la télévision. En ces temps anxiogènes, ils se demandaient comment ils allaient réussir à se concentrer sur leurs examens de mi-semestre et, pire encore, ce qui se passerait s'ils devaient abandonner leurs études pour partir sous les drapeaux.

Un jour, au cours d'une discussion avec un professeur de Wooster nommé William I. Schreiber, j'exprimai mon horreur face à la perspective d'une guerre atomique et de l'anéantissement qui nous guettait. Ce dernier me suggéra de rendre visite à une communauté de fermiers amish qui vivaient avec leurs carrioles et leurs chevaux à une dizaine de kilomètres de Wooster, en me disant que cela pourrait peut-être apaiser au moins un temps mon anxiété. Certes beaucoup de gens sur le campus s'inquiétaient de la fin du monde, me dit-il, mais les Amish du village voisin vivaient dans un univers spirituel empreint de sérénité, et cela méritait peut-être que je me penche sur la question.

Outre qu'il dirigeait le département d'études germaniques de Wooster, le Pr Schreiber était l'auteur d'un livre intitulé *Our Amish Neighbors* [Nos voisins amish], et environ un millier d'entre eux habitaient dans le village d'Apple Creek, dans le comté de Wayne, juste à côté de chez lui. Plus au sud, le comté de Holmes comptait 4 000 adultes fréquentant l'église amish, et l'État abritait quarante-cinq autres congrégations. Il y avait davantage d'Amish résidant dans l'Ohio que dans n'importe quel autre État américain, plus même que dans l'Indiana ou en Pennsylvanie. Chaque famille comptant en moyenne sept enfants, on estimait que la population amish dépasserait les 300 000 personnes au cours des cinquante prochaines années.

Venus d'Allemagne, les Amish avaient commencé à coloniser l'Ohio au début du XIXe siècle, et le Pr Schreiber m'apprit qu'ils étaient à la tête de quelques-unes des plus belles fermes du pays. Ils cultivaient du maïs, du blé, de l'avoine, de la luzerne, des pommes de terre et, dans l'Ohio, ils s'étaient regroupés au sein de vingt-sept coopératives pour produire du gruyère.

À Apple Creek, comme dans toutes les communautés amish du pays, les gens vivaient sans électricité, boycottaient les automobiles, voyageaient en carriole, et ils accrochaient à leurs fenêtres des rideaux bleus tout simples, jamais en soie. Les hommes avaient de longues barbes non taillées, ils portaient des manteaux sans revers, des chemises dépourvues de manchettes, pas de cravates, des pantalons sans ceinture et leurs vêtements étaient fermés non pas à l'aide de boutons mais par des crochets. Les femmes portaient des jupes noires qui leur tombaient jusqu'aux chevilles, des chaussures noires à talon plat et des bonnets noirs.

"Les Amish sont en Amérique les seuls à avoir préservé leur façon traditionnelle de vivre, de s'alimenter, de s'aimer, de se marier et d'être enterrés, me déclara le Pr Schreiber, avant d'ajouter : Ce sont des fermiers pacifiques. Ils ne combattent pas en temps de guerre. Ils ne ferment pas leur porte à clef. Des gamins ont récemment volé de l'argent et du bétail à des Amish ; mais quand le shérif a récupéré le produit du vol, les Amish ont refusé de le reprendre. C'était 'l'argent du péché', si bien que le shérif, ne sachant quoi en faire, l'a donné à la caisse d'action sociale du comté."

Le lendemain, je partis au volant de ma voiture de location pour me rendre dans le village amish, en empruntant des chemins de terre à travers des hectares de champs cultivés, avec des vaches dans leurs enclos, des chevaux et des ouvriers en tenues de travail sombres qui s'activaient. Après m'être garé et avoir été accueilli amicalement pas les anciens du village, on me fit découvrir où et comment ils vivaient. Ma première pensée ne fut pas que je me trouvais en présence de gens excentriques ou arriérés, mais plutôt dans une communauté d'Américains très pieux qui avaient choisi de former une minorité à nulle autre pareille. Ils étaient restés enracinés dans la tradition agricole de leurs ancêtres, et plutôt que jouer la carte de l'assimilation et de la modernisation, ils exerçaient leur droit constitutionnel à préserver les traditions et les valeurs d'antan – en se distinguant par leurs manières et leur façon de se vêtir, et en se désintéressant de ce qui préoccupait la plupart des gens à travers le monde.

Le fait qu'ils aient pu continuer à vivre aussi longtemps de la façon qu'ils avaient choisie n'attestait pas seulement de leur persévérance, mais peut-être bien aussi des pratiques égalitaires propres à une république démocratique, encore que ce type de gouvernement ait fréquemment échoué à protéger ses minorités vulnérables des groupes haineux. Néanmoins, à Apple Creek, le système paraissait fonctionner et, chose étrange, j'étais soulagé d'interviewer des gens qui n'étaient pas polarisés sur la bombe, qui ne regardaient pas la télévision et qui ne répondaient pas aux journalistes : "Aucun commentaire."

Courtois et patients, ils s'efforçaient de répondre à mes questions, mais donnaient souvent l'impression de ne pas comprendre de quoi je leur parlais. Ce fut le cas avec un des membres les plus âgés de la communauté qui s'appelait Levi Hershberger. Il était en plein travail dans sa grange à côté de la maison d'un blanc immaculé où il vivait avec sa femme, et sans hésiter, il posa ses outils quand je m'avançai pour me présenter.

"Monsieur Hershberger, qu'avez-vous pensé du discours du président Kennedy hier soir ?" lui demandai-je.

Il fronça les sourcils d'un air interrogateur, marqua un temps d'arrêt et me répondit : "Je n'ai connaissance d'aucun discours."

Je lui expliquai alors qu'on venait d'entendre un discours important et que la guerre était peut-être pour bientôt.

"Monsieur, me dit-il avec fermeté mais sans animosité, en ce qui me concerne, les événements du monde se déroulent de l'autre côté de la barrière."

9

Quand je quittai le *Times* en 1959, c'était moins par désir d'en partir que pour avoir la possibilité d'y revenir en qualité de journaliste free-lance afin de traiter de sujets que je n'aurais pas eu la liberté d'aborder à l'époque où j'étais membre de sa rédaction. Je souhaitais en effet rédiger pour *Esquire Magazine* une série d'articles qui m'amèneraient à interviewer certains journalistes, correcteurs et responsables de rubriques que j'avais eu l'occasion de côtoyer dans la salle de presse.

Le mot *média* n'était pas alors aussi populaire qu'il allait le devenir à la suite du scandale du Watergate, si bien qu'à l'exception de quelques ouvrages biographiques consacrés à des patrons de presse comme Joseph Pulitzer ou William Randolph Hearst, à quoi on pouvait ajouter les revues de presse occupant les dernières pages des hebdomadaires ou les critiques du *New Yorker* rédigées par A. J. Liebling, un consensus général existait sur le fait que les articles de fond concernant les grandes figures du journalisme et leurs entreprises ne suscitaient qu'un intérêt limité et ne répondaient pas à une demande du marché.

De fait, les journalistes n'étaient même pas censés avoir une personnalité. On les avait formés à ne jamais s'impliquer personnellement dans une histoire. Qui ils étaient, ce qu'ils pensaient et ressentaient n'entrait pas en ligne de compte. On les payait à couvrir l'actualité pour le journal de référence. Ils n'étaient que des reporters, des copistes, des scribes, charge à eux de rapporter les faits et gestes des autres.

Sauf que les connaissant comme je les connaissais, je restais persuadé que leur histoire personnelle et professionnelle était tout aussi digne d'être racontée que celles des personnes qui faisaient l'actualité, et dont le nom et la photo apparaissaient chaque jour dans les pages du journal. Tout aussi important à mes yeux était le fait que ce point de vue était en partie partagé par Harold Hayes, le rédacteur en chef du magazine *Esquire* qui, en septembre 1965, me proposa un contrat qui me garantissait un salaire annuel de 15 000 dollars – soit l'équivalent de ce que je touchais quand je travaillais comme journaliste – si je m'engageais à écrire des articles sur les gens du *Times* plus quelques autres sujets de son choix.

Ma décision de travailler pour *Esquire* n'était donc pas dirigée contre ma hiérarchie au *Times*. Celle-ci avait non seulement accepté la plupart de mes propositions d'articles, mais j'avais rarement été déçu quand elle avait elle-même choisi les sujets que j'avais traités au cours des années qui venaient de s'écouler, en particulier après que la haute direction avait décidé que les articles devraient non seulement faire montre d'exactitude et d'impartialité, mais aussi être rédigés dans un style élégant.

Une des dernières missions importantes qui me fut confiée par le *Times* me conduisit en Alabama où se déroulait la grande marche pour les droits civiques de Selma, qui finit en bain de sang avant de rester dans les livres d'histoire sous le nom de “dimanche sanglant”. Cela se passait le 7 mars 1965 ; c'était un dimanche après-midi et il faisait doux.

Plus tôt dans la journée, 525 Afro-Américains munis de sacs de toile contenant des vêtements et des chaussures de rechange s'étaient pacifiquement mis en rang le long du trottoir devant une église en briques rouges dans le quartier noir de la ville, avec l'intention de gagner Montgomery, la capitale de l'État, au terme d'une marche de 87 kilomètres couverts en cinq jours pour protester contre l'acharnement mis par les autorités de Selma à les empêcher de s'inscrire sur les listes électorales. Dans cette ville qui avait jadis compté de nombreuses plantations, plus de la moitié des 28 775 habitants étaient des descendants d'esclaves, mais seulement 325 résidents noirs avaient le droit de voter.

En rang par deux, les manifestants passèrent par le centre de la ville puis par le quartier commercial, avant de traverser la rivière Alabama en empruntant le pont Edmund Pettus, un ouvrage métallique en forme d'arc baptisé en l'honneur d'un général confédéré. C'est alors qu'ils furent surpris sur la route nationale par une charge de policiers de l'État armés de matraques et de grenades lacrymogènes. Je me trouvais à ce moment-là au bord de la chaussée en compagnie d'autres journalistes et de plusieurs équipes de télévision, à une dizaine de mètres du premier rang des manifestants, et aucun de nous n'avait imaginé être témoin de ce qui allait suivre : l'explosion soudaine des grenades lancées par les forces de l'ordre à l'instant où elles touchaient le sol, le dégagement de fumées toxiques qui brûlaient les yeux des manifestants, les cris et les gémissements de ceux sur qui pleuvaient les coups de matraque et les coups de crosse répétés des représentants de la loi, le spectacle des autres victimes qui tombaient à la renverse, affolées et à demi aveuglées, ou qui cherchaient à fuir en retraversant le pont pour se réfugier dans leur église en abandonnant leurs chapeaux, leurs parapluies, leurs brosses à dents, leurs mouchoirs et leurs sacs au bord d'une route maculée de sang.

Prises en charge par des fourgons mortuaires appartenant à des Noirs, 17 des quelque 70 personnes blessées furent finalement admises dans l'hôpital ségrégué de la ville. Un de ceux qui marchaient en tête du cortège, John Lewis, un vétéran des *Freedom Rides* [Croisades pour la Liberté] de 1961 alors âgé de vingt-cinq ans et futur élu au Congrès, eut le crâne brisé après avoir été matraqué et garda sur le dessus de la tête des cicatrices indélébiles. (Quand ces faits se produisirent, le révérend Martin Luther King se trouvait à son quartier général d'Atlanta, mais le lendemain il arriva sur place à Selma.)

Alors même qu'avec les autres journalistes nous battions en retraite au milieu d'une fumée irrespirable en nous efforçant d'éviter la nouvelle charge du détachement de cavaliers envoyés par le shérif qui agitaient de façon menaçante de longs fouets à lanières de cuir et des aiguillons électriques utilisés pour le bétail, je percevais sur le bas-côté le cliquetis métallique des caméras qui avaient filmé les scènes d'horreur et continuaient de tourner, et déjà je pressentais la suite – notamment le discours angoissé de Martin Luther King à la nation appelant les volontaires à se rassembler à Selma pour prendre part à la marche sur Montgomery.

Le 21 mars, jour où le défilé emmené par King arriva finalement dans la capitale de l'Alabama pour remettre à son gouverneur, le raciste George Wallace, une pétition exigeant une réforme de la procédure d'inscription sur les listes électorales – non sans avoir dû surmonter une injonction des tribunaux ordonnant que la marche soit différée ainsi que les hésitations de la Maison-Blanche à protéger les participants en plaçant les policiers de l'État sous l'autorité directe du gouvernement fédéral –, près de 25 000 personnes avaient répondu à l'appel. Il ne fait guère de doute que les participants à ce grand rassemblement de sympathisants noirs et blancs venus des autres États avaient fait le déplacement jusqu'en Alabama parce qu'ils avaient été écœurés par le spectacle inhumain diffusé en boucle à la télévision.

Dans les annales de l'histoire des médias, les scènes du "dimanche sanglant" ont constitué un point d'orgue attestant de l'influence qu'auraient désormais les reportages télévisés quand ils montreraient des scènes susceptibles de marquer et de mobiliser instantanément l'opinion publique. De fait, ces images allaient très vite amener le Congrès à voter la loi sur les droits civiques, promulguée par le président Lyndon Johnson le 6 août 1965.

Après le "dimanche sanglant", je restai encore dix jours à Selma afin de rédiger plusieurs articles pour le quotidien, et un mois plus tard, j'y retournai pour un article de suivi qui parut dans le supplément dominical du 30 mai. J'avais fait appel au témoignage de plusieurs manifestants, mais aussi à celui de Blancs venus à Selma depuis les quatre coins du pays pour se joindre à eux après l'appel lancé par le révérend King. Je ne manquai toutefois pas de mentionner le fait que beaucoup de ces sympathisants blancs, originaires du nord ou d'ailleurs, vivaient eux-mêmes dans des quartiers ségrégués, condamnant à Selma des pratiques qu'ils toléraient chez eux.

À la différence de la plupart des reporters envoyés couvrir le "dimanche sanglant", j'étais déjà allé plusieurs fois à Selma, depuis l'époque où j'étudiais à l'Université de l'Alabama, et dans un essai publié par le *Times* plusieurs décennies plus tard, j'évoquai le racisme endémique qui avait marqué mon enfance à Ocean City dans le New Jersey, une station balnéaire socialement et politiquement conservatrice fondée dans les années 1800 par des ministres du culte méthodiste.

Même si dans ma ville natale les lycéens noirs et blancs fréquentaient les mêmes écoles, la ville était largement ségréguée. Au Village Theatre sur le front de mer, les lycéens de couleur ainsi que les Noirs de tous âges allaient s'asseoir au balcon, tandis que les Blancs s'installaient en bas à l'orchestre. Je me rappelais aussi avoir vu de temps à autre des membres du Klan vêtus de longues robes blanches tenir un meeting sur le terrain de camping de la ville, à quelques pâtés de maisons du quartier commercial où mon père, un catholique né en Italie, travaillait dans sa boutique de tailleur.

Lors de mon arrivée en 1949 sur le campus de l'Université de l'Alabama qui accueillait exclusivement des étudiants blancs, je n'avais rien vu de très différent de ce que j'avais pu observer durant mon enfance dans le New Jersey.

En 1963, alors que j'étais journaliste au *Times*, j'eus l'occasion d'interviewer à New York le gouverneur de l'Alabama, George C. Wallace, qui était venu en avion pour intervenir dans l'émission de la NBC "Meet the Press" [Rencontre avec la presse]. Je l'avais retrouvé dans la vaste suite qu'il occupait à l'hôtel Pierre sur la Cinquième Avenue.

L'interview suivait son cours depuis une bonne dizaine de minutes, quand soudain le gouverneur Wallace se leva de son siège, me prit par le bras et m'entraîna jusqu'à une des fenêtres surplombant Central Park et la rangée de bâtiments chics alignés le long de la Cinquième Avenue.

"Nous avons sous les yeux la citadelle de l'hypocrisie en Amérique", me dit-il en désignant la rue à nos pieds et en déclarant que pratiquement aucun Noir, en eût-il les moyens, ne pouvait espérer vivre avec les Blancs dans ce quartier ou dans les alentours, à cause de la ségrégation immobilière aussi ancienne qu'inavouée qui se pratiquait à New York et dans les villes au nord du pays. "Et pourtant, poursuivit-il, ils viennent beugler dans le Sud au nom des droits civiques !"

Je citai longuement ses propos dans l'édition du journal qui parut le lendemain, mais notre entretien prit fin sans que j'aie informé le gouverneur Wallace du fait que je possédais moi-même un appartement à quelques rues du Pierre – et que je n'avais pas, et qu'à ce jour je n'ai toujours pas, un seul voisin noir dans le pâté d'immeubles où je réside.

10

Ayant quitté le *Times* en bons termes avec ma hiérarchie pour rejoindre *Esquire* en septembre 1965, je n'eus aucune difficulté à obtenir de son rédacteur en chef Clifton Daniel l'autorisation d'accéder aux locaux pour mener des entretiens avec certains de ceux qui y travaillaient et que j'avais personnellement sélectionnés, à commencer par lui-même. Il figurait en effet parmi les quatre personnalités de ce journal à qui le rédacteur en chef d'*Esquire*, Harold Hayes, avait accepté que je consacre un article de fond de treize à dix-huit feuillets, voire plus. Habitué à m'en tenir aux huit feuillets imposés par le magazine dominical du *Times*, je me réjouissais de ce plus grand espace mis à ma disposition, de même que de pouvoir disposer de davantage de temps pour enquêter et écrire, dans la mesure où *Esquire* était un magazine mensuel.

Il y avait toutefois un revers à la médaille puisque j'allais devoir me soumettre aux desiderata de Harold Hayes, qui tenait à ce que j'interviewe de temps à autre une vedette de cinéma ou quelque autre célébrité. Quand il me proposa de faire un portrait de Frank Sinatra, je tentai de l'en dissuader et, tout en évitant de reprendre à mon compte le mantra de Bartleby – "J'aimerais mieux pas" –, je ne manquai pas de lui rappeler que plusieurs articles sur Sinatra avaient déjà paru récemment et que je m'interrogeais sur ce qu'il pourrait encore y avoir à dire à son sujet. Je préférais éviter d'écrire sur les célébrités car je savais d'expérience qu'elles faisaient rarement preuve de respect à l'égard des journalistes, qu'elles arrivaient souvent en retard aux interviews (quand elles venaient) et qu'elles insistaient généralement pour que leur attaché de presse ou leur avocat soit présent et puisse relire l'article avant sa parution.

Il était hors de question pour moi d'accéder à ce genre de demande, comme d'ailleurs pour tous les journaux ou magazines que je connaissais, y compris *Esquire*, mais Hayes insistait néanmoins pour que son magazine consacre à

Sinatra un article de fond, et il voulait absolument que je m'en charge. Son raisonnement était le suivant : à partir du moment où il m'autorisait à écrire des articles sur des journalistes dont peu de lecteurs d'*Esquire* avaient entendu parler, il était juste que je contribue en retour à doper ses ventes en kiosque avec des articles consacrés à des célébrités qui feraient la une du magazine.

Quand il avait passé en revue la liste des quatre journalistes que je lui avais soumise, Hayes avait admis connaître Harrison Salisbury, le correspondant étranger du *Times* couronné du Pulitzer qui avait couvert la Russie du temps de Staline ; mais il ne savait pratiquement rien de Clifton Daniel, si ce n'est qu'il avait épousé la fille de l'ancien président Harry Truman. Pire, il ignorait tout des deux autres personnes retenues par moi – le jeune journaliste John Corry chargé de traiter les sujets qui se présentaient, et le correcteur Alden Whitman, qui travaillait depuis longtemps au *Times* et venait d'être promu à la tête de la rubrique nécrologique.

Plutôt qu'étrenner mon contrat avec *Esquire* par un bras de fer avec mon nouveau patron, j'acceptai de consacrer un portrait à Sinatra, mais à la condition que Hayes publie d'abord un de mes articles consacrés au *Times*. Il y consentit et je lui annonçai que mon premier profil serait celui d'Alden Whitman. Je n'avais jamais eu l'occasion d'échanger avec ce dernier, ni d'ailleurs avec n'importe quel autre correcteur, mais je me rappelais l'avoir vu travailler et fréquenter la Gough's Chop House à l'époque où j'étais au *Times*, et peu de temps avant mon départ de l'entreprise, je m'étais même un jour retrouvé assis suffisamment près de lui pour pouvoir l'observer attentivement.

C'était un petit homme rondouillard arrivé la pipe à la bouche en affichant un air sérieux sinon renfrogné qui contrastait avec sa désinvolture vestimentaire. Il portait un nœud papillon rouge à pois, une chemise à rayures jaunes et une veste d'équitation à double fente de couleur sombre. Bien que déjà d'un certain âge, il avait une chevelure brune abondante sans la moindre mèche blanche, une moustache qui tirait sur le roux, et après avoir passé sa commande au comptoir du self, il avait traversé la pièce à petits pas rapides pour gagner une table inoccupée dans un coin. Il tenait dans sa main droite un plateau de plastique sur lequel étaient posés un bol de soupe et une salade, et dans la main gauche un exemplaire encore plié du *New Statesman*.

Il passa la demi-heure suivante à lire tout en mangeant, se nourrissant avec précaution d'une main et maniant de l'autre son journal qu'il tenait à quelques centimètres de son nez et sur lequel il louchait à travers des lunettes à monture d'acier. J'en avais déduit qu'il était myope.

J'avais décidé de débuter par lui mon contrat avec *Esquire* à cause de cette curiosité que j'éprouvais depuis toujours au sujet des relecteurs – les Bartleby d'aujourd'hui –, et aussi parce qu'il était désormais en charge de la rédaction des notices nécrologiques. Malgré son statut à part au sein de l'équipe des journalistes – il était le seul dont les contributions paraissaient sans signature –, il possédait un pouvoir d'arbitrage considérable au sein du journal. C'était à lui de décider en dernier ressort qui était, ou n'était pas, suffisamment connu pour mériter une notice nécrologique.

Dans l'univers de Whitman, ceux qui venaient de mourir formaient deux catégories : les "personnalités" et les autres, et si la famille de ces derniers souhaitait faire en sorte que les lecteurs soient informés de leur disparition, le seul moyen dont elle disposait était l'insertion d'une annonce payante en petits caractères dans les avis de décès.

Parmi les femmes endeuillées qui avaient dû s'y résoudre parce que leur mari était mort dans l'anonymat, figurait Elizabeth Melville. Lorsque son époux mourut dans la maison que le couple habitait à New York le 28 septembre 1891 peu après minuit des suites d'une attaque cardiaque, elle dut payer pour faire paraître une annonce de six lignes dans le journal du lendemain.

> Herman Melville est décédé hier à son domicile en cette ville, au 104 de la 26e Rue Est, d'une crise cardiaque à l'âge de soixante-douze ans. Il était l'auteur de *Taïpi* et d'*Omoo*, ainsi

> que de *Mobie Dick* et autres récits d'aventures marines, tous écrits au temps de sa jeunesse. Il laisse une veuve et deux filles, Mme M. B. Thomas et Mlle Melville.

Pour reprendre la formule d'A. E. Hausman, Melville était l'exemple même d'une personne dont le nom était tombé aux oubliettes avant son décès. Il avait pourtant commencé brillamment sa carrière et publié avant son trentième anniversaire deux best-sellers – *Taïpi* en 1849 et *Omoo* l'année suivante, tous les deux inspirés de ses voyages en Polynésie. Mais pas un seul des seize ouvrages qui suivirent – ses romans, ses recueils de poèmes ou ses nouvelles comme *Bartleby le scribe* – ne rencontra de succès auprès des lecteurs, et en fait, il avait vécu ignoré le dernier tiers de sa vie, alors que tous ses livres étaient épuisés et oubliés, y compris son œuvre la plus ambitieuse, *Moby-Dick*, dont le titre fut d'ailleurs mal orthographié dans plusieurs des annonces mentionnant son décès.

Il fallut attendre 1919 et le centenaire de sa naissance, puis le succès rencontré par la publication en 1924 de son roman posthume *Billy Budd*, pour que les critiques littéraires et les lecteurs découvrent les premiers écrits de Melville et qu'il soit reconnu comme un de nos plus grands écrivains.

11

Lors de ma première rencontre avec Alden Whitman, en septembre 1965, j'avais été sidéré de l'entendre me dire que c'était une sage décision de l'avoir placé en tête de ma liste de portraits pour *Esquire* car il pensait ne plus avoir encore longtemps à vivre. Je n'avais pas su quoi lui répondre, croyant que cet homme de cinquante-deux ans plaisantait ou versait dans le mélodrame, à moins qu'à force d'écrire sur les morts, il n'ait fini par être dévoré de l'intérieur par son sujet. "Je vais réellement très mal, continua-t-il d'une voix douce. Je viens de passer huit semaines au Knickerbocker Hospital à la suite d'une attaque cardiaque très sévère, et j'ai bien peur que la prochaine ne me soit fatale."

Il était assis sur son divan dans le salon de son appartement de quatre pièces (plus la moitié d'une) dans un vieil immeuble en brique de la 116ᵉ Rue Ouest. Nous étions entourés d'étagères débordant de livres, et il y en avait d'autres empilés par terre. Il partageait cet appartement avec Joan, sa troisième épouse qui avait seize ans de moins que lui. Ils avaient fait connaissance en 1958 au *Times*, où elle travaillait comme relectrice à la rubrique "Mode".

C'était une petite brune mince et jolie, et elle se préparait à partir travailler lorsque j'arrivai à la première des trois séances que nous avions programmées d'un commun accord. Nous nous étions entendus par téléphone un peu plus tôt dans la semaine, et bien qu'il n'ait pas fait allusion à son état de santé, il m'avait dit être très occupé ; j'avais par conséquent accepté que chacune de mes visites ne dure pas plus d'une heure.

Après le départ de Joan, il ajouta qu'outre ses problèmes cardiaques il avait aussi un glaucome. Il devait se mettre des gouttes de collyre dans les yeux toutes les trois heures et, ne sachant pas combien de temps il lui restait avant de devenir aveugle, il était impatient de boucler sa propre notice nécrologique. Il me confia avoir déjà remis plusieurs parties d'un premier jet à son assistant, de telle sorte qu'une fois achevée et que les circonstances l'exigeraient, elle puisse paraître rapidement dans le journal.

"Une des raisons pour lesquelles votre sujet d'article m'intéresse, c'est qu'il me donne l'occasion de passer en revue mon passé, et qu'en discutant avec vous, il se pourrait qu'il me revienne des choses susceptibles de m'avoir échappé."

Assis face à lui, mon carnet à la main, j'en croyais à peine mes oreilles. J'étais précisément en train de faire ce que lui faisait tous les jours : j'interviewais un candidat dont on pouvait penser qu'il serait bientôt mort. J'avais entendu dire qu'Alden Whitman avait déjà rédigé par anticipation des dizaines de notices nécrologiques sur des gens âgés dignes d'intérêt, qu'il s'était parfois déplacé très loin pour les rencontrer personnellement et les observer de près avant qu'il ne soit trop tard – Charlie Chaplin, par exemple, ou encore Vladimir Nabokov, Graham Greene, Charles Lindbergh, Francisco Franco et le scientifique auteur de romans C. P. Snow, connu pour avoir surnommé Whitman le "vampire" du *Times*.

Or, pour autant que je pouvais en juger et en dépit de ce qu'il m'avait dit à propos de sa santé, Whitman n'avait pas l'air mourant. Il était tel que je me rappelais l'avoir vu l'année précédente à la cafétéria – désinvolte avec son nœud papillon coloré, tirant sur sa pipe, ne montrant aucun signe d'amaigrissement, de fatigue ou de confusion. Il s'exprimait d'une voix claire et parfaitement modulée, et semblait aussi décontracté en parlant de ses maladies qu'au moment où il m'avait accueilli un peu plus tôt en me demandant si je voulais boire quelque chose. Cela me paraissait attester chez lui d'une forme de détachement assez courante chez de nombreux journalistes.

"J'aimerais vous montrer ce que j'ai rédigé à ce jour", me dit-il en attrapant un dossier cartonné pour me le tendre. Il contenait des copies carbone de plusieurs pages dactylographiées. "Gardez-les. Vous y trouverez peut-être des renseignements utiles."

Je pris le dossier et vis que plusieurs pages étaient signalées par des marques. Quelques mots avaient été biffés et remplacés par des corrections à la main d'une écriture pas toujours facile à déchiffrer. Si bien que pour éviter toute erreur je me mis à lire son texte à voix haute, m'en remettant à lui pour éventuellement me corriger ou me donner des explications complémentaires. La première page commençait ainsi :

> Alden Whitman, membre de la rédaction du *New York Times* pendant quatorze années, est mort ce jour des suites d'une thrombose coronaire à l'âge de cinquante-deux ans. Dans le cadre de ses activités de journaliste, il a rédigé la notice nécrologique de nombreuses personnalités du monde entier.
>
> Avant de se consacrer à temps plein à la rédaction de notices nécrologiques, M. Whitman a travaillé comme relecteur-correcteur dans le service des actualités locales et nationales. Il est arrivé au *Times* en 1951, après avoir travaillé comme correcteur au *New York Herald Tribune* où il était entré en 1943. Il avait avant cela travaillé deux ans comme relecteur au *Buffalo Evening News*.
>
> Plusieurs décennies de travail assidu s'écoulèrent entre son enfance passée dans le Connecticut et à New Alabany (Nouvelle-Écosse), où il est né le 27 octobre 1913, de Frank Seymour Whitman, originaire du Canada, professeur de travaux manuels et charpentier par vocation et de Mabel Bloxsom Whitman, née dans le Connecticut, qui fut durant de longues années institutrice dans une école publique de Bridgeport, et le moment où il accéda à un poste de responsabilité dans la presse.

Il m'arrêta pour développer : “J'étais fils unique. J'avais deux ans quand mes parents ont quitté Albany pour s'installer à Bridgeport, chez ma grand-mère maternelle. Elle était veuve et possédait une maison de dix pièces toute biscornue. Dans la mesure où mes parents passaient la plus grande partie de la journée au travail, c'était à ma grand-mère que je m'adressais pour avoir un biscuit ou autre chose quand je rentrais de l'école. Elle était économe mais avait bon cœur. Pour elle, c'était un péché d'acheter dans un magasin quelque chose qu'on pouvait faire soi-même. Elle se refusait à acheter du pain à l'épicerie. Quand j'étais gosse, une des tâches dont je devais m'acquitter à la maison était de tourner la manivelle du pétrin pour la fournée hebdomadaire."

Rien de tout cela ne figurait dans les pages que j'avais entre les mains, mais je restai silencieux tandis qu'il poursuivait : "Comme j'étais très studieux, j'ai sauté deux classes. Ma mère en était extrêmement fière et cela renforça sa position parmi ses collègues, mais cela ne nous rapprocha pas. Mon père se montrait très respectueux à son égard – c'est elle qui portait la culotte dans la famille –, mais il vivait dans son propre monde. Il était abstinent et fort croyant, il occupait la fonction de diacre dans sa paroisse baptiste, et c'était un homme qui ne jurait jamais. Il avait grandi dans une famille de fermiers de Nouvelle-Écosse, dans une fratrie de sept enfants dont il était le seul survivant. Tous les autres étaient morts de diverses maladies dans leur jeune âge. Il n'en parlait jamais."

Alden Whitman m'expliqua encore qu'en 1928, il avait obtenu son examen de fin d'études au lycée parmi les premiers de sa classe alors qu'il n'avait que quinze ans. Ayant sauté deux classes, il était physiquement moins mûr que ses condisciples, et évitait de ce fait de participer aux compétitions sportives en salle ; mais il occupait le poste de coach adjoint et communiquait les résultats des matchs à la gazette du coin.

"J'avais derrière moi six ans de latin et j'étais le seul gamin du lycée capable de lire dans le texte Horace et ce poète retors qu'est Catulle. En revanche j'étais incapable de faire une addition ou une soustraction. Toute ma vie j'ai eu le plus grand mal à gérer mes finances."

Il avait néanmoins été admis à Harvard. Ses parents l'aidaient dans la mesure de leurs moyens, mais il dut payer lui-même la plus grande partie de ses frais de scolarité en travaillant comme serveur et en occupant divers petits emplois, du moins quand il n'avait pas cours ou ne s'adonnait pas à sa passion pour la lecture dans la magnifique bibliothèque – ou qu'il ne s'aventurait pas hors du campus pour aller assister moyennant 50 *cents* à un concert de l'orchestre symphonique de Boston ; quand il n'était pas au balcon du Colonial Theatre pour voir la représentation d'une pièce qui devait ensuite être jouée à Broadway ou qu'il n'était pas en train d'écouter à la radio le chanteur Rudy Vallée dans une des scies de l'époque de la Grande Dépression : "La vie, c'est comme un bol de cerises".

"Puis d'un seul coup tout est parti de travers. Je me suis retrouvé sans le sou. J'ai été forcé d'interrompre mes études à Harvard pendant vingt-quatre mois entre la deuxième et la troisième année, et d'accepter un poste d'employé aux inventaires dans l'usine qui fabriquait les machines à écrire Underwood."

Il marqua une pause, ralluma sa pipe et jeta un regard circulaire. Puis il baissa la voix pour m'expliquer que l'autre raison qui l'avait amené à abandonner ses études à Harvard était que sa petite amie était enceinte.

Lors de sa première année il avait commencé à sortir durant l'été avec une jolie jeune femme qui travaillait à la librairie de Bridgeport. Elle s'appelait Dorothy McNamara. Elle avait cinq ans de plus qu'Alden, mais comme lui, elle était fille unique, lisait beaucoup et entretenait avec ses parents des rapports distants. Sa mère était en pleine procédure de divorce avec son père, un Irlandais qui travaillait dans un cirque.

Après leur mariage en 1934 et la naissance de leur fille, il prit son poste chez Underwood en espérant que ses parents l'aideraient à faire vivre sa jeune famille. Le père d'Alden, Frank, enseignait encore, mais sa mère Mable avait du temps libre car, soucieux de répartir les emplois disponibles entre le plus grand nombre de familles possible, le responsable local en charge des écoles n'employait qu'une personne par foyer, si bien que Mabel avait cessé de faire partie du personnel enseignant.

La grand-mère d'Alden était morte quelques années auparavant, il y avait donc davantage de place pour les loger ; mais le fait demeurait que sa mère n'aimait pas Dorothy, et qu'elle n'avait accepté qu'à contrecœur de voir sa bru s'installer dans la maison avec le bébé. Aux yeux de Mabel, Dorothy n'était qu'une séductrice, une petite calculatrice, qui avait jeté son dévolu sur son fils brillant et l'avait contraint à abandonner ses études. Un jour, Mabel avait emporté la photo de mariage du couple placée dans le salon et elle avait découpé la partie où se trouvait Dorothy pour la jeter à la poubelle.

Entre-temps, Alden en était arrivé à la conclusion qu'à moins de reprendre ses études à Harvard, il n'avait aucune perspective d'avenir ; si bien qu'il démissionna de son poste chez Underwood au bout d'un an et retourna seul sur le campus. Après avoir obtenu sa licence en 1935, il se mit en quête d'un emploi, mais le seul qu'il jugea digne d'intérêt était un travail de journaliste au *Bridgeport Post-Telegram*. Son salaire de départ était de dix dollars par semaine.

“Qui peut vivre avec dix dollars par semaine ? me demanda-t-il. Et pourtant à l'époque, durant la Grande Dépression, les directeurs de journaux réussissaient à faire passer la pilule. Ils flattaient l'ego des jeunes journalistes en leur accordant de signer leurs reportages et en mettant en avant cette idée fallacieuse voulant que les journalistes rencontrent des gens intéressants. Or, le plus souvent, les seules personnes intéressantes que les journalistes rencontraient étaient d'autres journalistes.”

Il accepta néanmoins le poste, mais sa première action fut de participer à la formation d'une section syndicale pour réclamer des augmentations de salaire. Jeune idéaliste révolutionnaire à Harvard, il avait pris fait et cause pour les travailleurs en ces temps difficiles et, désormais âgé de vingt-deux ans, il s'imaginait un peu devenir un journaliste d'investigation qui allait révéler les inégalités du capitalisme et contribuer ainsi à des réformes. C'est dans cet état d'esprit qu'il avait adhéré au Parti communiste.

Un soir qu'il accomplissait ses devoirs de militant du Parti perché sur une estrade improvisée pour appeler les ouvriers d'une usine de tuyaux en laiton de Bridgeport à se syndiquer, il fut jeté à terre par trois gros bras à la solde des patrons, puis après avoir été traîné dans une ruelle, il fut roué de coups de matraque et de coups de poing qui lui cassèrent toutes les dents.

“Elles étaient pleines de caries, et c’est une bénédiction d’en avoir été débarassé, me dit-il gaiement et pointant sa pipe dans ma direction. J’ai maintenant des fausses dents et je ne m’en porte pas plus mal.” Il ouvrit la bouche et les tapota avec l’extrémité de sa pipe.

Au cours de cette entrevue qui dura une heure, puis des deux autres qui eurent lieu plus tard dans la semaine, Alden me conta son passé avec humour, mais il me fit aussi part de nombreux regrets s’agissant de sa vie personnelle. Bien qu’il ait rapidement trouvé un emploi mieux payé au *Bridgeport Sunday Herald* et qu’il ait été logé avec Dorothy et leur enfant chez ses parents sans avoir de loyer à payer, il avait l’impression de n’avoir jamais assez d’argent pour couvrir les besoins essentiels de sa famille ; et la situation empira avec l’arrivée de leur fils en 1936.

Refusant de voir le foyer s’agrandir, Mabel fit savoir à Dorothy que ce nouvel enfant n’était pas le bienvenu. Dorothy fit donc sa valise pour partir s’installer avec le bébé chez sa propre mère, elle-même tout juste divorcée, abandonnant derrière elle sa fille âgée de presque trois ans qui fut alors élevée par Mabel et Frank Whitman. La petite fille allait grandir en s’attachant à eux, et fut aimée en retour. Devenue “leur fille”, elle resta avec eux jusqu’à ses dix-neuf ans quand elle fit la connaissance d’un ingénieur de la société DuPont.

“Mon père Alden et moi avons eu les mêmes parents”, déclara-t-elle des années plus tard, alors qu’elle était depuis longtemps l’épouse de l’ingénieur avec qui elle avait eu trois enfants. Elle ne se réconcilia jamais avec sa vraie mère Dorothy (qui se remaria quelques années plus tard pour connaître un nouvel échec), ni avec son jeune frère (qui allait devenir cadre spécialisé dans le marketing au terme de ses études universitaires et se marier quatre fois).

Durant l’été 1937, quelques semaines après que Dorothy eut quitté la maisonnée parce que son mari insaisissable semblait trop préoccupé par ses propres soucis pour aider ou prendre en charge qui que ce soit, Alden Whitman fut à deux doigts de se suicider. Un jour qu’il était censé faire des recherches pour un article destiné au *Bridgeport Sunday Herald*, et alors qu'il avait parfaitement conscience que ce n'était pas le moment de prendre des libertés vu combien les places étaient rares, il décida sur un coup de tête d'aller se baigner à la plage de Fairfield toute proche.

"Je ne suis pas très bon nageur, me dit-il, mais il faisait chaud, alors je suis parti, j'ai enfilé mon maillot de bain et j'ai sauté dans l'eau. Peu après, alors que j'étais en train de barboter, j'ai perdu conscience. J'ai coulé par deux fois et failli couler une troisième. Je me souviens d'avoir eu l'impression que c'était une manière agréable de mourir... vous buvez la tasse et vous perdez conscience sans souffrir. C'est ça : ma dernière pensée a été qu'il était agréable de mourir. Quand j'ai repris connaissance, je me trouvais à Bridgeport au centre médical Saint-Vincent."

Il me dit ne pas avoir la moindre idée de comment il était arrivé à Saint-Vincent ni de qui l'avait sauvé. Il ne chercha pas vraiment à le savoir. Il ne parla de l'incident à personne, ni à ses parents, ni à aucun de ses collègues au journal, et certainement pas à son épouse, qu'il fuyait parce qu'elle le harcelait pour obtenir une pension alimentaire. Il était toutefois difficilement trouvable. Il allait rarement voir ses parents et sa fille, il résidait à une adresse inconnue, et quand il ne travaillait pas au journal, il s'enfermait quelque part pour lire. Ce fut précisément à cette époque qu'il rencontra à la bibliothèque publique de Bridgeport celle qui allait lui redonner goût à la vie et devenir sa deuxième épouse.

12

Titulaire d'un diplôme de Smith College, elle s'appelait Helen Kaposey et travaillait dans la grande salle de lecture. Elle était sympathique et séduisante, et comme elle faisait pratiquement dix centimètres de moins que lui, ses mensurations étaient parfaites aux yeux d'Alden Whitman qui mesurait pour sa part un mètre soixante-trois. Helen était sur le point de démissionner pour partir à New York occuper un poste au service "Courrier" du *Time Magazine*. Petite-fille d'un immigré hongrois qui, à Bridgeport, avait travaillé comme domestique pour la prestigieuse famille Wheeler, héritière de l'entreprise de machines à coudre Wheeler & Wilson, elle avait pu grâce à ces relations financer ses études universitaires. C'était également à Smith qu'elle s'était politisée et avait pris sa carte au Parti communiste.

À partir de l'automne 1938, aussi souvent que cela lui était possible, Alden prenait le volant de son coupé Chevrolet acheté d'occasion pour aller voir Helen Kaposey à New York ; en retour elle le présenta à son cercle d'amis – parmi lesquels plusieurs étaient communistes –, et certains d'entre eux s'efforcèrent de lui trouver des entretiens d'embauche.

À New York aucun magazine ou journal n'était disposé à faire appel à ses services en tant que reporter du fait de son manque d'expérience dans une grande ville ; aussi, le jour où un poste lui fut proposé dans une agence de relations publiques, il l'accepta sans hésiter.

Progressivement au début, puis volontairement, il coupa les ponts avec sa ville d'origine, avec ses parents, avec ses enfants, et avec Dorothy, l'épouse dont il était désormais divorcé, pour entamer à New York une nouvelle vie à l'âge de vingt-quatre ans.

Plus tard, en 1939, Alden et Helen se marièrent dans les locaux de la New York Society for Ethical Culture sur la 64ᵉ Rue Ouest, puis ils prirent un appartement en location à Sunnyside, dans le Queens. Une fois leur journée de travail achevée, ils restaient souvent en ville pour aller au théâtre ou au concert, ou pour dîner dans un petit restaurant en compagnie d'autres couples de leur âge, le plus souvent à Yorkville ou à Greenwich Village. Tout en continuant de militer en accord avec la ligne du Parti et tout en éprouvant énormément de sollicitude pour le prolétariat, Helen faisait régulièrement son shopping au magasin Peck & Peck, tandis qu'Alden, imitant certains des membres du corps professoral d'Harvard dont il avait gardé le souvenir, s'était mis à porter des nœuds papillon.

Lorsque des coupes budgétaires touchèrent l'agence de relations publiques qui l'avait embauché, Alden se considéra chanceux de trouver de nouveaux contrats de courte durée dans une autre agence, ainsi que dans plusieurs organisations dont une enquête du Sénat révéla quelques années plus tard qu'elles étaient des satellites du Parti communiste. Parmi celles pour lesquelles il travailla figurait le Comité nord-américain pour l'aide à la démocratie en Espagne. Ce groupe soutenait la cause des loyalistes contre les forces fascistes du général Franco, et le travail de Whitman consistait pour partie à prendre la parole lors des meetings qu'il organisait pour collecter des fonds.

L'emploi se rapprochant le plus d'un travail de journaliste fut celui qu'il occupa à l'époque où il fut recruté comme rédacteur au bureau new-yorkais de l'agence officielle soviétique TASS. Une de ses tâches était d'éliminer les mots et les virgules inutiles, ou encore les tournures trop personnelles dans des articles tirés de journaux et de magazines de langue anglaise destinés à être traduits pour les lecteurs russes.

En 1940, soit un an après son remariage, Alden apprit qu'un poste était disponible au bureau du *Buffalo Evening News*. Très désireux de travailler dans le grand journal d'une métropole, il savait toutefois que si sa candidature était retenue il devrait partir seul à Buffalo, Helen ayant manifesté son intention de rester au *Time Magazine*. Malgré cela, quand ce journal lui fit une proposition, elle ne chercha pas à le dissuader. Il loua une chambre à 16 dollars la semaine au Ford Hotel à Buffalo afin de prendre ce travail au *Buffalo Evening News*, où il allait rester plus de deux ans.

Durant toute cette période le couple se parlait pratiquement chaque jour au téléphone et, de temps en temps, Alden prenait sa voiture pour aller voir Helen ; mais cette situation devenait de moins en moins supportable à mesure qu'elle se prolongeait. Heureusement, tout changea en 1943, lorsqu'ils apprirent que le *New York Herald Tribune* avait répondu positivement à la lettre de candidature d'Alden, lui proposant un travail de rédacteur payé 70 dollars par semaine, soit bien plus que ce qu'il pensait pouvoir gagner un jour.

Éprouvant le sentiment d'être plus riche que jamais, il emménagea avec Helen dans un appartement relativement chic à 100 dollars par mois situé près de l'Hudson dans la 104ᵉ Rue. Il donna aussi en reprise sa vieille Chevrolet pour une Ford modèle A en meilleur état et, le week-end, Helen et lui partaient parfois pique-niquer en dehors de la ville. C'était surtout les week-ends qu'ils pouvaient jouir ensemble de moments de loisirs, dans la mesure où les horaires de travail d'Alden au *Herald Tribune* allaient de 17 heures à 1 heure du matin, tandis qu'Helen travaillait entre 9 et 17 heures.

Ces questions d'horaires contrariaient plus Helen qu'Alden, car lui était fasciné par son travail qui allait de pair avec une vie sociale nocturne qui l'amenait à côtoyer des journalistes plus âgés, plus expérimentés et plus distingués au Bleek's Bar dans la 40ᵉ Rue Ouest (à un jet de pierre de la porte ouvrant à l'arrière du journal) ; d'être impliqué avec d'autres membres du Parti dans la commission syndicale de résolution des conflits ; et plus important encore, le fait d'être reconnu à tout juste vingt-neuf ans comme l'un des rédacteurs les plus fiables et les plus savants du journal. Toutes ces années depuis son enfance durant lesquelles il avait été un lecteur compulsif s'intéressant à tout, les innombrables livres qu'il avait dévorés sur l'Histoire, la politique, la littérature et moult autres sujets, avaient fait naître en lui un instinct pédagogique lui permettant de mettre à profit sa vaste culture générale dans son travail quotidien de correcteur au *Herald Tribune*.

Après la naissance d'une fille en 1944, puis d'un garçon en 1947, Helen décida de rester à la maison. Alden se mit alors à collaborer discrètement avec d'autres journaux quand il ne travaillait pas au *Herald Tribune*. Les week-ends ou quand il en avait la possibilité, il faisait des allers-retours entre les bureaux du *New York Post*, du *New York World-Telegram* ou du *Newark Star Ledger*.

À l'occasion, Helen payait une infirmière de l'hôpital voisin de St Luke pour venir garder les enfants en dehors de ses heures de service, pendant qu'Alden et elle allaient au concert ou dîner avec des amis. Mais ces sorties ne suffisaient pas à compenser les nuits passées seule pendant qu'il travaillait jusqu'à l'aube dans différents endroits, sans compter les quelques fois où il ne rentrait pas du tout à la maison. Elle se sentait plus abandonnée que durant les années où il avait travaillé à Buffalo. À cette époque, elle pouvait au moins bénéficier de l'énergie communicative de Manhattan en étant occupée par son travail au *Time Magazine*, en déjeunant parfois avec des amis près du bureau, ou en allant chez Peck & Peck s'acheter une nouvelle robe ou un chapeau.

"Rétrospectivement, je suppose que ce fut une erreur pour elle de quitter son emploi afin de se consacrer entièrement à l'éducation des enfants, car c'est à ce moment-là que nous avons commencé à nous éloigner l'un de l'autre", me dit-il avant d'ajouter que même après avoir cessé de faire des extras et avoir bénéficié d'une importante augmentation de salaire quand il fut embauché par le *New York Times* en 1951, il était indéniable qu'ils avaient simplement "cessé de s'aimer". Après avoir marqué un temps d'arrêt, il répéta : "C'est la faute de personne, nous avions simplement cessé de nous aimer."

Le couple resta toutefois marié presque jusqu'à la fin des années 1950 dans l'intérêt des enfants, déménageant pour un logement plus spacieux avec de bonnes écoles publiques à proximité dans le village de Hastings-on-Hudson, à environ 30 kilomètres plus au nord, ce qui impliquait pour Alden une demi-heure de transport quotidiennement. Mais la situation se détériora quand le passé politique d'Alden fut étalé sur la place publique et qu'il reçut une assignation à comparaître à Washington où le Sénat lançait une enquête qui faisait les gros titres sur la présence de communistes infiltrés dans la presse américaine.

La notice nécrologique qu'il m'avait donnée y faisait brièvement allusion :

> Lors des auditions organisées en 1956 par la sous-commission sénatoriale sur la Sécurité intérieure, il reconnut avoir été membre du Parti communiste de 1935 à 1948, mais refusa de donner les noms d'autres membres du Parti. Ce refus lui valut une inculpation pour outrage, et une Cour fédérale le reconnut coupable d'outrage au Congrès en 1957. [...]
>
> Après avoir été deux fois condamné pour outrage, M. Whitman obtint d'être rejugé ; les poursuites furent alors abandonnées à la demande du ministère de la Justice.

Alden avait omis de préciser dans le dernier paragraphe que près de dix années s'étaient écoulées avant qu'il ne soit finalement blanchi en 1965 par le ministère de la Justice ; entre-temps, il avait constamment été rappelé à la barre pour témoigner, son nom avait fréquemment été cité dans le *Times* et sa photo publiée bien en évidence dans *Time Magazine* à la rubrique "Presse" – au grand dam de ses enfants scolarisés et d'une épouse dont il était désormais séparé et qui avait quitté le Parti à peu près en même temps que lui. Menacé de perdre son emploi alors que sa vie personnelle allait à vau-l'eau, Alden Whitman me dit qu'à l'époque, il avait eu le sentiment d'être "comme Jean Valjean le jour où il avait été condamné aux galères".

Aux yeux des hauts responsables du *Times*, le but premier des enquêteurs du Sénat n'était pas d'humilier des journalistes comme Whitman, mais bien plutôt de salir le journal lui-même – une opinion que le propriétaire, Arthur Hays Sulzberger, fit connaître dans une déclaration rendue publique au début de l'enquête. D'après lui, les recherches dirigées par le sénateur du Mississippi James O. Eastland visaient le *Times* parce que sa ligne éditoriale s'opposait frontalement aux positions défendues par Eastland et la plupart de ses collègues – notamment la condamnation de la ségrégation des écoles dans le sud des États-Unis, la dénonciation du maccarthysme et des dispositions discriminatoires de la loi McCarran-Walter sur l'immigration, les critiques visant les méthodes intrusives auxquelles différentes commissions du Congrès avaient recours –, et aussi parce qu'il insistait sur le fait que l'esprit de la démocratie américaine exigeait un respect scrupuleux des droits de tous et chacun, même s'agissant du dernier des individus.

Cette opinion se trouvait confortée par le fait que vingt-six des trente-six citations à comparaître de la sous-commission visaient des personnes travaillant ou ayant travaillé au *Times*. Lorsque j'avais pris connaissance de cette liste – un mois après mon retour de l'armée –, j'avais été consterné d'y voir figurer Seymour Peck, le rédacteur du supplément dominical qui m'avait beaucoup encouragé à l'époque où j'étais garçon de bureau et qui avait largement contribué à ce que soit publié mon premier article destiné au magazine, à la suite de mon interview de la star du cinéma muet Nita Naldi.

Tout en réaffirmant sa ligne éditoriale progressiste et en assumant ses désaccords avec la commission dirigée par Eastland, le *New York Times* n'était pas vraiment enchanté à l'idée de compter parmi ses journalistes des gens qui, comme Whitman, Peck et quelques autres, étaient accusés d'outrage au Congrès. Sulzberger se définissait lui-même comme "un témoin partial favorable au système capitaliste". Il ne souhaitait pas voir un seul communiste parmi ses salariés et insistait pour que tous ses employés appelés à témoigner devant la sous-commission acceptent de coopérer.

De plus, expliquait-il, "comme tout autre citoyen, un journaliste a le droit imprescriptible de refuser de témoigner contre lui-même. Mais le choix d'avoir recours au cinquième amendement le place dans la position délicate d'avoir à prouver qu'il mérite de conserver le poste de confiance qu'il occupe parmi les journalistes ou les rédacteurs de ce journal. Il n'est écrit nulle part qu'une personne ayant refusé de témoigner contre elle-même devrait continuer à travailler dans ces métiers sensibles où la confiance et la franchise sont les outils qui font le bon artisan".

Ignorant les protestations de l'American Civil Liberties Union et d'un certain nombre d'éditorialistes de son propre journal partageant ses vues, Sulzberger avait déjà licencié par le passé plusieurs employés du *Times* qui avaient invoqué le cinquième amendement. Mais Peck et Whitman ne cherchaient pas à se protéger sur un plan personnel ; ils estimaient simplement avoir le droit, en tant que citoyens américains, de ne pas être contraints à se transformer en délateurs. Ils avaient admis avoir été membres du Parti durant plus de dix ans et l'avoir quitté longtemps avant d'être entrés au *Times*. En outre, ils n'avaient rien à révéler, même si Whitman l'avait fait savoir de manière plutôt abrupte.

Il s'était présenté à la barre dans la salle à colonnades du Sénat en portant un nœud papillon, sa blague à tabac enfoncée dans sa poche de poitrine, et avait obstinément ignoré l'injonction de l'avocat J. G. Sourwine à se montrer plus coopératif. "Comme je crois vous l'avoir déjà dit, avait-il répondu à M. Sourwine, j'ai l'esprit tellement imbu des valeurs qui ont fait la Nouvelle-Angleterre que répondre à ces questions serait à mes yeux déshonorant."

Du fait de son attitude, il n'échappa pas aux foudres du Sénat, mais au final, ni lui ni Seymour ne furent mis en prison. Et comme la plupart des employés du *Times* – à l'exception de ceux qui s'étaient abrités derrière le cinquième amendement pour refuser de répondre aux questions les concernant personnellement – ils conservèrent leur poste au sein de la rédaction. Whitman, Peck et les autres reçurent par ailleurs une lettre d'Arthur Sulzberger mettant les choses au clair.

"Comme vous le savez déjà, écrivait-il, le *Times* aurait préféré que vous répondiez avec franchise à toutes les questions... Nous avons néanmoins scrupuleusement examiné les faits se rapportant à votre appartenance passée au Parti communiste et nous sommes disposés à vous croire sur parole quand vous dites avoir rompu tout lien avec lui. Le but de la présente note est donc de vous faire savoir que vous restez au *Times*."

La vie personnelle de Whitman s'améliora lorsqu'il commença à fréquenter une femme du nom de Joan McCracken qui travaillait à la rubrique “Mode”. Étudiante diplômée d’Oberlin College et fille d’un pasteur congrégationaliste, elle était entrée au journal en 1955 après avoir travaillé pour le Conseil mondial des Églises à Genève, en Suisse. Le couple lia connaissance au printemps 1958. Alden avait alors quarante-quatre ans et vivait séparé d’Helen ; Joan, qui n’avait jamais été mariée, en avait vingt-huit.

Un après-midi, Joan était descendue dans la salle du troisième étage tenant à la main une page à l’encre encore fraîche pour obtenir le feu vert du rédacteur chargé de la rubrique “Ville”. Alden, qui corrigeait des textes au bureau des Nouvelles nationales, leva les yeux et remarqua cette petite femme brune vêtue d’une robe à carreaux qui se tenait debout pas très loin de lui.

Après avoir réussi à obtenir son nom, il se mit à lui adresser par le courrier interne des notes anonymes glissées dans des enveloppes brunes. La première disait : “Vous êtes ravissante en robe à carreaux.” Elle était signée : “L’association américaine pour les carreaux.” Pour finir il se fit connaître, et un soir, ils dînèrent ensemble au Téhéran, un restaurant de la 44e Rue Ouest. Chacun apprécia la compagnie de l’autre, jusqu’au moment où le maître d’hôtel vint leur annoncer qu’il devait fermer.

Lorsque j’interviewai Joan pour les besoins de l’article d’*Esquire* – cela eut lieu à l’occasion d’un déjeuner chez Sardi’s, après ma troisième rencontre avec Alden – elle me révéla, et je la citai dans mon article, qu’elle avait été fascinée par son formidable esprit touche-à-tout, débordant de toutes sortes d’informations inutiles. Pour étayer son propos, elle me donna en exemple le fait qu’il était capable de réciter la liste des papes à l’endroit et à l’envers ; qu’il connaissait les dates de règne et les noms de toutes les maîtresses de chaque souverain ; qu’il savait que les traités de Westphalie avaient été signés en 1648, que les chutes du Niagara mesurent 57 mètres et que les serpents ne clignent jamais des yeux ; que les chats s’attachent à un lieu, et les chiens à une personne ; qu’il était abonné au *New Satesman* et au *Nouvel Observateur*, ainsi qu’à presque tous les journaux disponibles au kiosque de Times Square qui proposait des périodiques publiés ailleurs qu'à New York ; qu'il lisait deux livres par jour, et qu'il avait vu Bogart dans *Casablanca* une quarantaine de fois.

Dès cette première rencontre, Joan sut qu'ils se reverraient, quand bien même elle était la fille d'un pasteur alors que lui était athée ; et elle ne condamnait ni son passé politique, ni ses années de jeunesse "insouciantes" qui s'étaient soldées par deux mariages malheureux et quatre enfants dont il s'était peu occupé.

En fait, aussitôt qu'ils furent mariés en novembre 1960, une des missions que se fixa Joan fut de reprendre contact avec les enfants d'Alden pour les aider à se réconcilier avec leur père, même tardivement – et elle y parvint. Mieux, quand Helen, la deuxième épouse d'Alden, mourut d'une crise cardiaque en 1961, laissant derrière elle un garçon de quatorze ans et une fille qui suivait des études supérieures, Joan assuma rapidement et efficacement le rôle de seconde maman. Alden et elle accueillirent chez eux durant quelques années son fils (qui plus tard entra à Harvard pour faire médecine) et, en plus de procurer à sa fille des emplois pour l'été à la morgue du *Times*, ils allaient tous les deux lui rendre visite régulièrement à l'université et ils étaient présents à la cérémonie de remise de son diplôme. Elle devint plus tard bibliothécaire.

Début 1964, Alden fêta sa vingt-cinquième année de travail comme relecteur-correcteur. Il avait alors cinquante et un ans, et comme il l'admettait lui-même "le temps s'écoulait devant lui et il éprouvait l'envie d'aller essayer un manège plus divertissant que le bureau des Nouvelles nationales du *New York Times*". L'occasion se présenta quelques mois plus tard quand, à la suite du départ en retraite d'un ancien correspondant à l'étranger qui s'était depuis longtemps spécialisé dans la rédaction de notices nécrologiques, Alden fut nommé pour le remplacer et put ainsi commencer sa carrière d'"heureux rameur sur le Styx".

Sa toute première mission fut de mettre à jour et, là où c'était nécessaire, de réécrire, la notice nécrologique de

Winston Churchill archivée depuis un certain temps à la morgue du journal et jamais révisée. On avait appris que la santé de celui qui avait été à la tête de la Grande-Bretagne durant la guerre déclinait rapidement, et la tâche confiée à Alden était soudainement devenue prioritaire. Au terme de plusieurs longues journées de travail occupées à réagencer le texte, il parvint à faire en sorte qu'il soit prêt à être publié deux semaines avant que Churchill ne décède à Londres en janvier 1965. Cette notice de 100 000 signes occupa seize pages dans le *Times*.

La première notice qu'Alden eut à rédiger intégralement fut celle de T. S. Eliot, décédé à Londres en janvier 1965. Alden avait eu l'occasion de rencontrer le poète à plusieurs reprises quand ce dernier était en résidence à Harvard, et son hommage, qui remplissait vingt feuillets, débutait en ces termes : "C'est ainsi que finit le monde/C'est ainsi que finit le monde/C'est ainsi que finit le monde/Pas sur un boum, mais sur un murmure." Il y dépeignait ensuite Eliot comme un poète des plus improbable, car il n'avait "ni la flamboyance, ni l'étrangeté du poète dans sa façon de se vêtir ou de se comporter, et il n'y avait rien en lui de romantique. Il n'avait aucune aura, n'avait pas ce regard qui vous fige, et son cœur, quand on y regardait de près, était exactement là où il doit être d'un point de vue anatomique".

Du jour où il devint le principal rédacteur des notices nécrologiques, Alden Whitman poussa l'exercice bien au-delà de ce qu'avaient fait ses prédécesseurs. Les anciens membres de l'équipe du *Times* avaient pour habitude de préparer des textes en se référant pour l'essentiel à des informations glanées dans les coupures de presse archivées à la morgue ; parfois, si la personne concernée était quelqu'un de vraiment important, il existait aussi un portrait paru dans un magazine, voire des biographies et des autobiographies où piocher quelques faits.

Cela ne suffisait pas aux yeux d'Alden, qui parvint à convaincre les responsables de la rédaction de lui accorder la possibilité de voyager à travers le pays et même à l'étranger dans le but de procéder à des interviews qui lui permettaient de glaner des détails en observant de près la personne concernée. C'est ainsi qu'après avoir rencontré l'artiste Pablo Picasso dans son atelier, il le décrivit comme "un homme trapu de petite taille, aux épaules larges et aux bras musculeux. Il était très fier de ses mains fines et de son torse velu. Malgré l'âge, son corps était ferme et compact ; et son crâne presque chauve en forme de boulet de canon brillait tel du bronze".

Après avoir dressé une liste des personnes qu'il souhaitait rencontrer, Alden leur adressait des lettres flatteuses pour leur expliquer que le *Times* désirait "mettre à jour ses dossiers" concernant le curriculum vitae des célébrités, et qu'il souhaitait par conséquent leur rendre une courte visite afin de recueillir des "aperçus et des réflexions biographiques". Même s'il n'était jamais question de "nécrologie anticipée" ou de "mort", et s'il n'était jamais mentionné que ce texte serait publié de manière posthume, le but de cette lettre était parfaitement clair aux yeux de la plupart des destinataires ; si bien qu'après avoir obtenu le feu vert pour aller interviewer l'ancien président Harry Truman dans le Missouri, Alden fut accueilli par ces mots : "Je sais bien pourquoi vous êtes là et je souhaite vous aider autant que je le puis."

Si quelques-uns déclinèrent sans donner d'explication – par exemple le critique littéraire Edmund Wilson, le ministre français de la Culture André Malraux ou encore le général britannique de la Seconde Guerre mondiale, le vicomte Bernard Law Montgomery –, Alden Whitman se trouva souvent dans l'obligation de refuser de rencontrer des personnes ayant "un degré de notoriété insuffisant". C'était essentiellement à lui qu'il revenait de décider qui avait ou n'avait pas le degré requis de "notoriété". Les rédacteurs et les journalistes du bureau de Nouvelles nationales passaient leurs journées à couvrir les faits et gestes des vivants, et sa prérogative à lui était de faire comme il l'entendait avec les morts passés, présents ou futurs.

Il fit aussi savoir sans détour – par le biais d'une déclaration publiée dans le magazine professionnel *Editor & Publisher* – qu'il serait imperméable aux demandes

des agences de relations publiques et autres marchands d'influence susceptibles d'avoir des clients souhaitant solliciter une entrevue avec lui avant de mourir. "C'cst l'exemple même de cas où c'est nous qui appelons, inutile de nous appeler, déclarait-il avant d'ajouter : Le *Times* est seul maître de son appréciation concernant les nécros, et je refuse de parler à quiconque me contacterait pour me suggérer que tel ou tel, encore de ce monde, mériterait de faire l'objet d'une nécro et que si je le souhaite, je peux le rencontrer. Je refuse de parler à quelqu'un qui chercherait à accéder à l'immortalité avant de mourir."

Au moment d'achever ma propre interview avec Alden Whitman pour le compte d'*Esquire*, une de mes dernières questions porta sur sa mort à lui, dans la mesure où il avait insisté sur sa mauvaise santé au cours de nos entrevues.

"Mais que se passera-t-il après votre mort, Monsieur Whitman ?

— Je n'ai pas d'âme qui ira où que ce soit, dit-il. C'est juste mon corps qui disparaîtra.

— Si vous étiez mort lors de votre attaque cardiaque, quelle est selon vous la première chose qu'aurait faite votre épouse ?

— Elle aurait fait en sorte que mon corps soit traité conformément à mes dernières volontés, dit-il, et qu'il soit incinéré sans tambour ni trompette.

— Et ensuite ?

— Après s'être occupée de tout cela, elle aurait reporté toute son attention sur les enfants.

— Et après ?

— Après, je suppose qu'elle se serait effondrée et aurait pleuré un bon coup.

— En êtes-vous sûr ?

— Oui, je crois, dit-il en tirant sur sa pipe. C'est ainsi que l'on exprime solennellement son chagrin dans ce genre de circonstance."

13

Trois mois après cette interview, mon portrait d'Alden Whitman parut dans le numéro d'*Esquire* daté de février 1966. Le rédacteur en chef du magazine, Harold Hayes, l'avait adoré et il le publia sous le titre "Le porteur de mauvaises nouvelles", avec ce chapeau : "Pour tout être humain la mort arrive un jour ; pour Alden Whitman elle est chaque jour présente. C'est toute sa vie."

En guise d'introduction, j'avais retranscrit une scène que Joan m'avait racontée au cours de notre déjeuner :

> "C'est la faute de Winston Churchill si tu as fait une crise cardiaque", dit sa femme au rédacteur chargé des nécrologies. Mais ce petit homme plutôt timide, qui porte des lunettes à monture d'écaille et fume la pipe, hoche la tête et répond très doucement :
>
> "Non, ce n'est pas la faute de Winston Churchill.
>
> — Alors c'est à cause de T. S. Eliot que tu as fait ta crise cardiaque", rétorque-t-elle d'un ton badin, car ils sont à table, et les autres convives de cette petite réception new-yorkaise ont l'air amusés.
>
> — Non, dit encore le rédacteur d'une voix douce, ce n'est pas à cause de T. S. Eliot."
>
> Peut-être est-il irrité par cette manière qu'a sa femme de le soumettre à la question, sa façon d'affirmer que la rédaction de ces copieuses nécrologies pour le *New York Times*, dans des délais aussi brefs, finirait par le précipiter dans sa propre tombe ; en tout cas, il ne le montre pas et n'élève pas la voix, ce qu'il fait de toute façon rarement.

Cet article reçut un accueil favorable de la part des abonnés et des responsables de la rédaction du *Times*, au point que le magazine modifia peu après sa politique consistant à faire paraître ses notices nécrologiques sans mention d'auteur pour y ajouter la signature de Whitman. Et en continuant à produire des tributs posthumes bien écrits et parfaitement informés, il devint une mini-célébrité dans la profession, avant d'être reconnu comme tel par les millions de téléspectateurs qui l'écoutèrent parler de son travail lors d'un *Tonight Show* animé par Johnny Carson, qui régnait à l'époque sur les fins de soirées de la chaîne NBC.

Il continua d'écrire des nécrologies durant les dix années qui suivirent, mais il fut aussi invité à rédiger des recensions de livres et à réaliser des interviews en déjeunant avec nombre d'écrivains et de poètes célèbres, qui souvent arrivaient vêtus d'une cape. Il se fit aussi titrer le portrait par Jill Krementz, l'épouse de l'écrivain Kurt Vonnegut, qui s'était spécialisée dans les personnalités littéraires.

En 1976, devenu presque aveugle à la suite d'une nouvelle crise cardiaque, il dut quitter le *Times*. D'autres héritèrent de son poste, mais il ne s'en trouva aucun pour parvenir à incarner sa fonction de manière aussi singulière. Après son départ à la retraite, Joan laissa tomber son travail à la rubrique “Mode”, et ils s'installèrent à Southampton, Long Island, où elle payait des étudiants pour qu'ils viennent faire la lecture de livres et de quotidiens à son mari. Pendant ce temps elle travaillait comme rédactrice free-lance dans l'édition, coécrivit plusieurs ouvrages de cuisine, et prépara la publication des livres à très grand succès de Craig Claiborne, le critique gastronomique du *Times*.

Quand M. Claiborne célébra son soixante-dixième anniversaire à Monte-Carlo en 1990, elle prit l'avion pour aller participer à la fête en compagnie de son époux, qui, alors âgé de soixante-seize ans, se déplaçait en fauteuil roulant. Elle fut secondée durant tout le voyage par le Dr S. Daniel Whitman, qui n'était autre que le fils d'Alden, toujours célibataire à l'âge de quarante-trois ans. En plus de ses problèmes de vue, Alden avait beaucoup de mal à parler, mais il donnait l'impression de comprendre tout ce qu'on lui disait.

Le jour qui suivit leur arrivée, ils assistèrent tous les trois au cocktail sur la terrasse extérieure de l'Hôtel de Paris, où tous les convives étaient descendus. Alden était dans son fauteuil et Joan lui amena plusieurs invités pour faire les présentations ; il les salua avec un sourire montrant qu'il les reconnaissait. Un peu plus tard, il se mit à éternuer bruyamment de manière répétée, et sa tête s'affaissa vers l'avant. Avec l'aide de son beau-fils, Joan le ramena immédiatement dans leur chambre pour le coucher. Il passa le reste de la soirée inconscient.

Le lendemain, il fut décidé que son fils resterait avec lui pendant que Joan irait au repas qui était prévu à l'extérieur de l'hôtel. Mais pendant qu'elle attendait dans l'entrée avec les autres convives les véhicules qui devaient les y conduire, Alden poussa un soupir dans son lit et mourut, victime d'une hémorragie cérébrale. Son fils réussit à faire prévenir Joan avant qu'elle ait quitté l'hôtel, et ils allèrent avertir la direction de l'établissement, qui fit le nécessaire auprès de la police. Le corps d'Alden fut transporté dans une entreprise de pompes funèbres, et conformément aux instructions qu'il avait exprimées, il fut incinéré.

Joan et le Dr Whitman prirent alors l'avion pour Paris, emportant ses cendres pour les disperser dans ce lieu qu'il aimait par-dessus tout, le jardin du Luxembourg. Le lendemain matin, parut dans le *Times* une nécrologie illustrée par sa photo ; elle comptait quarante-trois paragraphes avec ce gros titre : "Alden Whitman est mort à l'âge de soixante-seize ans ; il aura élevé les nécrologies du *Times* au rang d'œuvres d'art".

Ce texte n'avait plus grand-chose à voir avec celui qu'il m'avait montré quand je l'avais interviewé pour *Esquire*. Sa version avait apparemment été réécrite et mise à jour par d'autres rédacteurs, en tout cas le texte parut non signé. Il commençait ainsi :

> Hier est mort Alden Whiman, l'ancien journaliste du *Times* parti à la retraite qui fut le premier à avoir recours à des interviews afin de personnaliser et d'étoffer ses nécrologies.
>
> M. Whitman a rassemblé ses écrits revus et corrigés dans deux volumes, *The Obituary Book* [Le livre des nécrologies], paru en 1971 aux éditions Stein & Day, et *Come to Judgement* [À l'heure du jugement dernier] paru en 1980 chez Viking

> Books. Dans l'introduction de *Come to Judgement*, il précisait ainsi les critères d'une nécrologie exemplaire : "Une évocation vivante de la personnalité et du caractère de la personne en même temps qu'un exposé consciencieux des faits se rapportant à son existence. Une bonne nécro doit avoir les qualités d'un instantané bien cadré, plus la distance est grande, mieux c'est. Si l'instantané est net, celui qui la lit cerne très vite le personnage, ses accomplissements, ses faiblesses et son époque.

Sa veuve Joan, âgée de cinquante-neuf ans, ne se remaria pas. Elle vécut à Southampton, Long Island, jusqu'à sa mort par emphysème, survenue en 2016 alors qu'elle avait quatre-vingt-six ans. Dans la nécrologie parue dans le *Southampton Press*, il était fait état de son rôle en tant que personnalité culturelle au sein de la communauté où elle était membre du conseil d'administration de la bibliothèque et responsable de sa très populaire braderie de livres, ainsi que de son action au sein du comité de pilotage du Projet Steinbeck. Le texte mentionnait également qu'elle adorait participer au tournoi de bridge du village voisin de Water Mill.

Elle n'eut pas droit à une nécrologie dans le *New York Times*.

DEUXIÈME PARTIE

DANS L'OMBRE DE SINATRA

14

Hayes avait publié mon portrait de Whitman et il m'incombait désormais de consacrer un article à Frank Sinatra comme il le souhaitait. Il m'avait laissé entendre que ce serait chose facile et agréable. Un accord avait déjà été passé entre les agents de Sinatra d'une part, et le magazine de l'autre. *Esquire* ferait sa couverture sur ce seul sujet qui ne serait pas un article à charge, et nonobstant son agenda chargé durant l'hiver 1965, le chanteur s'engageait de son côté à se dégager du temps pour une interview.

Sinatra devait se rendre le lundi 8 novembre aux studios de la Warner à Burbank, dans la banlieue de Los Angeles, afin d'y enregistrer plusieurs chansons dans le cadre d'une émission en couleurs d'une heure intitulée "Frank Sinatra: A Man and His Music" [Frank Sinatra : l'homme et sa musique], qui serait diffusée dans la soirée du 24 sur la chaîne NBC. Il était par ailleurs en train de tourner les dernières scènes du *Hold-up du siècle*, après quoi il tiendrait le rôle principal dans deux autres films. Il en avait déjà tourné plus de quarante depuis ses débuts d'acteur en 1944. Jusqu'à cette date, il avait surtout été connu comme crooner au physique fluet, dont la voix de velours et les manières romantiques à la radio et sur scène faisaient battre le cœur des gamines qu'on surnommait les *bobby-soxers*, reconnaissables à leurs socquettes blanches.

La famille et les amis de Sinatra se préparaient également à célébrer son cinquantième anniversaire à l'hôtel Beverly Wilshire de Los Angeles un peu plus d'un mois après. Hayes m'avait réservé une chambre dans le même hôtel, mais il n'était pas prévu que j'y reste suffisamment longtemps pour assister à la fête, à laquelle de toute façon je ne serais très probablement pas convié. Je devais toutefois arriver à temps pour la rencontre calée le 5 novembre avec l'attaché de presse de Sinatra, qui me fournirait le planning de nos rendez-vous – lequel incluait la possibilité d'assister à la séance d'enregistrement pour la NBC ; Hayes comptait sur mon retour à New York la semaine suivante.

Harold Hayes avait la réputation d'être un directeur assez pingre exigeant un fort retour sur ses investissements. Né à Elkin, en Caroline du Nord, il était âgé de quarante et un ans. Fils d'un pasteur baptiste, il avait fait la guerre de Corée comme officier dans les *Marines*. S'il venait dans les bureaux d'*Esquire* habillé de vêtements de luxe et avait une connaissance des vins digne d'un sommelier, il avait gardé les manières d'un garçon de la campagne. Grand et longiligne, les cheveux sombres et l'œil vif, il tentait de dissimuler son intelligence et une sensibilité exacerbée en arpentant les bureaux avec des chaussures à semelles cloutées comme pour faire ressortir le caractère menaçant de sa présence. Il m'avait pris des billets d'avion en première classe, ce qui était sa manière de me faire comprendre combien cet article sur Sinatra lui tenait à cœur ainsi que sa certitude qu'il doperait les ventes, justifiant ainsi la générosité dont il avait fait preuve à mon égard. Au cours des cinq années précédentes, mettant à profit mes vacances et mes week-ends de repos, j'avais écrit pour *Esquire* plus d'une douzaine de portraits, dont certains avaient nécessité des déplacements en avion, mais jamais jusqu'alors Hayes ne m'avait fait voyager en première classe.

Ce geste semblait aussi indiquer que j'étais monté d'un cran dans son estime et que j'aurais encore moins d'excuses si je le décevais. Il escomptait bien, m'avait-il dit, que je serais en mesure de lui remettre la version définitive de mon article huit à dix jours après mon retour de Los Angeles. Je n'avais pas cherché à négocier, d'autant plus qu'il m'avait dit que je serais ensuite libre de faire ce que je souhaitais vraiment, à savoir un portrait du gendre de Harry Truman, Clifton Daniel, le rédacteur en chef du *New York Times*.

Je quittai New York dans l'après-midi du mercredi 3 novembre sur un vol de la Trans World Airlines à destination de Los Angeles et arrivai ainsi bien avant mon rendez-vous avec l'attaché de presse de Sinatra le vendredi matin. C'était mon troisième déplacement à Los Angeles pour le compte d'*Esquire*. Le premier avait été un succès ; le second un échec cuisant.

Le premier remontait à février 1962. Je venais de passer plusieurs jours à New York pour interviewer l'ancien champion de boxe poids lourd Joe Louis et je le raccompagnais à Los Angeles où il vivait avec Martha, sa troisième épouse, une avocate afro-américaine altière célèbre en ville. Chaque fois qu'un de ses collègues de prétoire ou un de ses amis lui demandait : "Mais bon sang, comment as-tu fait pour rencontrer Joe Louis ?", elle rétorquait sur-le-champ : "Mais bon sang, comment Joe Louis a-t-il fait pour me rencontrer ?"

L'ancien champion avait alors quarante-huit ans, et même si j'avais en mémoire quelques-unes de ses réparties mémorables au temps de sa jeunesse – quand on lui avait demandé en 1941 comment il comptait venir à bout d'un adversaire aussi vif et prompt à l'esquive que Billy Conn, Louis avait répondu : "Il peut se dérober, mais pas se cacher" ; et quand il avait été interrogé sur le fait de combattre pour presque rien pendant la Seconde Guerre mondiale, Louis avait répondu : "Je ne me bats pas pour rien ; je me bats pour mon pays" –, je fus surpris par l'humour et le sens de l'absurde dont il fit preuve au fil de nos conversations. Pour ne citer qu'un exemple, au moment d'embarquer sur le vol à destination de Los Angeles, je décidai d'échanger mon billet de classe économique contre un billet de première classe afin de voyager à ses côtés, et alors que je m'interrogeai à voix haute sur ce qui justifiait une différence de prix si considérable, Louis me répondit sans rire : "Vu que les sièges de première classe sont placés à l'avant de l'avion, on arrive plus tôt à Los Angeles."

Mon article "Joe Louis : le Roi a bientôt cinquante ans" parut dans le numéro de juin 1962. Hayes, qui l'avait aimé, me remboursa la différence avec le billet de première classe. Mais plus tard la même année, je retournai à Los Angeles en classe économique pour interviewer Natalie Wood, qui était alors au sommet d'une carrière déjà longue puisqu'elle avait débuté quand elle était enfant. En 1961, elle avait été nominée pour l'Oscar de la meilleure actrice pour son rôle dans *La Fièvre dans le sang*, film immédiatement suivi par la comédie musicale à succès *West Side Story*, avant que sa prestation dans *Gypsy* ne fasse l'unanimité parmi les critiques. Entre ces trois événements et le tournage de deux films annoncés, son attachée de presse m'avait réservé trois créneaux horaires d'une heure.

Mais Natalie Wood n'avait honoré aucun de ces rendez-vous ; et comme je devais impérativement retourner au bureau, j'abandonnai mon projet et repris l'avion pour New York, m'estimant déjà heureux qu'*Esquire* ait accepté de couvrir les dépenses de ces trois jours – très heureux également que Natalie Wood m'ait à son corps défendant permis de faire la connaissance d'un couple marié de Beverly Hills, avec lequel j'allais nouer une amitié durable.

Jack et Sally Hanson étaient les propriétaires aussi glamours que sympathiques d'un très chic magasin de vêtements de sport pour dames, situé à l'angle de Bedford Drive et de Wilshire Boulevard, à deux blocs de l'hôtel Beverly Wilshire – où je n'étais pas descendu à l'époque. Sur les conseils de l'agent de Natalie Wood, je m'étais rendu chez Jax dont elle était une cliente régulière, afin d'avoir avec elle un premier contact avant notre rencontre prévue autour d'un repas. Mais elle me fit faux bond, après quoi je fus invité à déjeuner par Jack et Sally Hanson, et j'eus par la suite l'occasion de les revoir, non seulement à Los Angeles mais aussi à Manhattan, où ils possédaient le magasin Jax situé sur la 57ᵉ Rue Est, entre la Troisième Avenue et Lexington Avenue. En fait il existait à l'époque au moins une demi-douzaine de magasins Jax dans tout le pays, implantés notamment à Chicago, San Francisco, Palm Beach, Southampton, ainsi que dans trois villes de Californie du Sud.

Jack Hanson, quarante-quatre ans, ancien joueur de base-ball de grande taille au teint rubicond, et Sally, sa deuxième épouse, une blonde mince et élégante coiffée d'une queue-de-cheval, se promenaient dans la ville chacun au volant de sa Rolls-Royce – de couleur blanche et de couleur bleu pastel. Ils habitaient une maison à colonnades de style néo-sudiste comptant quinze pièces qui ressemblait à Tara, la demeure de la plantation d'*Autant en emporte le vent*. Sise sur North Beverly Drive, elle se dressait derrière une pelouse flanquée d'un magnolia géant et d'une douzaine de pins de plus de vingt mètres.

En 1958, un an après avoir épousé Sally, Jack avait fait l'acquisition de cette propriété auprès des héritiers du producteur Hal Roach. Ce dernier avait fait fortune plusieurs décennies auparavant grâce aux comédies d'Harold Lloyd de la série *Les Petites Canailles*, ainsi qu'à plus d'une centaine de films de Laurel et Hardy. Joueur de tennis invétéré, Roach avait fait installer derrière la maison un court dominé par un portique blanc à trois arches. Quelques années après, Jack Hanson, qui aimait lui aussi le tennis, y disputait des parties en simple ou en double avec ses amis Paul Newman, Robert Duvall, le photographe Gordon Parks, le styliste Oleg Cassino, l'ancien joueur de tennis Pancho Segura, et Jim Brown, ex-gloire du football américain devenu acteur.

Son ambition d'embrasser une carrière de sportif professionnel avait été réduite à néant par son appel sous les drapeaux alors qu'il venait de signer en 1940 un contrat de trois ans avec les Chicago Cubs. Après avoir brillé à la Hollywood High School, puis à l'Université de Californie du Sud, Hanson avait été prêté à une franchise de division inférieure de la Ligue de la Côte Pacifique. Dans le bus qui transportait l'équipe, certains de ses coéquipiers s'amusaient, quand ils ne manifestaient pas leur incrédulité, de le voir presque toujours un carnet de croquis à la main en train de dessiner des femmes en tenue de sport. Il n'en parlait pas avec les autres joueurs, mais il pensait souvent que faute de parvenir à gagner suffisamment d'argent en jouant au baseball, il pourrait peut-être se faire un nom dans la mode.

En 1945, après trois années passées dans l'armée de l'air durant lesquelles il s'était lié d'amitié avec Joe DiMaggio sur la base de Santa Ana en Californie, il décida de laisser tomber le baseball et d'investir toutes ses économies plus un prêt bancaire dans l'ouverture du premier magasin Jax, sur Balboa Island au sud de Los Angeles. Il se lança alors dans la vente de shorts, de vêtements de sport et de maillots de bain en partenariat avec sa première femme Nina, qui lui donna un fils en 1946.

Mais les époux avaient une divergence de vue sur la façon de mener leurs affaires. Ils s'étaient mariés en 1939 alors que Jack terminait ses études, et au bout de presque huit années de mariage, Nina cessa de venir régulièrement au magasin tout en se montrant de plus en plus insatisfaite de devoir rester au foyer pour s'occuper de leur enfant. Pour ne rien arranger, elle désapprouvait la façon dont son mari s'y prenait pour faire prospérer son commerce. Faute d'avoir les moyens de recourir à la publicité, il avait recruté plusieurs jolies baigneuses qui, vêtues d'articles en vente chez Jax, prenaient des poses suggestives dans la vitrine principale du magasin plusieurs heures par jour. Cela relança les ventes, mais accéléra la désagrégation du couple qu'il formait avec Nina, d'autant plus que Jack prit l'habitude de sortir après les heures de travail avec certaines de ses mannequins. Le couple divorça en 1948.

Un an plus tard, Jack fit la connaissance de Sally. Elle avait alors dix-huit ans et avait comme lui obtenu son diplôme de fin d'études secondaires à la Hollywood High School. Lorsqu'elle entra dans le magasin de Balboa Island pour la première fois, elle n'était pas en quête d'un travail de mannequin, que Jack lui aurait volontiers accordé – d'une beauté à couper le souffle, elle avait des mensurations rêvées –, mais venait lui soumettre ses idées d'apprentie styliste. Née à Erie en Pennsylvanie, elle était arrivée à Los Angeles en 1935 à tout juste quatre ans avec sa mère divorcée qui, comme beaucoup d'autres mères dans cette ville, rêvait de voir sa fille devenir la future Shirley Temple. À huit ans, Sally avait réussi à obtenir un rôle de munchkin dans *Le Magicien d'Oz* tourné en 1939. Elle avait également tenu en 1943 un petit rôle dans *Fidèle Lassie* au générique duquel figuraient Elizabeth Taylor, alors âgée de dix ans, et Roddy McDowall, qui en avait quatorze.

Mais plus encore que jouer devant la caméra, Sally adorait passer du temps à l'écart des plateaux en compagnie des costumières qui lui apprirent énormément de choses sur l'art de coudre, de procéder aux essayages et de coiffer les artistes. Dès ses douze ans, Sally confectionnait ses vêtements en utilisant la machine à coudre de sa mère. À l'occasion de son premier passage dans la boutique de Jack Hanson, elle lui proposa de créer un vêtement inédit : un pantalon spécialement conçu pour les femmes.

À l'exception des ouvrières pendant la guerre, rares étaient les femmes qui osaient porter un pantalon en public. Et quand c'était le cas, la coupe était la même que pour les hommes : un pantalon aux jambières larges, avec un pli, des poches sur le côté, des revers et une braguette sur le devant, même si les modèles réservés aux femmes comportaient parfois une fermeture éclair sur le côté. En tout état de cause et nonobstant le fait que des actrices téméraires à l'image d'une Marlene Dietrich étaient souvent apparues dans des films tournés avant-guerre habillées en homme, cigarette à la main, avec un pantalon et une veste, et souvent un chapeau melon ou un béret, le pantalon gardait un aspect masculin et donnait l'impression de vouloir repousser les limites de ce qui était socialement acceptable. Pour Jack Hanson, ce genre de mode qu'il qualifiait de “lesbienne parisienne” ne présentait aucun intérêt ; mais il réagit favorablement à la suggestion de Sally quand elle lui proposa de créer des pantalons pour dames moulants, avec une fermeture éclair placée dans la couture arrière pour mettre en valeur la cambrure des fesses. Les poches seraient supprimées afin d'accentuer l'impression de minceur et les jambières auraient une forme fuselée, sans pour autant coller à la peau. Et afin d'éviter les plis derrière les genoux, on ajouterait une doublure en soie.

Quand Sally revint au magasin de Jack, elle portait un des échantillons qu'elle avait confectionnés. Il en fit mettre aux jeunes mannequins dans les vitrines, et les ventes s'envolèrent au point qu'il eut du mal à éviter les ruptures de stock. Très vite Sally se vit confier la responsabilité du design des pantalons vendus chez Jax, mais aussi des chemises, des costumes-tailleurs et d'autres articles ; de sorte qu'après l'ouverture du magasin de Beverly Hills en 1952, la marque devint rapidement très prisée des actrices, une des premières étant Marilyn Monroe, qui n'était pas encore une star.

Son petit rôle dans *Quand la ville dort* lui avait valu des critiques favorables, bien qu'il ne soit pas fait mention de son nom sur l'affiche du film. À l'époque où Sally fit sa connaissance et lui vendit un pantalon à cinquante dollars, Marilyn Monroe avait une vieille Chevrolet de 1937 toute cabossée. L'année suivante, en 1953, après avoir obtenu le rôle principal dans *Niagara* et dans *Les hommes préfèrent les blondes* – et alors que son mariage avec Joe DiMaggio allait avoir lieu un an plus tard –, Marilyn Monroe dépensait sans compter chez Jax, comme devaient le faire après elle Audrey Hepburn, Natalie Wood et Elizabeth Taylor, qui en une seule journée passa une commande de vêtements pour un montant total de 3 000 dollars.

En plus d'accroître le nombre de leurs magasins, Jack et Sally Hanson achetèrent en 1962 une propriété située au 326 North Rodeo Drive, tout près de l'hôtel Beverly Wilshire, où ils ouvrirent un club privé baptisé le Daisy. Il n'y avait pas plus de 400 membres, presque tous des célébrités du monde de la mode, du spectacle ou du sport.

L'après-midi, les membres pouvaient déjeuner sur la terrasse, et le soir, dans une ambiance musicale feutrée, ils s'installaient autour des tables de la grande salle où des rangées de lustres en cristal, alignés au plafond et garnis d'ampoules de faible puissance en forme de larmes, diffusaient une lumière tamisée. Derrière le bar on trouvait une salle avec deux billards et des tabourets confortables placés le long des murs où les spectateurs pouvaient s'installer pour regarder les joueurs et parfois parier quand des cracks se mesuraient au billard américain à quinze boules.

Invité par les Hanson, j'étais déjà allé au Daisy en 1964, si bien que lorsque je les appelai l'année suivante pour leur dire qu'*Esquire* m'avait commandé un nouvel article et que j'arriverais le 3 novembre, ils m'invitèrent à me joindre à eux le lendemain pour le dîner. Et ce soir-là, debout dans un recoin sombre du bar, un verre dans une main, une cigarette dans l'autre, flanqué de deux blondes bien coiffées et bien habillées, il y avait Sinatra en personne.

15

Dans l'avion de la Trans World Airlines qui m'avait amené à Los Angeles, j'avais lu dans un journal que Sinatra était furieux contre le producteur de CBS, Walter Cronkite, et qu'il menaçait de porter plainte contre la chaîne parce que Cronkite avait laissé entendre que Sinatra entretenait des rapports amicaux avec certains membres du crime organisé dans un documentaire dont la diffusion était programmée moins de deux semaines plus tard.

C'était la première fois que j'entendais parler de ce documentaire, et je m'étais demandé si Harold Hayes était au courant, et si oui, pourquoi il ne m'en avait pas touché mot. À l'en croire, *Esquire* avait reçu l'assurance que Sinatra était prêt à coopérer ; mais après avoir pris connaissance de cet article, je m'interrogeais : jusqu'où serait-il disposé à parler avec les journalistes ? C'est pour cette raison qu'après l'avoir aperçu au bar, je m'abstins de quitter la table des Hanson et de me frayer un chemin à travers la pièce bondée afin d'aller me présenter à lui.

J'étais d'autant plus circonspect qu'au cours d'une conversation que j'avais eue dans l'avion avec une hôtesse de l'air rousse nommée Betty Guy, elle m'avait confié que Sinatra voyageait souvent avec la TWA et qu'à son avis, il était à la fois Dr Jekyll et Mr. Hyde – parfois très amical avec elle et les autres passagers, et d'autres fois, de façon tout à fait imprévisible, de méchante humeur, renfrogné, taciturne durant toute la durée du vol entre New York à Los Angeles. Il voyageait généralement accompagné de plusieurs hommes, m'avait-elle confié, dont elle supposait qu'ils étaient ses gardes du corps ou ses assistants ; mais il les ignorait de la même façon qu'il ignorait les autres et il restait assis près de son hublot, tantôt sirotant du bourbon, tantôt somnolant, et donnait alors l'impression d'être la personne la plus seule au monde.

Assis à la grande table des Hanson avec une demi-douzaine d'invités et tout en prenant part à la conversation, je ne lâchais pas des yeux Sinatra, debout près du bar. Assise à côté de moi, Sally me glissa : “Il vient souvent. Généralement il amène Mia.” Elle faisait allusion à Mia Farrow, la jeune actrice de vingt et un ans avec qui Sinatra entretenait une relation depuis un an, mais ce soir-là, elle n’était pas avec lui. Sally ignorait les noms des deux blondes assises au bar qui devaient avoir autour de trente-cinq ans ; mais elle connaissait les amis de Sinatra qui restaient à proximité.

Le premier s’appelait Brad Dexter. C’était un homme large d’épaules qui avait joué dans plusieurs films et séries télévisées, et qui était alors surtout connu dans tout Hollywood pour avoir sauvé Sinatra de la noyade à Hawaï un an plus tôt. Ce dernier était à l’époque le réalisateur-acteur du film *L’Île des braves*, dont l’action se passe durant la Seconde Guerre mondiale sur le front du Pacifique, et Dexter y tenait le rôle d’un sergent qui mâchouillait éternellement son cigare. Pendant le tournage, alors que Sinatra et l’épouse du producteur se baignaient à marée descendante, ils furent entraînés vers le large par une lame de fond et ils se seraient sans doute noyés si Dexter n’avait pas fait plusieurs centaines de mètres à la nage pour venir les sauver, aidé par deux surfeurs. Reconnaissant, Sinatra avait embauché Dexter comme directeur exécutif de Sinatra Enterprises, et les deux hommes étaient devenus très amis.

L’autre homme à côté de Sinatra s’appelait Leo Durocher. Âgé de soixante ans, ses liens avec Sinatra remontaient au milieu des années 1940, à l’époque où Durocher était le manager fort en gueule de l’équipe de baseball des Brooklyn Dodgers et connu de tous sous le sobriquet de “Leo la grimace”. Jeune, il avait tenu le poste de joueur de champ intérieur dans l’équipe des Yankees à l’époque de Babe Ruth ; mais durant toute la période où il avait été actif dans le monde du baseball, d’abord comme joueur puis comme manager, soit au total plusieurs décennies, il s’était fait une réputation pour sa combativité et sa détermination à gagner quel qu’en soit le prix. Le précepte probablement apocryphe qui le caractérisait le mieux mais qu’il revendiquait comme étant de lui était : “Les types gentils finissent bons derniers.”

Désireux d'observer de plus près Sinatra et ses amis, je quittai la table des Hanson après m'être excusé et traversai la pièce en me faufilant au milieu de dizaines de couples qui se trémoussaient sur du folk-rock diffusé en stéréo, pour aller m'installer dans la pénombre à quelques mètres du bar. Sinatra me tournait le dos, mais quand bien même il se serait retourné ou aurait aperçu mon reflet dans la glace, il n'y avait aucun risque qu'il me reconnaisse. Nous ne nous étions encore jamais rencontrés. Je ne l'avais aperçu qu'une seule fois d'assez loin l'année précédente au Jilly's, un bar de la 52e Rue Ouest à New York, alors qu'il était assis dans l'arrière-salle en compagnie d'amis proches – parmi lesquels Sammy Davis Junior – et de ses filles Nancy et Tina. Un peu plus tôt dans la soirée, il avait donné un concert à Forest Hills salué par une standing ovation et il semblait d'humeur à faire la fête. Autour de la table on rigolait, on s'embrassait et on buvait beaucoup.

Mais ce soir-là au Daisy, l'ambiance était tout autre. Sinatra sirotait son bourbon sans rien dire, se contentant de temps à autre de tendre son briquet en or pour allumer la cigarette d'une de ses compagnes qu'il ignorait le reste du temps. Il ne parlait d'ailleurs pas non plus avec Durocher et Dexter. Cela semblait confirmer ce que m'avait confié Betty Guy, l'hôtesse de la TWA, quand elle m'avait décrit Sinatra : un individu qui paraissait être seul au monde, qui tenait à distance ceux de son entourage et sirotait son bourbon assis près de son hublot – tellement différent de la personne vive et amicale qu'elle avait pu côtoyer lors d'autres vols. Dr Jekyll et Mr. Hyde.

Ce soir-là, il me donnait surtout l'impression d'être angoissé et irrité. En effet, quand le téléphone sonna au bar et que le barman tarda à décrocher parce qu'il disposait des verres sur un plateau, Sinatra se haussa soudain sur la pointe des pieds et tendit le bras pour atteindre l'appareil en bakélite blanche posé sur une serviette. Soulevant le combiné, il dit alors poliment mais sans se présenter “Allô”, écouta une seconde la personne qui se trouvait au bout du fil et après avoir reposé bruyamment le téléphone sur le bar, il cria au garçon : “George, c'est pour toi.”

Toute affaire cessante, le George en question, un homme trapu d'environ quarante-cinq ans qui portait des lunettes, se précipita vers le téléphone en s'essuyant les mains dans un torchon avant de prendre le combiné. Puis il adressa un petit signe de tête à Sinatra et lui dit avant même de saluer son interlocuteur : "Merci Frank, désolé pour le dérangement." Entre-temps Sinatra s'était remis à boire son bourbon, tandis que les deux blondes fumaient en bavardant et que Dexter et Durocher, verre à la main et accoudés sur un coin du bar, contemplaient les jeunes couples qui se dandinaient sur la piste. Quand la sonnerie du téléphone retentit quelques minutes plus tard, Sinatra décrocha avant le barman – il remplissait un seau à glace –, et lorsque Sinatra lui dit "George, c'est pour toi", non seulement il s'excusa de nouveau mais il se sentit probablement humilié d'avoir été devancé par cet impatient secrétaire.

J'observais la scène en me demandant quelles pouvaient être les raisons poussant Sinatra à agir ainsi. Pourquoi répondait-il au téléphone à la place du barman ? Peut-être était-ce tout simplement dû à son besoin de tout contrôler, parce qu'il avait une tendance naturelle à vouloir diriger, donner des ordres au téléphone, gérer le fonctionnement du club de A à Z. Ou peut-être, Sinatra avait-il l'oreille délicate, ce qui le rendait hypersensible au bruit envahissant de cet appareil, qui, s'il était bien utile pour le barman, ne pouvait qu'irriter des personnes telles que Sinatra, surtout les soirs où il était de mauvaise humeur.

Ne se pouvait-il pas aussi qu'il ait répondu au téléphone pour rendre service à George, parce qu'il voyait en lui un barman débordé que sa femme ou sa petite amie appelait pour lui dire combien elle se sentait seule et lui demander à quelle heure il comptait rentrer. Comment ce genre de femme aurait-elle réagi si elle avait su que celui qui venait de lui répondre n'était autre que l'homme le plus célèbre d'Amérique ?

À moins encore que Sinatra ait été aussi impatient de répondre au téléphone du bar parce qu'il espérait que ce serait Mia Farrow, essayant de le joindre pour lui dire qu'elle aimerait le voir !

Au moment où je me posais toutes ces questions, le disc-jockey du Daisy changea subitement de registre musical et lança "In the Wee Small Hours of the Morning", une superbe balade que Sinatra avait enregistrée chez Capitol Records dix ans plus tôt, en 1956, alors qu'il était malheureux en ménage avec Ava Gardner, et que l'esprit d'indépendance et l'attitude distante dont elle faisait montre aggravaient sa frustration en la rendant encore plus attirante – et les paroles de la chanson reflétaient probablement le désir qui le consumait alors : "In the wee small hours of the morning/ while the whole wide world is fast asleep/you lie awake and think about the girl[01]..." La musique avait envahi la salle et la piste était désormais bondée de couples serrés l'un contre l'autre. Tandis que les deux blondes assises au bar regardaient les danseurs en faisant onduler leurs corps en mesure avec le rythme lent de l'orchestre de Nelson Riddle qui accompagnait la voix suave de Sinatra, je gardais les yeux fixés sur lui, m'attendant à le voir se retourner pour se joindre à ce moment de grâce.

Mais il ne broncha pas. On aurait dit que sa présence était totalement détachée de sa voix enregistrée, si ce n'est qu'il incarnait cette image de lui-même qu'il avait donnée dans l'album *Wee Small Hours* : celle d'un homme mélancolique tiré à quatre épingles, coiffé d'un feutre, cigarette entre les doigts, debout sous un réverbère, la nuit, au coin d'une rue plongée dans l'obscurité.

Les idées se bousculaient dans ma tête et je voulais les noter avant de les oublier, si bien que je me dirigeai vers les toilettes pour hommes. À chaque fois que je souhaite prendre des notes sans attirer l'attention sur le fait que je suis journaliste, ce qui risquerait de brouiller la relation entre celui qui observe et celui qui est observé, je bats en retraite dans un endroit comme les toilettes, souvent derrière la porte fermée d'une cabine ; et plutôt que d'écrire sur des morceaux

01 __ "Aux petites heures du matin/Alors que le monde entier dort à poings fermés/Tu as les yeux grands ouverts et tu penses à celle..." (Toutes les notes de bas de page sont du traducteur.)

de feuilles volantes ou dans un petit calepin – ceux-ci étant généralement reliés pas une spirale métallique qui se prend régulièrement dans la doublure de ma veste –, j'écris sur la face blanche des feuilles cartonnées que je récupère avec mes chemises après leur passage au pressing.

Une fois qu'une chemise a été lavée et repassée, l'employé du pressing la place sur un cintre ou la replie autour d'un rectangle de carton d'environ 25 cm sur 20, que le client jette en général au moment où il met sa chemise. Pour ma part je conserve systématiquement ces feuilles cartonnées, que je range en pile dans mon bureau à la maison. Avant de sortir pour aller faire une interview, je coupe chaque plaque de carton en cinq dans le sens de la largeur, après quoi je découpe chaque coin en arrondi, me confectionnant ainsi un petit paquet de fiches de 18 cm sur 8 que je peux facilement sortir de la poche où je les ai mises ; dans certains cas, il m'arrive d'en glisser une à l'intérieur de mon poignet de chemise afin de pouvoir noter subrepticement quelques mots sur le bord du carton quand j'estime négligeable le risque d'être pris la main dans le sac.

Je n'oserais jamais prendre des notes dans un lieu bondé, encore moins à proximité des amis et des gardes du corps de Sinatra, et même à l'abri dans les toilettes, je me hâtai d'écrire ce que j'avais à noter. Je me contentai de consigner sous une forme abrégée certains éléments destinés à me rappeler ce que j'avais vu, ressenti et pensé en observant Sinatra – en l'occurrence :

FS au bar maussade
La chanson de FS attire les danseurs
La voix de FS crée ambiance aphrodisiaque ?
Paroles de FS > des tas de gens font l'amour dans des voitures à l'arrêt, des appartements, des meublés, etc.
Ce soir Mia a posé un lapin à FS ?

Pendant mon absence, Sinatra et ses amis Dexter et Durocher avaient gagné la salle de billard, laissant les deux blondes au bar en compagnie du garde du corps de l'artiste, Ed Pucci, un ancien joueur professionnel de football américain de 125 kilos qui avait joué à Washington. Ils y avaient rejoint la cinquantaine de jeunes gens qui, debout ou juchés sur les tabourets, regardaient les parties en cours sur les deux billards.

M'étant discrètement faufilé au milieu de la foule près de la porte, je remarquai que Sinatra était assis à l'autre extrémité de la salle, dos au mur, verre à la main. Il portait un costume trois-pièces bien coupé gris oxford avec une veste doublée de soie rouge et une pochette. Il avait les jambes croisées, et l'on pouvait voir ses chaussures bordeaux vernies de fabrication anglaise, dont même la semelle paraissait avoir été cirée. Je remarquai aussi qu'à deux ou trois reprises, il avait sorti un mouchoir de sa poche de pantalon pour s'essuyer le nez ; j'appris peu après qu'il était enrhumé.

En dehors de lui, ses amis Durocher et Dexter étaient les seuls à porter un costume et une cravate ; les autres portaient des vêtements moins habillés, mais pas forcément bas de gamme – des pulls Gucci en cachemire, des mocassins, des jeans de marque et, bien sûr, pour les femmes, des pantalons siglés Jax. Même si parmi les spectateurs personne ne semblait s'émouvoir de la présence de Sinatra, qu'ils voyaient souvent dans ce lieu et aussi habitués qu'ils l'étaient à se retrouver avec des célébrités membres du club elles aussi, tous se tenaient à une distance respectueuse, craignant de sa part une réaction épidermique.

Pendant ce temps, Leo Durocher avait attrapé une queue de billard et s'était invité dans la partie en cours sur la table à côté. On comprit rapidement pourquoi il avait souvent été présenté dans les journaux comme un client redoutable, qui avait grandi en jouant au billard et avait considérablement arrondi ses revenus en plumant ses coéquipiers à l'époque où il jouait au baseball. Tandis qu'il faisait habilement rebondir les boules d'un bord à l'autre de la surface de feutre vert, Sinatra et Dexter se mirent à l'applaudir à tour de rôle en lui criant des paroles d'encouragement ; puis d'un seul coup, l'attention de Sinatra se détourna vers le jeune homme qui se trouvait derrière Durocher et portait un pull ras-du-cou vert en shetland, un pantalon de velours noir, une veste en daim et des bottes de chasse. Je devais apprendre plus tard que cet homme d'un mètre soixante-cinq aux traits anguleux, aux cheveux tirant sur le blond et aux lunettes carrées, était un auteur prolifique de science-fiction et de scénarios nommé Harlan Ellison. Mais c'étaient ses bottes qui avaient attitré l'attention de Sinatra.

"Hé, l'apostropha Sinatra en reniflant légèrement, c'est des bottes italiennes ?

— Non", répondit Ellison en se retournant pour regarder Sinatra.

Toute la salle se tut. Penché tout contre la table dans le prolongement de sa queue de billard, Durocher s'était figé.

"Des bottes espagnoles, alors ? demanda Sinatra.

— Non !

— Anglaises ?

— Écoute mec, j'en sais rien", rétorqua Ellison en fronçant les sourcils tandis qu'il se tournait vers Durocher, peut-être pour l'inciter à intervenir.

Ce dernier ne bougea pas. Sinatra se laissa glisser de son siège, et avec sa démarche chaloupée pleine d'arrogance, il s'approcha lentement d'Ellison ; dans la salle on n'entendait plus que le claquement sec de ses pas. Regard braqué sur Ellison, le front légèrement plissé, un petit sourire en coin, Sinatra lui dit : "Tu t'es habillé pour l'orage ?"

Ellison fit un pas de côté.

"Je peux savoir pourquoi vous vous en prenez à moi ?

— Je n'aime pas ta manière de t'habiller.

— Désolé si ça vous contrarie, mais je m'habille comme ça me plaît."

Il y eut un léger brouhaha dans la salle et quelqu'un dit : "Laisse tomber Harlan, taillons-nous d'ici."

Leo Durocher se décida à jouer son coup en suspens avant d'ajouter : "Ouais, laisse tomber."

Mais Ellison n'avait pas l'intention de céder.

"Et tu fais quoi dans la vie ? lui demanda Sinatra.

— Je suis plombier.

— C'est faux ! cria un autre jeune homme de l'autre côté du billard. C'est l'auteur de *La Statue en or massif.*

— Ah oui. Justement j'ai vu ce film et c'est une vraie merde.
— Ça m'étonnerait, répliqua Ellison, vu qu'il n'est pas encore sorti.
— Eh bien moi je l'ai vu, répéta Sinatra, et c'est une vraie merde."

Ce fut au tour de Dexter d'intervenir, sa carrure paraissant énorme face au petit gabarit d'Ellison.

"Laisse tomber, fiston. Je vais te demander de partir.
— Hé, dit Sinatra en coupant Dexter, tu ne vois pas que je suis en train de causer avec Monsieur ?"

Dexter parut hésiter, puis d'une voix douce, presque suppliante, il dit à Ellison : "Tu tiens vraiment à me compliquer la vie ?"

Toute cette affaire était en passe de tourner au ridicule, et Sinatra donnait l'impression de n'être qu'à demi sérieux, de ne chercher qu'à tromper son ennui, à moins qu'il n'ait été en proie à un sentiment de désespoir. Après avoir échangé deux ou trois amabilités du même acabit avec Sinatra, Ellison finit par quitter la salle en compagnie d'un de ses amis, et je lui emboîtai rapidement le pas. Je sentais qu'il fallait que j'aie une conversation avec Ellison, et que si je ne le rattrapais pas sur-le-champ, j'aurais sans doute du mal à le retrouver.

Lui tapant discrètement sur l'épaule en m'excusant d'intervenir, je me présentai et lui demandai s'il accepterait de s'entretenir quelques minutes avec moi à l'extérieur du club.

"Désolé, on m'attend. Appelez-moi demain."

Il me donna son numéro que je notai sur une de mes fiches cartonnées : BR9-1952.

Une fois Ellison parti, je vis en retournant à ma place à la table des Hanson que Sinatra était revenu au bar, auprès des blondes et de son garde du corps, toujours accompagné de Dexter et de Durocher. J'en avais assez vu pour la soirée. Il me tardait de regagner mon hôtel, de m'asseoir face à ma fidèle compagne de voyage, ma machine à écrire portable Olivetti, et de faire ce que je fais quand je travaille sur un article : prendre du papier et rédiger une ou deux pages sur ce dont j'ai été témoin ce jour-là, en consignant les faits tant qu'ils sont encore frais dans ma mémoire.

Je commençai par taper la date en haut de la première page [Jeudi, 4 nov. 1965], l'endroit où j'étais installé pour taper mon texte [chambre 451, hôtel Beverly Wilshire] ; et après avoir consulté les notes prises sur mes fiches cartonnées : FS au bar maussade… FS "Wee Small Hrs"… La voix de FS crée ambiance aphrodisiaque ?… FS > Harlan Ellison. Je m'attaquai alors à développer mes notes et à recréer des scènes à la manière d'un auteur de nouvelles, tout en gardant à l'esprit que j'étais un journaliste en quête d'exactitude.

Je n'avais pas pris de notes dans la salle de billard, mais en tapant mon texte, j'étais convaincu de reproduire fidèlement les dialogues entre Ellison et Sinatra tels que je les avais entendus. Je ne prétends certes pas être "hypermnésique" – comme Truman Capote lorsqu'il écrivit *De sang-froid* – mais au fil des décennies passées à écouter des gens sans avoir recours à un magnétophone, je crois avoir acquis une assez bonne mémoire. Néanmoins, j'avais bien l'intention de revenir sur cette soirée avec Harlan Ellison, à la fois pour confirmer et éventuellement compléter mes souvenirs, mais aussi pour lui demander ce qu'il avait lui-même ressenti quand il avait eu l'impression d'être pris à partie par Sinatra. Avait-il été surpris de cette confrontation ? Avait-il cru que Sinatra allait le frapper ? Ou lui jeter au visage le contenu de son verre ? Quelles idées lui avaient-elles traversé l'esprit à ce moment-là ? En tant que reporter, je trouve toujours intéressant de pouvoir décrire ce que pensent mes sujets, autant que ce qu'ils font ou disent. Je trouve également pertinent de réfléchir à ce que j'avais moi-même pensé au moment où mon attention se concentrait sur les autres. Par exemple, à quoi pensais-je en observant Sinatra et son humeur changeante au Daisy ? Je l'avais vu le même soir se conduire de manière agressive dans la salle de billard alors qu'un peu plus tôt, il m'était apparu au bar comme un homme solitaire et calme. Il n'avait manifesté aucune émotion lorsqu'avait été diffusée sa chanson, bien que cette musique romantique ait aussitôt incité des dizaines de couples à se précipiter sur la piste ; pour ma part, je les regardais danser serrés l'un contre l'autre – c'étaient les mots que j'avais notés sur ma fiche en carton dans les toilettes – et j'avais eu cette vision de tous ces jeunes couples quittant le Daisy un peu plus tard pour aller faire l'amour chez eux, ou dans une chambre de location, ou dans des dizaines d'autres lieux – y compris dans des voitures à l'arrêt, pendant que la chanson passait à la radio, ignorant la batterie qui se déchargeait peu à peu. Non seulement j'avais imaginé la scène, mais j'en avais couché un premier jet sur le papier, et de longues semaines plus tard, lorsque je soumis la version finale de mon article à Harold Hayes, même si ce fut sous une forme plus policée, la trame en était clairement celle que j'avais tapée sur mon Olivetti la nuit du 4 novembre, au Beverly Wilshire :

> "In the Wee Small Hours of the Morning"... comme beaucoup de ses chansons devenues des classiques, il y est question de solitude et de sensualité. Et dès lors que ces mots viennent se mêler à la lumière tamisée, à l'alcool, à la nicotine, aux désirs de la nuit finissante, la chanson devient subtilement aphrodisiaque. Ses paroles, tout comme celles de quelques autres, ont dû contribuer à mettre des millions de personnes dans les meilleures dispositions. C'est une musique qui incite à faire l'amour. Alors, forcément, on a beaucoup fait l'amour sur cette chanson partout en Amérique – dans un chalet au bord d'un lac, sur la plage par une belle soirée d'été chargée de senteurs ; dans un parc isolé, un luxueux appartement, un meublé, dans une cabine de bateau, un taxi, un cabanon – partout où le fait d'entendre Sinatra chanter ces mots capables de faire fondre les femmes, de les flatter, de les amener à baisser la garde, à oublier leurs inhibitions, a suffi à revigorer le mâle ego des amants ingrats. Deux générations d'hommes qui ont profité de ces ballades [...] ont à jamais contracté une dette envers lui et lui vouent pour cette même raison une haine éternelle. Et à Beverly Hills, lui est là, debout, aux premières heures du matin, inaccessible.

16

Le vendredi 5 novembre au matin, je quittai à pied mon hôtel pour me rendre dans le bureau tout proche de l'attaché de presse de Sinatra, Jim Mahoney, un homme affable âgé de trente-sept ans aux cheveux châtains et à la carrure d'athlète. Lorsqu'il m'accueillit, il portait un complet sur mesure marron, ainsi qu'une cravate de soie assortie et une chemise à rayures, brodée de ses initiales sur la poche de poitrine. Ses initiales figuraient aussi, en or, sur l'attaché-case posé à plat sur son bureau à côté d'une épaisse pile de courrier non ouvert. Après m'avoir invité à m'asseoir en face de lui, il repoussa la pile sans précaution, faisant tomber quelques lettres par terre.

“Des factures, toujours des factures, me dit-il d'un air amusé. Jamais d'argent qui rentre, rien que des factures et encore des factures.”

Il ne prit pas la peine de ramasser les enveloppes.

Sa secrétaire vint lui annoncer que Kay Gardella du *New York Daily News* était en ligne. Après s'être excusé de cette interruption, il décrocha le combiné, puis s'enfonçant dans son fauteuil de cuir, il écouta quelques instants avant de dire d'une voix puissante : “C'est exact, Kay. CBS a vraiment joué un sale tour à Frank. Ils lui ont menti, Kay, ils s'étaient mis d'accord pour que certains aspects de sa vie privée restent privés, et Cronkite est passé outre : ‘Frank, parlez-moi de ces rapports.’ Cette question, Kay, poubelle. Ce sujet n'aurait jamais dû être abordé.”

Tandis qu'ils continuaient de parler au téléphone, je regardai autour de moi et remarquai un portrait dédicacé du président Kennedy accroché au mur avec plusieurs photos d'événements mondains sur lesquelles on voyait Sinatra poser à côté de Jim Mahoney, et une autre de Mahoney avec son épouse et leurs cinq enfants. Les étagères étaient garnies de trophées remportés dans des tournois de golf, ainsi que d'une reproduction sur bois de la demande de rançon de 240 000 dollars reçue en 1963 par Sinatra le jour où avait été kidnappé son fils Frank Jr qui avait dix-neuf ans à l'époque et qui commençait sa carrière de chanteur au Harrah's Club Lodge sur les rives du lac Tahoe. Mahoney avait été chargé de porter l'argent en échange de sa libération. Le FBI avait rapidement arrêté et incarcéré les coupables, et la rançon avait été presque intégralement récupérée.

Une fois sa conversation avec Kay Gardella terminée, Mahoney raccrocha, et sa secrétaire entra de nouveau pour lui dire qu'un certain correspondant était en ligne.

“Est-ce qu'il sait que je suis là ? lui demanda-t-il.

— Non.

— Dans ce cas, je ne suis pas là.”

Puis, se tournant vers moi, il me dit : “Je suis vraiment désolé de vous embêter avec ce qui se passe, mais Frank n'est pas bien et j'ai peur que votre rendez-vous doive être repoussé.

— De combien de temps ?

— Je ne sais pas. Frank est enrhumé et il est parti tôt ce matin pour passer le week-end dans sa propriété de Palm Springs. Il espère être guéri à temps pour enregistrer plusieurs chansons lundi prochain à l'occasion de la session prévue à Burbank. Mais il y a un autre problème qui contrarie Frank et son avocat Mickey Rudin, et c'est en rapport avec vous.

— Moi ?

— Ils sont très fâchés d'avoir été piégés par Cronkite lors de l'interview qui va être diffusée, et ils souhaiteraient que vous signiez un accord autorisant Rudin à relire votre article avant parution.

— Jim, vous savez très bien que je ne peux pas accepter, lui rétorquai-je. Ce n'était déjà pas envisageable à l'époque où je travaillais pour le *Times* et ça ne l'est pas davantage pour *Esquire* ou n'importe quelle autre publication que je connaisse.

— Malheureusement, la décision ne m'appartient pas, me dit Mahoney. Mais Frank et Mickey Rudin ont besoin d'avoir des garanties, faute de quoi l'interview ne pourra pas se faire.

— Je peux leur garantir que je ne ferai aucun lien entre Frank et la mafia dans mon article, mais je n'irai pas au-delà.

— J'ai bien peur que cela ne suffise pas.

— Voilà une chose qu'Harold Hayes ne va pas aimer", dis-je avant d'ajouter que j'avais fait le déplacement en avion parce qu'un accord avait été passé entre *Esquire* et l'entourage de Sinatra et que je n'étais pas censé rester à Los Angeles plus d'une semaine. "Maintenant, je vais devoir appeler Harold Hayes et lui dire que l'accord est caduc et, j'insiste, il va être furieux.

— Je suis encore une fois désolé, me dit Mahoney. On peut peut-être prendre à notre charge vos frais de séjour, et vous payer votre vol de retour.

— Je doute que Hayes soit d'accord", lui dis-je sans en être totalement convaincu.

Peut-être Hayes accepterait-il de laisser tomber l'article sur Sinatra pour me laisser libre d'interviewer le rédacteur en chef du *Times*, Clifton Daniel, comme je voulais le faire au départ. Dans tous les cas, la décision lui appartenait, et en me levant pour quitter son bureau, j'annonçai à Mahoney que je rentrais à mon hôtel pour tâcher de joindre Hayes et que je le tiendrais au courant de sa réponse.

"Un instant, me dit-il, j'ai une meilleure idée. Inutile d'appeler Hayes avant de savoir comment Frank se sentira lundi matin après la répétition dans les studios de la NBC. J'avais prévu de passer vous prendre pour que nous y allions ensemble. Vous pourrez le regarder chanter, à la condition de ne pas essayer de l'interviewer. Il faut me laisser une chance d'arranger les choses. Cela vous conviendrait-il ?"

Je lui donnai mon accord, et il me dit qu'il m'attendrait devant mon hôtel à 10 heures pile le lundi matin – et je le retrouvai à l'heure dite au volant de son coupé Mercedes.

Durant la demi-heure de trajet qui nous amena à Burbank, je cherchai à mieux le connaître. Il était né à Culver City, une localité située à sept kilomètres au sud de Beverly Hills qui devait sa célébrité aux studios de la Metro-Goldwyn-Mayer qui y étaient implantés. Son père, peintre décorateur, était souvent appelé pour travailler dans les résidences des vedettes de la MGM, parmi lesquelles Clark Gable, qui vivait dans un ranch de neuf pièces sur une propriété de huit hectares à Encino, dans la vallée de San Fernando.

Adolescent, Jim Mahoney accompagnait parfois son père quand celui-ci allait faire des travaux, et c'est ainsi qu'il avait fait la connaissance de Clark Gable ; ce dernier le prit en amitié et réussit à lui trouver un poste d'assistant auprès du responsable de la publicité chez MGM, Howard Strickling. Un jour, Strickling demanda à Mahoney de conduire à l'aéroport Ava Gardner, la star de la MGM alors mariée à Sinatra, qui devait s'envoler pour l'Afrique afin d'y tourner *Mogambo* avec Clark Gable et Grace Kelly.

Quand Mahoney se présenta au domicile d'Ava Gardner à Nichols Canyon, dans les collines d'Hollywood, elle n'était pas tout à fait prête et elle l'invita à entrer boire quelque chose en attendant. Au moment où il pénétrait dans le salon pour se diriger vers le bar, il fut interrompu dans son élan par une voix d'homme qui lui demandait sur un ton autoritaire : “Bordel, mais vous êtes qui ?”

Frank Sinatra était assis sur une chaise rembourrée dans un coin sombre de la pièce, et il était manifestement d'une humeur massacrante.

“Je viens de la part du bureau de M. Strickling. On m'a chargé d'emmener Mme Sinatra à l'aéroport.”

Sinatra se radoucit et dit en se levant : “Très bien, mon garçon. Qu'est-ce que tu veux boire ?”

Mais quand Ava Gardner descendit avec ses bagages pour prendre congé de son mari, Mahoney aperçut une larme qui perlait au coin de l'œil de Sinatra. Mahoney apprit plus tard qu'Ava Gardner s'apprêtait à le quitter, qu'elle avait récemment subi une interruption volontaire de grossesse et que Sinatra était si déprimé qu'il avait tenté de mettre fin à ses jours. En plus de ses problèmes personnels, il faisait face à des difficultés financières car il n'avait plus autant la cote dans le show-biz. Il venait de tourner des essais pour le film qui allait être récompensé aux Oscars, *Tant qu'il y aura des hommes*, mais il ignorait encore que le rôle principal lui serait attribué.

Des années après, alors que la carrière de Sinatra avait retrouvé sa trajectoire triomphale, Mahoney le croisa sur le parking des studios de la MGM, où Sinatra jouait dans *Les Diables au soleil*. Mahoney travaillait à la promotion, et un jour Sinatra lui demanda : “Quand comptes-tu laisser tomber ce job bidon ?”

Mahoney lui répondit : “Dès que quelque chose de mieux se présentera.

— Eh bien, considère que c’est fait.”

Sinatra lui offrit une grosse augmentation et la responsabilité exclusive de gérer sa carrière de chanteur comme attaché de presse. C’était en 1958 et, me dit Mahoney, “depuis, j’ai été à ses côtes durant les périodes de vaches grasses et durant les périodes de vaches maigres, et aussi durant les périodes intermédiaires”.

Au moment où Mahoney pénétrait dans le parking des studios de la Warner composés de dizaines de plateaux ressemblant à des hangars pour avions sur une surface de 250 000 mètres carrés, je remarquai plusieurs personnes occupées à décharger des instruments de musique de leur voiture avant de franchir la porte latérale d’un bâtiment où régnait une agitation particulière. J’aperçus également un homme qui descendait d’une limousine, vêtu d’un pull orange et d’un feutre à bord cassé, avec sous le bras un attaché-case et un imperméable en cette journée nuageuse et très fraîche pour la saison. Je crus reconnaître sa silhouette.

“Jim, lui dis-je, c’est pas Sinatra ?”

Mahoney stoppa sa voiture et loucha à travers le pare-brise en direction de la personne que je lui indiquais.

“Non, ce n’est pas Frank. C’est sa doublure, Johnny Delgado.”

Ce fut pour moi une surprise d’apprendre que Sinatra avait une doublure, mais je ne pipai mot, mon instinct me soufflant qu’il valait mieux que Mahoney ignore tout de mes cogitations. Il m’avait demandé de ne pas m’approcher de Sinatra, mais il n’avait rien précisé concernant sa doublure. Or, Johnny Delgado est le genre de personnage de l’ombre qui a toujours fasciné le journaliste que je suis. Et je pouvais dire la même chose à propos de tous ceux qui travaillaient pour Sinatra ou gravitaient dans son entourage – et parmi eux figuraient son attaché de presse Mahoney, son avocat Rudin, son garde du corps Pucci ainsi que des dizaines d'autres, y compris plusieurs de ses employés de maison et un grand nombre d'individus travaillant dans les coulisses pour ses spectacles, voire de simples pique-assiettes.

En tout état de cause, si je n'avais pas eu les mains liées par Harold Hayes et sans l'obligation dans laquelle je me trouvais de mener à bien le travail qu'il m'avait confié, j'aurais de loin préféré brosser le portrait de la doublure plutôt que celui de la vedette elle-même ; j'avais déjà à l'esprit toutes les questions que je désirais lui poser. Comment avait-il trouvé ce travail ? Quelle satisfaction en tirait-il. Quels en étaient les avantages en nature, les pièges à éviter ? Sachant que Sinatra était alors sur la côte Pacifique en plein tournage du *Hold-up du siècle*, je devinais que Delgado avait été envoyé là-bas pour figurer dans les scènes se déroulant en mer pendant que Sinatra restait bien au sec sur la plage, mais que faisait-il ici aujourd'hui, à cette session d'enregistrement ? Était-il capable de pousser la chansonnette ? Souhaitait-il devenir acteur ou chanteur ? Et le cas échéant, quelle expérience avait-il ? Accepterait-il de me parler si je le contactais ? Ou bien me fuirait-il de peur de perdre son travail ? Je ne pourrais le savoir qu'après lui avoir parlé, mais encore fallait-il que je contourne l'obstacle Jim Mahoney, d'une façon ou d'une autre.

17

J'entrai en compagnie de Mahoney dans l'immense studio de télévision où plusieurs centaines de personnes discutaient bruyamment au pied de la scène pendant que les musiciens accordaient leurs instruments ; en surplomb de l'orchestre, il y avait la cabine de régie aux parois de verre dans laquelle le réalisateur et ses assistants vérifiaient le bon fonctionnement des caméras et des micros avec l'espoir que Sinatra aurait réussi à guérir son rhume et livrerait une prestation digne de ce nom. Nous passâmes devant la scène pour gagner la salle de répétition située dans l'angle le plus éloigné du studio. Mahoney s'arrêta pour échanger quelques mots avec des gens qui se trouvaient devant la porte mais s'abstint de faire les présentations. Trois d'entre eux étaient des hommes approchant de la cinquantaine, vêtus de costumes sombres, et il y avait également une dame aux cheveux gris en robe à fleurs qui portait une petite valise. J'appris par la suite qu'elle se nommait Helen Turpin et que son travail consistait à suivre Sinatra partout où il se produisait avec la valise dans laquelle se trouvaient ses postiches. Pour ce travail de porteuse de toupets elle touchait 400 dollars par semaine.

À l'intérieur de la salle, accompagné d'un pianiste, Sinatra se chauffait la voix. Par la porte entrebâillée, je l'entendais s'interrompre par moments dans sa chanson pour se plaindre de quelque chose qui n'allait pas, et à deux reprises, il tapa du poing sur le piano, tandis que son accompagnateur le suppliait d'une voix douce : “Frank, essaie de ne pas t'énerver.”

Ceux qui se trouvaient à l'extérieur gardaient le silence, mais je devinai que comme Mahoney, ils étaient très proches du chanteur, et qu'ils devaient être à la fois désolés et préoccupés par la tournure que prenaient les choses. Mahoney devait aussi se reprocher amèrement d'avoir autorisé ma présence alors que Sinatra était d'une humeur de chien.

“Venez, me dit-il en me prenant pas le bras pour se diriger vers un homme qui lui faisait signe, un peu plus loin. Je dois parler à cette personne.”

Il me présenta peu après à Andy Williams, l'artiste qui avait enregistré des succès comme "Moon River" et qui animait une émission hebdomadaire sur la NBC. Tandis que les deux hommes discutaient amicalement, je ne leur prêtais guère attention, m'intéressant davantage aux essais d'éclairage qui se déroulaient sur la scène autour de Johnny Delgado planté derrière un micro sur pied. Bientôt vint se joindre à nous une jeune femme brune du genre liant ; c'était la compagne d'Andy Williams, Claudine Longet, une danseuse née en France qui était aussi actrice.

Cinq ans auparavant, les gazettes avaient largement chroniqué les circonstances de sa rencontre avec Andy Williams. Elle se produisait alors avec la troupe des Folies-Bergère dans un casino de Las Vegas et un jour, elle était tombée en panne au volant de sa voiture au bord d'une route. Passant par là, il s'était arrêté pour l'aider. Il avait trente-deux ans, elle dix-huit. Ils commencèrent à sortir ensemble et un an plus tard ils se marièrent. Lui avait précédemment vécu une histoire d'amour avec une femme deux fois plus âgée que lui – Kay Thompson, une chanteuse devenue coach vocal qui l'avait aidé à se lancer. Après le mariage d'Andy Williams et de Claudine Longet, Kay Thompson était partie s'installer à Rome. Par la suite elle devait signer des livres pour enfants de la série *Eloïse*.

Dès que Claudine eut rejoint son mari, elle monopolisa la parole, pressant Mahoney de les conduire jusqu'à Sinatra.

"Il est occupé et ne se sent pas en forme", lui dit Mahoney.

Mais elle insistait : "Frank adore Andy, et nous saurons lui remonter le moral.

— Il est en train de répéter, je ne peux pas l'interrompre.

— Nous allons l'attendre devant la porte, lui rétorqua-t-elle. Je t'en prie, il faut que je lui parle. Ça l'aidera à se sentir mieux.

— D'accord, céda finalement Mahoney, allons-y, et on verra comment ça se passe. Mais je ne peux rien promettre."

Avant de s'éloigner, Mahoney se tourna vers moi et me dit : "Attendez-moi là, d'accord ? Je ne serai pas long."

Je restai planté au milieu de cette salle bondée, entouré d'une foule d'inconnus. Au cours de la conversation que nous avions eue, Mahoney avait mentionné le fait qu'un grand nombre de vendeurs de bière et leurs proches seraient présents – l'émission était sponsorisée par Budweiser –, ainsi que de nombreuses personnes travaillant pour différents services implantés dans les locaux de la Warner. Je finis par repérer quelqu'un que je me rappelais avoir aperçu au Daisy – Ed Pucci, l'ancien joueur de champ de la Ligue nationale de football américain qui faisait office de garde du corps pour Sinatra. Il se dirigeait vers la salle de répétition et après l'avoir rattrapé, je me présentai à lui comme un journaliste chargé par *Esquire* de rédiger un portrait de son patron.

"*Esquire*, me dit-il, tout réjoui. C'est mon magazine préféré. Je le lis très régulièrement. J'aime beaucoup la rubrique 'Dîner en ville'. Je possède des parts dans un restaurant super ici, peut-être aimeriez-vous venir y manger avec moi un de ces soirs, et faire en sorte que votre revue lui consacre un petit article.

— Je serais enchanté de dîner avec vous, et je ne manquerai pas d'attirer l'attention du responsable de cette rubrique sur votre restaurant", lui répondis-je.

Je notai rapidement sur une fiche cartonnée le numéro de téléphone de Pucci, et nous convînmes d'une date pour dîner ensemble plus tard dans la semaine. J'espérais bien sûr que Pucci s'abstiendrait de mentionner la chose à Mahoney.

Une fois Pucci parti, et Mahoney ne revenant pas, je vis que Delgado faisait une pause près de la marche de l'estrade avec l'équipe des éclairagistes, et je me hâtai d'aller à sa rencontre. Je pus constater qu'il avait l'air à la fois amical et réceptif. J'obtins son numéro de téléphone et il me promit de m'accorder une interview dès que son emploi du temps le permettrait. Il m'expliqua qu'en 1953, alors qu'il débutait dans le métier d'acteur, il avait passé une audition pour un rôle dans *Tant qu'il y aura des hommes*, et que le directeur de casting, frappé par sa ressemblance avec Sinatra, l'avait embauché pour être sa doublure.

Depuis cette époque, on faisait régulièrement appel à lui pour servir de remplaçant quand Sinatra passait sur scène ou était en tournage aux États-Unis ou à l'extérieur du pays. Parfois Delgado se retrouvait désœuvré dans des villes à l'étranger, et quand il se promenait dans les rues ou s'asseyait dans un café, les gens le prenaient pour Sinatra et lui demandaient un autographe ou une photo – chose qu'il refusait poliment après avoir dissipé le quiproquo. De temps à autre malgré tout, il arrivait que des jeunes femmes le poursuivent de leurs assiduités. Dans ces cas-là, il savait faire une entorse à ses principes, m'avoua-t-il en clignant de l'œil.

Je m'éloignai de lui sitôt que j'aperçus Mahoney qui venait dans ma direction en compagnie des Williams. Claudine semblait résignée et elle ne répondit pas quand je lui demandai si elle avait vu Sinatra. Mahoney le fit à sa place : "Frank était occupé, mais je suis heureux de pouvoir annoncer qu'il se sent mieux. Il va être prêt à commencer sous peu."

Cinq minutes plus tard, j'aperçus Pucci qui fendait la foule avec Sinatra derrière lui au milieu d'un tonnerre d'encouragements et d'applaudissements. Ils se dirigeaient vers la scène. Sinatra portait un feutre et des lunettes à monture de corne de couleur noire, et il tenait entre ses mains ce que je supposai être des partitions. Il portait un pantalon et des chaussures foncés, un pull orange à col haut.

L'orange était sa couleur préférée. Je l'avais appris de la bouche du tailleur très coté de Sinatra, Richard Carroll, avec qui j'avais pu m'entretenir dans son magasin de Beverly Hills durant le week-end. M. Carroll, qui avait un peu plus de quarante ans et dont les cheveux avaient prématurément grisonné, avait ouvert son commerce en 1949 et il portait des vêtements et des accessoires aussi élégants que ceux qui habillaient les mannequins de sa boutique. Il m'avait raconté que Sinatra achetait de luxueux pulls en cachemire d'Écosse non seulement pour lui, mais aussi pour ses amis et ses employés, comme son pilote, qui passait toujours un pull orange avant de transporter Sinatra dans le Lear Jet du chanteur – un avion qui, soit dit en passant, avait des tapis de couleur orange, des garnitures intérieures en cuir orange et une bande orange peinte sur toute la longueur du fuselage.

Au fil des années, le mètre ruban de Richard Carroll avait ausculté le moindre centimètre du corps de Sinatra – tour de taille : 81 cm, tour de hanches : 99 cm ; entrejambe : 76 cm ; longueur de la veste : 74 cm ; tour de tête : 18,5 cm ; pointure : 40. Carroll savait que mesurant un mètre soixante-dix, soit deux centimètres et demi de plus que Napoléon Bonaparte, Sinatra se trouvait trop petit, si bien que toutes ses chaussures étaient dotées de semelles destinées à le grandir de cinq centimètres.

Comme il avait été consulté par Dominic Di Bona, l'habilleur personnel de Sinatra, Carroll connaissait les trois tenues qu'allait revêtir le chanteur au cours de son concert de dix-huit chansons pour l'émission spéciale d'une heure programmée le 24 novembre sur la NBC. En ouverture, Sinatra serait filmé traversant à grandes enjambées le studio dans toute sa longueur. Puis, après avoir lancé son chapeau dans un coin, il monterait sur la scène blanche, et tandis que les musiciens joueraient dans la pénombre derrière lui, il s'emparerait du micro pour attaquer son tour de chant avec "I Got You under My Skin".

Pour cette chanson et les cinq suivantes, il était convenu qu'il porte une veste en tweed beige dessinée par Carroll avec un gilet orange, une cravate de soie imprimée foncée, un pantalon et des chaussures sombres et une chemise blanche avec des petits boutons de manchette ronds gris perle. Dans sa poche de poitrine, une pochette bouffante de couleur orange parferait sa tenue. Pour sa septième chanson, "It Was a Very Good Year", Sinatra se changerait pour se présenter habillé d'un costume trois-pièces gris foncé avec une chemise à col rond, une cravate de soie grise et une pochette rouge orangé. Finalement, pour chanter "Come Fly with Me", sa quinzième chanson, il passerait un smoking. La veste de couleur noire avait été taillée avec des épaules rehaussées et des revers de satin, et sous son gilet, Sinatra passerait une chemise blanche avec un col aux pointes allongées, un nœud papillon noir, et des boutons cloutés. La coupe de son pantalon comportait une ceinture intérieure et, là encore, sa veste serait ornée d'une pochette rouge vif.

Carroll avait déjà confectionné une quarantaine de smokings pour Sinatra, mais il devait lui en livrer sept nouveaux chaque année, le port d'une tenue de soirée étant de règle quand il se produisait sur scène. Carroll me révéla qu'il fallait à son maître tailleur environ quatre semaines pour en réaliser une, et qu'il en avait toujours deux en cours de fabrication.

Après lui avoir frayé un chemin à travers la foule qui entourait l'estrade, Ed Pucci s'écarta et Sinatra monta sur la petite scène blanche où étaient posés un micro à pied et un tabouret recouvert de cuir blanc ; de chaque côté du tabouret se trouvaient des arbres en plastique blanc aux branches garnie de dizaines d'œillets d'Inde teints en orange. Ôtant ses lunettes pour les glisser dans la poche de poitrine de son pull – tous ses pulls ont une poche prévue à cet effet –, il fit demi-tour et jeta un coup d'œil en direction des rangées de sièges sur lesquels les musiciens s'étaient installés environ dix mètres derrière lui et le dominant de quelques dizaines de centimètres ; plusieurs d'entre eux soufflaient dans leur instrument ou en faisaient résonner les cordes.

Sinatra sourit et pointa du doigt un joueur de trombone qui s'était levé pour le prendre en photo, puis, regardant autour de lui, il demanda : “Où est Nelse ?”

Nelson Riddle, le chef d'orchestre et arrangeur – un homme de forte corpulence, modeste et doux, d'une quarantaine d'années, aux cheveux bruns, qui était le collaborateur musical de Sinatra depuis plus de dix ans –, apparut aussitôt sur la partie gauche de l'estrade et lui dit : “Nous sommes prêts, Frank.”

Cinq minutes plus tard, alors que Riddle avait pris place baguette en main derrière son pupitre pour diriger son orchestre de quarante-trois musiciens prêts à vibrer à son signal, la voix de Sinatra accompagnée de ses claquements de doigts retentit dans la sono : “I've got you under my skin/I've got you, deep in the heart of me/So deep in my heart that you're really a part of me[01]..."

Il s'interrompit avant même d'être arrivé au tiers de son texte car ce n'était qu'une simple mise en voix avec l'orchestre qui n'avait pas vocation à être enregistrée, et aussi parce qu'il fut arrêté par le producteur de l'émission, Dwight Hemion, qui l'interpella depuis la cabine de régie : "Super, la voix, Frank, mais ça ne te dérangerait pas de monter une seconde pour voir ce que ça donne ? Tu bouges peut-être un peu trop les mains."

Hemion, qui parlait d'une voix douce, était un homme âgé d'une petite trentaine d'années aux cheveux châtains vêtu d'un costume cravate ; il se déplaçait à pas feutrés grâce à ses chaussures de sport. Au cours des dix années qui venaient de s'écouler, il avait reçu plusieurs Emmy Awards pour les spectacles de variété qu'il avait produits et dont le plus récent avait eu pour vedette Barbra Streisand.

Tandis que Sinatra montait dans la cabine, suivi de Nelson Riddle, pour visionner l'enregistrement de contrôle, il y eut une pause de dix minutes. Sinatra s'était apparemment suffisamment remis pour pouvoir chanter et, formant un cercle au pied du podium, ses amis manifestaient leur joie et leur soulagement. Outre Mahoney, Andy Williams et son épouse Claudine, avaient désormais rejoint le groupe Brad Dexter, Leo Durocher, mon nouveau meilleur ami Ed Pucci et plusieurs autres personnes que je n'avais jamais vues auparavant. Mahoney étant occupé à parler avec Dexter, j'en profitai pour demander discrètement à Pucci qui elles étaient, et il m'indiqua qu'il s'agissait de Mo Ostin, un cadre dirigeant de la firme de disques Reprise Records, dont Sinatra était propriétaire ; de Layne Britton, son maquilleur ; d'Al Silvani, un entraîneur de boxe et ancien cascadeur qui avait joué dans nombre de films de Sinatra ; et de John Lillie, un courtier en assurances qui était le partenaire de golf de Sinatra.

01 — "Je t'ai dans la peau/Je t'ai là, au plus profond de mon cœur/Si profondément dans mon cœur que tu fais partie de moi..."

Quelques mètres plus loin je remarquai la porteuse de postiches Helen Turpin. Je m'éloignai discrètement pour aller me présenter, et à mon grand plaisir, elle me donna son numéro de téléphone et son accord pour une entrevue.

Entre-temps, Sinatra avait regagné le plateau et il se trouvait sur la scène en grande conversation avec Hemion, Riddle, le compositeur Gordon Jenkins et plusieurs éclairagistes. Ils cherchaient à savoir comment Sinatra devrait se placer après avoir chanté sa deuxième chanson, "Without a Song", afin de se retrouver face caméra pour lire un texte qui commençait ainsi : "Vous êtes-vous jamais demandé à quoi ressemblerait notre planète s'il n'y avait pas de chansons ?... Ce serait un endroit assez effrayant... Cela donne à réfléchir, non ?"

Après l'avoir lu une première fois, Sinatra toussa. Il s'excusa avant d'ajouter : "Bon sang, j'ai vraiment besoin de boire quelque chose.

— Reprends calmement, Frank", lui dit Hemion d'un ton encourageant.

Soudain, surgissant derrière lui, une petite brune s'avança et passa son bras autour des épaules de Sinatra avant de lui murmurer quelque chose à l'oreille. Sinatra ne semblait pas lui prêter attention, mais j'entendis Jim Mahoney qui se trouvait devant moi hurler en montrant du doigt le podium : "Bon sang, mais qu'est-ce que Claudine fout là-haut ?"

Le visage empourpré, il se tourna vers Andy Williams qui était à côté de lui et auprès de qui il s'était montré si empressé, et il répéta sa question. Haussant les épaules comme pour s'excuser, Williams se précipita sur scène, attrapa son épouse par la main, et l'aida à descendre les marches avant de l'entraîner à l'arrière du studio, loin de Mahoney.

"Vous êtes-vous jamais demandé à quoi ressemblerait notre planète s'il n'y avait pas de chansons ?" reprit Sinatra, sans tousser cette fois, puis accompagné par l'orchestre, il réussit à chanter parfaitement son troisième titre, "Don't Worry 'Bout Me", après quoi il s'adressa à Dwight Hemion, qui avait regagné la cabine de régie : "Pourquoi ne pas enregistrer la bande maîtresse ?" Hemion ne réagit pas, et Sinatra répéta : "Pourquoi ne pas enregistrer la bande maîtresse ?"

Aussitôt le producteur exécutif du spectacle, qui se tenait sous la cabine, un casque sur la tête, répéta mot pour mot à Hemion ce que Sinatra venait de dire : "Pourquoi ne pas enregistrer la bande maîtresse ?"

Sinatra montrait des signes d'impatience de plus en plus évidents. Depuis une vingtaine de minutes il se trouvait sous la chaleur des projecteurs, il avait déjà mis beaucoup d'énergie dans ses trois chansons, et l'équipe de la NBC n'était pas encore prête à débuter l'enregistrement. Il n'y avait pas moins de trente personnes sous les ordres de Hemion, plus une vingtaine de machinistes, et ils n'arrêtaient pas de se cogner les uns dans les autres en courant partout pour régler les angles de prises de vue, modifier l'alignement des sièges de l'orchestre, débattre pour savoir quelle devait être la longueur de l'ombre de Sinatra quand il déambulait sur scène, le micro à la main. À certains moments on faisait appel à Johnny Delgado pour qu'il se place à l'endroit où Sinatra devrait se trouver afin de créer sur la scène des ombres destinées à être filmées avant d'être ensuite utilisées comme celles de Sinatra.

Le studio était équipé d'un mécanisme qu'il fallut essayer et réessayer : il s'agissait d'une soufflerie installée au-dessus du chanteur, qui, au moment où il attaquerait le quatrième couplet de sa chanson "It Was a Very Good Year", – "By now the days are short/I'm in the autumn of the year[01]..." – enverrait une cascade de feuilles d'arbre de couleur orange censées descendre lentement en tourbillonnant avant de venir joncher le sol autour du micro. Malheureusement, le fonctionnement de la soufflerie était déficient, et les feuilles restaient bloquées dans le bac. Contemplant l'appareil capricieux d'un air contrarié, Sinatra hocha la tête et dit : "C'est un peu comme quand on attend la naissance de son enfant."

Au cours de sa longue carrière de chanteur et de star de cinéma, Sinatra s'était forgé la réputation d'être prompt à

01 __ "Maintenant les jours ont raccourci/Je suis dans l'automne de cette année..."

exprimer son désaccord avec les réalisateurs et à se mettre en colère quand il estimait que le travail se trouvait ralenti du fait d'un manque de préparation ou d'une attention excessive au détail. Pour lui, si tout avait été bien organisé, un réalisateur devait être capable de tourner une scène en deux prises, et non exiger d'un acteur qu'il la rejoue plusieurs fois de suite à cause d'un incident de plateau parfaitement évitable, ou de l'idée erronée que ledit réalisateur se faisait de la perfection.

Concernant Dwight Hemion, spécialiste aussi courtois que reconnu des émissions spéciales de concerts, Sinatra ne pouvait pas le blâmer pour son nombre exagéré de prises de vue, bien au contraire. Hemion était apparemment si absorbé à régler divers détails qu'il ne faisait aucune prise – et Sinatra commençait à en avoir marre d'attendre. Il lui tardait de regagner sa loge, d'ôter son pull, de passer une veste et une cravate et de revenir sur scène pour son vrai tour de chant. Alors de nouveau, il leva les yeux vers la cabine de régie en s'adressant à Hemion : "Pourquoi ne pas passer un smoking et une cravate et enregistrer tout ça ?"

Cette fois encore, aucune réaction de Hemion. Peut-être avait-il coupé la liaison avec la cabine. À moins qu'il n'ait tout simplement pas été pressé de répondre, car c'était un homme réfléchi et calme qui avançait dans la vie à son rythme et comme il l'avait décidé. Pour finir, on entendit Hemion dire d'une voix feutrée et détendue : "Frank, est-ce que ça te dérangerait de revenir à...

— Oui, ça me dérange, le coupa Sinatra. Quand on arrêtera de travailler comme en 1950, peut-être qu'on..."

Il continua à tempêter, sans obtenir de réponse de la part de Hemion qui faisait la sourde oreille. Sinatra s'emporta : "Bon Dieu, qu'est-ce que tu fous là-haut, Dwight ? Vous faites la bringue ou quoi ?"

Debout sur la scène, seul, les bras croisés, Sinatra attendait une réponse qui n'arriva pas. Désœuvrés, les musiciens assis derrière lui commençaient sans aucun doute à être gagnés par la nervosité, et c'est peut-être ce qui poussa Nelson Riddle à rejoindre Sinatra sur la scène et à lui poser un bras sur l'épaule pour entamer avec lui une conversation apaisée qui se prolongea un instant.

Puis Riddle regagna son pupitre et fit signe à l'orchestre de commencer à jouer le cinquième titre du programme, "Nancy (With the Laughing Face)". C'était l'une des chansons fétiches du vaste répertoire de Sinatra. Elle avait été écrite plus de vingt ans auparavant par Jimmy Van Heusen et Phil Silvers à l'occasion de la naissance de Nancy, la première fille de Sinatra, et était sans doute sa préférée : "If I don't see her each day/I miss her/Gee what a thrill/Each time I kiss her/Believe me I've got a case/On Nancy with the laughin' face[01]..."

Bientôt Sinatra se remit à chanter accompagné par l'orchestre et grâce à son phrasé unique et à son élocution parfaite, tous les spectateurs pouvaient entendre distinctement chacun des mots écrits par le parolier. L'écrivain Pete Hamill a un jour émis l'hypothèse qu'une multitude de nouveaux arrivants en Amérique s'étaient familiarisés avec la langue anglaise en écoutant Sinatra chanter.

"She takes the winter and makes it summer/Summer could take some lessons from her/Picture a tomboy in lace/That's Nancy with the laughin' face[02]..."

Il termina la chanson de façon satisfaisante, mais quand Nelson Riddle l'entraîna dans les couplets de la sixième chanson – "My Kind of Town" –, sa voix commença à avoir des intonations rauques avant de dérailler complètement à deux reprises.

L'orchestre s'arrêta brusquement et Sinatra se pencha pour éternuer. Sans doute que ce jour-là, chanter "Nancy" était tout ce dont sa voix était capable, et après avoir sorti un mouchoir de sa poche de pantalon, il quitta la scène pour monter jusqu'à la cabine de régie annoncer à Hemion que

01 __ "Si je ne la vois pas chaque jour, elle me manque/Oh ! Quel frisson chaque fois que je l'embrasse/Croyez-moi, j'ai le béguin /Pour Nancy et son visage souriant..."

02 __ "Elle prend l'hiver, le transforme en été/L'été pourrait la prendre pour modèle/Imaginez un chaton habillé de dentelle/C'est Nancy et son visage souriant..."

la répétition était terminée. Il allait falloir la reprogrammer, et tout ce qui venait d'être enregistré était bon à jeter ; sauf qu'il restait à payer une facture s'élevant à quelque 200 000 dollars, voire plus, pour couvrir les frais de la journée – location du studio, déplacement d'un orchestre de quarante-trois musiciens, salaires des machinistes, des gardes de la sécurité, de l'équipe de la NBC et du producteur.

Avant de prendre congé de Sinatra, Dwight Hemion s'assit avec lui en face de l'écran, pour le regarder essayer de chanter “My Kind of Town” avant d'être trahi par sa voix.

“On aurait dû arrêter avant, dit Sinatra dont les paroles étaient retransmises par la sonorisation, on n'aurait pas dû pousser aussi loin.” Puis, contemplant son image sur l'écran, il lâcha : “On voit juste un homme enrhumé.”

18

En me reconduisant à mon hôtel, Mahoney m'apprit que Sinatra était parti se soigner dans la maison qu'il possédait au milieu du désert à Palm Springs et que mon interview devrait encore attendre.

"Pour combien de temps ?

— Je ne le saurai qu'après avoir parlé avec Frank", me répondit-il, me répétant que si je souhaitais renoncer à mon projet et rentrer à New York, la Sinatra Organisation prendrait mes frais à sa charge.

"Jim, vous savez bien que la décision ne m'appartient pas." Et j'ajoutai : "Dès que je suis dans ma chambre, j'appelle Harold Hayes et je vous fais part de ce qu'il m'a dit."

Avant même de l'avoir appelé, je sentais bien que sa fierté de rédacteur en chef lui interdirait de donner suite à cette proposition ; et sachant de plus à quel point il tenait à cet article sur Sinatra, je me sentais obligé de lui donner satisfaction. Plusieurs années auparavant, alors que je travaillais comme reporter au *Times*, j'avais annulé de ma propre initiative un projet de portrait pour *Esquire* qui m'avait amené à Los Angeles parce que Natalie Wood m'avait fait faux bond ; mais la situation avait changé. À trente-trois ans, j'étais désormais un auteur sous contrat et je n'avais des comptes à rendre qu'au seul Harold Hayes. De plus, nous venions d'avoir notre premier enfant, et *Esquire* constituait ma principale source de revenus. Pour finir, je me sentais redevable à Hayes, qui m'avait offert la possibilité d'écrire de façon plus libre et prolixe que cela aurait été possible au *Times*.

Quand je l'appelai pour lui rendre compte de ce que m'avait dit Mahoney, Hayes réagit comme je l'avais prévu et déclina une offre jugée ridicule. Il balaya également ma suggestion de quitter le Beverly Wilshire pour un hôtel meilleur marché. "Restez où vous êtes, me dit-il, et continuez de faire ce que vous faites. Parlez avec tous ceux qui accepteront de vous donner des renseignements."

Parmi les gens avec qui j'espérais m'entretenir dans le dos de Mahoney figurait Nancy Sinatra. Elle était membre du Daisy et son numéro de téléphone personnel m'avait été donné par Sally Hanson.

Il y avait également quelqu'un qui pourrait peut-être glisser un mot en ma faveur à Sinatra : le boxeur poids lourd Floyd Patterson, avec qui j'étais ami depuis longtemps et que Sinatra tenait en estime. Ce dernier avait parié sur lui dans l'espoir de le voir battre Mohamed Ali deux semaines plus tard, lors du combat prévu à Las Vegas le 22 novembre. Mahoney m'avait appris que non content d'assister à ce combat, Sinatra allait envoyer plusieurs jours avant auprès de Patterson, alors reclus dans son camp d'entraînement, son employé Al Silvani, ancien entraîneur célèbre qui, désormais âgé de cinquante-cinq ans, avait mis au point une stratégie qui devait l'aider à battre Ali.

Sinatra était depuis longtemps un fan de boxe, et il y avait parmi ses employés et les bénéficiaires de ses largesses de nombreux anciens boxeurs et leurs managers. Né en Sicile, Marty, le père aux yeux bleus de Sinatra, avait disputé plus de quatre-vingts combats professionnels en catégorie poids coq avant de se casser les deux poignets et d'arrêter la boxe pour devenir pompier de métier et propriétaire d'un bar dans le New Jersey. Au début de sa carrière de chanteur, Sinatra lui-même avait pris des cours de boxe auprès de Henry "Hank" Sanicola, un boxeur devenu producteur de chansons qui allait être son premier agent. En 1942, quand Sinatra avait commencé à se produire au Paramount Theatre de Times Square, Sanicola avait loué un local dans le même bâtiment afin d'apprendre à Sinatra les rudiments de l'art de se défendre. Sanicola était un homme costaud, au torse puissant, qui pesait cent kilos. Soucieux d'éviter au chanteur d'avoir le visage tuméfié, il avait insisté pour limiter les échanges de coups à la région des épaules en évitant de frapper au-dessus du col.

Mais un jour qu'ils s'entraînaient, Sinatra, incapable peut-être de résister à la tentation d'intimider un homme d'une taille supérieure à la sienne, lui avait balancé un coup de poing dans la mâchoire. Davantage surpris que sonné, Sanicola avait répliqué en le frappant au foie et Sinatra s'était retrouvé au tapis. Il était resté comme ça un moment, sans rien dire. Puis il s'était lentement remis sur ses jambes et avec un sourire un peu contrit, il s'était excusé auprès de Sanicola.

Quand Mahoney m'annonça que Sinatra assisterait au combat opposant Patterson à Ali, je me gardai de lui dire que j'avais bien l'intention d'y être aussi, car j'avais déjà vu plus d'une douzaine de ses combats depuis que Patterson avait conquis son premier titre en catégorie poids lourds à l'âge de vingt et un ans en 1956. Depuis, je lui avais consacré plus de vingt articles dans les colonnes du *Times* ainsi qu'un portrait dans *Esquire*, des textes dans lesquels il était question des défis relevés sur le ring, mais aussi dans sa vie privée. J'avais raconté comment, jeune homme pauvre, il avait grandi à Brooklyn, faisant l'école buissonnière et commettant des petits délits, avant d'être envoyé à l'âge de dix ans dans le nord de l'État de New York à la Wiltwick School for Boys, une maison de correction qui l'avait remis pour de bon sur le droit chemin. On lui avait inculqué la discipline et appris à prendre ses responsabilités. À quatorze ans, après avoir pris des cours de boxe, il avait finalement compris que le ring était le seul endroit où il ne se sentait pas inférieur.

À dix-sept ans, il avait remporté une médaille d'or aux Jeux olympiques d'Helsinki dans la catégorie poids moyens, puis il était passé professionnel, avait pris du poids et signé avec Cus d'Amato, un manager originaire du Bronx qui portait des costumes sombres et un chapeau melon, devenu une sorte d'ascète après avoir envisagé un temps de se faire prêtre alors qu'il avait dans le quartier une réputation de bagarreur malgré un œil amoché. D'Amato fut pour lui un entremetteur et un deuxième père, jusqu'au jour où Patterson – qui en 1962 venait de reconquérir à vingt-sept ans son titre en battant Ingemar Johansson – signa contre l'avis de son manager un contrat pour combattre contre Sonny Liston, boxeur féroce bien plus grand et bien plus puissant que lui, avec une allonge très supérieure.

Le combat avait été fixé au 25 septembre au Comiskey Park de Chicago. Quelques jours avant le match, j'avais rendu visite à Patterson dans son camp d'entraînement à Elgin, une cité dans la banlieue située à environ soixante-cinq kilomètres du Loop, le quartier central de Chicago, en compagnie de mon ami le romancier James Baldwin.

J'avais fait la connaissance de ce dernier deux ans plus tôt au cours d'une réception donnée par *Esquire* à l'occasion de la parution en juillet 1960 d'un numéro spécial consacré aux gens et aux lieux de New York, auquel nous avions tous les deux contribué.

Par la suite, j'avais souvent invité Baldwin à venir manger à la maison en compagnie de mon épouse et de quelques amis, parfois même de plusieurs collègues du *Times* – des moments fort plaisants la plupart du temps, à l'exception de la fois où Baldwin s'était querellé avec le journaliste politique Tom Wicker, connu pour ses sympathies de gauche et certaines positions que Baldwin avait dénoncées et tournées en ridicule avec une virulence telle que Niva, la femme de Wicker, avait quitté la table en pleurs, en lui lançant : "Comment osez-vous parler à Tom de cette manière ?"

Arrivé à Chicago, j'avais été surpris de tomber nez à nez avec Baldwin dans l'ascenseur de l'hôtel avant même le combat entre Patterson et Liston, et après qu'il m'eut expliqué chroniquer l'événement pour le compte de *Nugget Magazine*, je l'avais convaincu de m'accompagner au camp d'entraînement de Patterson, et nous nous étions arrêtés en chemin pour acheter deux ou trois de ses livres que je souhaitais qu'il dédicace au boxeur. Au terme d'un trajet d'une heure, durant lequel Baldwin m'apprit qu'il avait cessé de s'intéresser à la boxe depuis que Joe Louis, âgé de trente-sept ans et couvert de dettes, avait été mis K.-O. en 1951 par Rocky Marciano qui en avait alors vingt-huit, j'avais garé ma voiture de location sur un parking boueux à côté d'une maison en bardeaux avec des volets verts et une chèvre attachée à un piquet dans la cour.

C'est là que Patterson s'était installé, et derrière se trouvaient des maisons du même type, mais plus petites, dans lesquelles logeaient ses partenaires d'entraînement, son entraîneur, et un second entraîneur qui faisait également office de cuisinier. À notre arrivée, Patterson venait de se réveiller de sa sieste et voici la scène telle que Baldwin la décrivit plus tard dans les pages de *Nugget Magazine* :

> Il salua Gay et me dévisagea discrètement, paraissant avoir décidé que j'étais probablement quelqu'un de bien puisque j'étais avec lui. Nous le suivîmes dans le gymnase [...] et nous le regardâmes sauter à la corde, ce qu'il faisait sans doute en rythme avec une musique dans la tête, si beau, si rayonnant, si lointain qu'on aurait dit un jeune saint qui dansait sans pouvoir s'arrêter vu à travers les fenêtres embuées d'une église.
>
> Puis une fois la séance terminée, nous le suivîmes à l'intérieur de la maison, et nous nous installâmes autour de la table pour prendre le thé ; lui buvait du chocolat. Gay savait que j'étais un peu tendu avant mon premier contact avec Patterson – je considérais pour ma part qu'il avait une situation suffisamment difficile à gérer et que tout un chacun aurait dû s'abstenir de venir le déranger – ; aussi prit-il l'initiative de parler à Patterson des choses que j'avais écrites. Mais Patterson n'avait jamais entendu parler de moi, ni lu aucun de mes textes. Pourtant, les explications de Gay l'amenèrent à me regarder bien en face, et il dit alors : "Je vous ai déjà vu quelque part. Je ne sais pas où, mais je suis sûr de vous avoir déjà vu." [...]
>
> Gay suggéra qu'il m'avait peut-être vu à la télévision. J'avais espéré que ce premier contact prendrait une tournure plus personnelle, autour d'amis communs ou d'une activité quelconque en rapport avec la Wiltwick School, mais Floyd se rappela soudain du thème d'un débat télévisé qu'il avait regardé – la question raciale, évidemment – et son visage s'illumina d'un coup. "Je savais bien que je vous avais vu quelque part !" me dit-il triomphalement, et il me regarda un long moment avec cette même fierté fraternelle que j'éprouvais – et que j'éprouve – à son égard.

Ils avaient continué à bavarder comme deux amis durant la dernière demi-heure de notre présence, et juste avant de partir, j'avais pris les deux ouvrages très connus de Baldwin que j'avais achetés – *Un autre pays* et *Personne ne sait mon nom* – et lui avais demandé de les lui dédicacer : "Pour Floyd Patterson, parce que tous les deux nous savons d'où nous venons, et avons notre petite idée sur là où nous allons." En le saluant sur le seuil de la porte, Patterson avait non seulement remercié Baldwin pour les livres, mais aussi pour avoir formulé le vœu de le voir gagner contre Sonny Liston.

Mais le lendemain, lorsque Baldwin et moi étions allés visiter en compagnie d'une dizaine de journalistes le camp d'entraînement de Liston, à Aurora dans l'Illinois, à environ trente kilomètres de celui de Patterson, nous avions été très impressionnés par les mensurations de Liston. Avec ses 107 kilos et son mètre quatre-vingt-six, Liston surclassait Patterson de trois centimètres et de dix kilos et surtout, il possédait un avantage de trente centimètres en matière d'allonge. Après avoir regardé assis au bord du ring Liston atomiser ses partenaires d'entraînement comme s'il tapait dans un sac, nous étions tombés d'accord, Baldwin et moi, pour dire que Floyd Patterson ne ferait probablement pas le poids. Et plus encore que nous l'avions imaginé, le combat au Comiskey Park avait été à sens unique. Liston avait mis Patterson K.-O. en un peu moins de deux minutes durant le premier round, s'appropriant ainsi le titre dans la catégorie poids lourds.

Lors de la revanche qui avait eu lieu un mois plus tard à Las Vegas, Liston l'avait de nouveau mis K.-O. au premier round.

Tout le monde avait alors pensé que c'en était bien fini de la carrière de Patterson et que Liston allait longtemps dominer la catégorie poids lourds – sauf qu'en février 1964, à Miami Beach, Liston, donné favori à 7 contre 1, avait perdu sa couronne au sixième round face à Mohamed Ali, qui avait créé la surprise en se montrant plus fort du haut de son mètre quatre-vingt-dix ; et Liston avait échoué à reconquérir son titre en mai 1965 à Lewiston, dans le Maine, quand Ali l'avait envoyé au tapis dès le premier round.

Pour cette raison, et peut-être aussi pour d'autres plus politiques, Floyd Patterson avait réussi à signer en 1965 un contrat pour défier Mohamed Ali le 22 novembre à Las Vegas.

Patterson avait eu la chance de se trouver en position de challenger à une époque où la plupart des gros cogneurs n'avaient pas la cote auprès des amateurs de boxe. Liston traînait un lourd casier judiciaire – deux années de prison pour vol et attaque à main armée – tandis qu'Ali, ouvertement proche des Black Muslims, était souvent décrit comme un mauvais patriote, en particulier après avoir refusé de déférer à son appel sous les drapeaux durant la guerre du Vietnam. Patterson jouissait par défaut d'une certaine popularité.

Outre cet avantage moral et la tendance chez beaucoup de gens à prendre fait et cause pour l'outsider, Patterson avait été désigné par Norman Mailer comme “le premier boxeur noir à être considéré et instrumentalisé comme une force politique. Appartenant à la gauche bon chic bon genre, il était un des chouchous d'Eleanor Roosevelt, il constituait pour la NAACP un capital politique [...] un homme dont le comportement était des plus distingués et des plus discrets”.

S'il est vrai que Patterson n'avait pas fait le poids contre Liston, et qu'il était de tous les grands champions de sa catégorie celui qui avait subi le plus de K.-O. dans l'histoire de la boxe – il était allé sept fois au tapis en un seul combat en 1959, le jour où il avait perdu son titre face au Suédois Ingemar Johansson –, le fait est qu'il était aussi de tous les grands de sa catégorie le plus prompt à se relever. Il était en train de se remettre sur ses jambes après avoir été envoyé au tapis pour la septième fois quand l'arbitre avait préféré arrêter le combat. Lors de la deuxième rencontre avec Liston en 1963, l'arbitre avait interrompu le combat alors que Patterson, qui était déjà allé deux fois au tapis, en demandait encore.

De telle sorte qu'indépendamment du fait que Patterson ne possédait pas les qualités pour disputer son titre à Mohamed Ali, il était néanmoins présenté comme un exemple de persévérance, comme quelqu'un qui ne baissait jamais les bras. Au nombre des amateurs de boxe qui croyaient en lui, il y avait Frank Sinatra, qui savait d'expérience qu'il ne fallait jamais désespérer de pouvoir revenir un jour au premier plan.

19

Pendant que Sinatra s'efforçait de soigner son rhume à Palm Springs et que j'attrapais la migraine à force de négocier avec Jim Mahoney à Beverly Hills, j'avais réussi à joindre Floyd Patterson au Thunderbird Hotel à Las Vegas et je n'eus pas besoin de le prendre par les sentiments pour qu'il me promette de glisser à Sinatra quelques mots en ma faveur.

Je n'avais pas le numéro de téléphone de Sinatra à Palm Springs, mais Patterson me dit qu'il l'obtiendrait probablement auprès d'Al Silvani, l'ancien entraîneur qui, à la demande du chanteur, arriverait deux ou trois jours plus tard pour aider Patterson à préparer son combat contre Ali. Il ajouta que Sinatra avait prévu de venir en personne lui rendre visite dans son camp d'entraînement avant le match, de telle sorte que je pouvais être sûr que ma demande d'interview lui serait transmise.

Après ma conversation avec Patterson, je fus à la fois soulagé et satisfait. Alors que je tuais le temps à l'hôtel Beverly Wilshire depuis plus d'une semaine sans grand espoir de m'entretenir avec Sinatra, je sentais que les choses commençaient à bouger, enfin. Je fus d'autant plus optimiste que lorsque j'essayai de contacter Nancy dans l'après-midi, ce fut sa mère, également prénommée Nancy, qui décrocha et j'eus avec elle une conversation très amicale.

“Oui, j'ai entendu parler de vous et de l'article que vous êtes en train d'écrire, me dit-elle après s'être présentée. Ma fille n'est pas là, mais elle sera de retour à six heures. Si vous voulez bien venir jusqu'ici en voiture, nous bavarderons un moment.

— J'en serais extrêmement honoré”, lui dis-je en ayant du mal à contenir mon enthousiasme.

Elle me donna l'adresse de leur résidence, 700 Nines Road à Bel Air, et me rappela de bien me présenter à l'entrée Est. Après avoir raccroché, je restai assis à côté du téléphone, savourant ma chance. J'allais sous peu faire la connaissance de la première Madame Sinatra, la petite secrétaire brune que Frank avait épousée en 1939, alors qu'il n'était encore qu'un garçon de café poussant la chansonnette dans le New Jersey. Par la suite, elle allait se charger de confectionner tous les nœuds papillon qu'il portait avec ses smokings et ses queues-de-pie lorsqu'il se produisait sur scène, faisant battre les cœurs des *bobby-soxers*.

Bien qu'il ait demandé le divorce pour épouser Ava Gardner en 1951, Frank et Nancy, ainsi que leurs trois enfants, avaient su préserver des liens d'affection au fil des années, et de mon point de vue de journaliste, personne ne connaissait mieux Frank que celle avec qui j'avais rendez-vous à six heures.

La sonnerie du téléphone retentit alors dans ma chambre d'hôtel, et à l'autre bout du fil une voix courroucée m'apostropha. C'était Mahoney.

"Ne vous avais-je pas interdit de parler avec la fille de Frank ?

— Je ne lui ai pas parlé, lui répondis-je aussitôt, j'ai parlé avec sa mère.

— Ne vous avais-je pas demandé expressément de ne pas aller fouiner de ce côté-là ?

— J'ignore de quoi vous parlez. Je me suis entretenu avec sa mère, qui a été charmante et elle m'a même invité à lui rendre visite à six heures.

— Eh bien ça, vous pouvez l'oublier.

— Ça veut dire quoi, l'oublier ?

— J'ai tout annulé. Elle ne vous recevra pas.

— Comment osez-vous ! hurlai-je. Vous n'êtes pas son attaché de presse. Vous travaillez pour Frank, pas pour son ex-femme. Vous avez un sacré culot.

— Elle ne vous recevra pas, répéta-t-il. Inutile d'y aller. Le garde à la porte Est ne vous laissera pas entrer."

Là-dessus il raccrocha.

Furieux et ne sachant plus quelle conduite adopter, j'examinai d'un regard vide les murs de la pièce, puis le plafond en m'interrogeant sur la présence d'éventuels micros. Sinon, comment Mahoney aurait-il pu savoir aussi vite que j'avais eu cette conversation avec Madame Sinatra ? Dans cette ville où l'influence de Sinatra était loin d'être négligeable, il aurait sans doute été assez facile pour un membre de sa garde rapprochée de soudoyer un employé de l'hôtel afin qu'il pose un mouchard dans ma chambre.

À partir de ce moment, je me mis à faire systématiquement usage des cabines téléphoniques dans le hall de l'hôtel pour organiser mes rendez-vous et appeler Harold Hayes. En fait, j'avais déjà dressé une liste de sources à contacter, dont certaines étaient susceptibles de ne pas apprécier Mahoney, Sinatra, ou leur entourage – y compris certaines personnes qui avaient fait partie du cercle des intimes de Sinatra avant d'en être écartées, et qui seraient peut-être disposées à me faire des confidences. À l'époque où je débutais au *Times*, un des journalistes les plus célèbres était l'éditorialiste James Reston, basé à Washington, qui ne cessait de répéter ce conseil à ses collègues : "Parlez avec les mécontents." En recensant les personnes dépitées susceptibles de me parler de Sinatra, j'avais placé en tête de liste Warren Cowan, l'agent publicitaire remercié par Sinatra quand il avait embauché Mahoney.

Lorsque j'appelai son bureau pour demander une entrevue – il était un des partenaires de la firme Rogers & Cowan –, je ne fis pas mention de Sinatra dans un premier temps. Je me présentai comme un journaliste venant de signer un contrat avec *Esquire* qui souhaitait s'entretenir avec M. Cowan concernant sa longue expérience dans le monde du spectacle. J'obtins un rendez-vous dans les quarante-huit heures, mais une fois dans son bureau, à la seconde où j'évoquai ses rapports avec Sinatra, Cowan mit fin à notre entrevue.

"Je dois vous dire que ça me désole de ne plus représenter M. Sinatra, mais je continue de le considérer comme un très bon ami et j'espère le recompter un jour parmi mes clients. Avant de vous dire quoi que ce soit le concernant, je préfère m'assurer que cela ne pose pas problème et vu qu'il est très occupé, il se peut que cela prenne un certain temps."

Il se leva, me remercia d'être venu, et il me fut dès lors impossible de lui parler de nouveau.

Les choses se passèrent de la même façon avec d'autres personnes de ma liste de mécontents. J'avais entendu dire que Rod Serling, le scénariste, auteur de pièces de théâtre et producteur, en voulait à Sinatra d'avoir modifié le scénario qu'il avait écrit pour *Le Hold-up du siècle*, le film qui devait sortir en 1966 avec en vedette Sinatra et l'actrice italienne Virna Lisi.

"J'avais écrit un bon scénario, et ce petit salopard malingre s'est torché avec", m'avait-il dit au téléphone, après avoir refusé de me voir en tête-à-tête et en insistant pour que son nom ne soit pas cité dans mon article. Il avait certes admis que Sinatra était "un excellent acteur qui fonctionnait à l'instinct", peut-être même "un grand acteur" ; et que même si ses films constituaient rarement des chefs-d'œuvre, la plupart d'entre eux rapportaient gros à pas mal de gens, depuis les dirigeants des studios jusqu'aux machinistes – ce qui expliquait en partie pourquoi les producteurs et les réalisateurs s'en remettaient à lui et le laissaient libre de changer les dialogues, de modifier les scènes et le planning du tournage.

À en croire Serling, les pontes d'Hollywood avaient globalement peur de Sinatra ; avant son retour triomphal, la plupart d'entre eux l'avaient laissé tomber et en payaient désormais le prix, et plus personne ne se risquerait à refaire la même erreur. Pour finir, Serling m'avait rappelé que le monde du spectacle était un pari risqué, et qu'il fallait investir des sommes considérables dans des projets souvent voués à l'échec. Et comme aucun responsable n'était capable de prédire avec une certitude raisonnable ce que le public aimerait ou bouderait, tous les décideurs des studios partageaient ce sentiment de panique à la perspective d'un accident industriel au box-office – auquel cas ils pourraient dire adieu au mode de vie luxueux auquel les gens de Beverly Hills et des environs s'étaient habitués.

"Leur situation est tellement enviable, qu'ils ne veulent pas prendre le moindre risque, m'avait dit Peter Bart, mon collègue et ami du *Times*, qui était désormais le chef du bureau de Los Angeles. Tout le monde ici est si riche – tout le monde possède sa piscine, sauf les journalistes et les huissiers."

Lors de mes différents séjours à Beverly Hills, j'avais pu voir de mes yeux ce monde de privilégiés auquel il faisait allusion : les superbes maisons construites le long de boulevards bordés de palmiers, les immenses pelouses et les courts de tennis privés ; le grand nombre de personnes au physique de rêve, à l'image de Sally Hanson, se pressant souvent pare-chocs contre pare-chocs au volant de leur coupé Rolls-Royce Silver Cloud capote baissée, tout le long de Wilshire Boulevard par un après-midi ensoleillé, conférant aux embouteillages une dimension glamour.

J'avais l'impression que tous les habitants de Beverly Hills, les hommes comme les femmes, étaient beaux et en excellente forme physique, peut-être parce que leurs parents ou leurs grands-parents, arrivés des quatre coins du pays après avoir été désignés pour figurer parmi "les plus beaux" dans l'annuaire de leur lycée, étaient partis s'installer à Hollywood en espérant réussir dans l'industrie cinématographique. Même si rares étaient ceux qui réussissaient à faire carrière devant la caméra, ils transmettaient à leur progéniture leur superbe plastique. Quelques-uns des Californiens à qui j'avais eu affaire – serveurs et serveuses, modistes, coiffeurs, vendeuses au drugstore de l'hôtel – avaient peut-être transmis leur ADN à la femme de chambre mince, élégante et aux yeux bleus, qui venait chaque matin faire ma chambre. Elle m'avait confié qu'elle prenait des cours d'art dramatique et qu'elle appréciait de connaître un certain nombre de résidents à l'année du Beverly Wilshire comme Warren Beatty ou Abe Lastfogel, président de la William Morris Agency.

Parmi ces travailleurs dont j'eus l'occasion de faire la connaissance, aucun ne me donna l'impression d'être malheureux ou d'avoir abandonné tout espoir. En tout cas, ils étaient très souriants et pleins d'assurance, voire satisfaits de leur condition d'exploités. Les seuls à faire exception étaient les jeunes hommes mal payés et souvent lésés au moment du pourboire qui travaillaient la journée entière et jusqu'après minuit comme voituriers chargés de garer les voitures à l'extérieur des restaurants et des clubs privés. Ticket de consigne en main, ces hommes s'avançaient pour saluer les conducteurs qui venaient d'arriver au volant de voitures valant souvent plus que ce qu'eux gagnaient en deux ou trois ans – des Bugatti, des Ferrari, des Daimler, des Rolls-Royce, des Bentley –, et ne leur prêtaient guère attention en retour. Nombre de ces voitures étaient des modèles customisés avec des "clés de parking" qui déverrouillaient les portes des passagers mais pas le coffre ni la boîte à gants où les choses de valeur pouvaient ainsi être mises à l'abri : bijoux, liquide, sachets remplis de cocaïne, et autres biens personnels que leurs propriétaires souhaitaient tenir hors d'atteinte de ceux qui allaient prendre en charge leur véhicule.

Il n'existe pas d'autre endroit à Hollywood où les possédants et les non-possédants se côtoient d'aussi près que la guérite des voituriers. Le concierge de l'hôtel ainsi qu'un ancien gérant de parking m'avaient prévenu que les voituriers étaient parfois des étudiants qui travaillaient la nuit pour payer leurs frais de scolarité, mais que dans la majorité des cas c'étaient des frustrés incapables de faire autre chose, de plus en plus aigris du fait du manque d'égard des riches et autres privilégiés : magnats du cinéma, super agents, ou enfants gâtés de stars de cinéma ayant le même âge qu'eux, mais qui en dehors de ça n'avaient pas grand-chose en commun et pas grand-chose non plus à leur dire au moment où les clés de la voiture changeaient de main pour permettre au propriétaire de s'en aller dîner (parfois en compagnie d'une femme aussi décorative et stylisée que le bouchon de radiateur ornant le capot de leur voiture), pendant que les voituriers, avant d'aller garer les magnifiques véhicules dans un garage proche ou sur le parking, s'offraient un tour du quartier pour le plaisir, affirmant leur existence en réglant la hauteur du siège et le rétroviseur, en faisant rugir le moteur et hurler la stéréo, avant (me plaisais-je à penser) de passer la tête par la vitre de la portière pour beugler à l'intention de tous ceux qui pouvaient les entendre dans cette ville clinquante, toute d'apparence et de faux-semblant : "Pourquoi pas moi ?"

Et plus fort encore : "Pourquoi pas moi ?"

20

Après avoir plus ou moins réussi à soigner son rhume dans sa retraite en plein désert de Palm Springs, à quelque deux cents kilomètres à l'est de Beverly Hills, Frank Sinatra avait reprogrammé l'enregistrement de la soirée spéciale de la NBC au mercredi 17 novembre, toujours au studio de la Warner à Burbank ; mais je fus dépité d'apprendre que mon nom ne figurait pas sur la liste des invités.

Jim Mahoney m'en avait informé deux jours avant la date, par un coup de téléphone qu'il m'avait passé à midi à mon hôtel, avec cette entrée en matière : "Bon Gay, il s'est passé ce que je pensais qui allait se passer.

— Il s'est passé quoi ?

— Frank a dit 'Pas question'.

— Il a dit 'Pas question' de quoi ?

— Comme vous n'avez pas respecté l'accord, il a dit que c'était fini.

— Il n'y a jamais eu d'accord, hormis vos manigances, lui dis-je en faisant référence à la demande qui m'avait été faite de soumettre mon manuscrit à l'avocat de Sinatra avant parution.

— Peu importe, c'est ainsi, poursuivit Mahoney.

— Vous êtes donc en train de me dire que je ne serai pas autorisé à suivre Sinatra ni à vous accompagner pour assister à l'enregistrement ?

— Non, ce n'est pas possible."

Il y eut un blanc.

"D'accord Jim, lui dis-je finalement. J'appelle Harold Hayes pour l'avertir.

— Ne me faites pas porter le chapeau dans cette affaire.

— Bien sûr que non, Jim.

— Je veux dire, expliquez bien à Hayes que je n'y suis pour rien.

— Bien sûr que non, Jim", lui répétai-je avant de raccrocher.

Je descendis dans le hall pour appeler Hayes, mais il était en conférence. Je m'installai alors au comptoir du drugstore pour passer en revue les possibilités qui s'offraient à moi pendant que je déjeunais. Pour commencer, je décidai qu'il était inutile de continuer de traiter avec Mahoney. Il avait mis son veto à mon entrevue avec Madame Sinatra et je le soupçonnais d'avoir joué un rôle dans l'annulation de mes rendez-vous avec d'autres personnes qui m'avaient dans un premier temps donné leur accord pour me rencontrer, avant d'invoquer toutes sortes d'excuses pour m'éviter – parmi lesquelles la doublure de Sinatra, Johnny Delgado ; Helen Turpin, la dame des postiches ; Durocher, l'acolyte de Sinatra ; l'acteur Richard Conte, qui avait joué dans plusieurs films de Sinatra, mais qui me fit toutefois savoir qu'il réussirait à se libérer si je souhaitais écrire un article sur lui ; et le valet de chambre et cuisinier à domicile de Sinatra, George Jacobs, un ancien marin afro-américain de trente-huit ans, superbe et élégant, qui avait ensuite travaillé comme huissier, puis comme chauffeur de la Rolls de l'agent artistique d'Hollywood Paul "Swifty" Lazar.

J'étais néanmoins conscient que la situation fâcheuse dans laquelle je me trouvais n'était pas entièrement de la faute de Mahoney. Il ne faisait qu'obéir aux ordres de l'avocat de Sinatra, Mickey Rudin, et du chanteur lui-même. J'avais compris pourquoi ma présence les mettait si mal à l'aise et les rendait si peu désireux de coopérer. Sinatra était un artiste plein d'orgueil, qui ne se sentait jamais aussi bien que lorsqu'il avait tout sous contrôle, et savoir qu'un journaliste furetait dans les parages quand il n'était clairement pas en mesure de tout contrôler... – il ne maîtrisait pas sa voix ; il pensait se voir accuser d'être proche de la mafia dans une émission programmée le mercredi suivant ; il était la vedette du *Hold-up du siècle*, un film sur lequel il avait des réserves ; il avait désormais l'obligation d'oublier sa maladie, ses doutes, ses divertissements pour réussir à se surpasser sur scène à Burbank ce mercredi à l'occasion de l'enregistrement de la soirée spéciale de la NBC, "Sinatra: A Man and His Music".

Dans un contexte aussi stressant, combien d'artistes à succès auraient accepté de se rendre disponibles pour un journaliste ? Ella Fitzgerald le ferait-elle ? Ou Elvis Presley ? Pavarotti ? Picasso ? Je pensais pour ma part qu'aucun d'entre eux ne serait davantage disponible que Sinatra. Me revenait en mémoire ce que m'avait dit James Baldwin après une des conférences de presse quotidiennes de Patterson et Liston organisées par leurs promoteurs peu avant leur rencontre à Chicago : "Est-ce que, personnellement, j'aurais apprécié d'être obligé de répondre tous les jours à des questions sur l'avancement de ma préparation ?"

En réalité, plus que des ennemis, Mahoney et moi étions des hommes pris entre deux feux. Il avait des comptes à rendre à Sinatra, j'en avais à rendre à Hayes, un ancien *Marine* dur-à-cuire, qui m'avait envoyé en mission suicide auprès d'une superstar récalcitrante. Les choses étant ce qu'elles étaient, je me voyais un peu dans la position du petit scribe de Melville, dont les supplications ("J'aimerais mieux pas") étaient balayées par la détermination de mon patron à obtenir ce qu'il désirait pour *Esquire* – me forcer à utiliser la célébrité de Sinatra pour satisfaire les lecteurs du magazine avec un article annoncé en couverture afin de faire décoller les ventes en kiosque.

Ce n'était pas la première fois que j'avais conscience de ne plus être le jeune journaliste célibataire et libre au tempérament indépendant que j'avais été. Marié, père d'un enfant, j'étais désormais forcé de m'accommoder au mieux de la situation.

Par chance, alors que je me trouvais au comptoir du drugstore, je fis la connaissance de deux inconnus, qui, attablés dans une alcôve non loin de moi, m'apportèrent leur aide alors que je les avais entendus parler de Sinatra. Le premier était le directeur de casting Mike McLean, l'autre était un acteur nommé James Brolin. Ils avaient environ vingt-cinq ans et partageaient un appartement à Los Angeles, et après que j'étais allé me présenter à eux, ils m'invitèrent à m'asseoir à leur table pour prendre part à la discussion. Le témoignage de Brolin s'avéra particulièrement éclairant, car l'année précédente il avait passé plusieurs semaines en Europe dans l'entourage de Sinatra à l'époque où ce dernier tenait le rôle principal dans le film d'aventure *L'Express du colonel von Ryan*.

Sinatra y incarnait le colonel Joseph Ryan, un pilote américain de P-38 dont l'appareil est abattu au-dessus de l'Italie occupée par les nazis et est expédié dans un camp de prisonniers de guerre avec plusieurs soldats alliés qui décident de s'évader. Le film était réalisé par Mark Robson et, d'après Brolin, la lenteur du tournage avait à plusieurs reprises mis Sinatra en colère, et il avait même une fois manifesté son mécontentement en se saisissant d'une mitraillette dont il avait vidé le chargeur de cartouches à blanc en direction du ciel. Un autre jour que le tournage avait été suspendu pour permettre au réalisateur de réfléchir – trop longuement au goût de Sinatra –, le chanteur avait quitté le plateau, qui se trouvait à l'extérieur de Rome, avait sauté dans son hélicoptère, et s'était posé sur le toit du bâtiment de la RCA dans cette même ville pour enregistrer quelques chansons dans ses studios.

On ne s'ennuyait jamais avec Sinatra, continua Brolin, avant d'ajouter qu'il pensait aussi que les réalisateurs ont tendance à prendre plus de temps qu'il n'en faudrait pour filmer certaines scènes, et que cela ne les dérange pas que les comédiens présents sur le plateau depuis six heures du matin soient forcés de faire le pied de grue pendant des plombes avant que les caméras se mettent à tourner. Dans les films avec Sinatra, les artistes arrivaient au travail un peu avant midi parce que lui exigeait qu'il en soit ainsi, et à la fin de la journée il les invitait souvent à dîner puis à des fêtes qui se prolongeaient tard dans la nuit.

Quand l'équipe de tournage avait quitté Rome pour aller plus au nord dans les Alpes italiennes, à Cortina d'Ampezzo, la production avait loué toute une aile de l'hôtel Cristallo – dont les filets des courts de tennis avaient été démontés pour permettre à son hélicoptère de se poser – et Sinatra avait organisé pour l'un des acteurs une soirée d'anniversaire qui dégénéra. Passablement éméchés, les participants s'aspergèrent avec du champagne, se lancèrent des choux à la crème, se cognèrent dans les lampadaires en renversant les vases, au point que le lendemain, désireux de faire amende honorable pour leur tapage et leurs bêtises, Sinatra donna au directeur de l'hôtel une épaisse liasse de billets, soit environ 1 500 dollars en liquide. D'après Brolin, Sinatra avait dit mot pour mot : "Ça valait le coup."

Mais Brolin soulignait aussi, qu'en dépit de ces escapades nocturnes, le tournage progressait sans encombre, et que sous l'influence de Sinatra, le planning de tournage avait été raccourci pour passer de huit semaines à cinq. Et quand *L'Express du colonel von Ryan* sortit en salles en juin 1965, il fit un malheur au box-office, rapportant plus de 17 millions de dollars alors qu'il en avait coûté 5,76.

Avant que je ne quitte le drugstore, Brolin me conseilla de contacter un certain nombre d'acteurs et d'agents qui avaient été impliqués dans ce tournage – parmi lesquels le publicitaire Martin Fink, ainsi qu'un acteur d'origine canado-arménienne âgé de trente-quatre ans nommé Richard Bakalyan, qui avait tenu le rôle d'un caporal dans *L'Express* après avoir joué avec Sinatra dans plusieurs autres films, notamment un gangster dans la comédie musicale *Les Sept Voleurs de Chicago* et un ancien *Marine* énergique dans *L'Île des braves*.

Je contactai d'abord Bakalyan, qui accepta de venir prendre le petit déjeuner au drugstore le lendemain matin. Le soir même, je devais aller dîner dans le restaurant appartenant au garde du corps Ed Pucci, seul membre du cercle rapproché de Sinatra à avoir une attitude amicale à mon égard – espérant sans doute que je pourrais attirer l'attention du responsable de la rubrique "Dîner en ville" d'*Esquire* sur son établissement situé dans la vallée de San Fernando, à un peu plus de vingt kilomètres de Beverly Hills.

Après m'avoir accueilli à la porte en m'étreignant de toute la force de ses 125 kilos, Pucci traversa avec moi la grande salle bondée. Au fond un pianiste martyrisait son instrument et à l'entrée se tenait un maître d'hôtel affable nommé Fred Farouk, que Pucci me présenta comme "le roi Farouk". La première chose que me dit Farouk était qu'*Esquire* était son magazine préféré. Lorsque je remarquai la superbe montre qu'il portait au poignet, il m'informa que c'était un cadeau de Pucci. Et quand je me tournai vers Pucci pour m'enquérir de la raison qui l'avait amené à faire un si beau présent à Farouk, il me répondit : "Parce qu'il sait s'occuper de ce qui le regarde."

Au moment où nous nous installions pour dîner, nous fûmes rejoints par une autre invitée de Pucci, qu'il fit asseoir à côté de moi – une petite brune piquante excessivement parfumée et vêtue d'une robe de cocktail, qui, avant même le premier service, m'avait déjà glissé son numéro de téléphone en me proposant de me faire découvrir la ville quand j'aurais du temps libre. Il me vint à l'esprit que cela pouvait faire partie d'un plan ourdi par Pucci afin de me placer dans une position compromettante qui servirait ses intérêts ou ceux de Sinatra – mais je n'avais aucune preuve, évidemment. Prudent, je me gardai d'appeler la dame, quand bien même je fis part au responsable de la rubrique d'*Esquire* du désir de Pucci d'en avoir les honneurs. Mais ledit responsable me déclara ne pas être intéressé.

Le lendemain matin, Richard Bakalyan, un homme bourru et abrupt à la chevelure sombre qui ressemblait à ses collègues acteurs John Garfield et Peter Falk, se présenta au drugstore à l'heure du petit déjeuner ; et peut-être parce qu'il s'était brouillé avec Sinatra un peu plus tôt dans l'année, il se montra très direct.

Il me raconta comment il avait fait la connaissance de Sinatra en 1963, sur le tournage de *L'Île des braves*, un film sur la Seconde Guerre mondiale dans lequel seize soldats japonais se retrouvent oubliés sur un îlot du Pacifique, avant d'y être rejoints par dix-neuf Américains rescapés du crash de leur avion de transport de troupes abattu par un pilote japonais. Sinatra était non seulement le réalisateur du film, mais il y interprétait un médecin que sa conscience pousse à soigner un officier japonais grièvement blessé et condamné à mourir. Bien qu'il n'ait eu qu'un rôle mineur, Bakalyan avait suivi attentivement l'avancée du tournage jour après jour, au point d'avoir une fois l'impertinence de faire part de son opinion à Sinatra. Il lui semblait qu'une des scènes tournées à Hawaï n'était pas totalement raccord avec une autre déjà tournée dans les studios de la Warner à Los Angeles. Il l'avait signalé à Sinatra en présence des autres acteurs.

“Frank a été pris d'une colère froide, se remémorait-il, et il m'a répondu sèchement : ‘T'es qui, toi ? Un putain de censeur ?’ Après ça, il s'est tourné vers le producteur exécutif Howard Koch et tous les autres et a ajouté sur un ton sarcastique : ‘Voilà que ces enfoirés d'acteurs jouent les censeurs.’

“Personne n'a pipé mot, et je voyais bien qu'ils avaient tous peur, en particulier Koch, qui était constamment intimidé par Sinatra. J'ai juste levé les mains en signe de reddition et je me suis éloigné. Sinatra m'a snobé ensuite. Quelques jours plus tard, il est venu me dire : ‘Je veux parler avec toi avant que tu partes ce soir.’ Moi, j'ai pensé : Merde, soit je suis viré, soit mes scènes vont être coupées. Je me rappelle que c'était un vendredi après-midi, et quand Sinatra fait un film, il organise toujours une fête les vendredis pour marquer la fin de la semaine, à laquelle il invite non seulement les acteurs, mais aussi toute l'équipe technique. Il fait livrer de quoi se restaurer et toutes sortes de boissons, et il se conduit généralement en hôte généreux. Alors avant que la fête commence, je m'approche de lui et lui dis : ‘Tu veux me voir Frank ?’ et lui répond : ‘Ouais, va te chercher quelque chose à boire.’ Je fais comme il a dit, et il m'annonce alors : ‘Je veux que tu prennes contact avec ton agent pour lui dire que désormais tu ne travailleras plus comme acteur.’ – ‘Comment ça ?’ je lui fais. ‘Désormais, tu seras mon assistant.’”

Bakalyan pensait sans pouvoir l'affirmer que c'était sa franchise qui, à retardement, lui avait valu le respect de Sinatra. “Frank ne dira jamais ‘J'ai eu tort’ ou ‘Je suis désolé’, mais il a d'autres façons de le montrer.” S'agissant de Bakalyan, cela avait été par ce changement soudain de statut au sein de l'équipe, par la déférence que lui avaient témoignée les autres acteurs et l'équipe technique, et par son admission progressive au sein du cercle restreint des amis de Sinatra, parmi lesquels Brad Dexter, Leo Durocher, le valet de chambre George Jacobs, Mahoney, Pucci et quelques autres.

Sinatra annonça également à Bakalyan qu'après avoir terminé *L'Île des braves* et ses deux films suivants – *L'Express* et *Le Hold-up du siècle* –, il ferait de lui son assistant à temps plein l'année suivante sur le tournage des *Inséparables*, une comédie dont Sinatra partagerait l'affiche avec Deborah Kerr et Dean Martin ; mais dans l'intervalle, Bakalyan devrait se familiariser avec la façon de travailler de Sinatra en l'accompagnant en Italie et, en plus de jouer le rôle du caporal Giannini dans *L'Express*, il fut invité à faire part à Sinatra de ses suggestions sur le déroulement du tournage.

Juste avant un déplacement en avion en Italie dans le cadre de la préproduction du film, Bakalyan, qui avait rejoint la cour de Sinatra pour un week-end à New York, avait été hébergé dans l'appartement de Sinatra situé au-delà de la 70e Rue, près de l'East River. Il avait également été admis à la table toujours bondée de l'arrière-salle du bar de la 52e Rue Ouest dont le propriétaire était l'ami intime de Sinatra, l'infatigable Jilly Rizzo, où il avait fait la connaissance de l'agent publicitaire des chanteurs de la côte Est Henry Geni, ainsi que celle de Honey, l'épouse à la chevelure bleu azur de Jilly, affectueusement surnommée "la Juive aux cheveux bleus" dans ce cercle d'amis.

Ensuite, une fois à Rome, Bakalyan avait été logé avec Sinatra et quelques autres dans une villa à l'extérieur de la ville. Certains soirs, ils allaient boire et se restaurer à la terrasse d'un des cafés le long de la Via Veneto, prise d'assaut par les paparazzis. Et dans la mesure où Pucci ne travaillait qu'en Californie, Bakalyan s'était par moments senti obligé de jouer le rôle de garde du corps de Sinatra, pour le protéger non seulement des photographes, mais aussi de toutes les femmes entreprenantes qui voulaient à toute force être photographiées à ses côtés en le serrant dans leurs bras.

Sinatra appréciait particulièrement d'avoir Bakalyan à ses côtés les jours où il souhaitait profiter d'un surcroît d'intimité à l'occasion des visites de son ex-femme dont il était toujours amoureux – Ava Gardner, laquelle se trouvait alors dans le sud de l'Italie pour tourner *La Bible* sous la direction de John Huston. Un jour, un photographe proposa à Bakalyan 15 000 dollars s'il réussissait à convaincre Sinatra de se laisser prendre en photo avec Ava Gardner. Bakalyan fit part de sa proposition à Sinatra, qui lui fit une contre-proposition de 30 000 dollars pour qu'il casse une jambe au photographe en question.

Une fois achevé le tournage en Italie des scènes d'extérieur de *L'Express*, Sinatra loua un yacht de 65 mètres pour faire une croisière en Méditerranée, croisière à laquelle furent conviés quelques-uns des acteurs ainsi que plusieurs amis de Sinatra alors en vacances en Europe.

Sinatra gagna ensuite Monaco en voilier pour rendre visite à Grace Kelly, voyage qui fut suivi d'un déplacement en avion à destination de l'Espagne (Bakalyan se trouvait à bord) pour prendre un peu de bon temps à Madrid. Pendant ce court séjour, Bakalyan apprit que son amie à Los Angeles était légèrement malade et Sinatra mit à sa disposition la ligne téléphonique de la production pour qu'il puisse avoir avec elle des contacts réguliers ; et ayant appris qu'elle aimait les objets animaliers, Sinatra lui fit livrer une superbe broche dans ce goût-là.

Fin 1964, Bakalyan regagna Los Angeles en compagnie de Sinatra et de l'équipe du film pour commencer à tourner certaines scènes d'intérieur de *L'Express* et, au moment des fêtes, Bakalyan et sa petite amie furent invités au grand dîner de Noël organisé par Sinatra au restaurant Chasen's.

Mais entre le début de la nouvelle année et les mois de février et mars, Bakalyan prit progressivement conscience d'un refroidissement de ses rapports avec Sinatra. Il cessa de recevoir des coups de téléphone impromptus du chanteur ou de ses employés. Au début, il pensa que Sinatra était juste plus occupé quand il se trouvait en Californie qu'il ne l'était en Europe ; ou encore que Sinatra avait désormais de lourdes responsabilités dans des domaines n'ayant que peu de rapport avec le cinéma, à savoir ses enregistrements et une tournée de concerts qui l'entraînaient loin de la côte Ouest ; ou peut-être qu'il y avait des raisons personnelles, comme le chagrin que lui avait causé le décès à l'âge de quarante-cinq ans de son vieil ami Nat King Cole, des suites d'un cancer de la gorge ; à moins encore que Sinatra n'ait été préoccupé par les rapports en dents de scie qu'il entretenait avec Mia Farrow, alors âgée de vingt ans.

Quelle qu'ait été la raison, Bakalyan pensa que Brad Dexter pourrait l'éclairer, et ce fut effectivement le cas, à l'occasion d'une conversation téléphonique.

"Paraît que t'as débiné Frank", commença Dexter.

Bakalyan, interloqué, resta sans voix ; c'était absolument faux.

"C'est des conneries de cour de récré Brad, finit-il par dire. Tu le sais bien.

— Je ne sais rien. Je te répète seulement ce que j'ai entendu dire.

— Où t'as entendu ça ?

— Je ne sais pas, mais c'est ce qui se dit."

Là-dessus Dexter avait raccroché.

Très vite Bakalyan acquit la conviction que Dexter y était personnellement pour quelque chose, soit parce que jaloux, il essayait de pourrir ses rapports avec Sinatra, soit parce que d'une manière ou d'une autre il se sentait menacé professionnellement.

Bakalyan appela ensuite le bureau de Jack Donohue, le réalisateur qui était en train d'achever *Le Hold-up du siècle*, avant d'attaquer *Les Inséparables*, film dans lequel il était prévu que Bakalyan soit l'assistant de Sinatra. Mais il apprit de la bouche d'un des collaborateurs de Donohue que le tournage des *Inséparables* allait être retardé, notamment à cause d'un conflit avec les syndicats. Le lendemain, Bakalyan reçut un coup de fil de l'avocat de Sinatra, Mickey Rudin, qui lui demanda : "Serais-tu en train de chercher un dédommagement financier ?

— Non, lui avait répondu Bakalyan, je ne veux pas d'argent. J'essaie juste de comprendre ce qui se passe. Et je n'arrive pas à joindre Frank.

— Il n'est pas ici, mais je lui dirai que tu essaies le joindre."

Plusieurs semaines passèrent sans qu'il ait de nouvelles de Frank. On approchait alors de la fin mars, et il ne l'avait pas revu depuis la fête de Noël. Le 25, il lui écrivit une lettre qu'il alla glisser sous la porte de sa résidence et dans laquelle il disait : "Si quelqu'un veut ma peau, j'aimerais bien savoir qui." Quelques jours plus tard, Sinatra lui téléphona de l'étranger pour lui dire en gros : "Ne t'inquiète pas. Tout va s'arranger. Je m'en occupe dès mon retour à Los Angeles d'ici environ une semaine."

Deux semaines s'écoulèrent sans qu'il se produise quoi que ce soit. Désormais privé de revenus, Bakalyan était pressé de demander à Frank : Est-ce que je suis toujours ton assistant, oui ou non ? Il l'appela plusieurs fois sur une ligne privée, ce qu'il avait jusqu'alors évité de faire sachant que Frank était par nature imprévisible et qu'il dormait à des heures irrégulières, mais personne ne répondit ; puis un jour, son domestique George Jacobs décrocha et lui annonça que Frank dormait, mais qu'il le rappellerait plus tard. Chose qu'il ne fit pas. Au lieu de cela, Bakalyan reçut un coup de téléphone d'un collaborateur du réalisateur Jack Donohue, qui lui demanda s'il accepterait de travailler comme directeur des dialogues sous la responsabilité de Donohue. Ce n'était pas ce que Sinatra lui avait promis, si bien que Bakalyan refusa.

Le lendemain Brad Dexter l'appela : "Tu es sûr de ne pas vouloir ce poste de directeur des dialogues ?

— Va te faire foutre, Brad."

Et il lui raccrocha au nez.

Les choses en étaient restées là. À compter d'alors – d'avril 1965 jusqu'au vendredi matin 16 novembre, jour où nous prîmes ensemble le petit déjeuner au drugstore du Beverly Wilshire –, il n'avait plus eu aucun contact avec l'équipe de Sinatra, et il n'avait toujours aucune idée de ce qui avait pu causer cette rupture.

Se pouvait-il que par inadvertance, il ait dit quelque chose quelque part à quelqu'un qui aurait pu mal l'interpréter et y voir une critique de Sinatra, et que Dexter en ait eu vent ? Bakalyan ne le croyait pas, mais pouvait-il en être totalement sûr ?

Il reconnut qu'il était possible qu'après que Sinatra lui avait offert le poste d'assistant et ouvert l'accès à son cercle privé, il ait cru que cela lui était acquis et que, par négligence, il n'ait rien fait pour renforcer ses liens avec Sinatra. Bakalyan aurait dû savoir qu'aussi occupé que Sinatra pouvait être, ou peut-être justement parce qu'il l'était, il fallait se montrer pugnace pour rester comme il le disait "en lien étroit" avec lui, et offrir ainsi moins de prise à ceux qui protégeaient le chanteur et avaient apparemment décidé de l'exclure.

"Si vous voulez que votre amitié avec Frank Sinatra dure dans le temps, il faut répondre présent à tout moment", admit-il.

Au moment où il prononçait ces mots j'entendis qu'on appelait mon nom dans les haut-parleurs du drugstore. Un appel avait été transféré depuis ma chambre d'hôtel à la caisse, et on m'invitait à m'y rendre pour le prendre. Demandant à Bakalyan de m'excuser un instant, je quittai la table et pris le combiné à la caisse.

J'entendis à l'autre bout du fil la voix de Mahoney.

"Qu'est-ce que vous faites ?

— Rien, lui répondis-je en tentant de conserver un ton détaché bien qu'il m'ait pris par surprise.

— Vous avez quelque chose de prévu ?

— Pas grand-chose.

— Et si vous passiez me voir ?

— Je ne peux pas pour l'instant, mais je viendrai cet après-midi.

— Je serai absent. Je suis encore là pour une bonne heure.

— Désolé Jim, je suis occupé. Je vous recontacte demain."

Au moment de raccrocher, je jetai un regard de droite et de gauche sur les gens installés au comptoir et sur les banquettes de cuir blanc dans les alcôves, m'interrogeant :

Est-ce qu'on me surveille ? Est-ce que Mahoney a un espion qui me suit à la trace ?

Après avoir réglé en toute hâte la note, je retournai auprès de Bakalyan pour lui dire : "Je ne peux pas vous expliquer maintenant, mais il faut que nous partions."

Un instant plus tard, alors que nous nous trouvions dans le hall, je lui demandai s'il nous serait possible de nous revoir ailleurs qu'à l'hôtel plus tard dans la journée tout en m'abstenant de lui faire part de mes soupçons. Il me répondit qu'il serait chez lui le soir avec son amie et il m'invita à venir me joindre à eux pour regarder l'interview de Sinatra sur CBS. J'acceptai avec gratitude, et après avoir pris son adresse et l'avoir accompagné jusqu'à son taxi, je me dirigeai vers un des téléphones du hall pour appeler Hayes.

"Oh, ne vous inquiétez pas, me dit-il après que je lui eus fait part de mes soupçons. Je viens d'adresser à Mahoney un courrier en express qui risque de le secouer. Une copie se trouve sans doute déjà dans votre casier à la réception. Allez la récupérer et lisez-la."

Le 16 novembre 1965
À l'attention de M. Jim Mahoney
120 El Camino
Beverly Hills, Californie

Cher M. Mahoney,

Je suis extrêmement contrarié par la façon dont vous avez traité notre demande d'interview avec Frank Sinatra, et je ne pense pas devoir laisser passer ça sans en prendre acte et m'en plaindre [...]

M. Talese vient de me confirmer que notre demande de voir M. Sinatra a fait l'objet d'un refus. Et qu'en outre M. Talese se verra interdire l'accès au studio dans lequel M. Sinatra travaille à son nouveau film, ce qui implique qu'il ne peut espérer recevoir aucune aide de la part des proches de M. Sinatra pour la préparation de son article.

Comme je vous l'ai dit précédemment, notre intention était – et est toujours – de publier un article favorable à M. Sinatra.

Nous allons donc le faire en nous passant de votre aide et sachant ce que vous avez récemment dit à M. Talese, je dois partir du principe que d'une manière ou d'une autre ce contretemps nous est entièrement imputable, que vous êtes extrêmement désolé que nous vous ayons placé dans une position aussi délicate vis-à-vis de votre employeur, et qu'il en va de même pour lui par ricochet.

Permettez-moi de vous assurer que, pour ma part, je ne suis pas du tout désolé, mais que j'ai le sentiment de mieux comprendre comment on travaille chez Jim Mahoney Associates.

Bien à vous,
Harold Hayes,
Rédacteur en chef

En copie :
M. Robert Stein, rédacteur en chef, *McCalls*
M. William Emerson, rédacteur en chef, *Saturday Evening Post*
M. Don Schanche, rédacteur en chef, *Holiday*
M. Sey Chassler, rédacteur en chef, *Redbook*
M. Frank Sinatra

Ma première réaction à la lecture de cette lettre fut qu'elle était inutilement dure à l'égard de l'agence de Jim Mahoney. Au lieu de se limiter au problème opposant *Esquire* et Sinatra, l'ancien *Marine* Hayes avait donné au conflit une autre envergure en prenant à témoin ses amis bien placés dans la rédaction d'autres magazines afin de les rallier à sa cause, en allant le cas échéant jusqu'à susciter une sorte de boycott qui, à l'avenir, n'affecterait pas seulement les articles consacrés à Sinatra par cinq magazines, mais aussi d'autres artistes représentés par Mahoney et ses collaborateurs – parmi lesquels figuraient Liza Minelli, Yul Brynner, Debbie Reynolds, Glenn Ford, Bob Newhart, et d'autres encore, dont j'avais vu les portraits dûment encadrés sur les murs du bureau de Mahoney lors de mon passage.

Si Hayes souhaitait donner une bonne leçon à Mahoney, c'était une chose ; mais s'il entendait l'attaquer directement au porte-monnaie, alors mon soutien penchait du côté de Mahoney, de ses cinq enfants à charge et de sa jeune épouse souriante dont j'avais vu la photo sur son bureau. D'un autre côté, la lettre de Hayes réaffirmait on ne peut plus clairement sa détermination à faire en sorte que cet article sur Sinatra paraisse dans *Esquire* ; et bien que Mahoney m'ait récemment fait savoir que je n'étais plus invité à l'enregistrement de l'émission "Sinatra: A Man and His Music" qui devait se dérouler le lendemain après-midi à Burbank, je décidai malgré tout de m'y rendre. Il le fallait. Il fallait que j'en finisse avec cet article. Il me fallait faire en sorte que Hayes me lâche la bride. Il y avait déjà deux semaines que j'étais à Los Angeles, ma note de frais était en train de crever tous les plafonds et je n'avais pas grand-chose qui puisse la justifier. Oui, me répétai-je, demain je louerai une petite voiture chez Avis, j'irai à Burbank et je m'incrusterai à la fête, histoire de voir jusqu'où on me laissera aller.

21

Bien qu'à aucun moment je n'ai songé à faire demi-tour pendant les quarante minutes de trajet jusqu'à Burbank, j'avais quand même quelque inquiétude concernant l'accueil qui me serait réservé. Que dirait Mahoney quand il me verrait ? Pucci, le garde du corps, se montrerait-il toujours aussi amical ? Et à supposer que je me retrouve face à Sinatra, que pourrais-je lui dire ?

Mais peut-être que je dramatisais. Depuis mon arrivée à Los Angeles, je m'étais laissé aller à exagérer les choses parce qu'avec Sinatra, tout était dans l'exagération – son influence, son pouvoir de séduction, sa solitude, sa démesure, sa générosité, sa vengeance, sa quasi-appartenance à la mafia.

J'avais ruminé tout ça la veille au soir en regardant Walter Cronkite interviewer Sinatra dans sa résidence de Palm Springs, en compagnie de Richard Bakalyan et de son amie Dolores. Cette émission avait été annoncée comme un événement apocalyptique, comme l'Inquisition s'attaquant à un crooner qui avait des liens avec le crime organisé, un scandaleux étalage au grand jour de sa vie privée si préjudiciable que son avocat, Mickey Rudin, avait menacé de porter plainte contre CBS avant même la diffusion de l'émission – ce qui, bien sûr, avait déclenché un tapage médiatique qui avait dopé l'audience. Mais l'émission s'était avérée décevante, simple soirée courtoise avec un Cronkite posant à un Sinatra tiré à quatre épingles des questions gentillettes, entrecoupées de séquences où on voyait le chanteur sur scène, lors de séances d'enregistrement ou d'événements mondains où il se mêlait tout sourire à ses amis et aux membres de sa famille. Un critique de l'Associated Press avait qualifié cette prestation de “petite émission sympathique”, tandis que Kay Gardella avait écrit dans le *New York Daily News* que les questions incisives de Cronkite “avaient été édulcorées dans le but de calmer la vedette colérique”. Le critique du *New York Times* avait écrit pour sa part que bien que non autorisée, cette émission aurait pu l'être sans problème.

En d'autres termes, c'était là un exemple de plus du battage médiatique qui se déchaînait dès qu'il était question de Sinatra, une folie qui durait depuis que ce chanteur de charme fluet au centre des controverses avait commencé à se produire avec son nœud papillon au Paramount Theatre de Times Square devant des foules de *bobby-soxers* en transe dans les années 1940 ; aussi accordais-je peut-être beaucoup trop d'importance au clash qui, comme j'étais en train de l'imaginer, ne manquerait pas de se produire lors de mon arrivée à Burbank.

N'exagérais-je pas un peu ? Avec tout ce à quoi Sinatra devait penser, me reconnaîtrait-il, ou même me remarquerait-il ? De plus, quel droit Mahoney avait-il de m'interdire d'assister à cet enregistrement ? Celui-ci était produit par la NBC, et non par Sinatra Enterprises. S'il tentait de me barrer le passage, j'avais la possibilité de me plaindre sur-le-champ auprès de la régie publicitaire, ou même directement à Dwight Hemion, le producteur délégué de l'émission qui était à New York un de mes amis, encore une chose que je n'avais pas dite à Mahoney. Nous habitions le même quartier et nous nous croisions régulièrement au Gino's, un restaurant italien familial situé sur Lexington Avenue à hauteur de la 61e Rue, un endroit à l'ancienne où c'était premier arrivé premier servi, où les cartes de crédit n'étaient pas acceptées, où on n'embauchait pas de serveurs aux oreilles percées et dont les murs étaient recouverts de papier peint décoré de zèbres bondissant pour éviter des volées de flèches. En y réfléchissant, il me vint toutefois à l'esprit que même si nous étions voisins de table au Gino's, c'était Sinatra qui était le gagne-pain d'Hemion. Et alors, qu'est-ce que Sinatra pouvait faire contre moi ? Donner à Pucci l'ordre de me jeter dehors ? Proposer à quelqu'un 30 000 dollars pour me briser une jambe ? Me chercher querelle comme il l'avait fait avec Harlan Ellison dans la salle de billard du Daisy ?

Non, me redis-je au moment où je pénétrai dans le parking du studio, j'étais totalement ridicule. Il pleuvait à verse et je n'avais pas de parapluie. Après avoir claqué ma portière, je traversai le parking en courant et rattrapai un groupe d'une douzaine de personnes qui se hâtaient dans le couloir d'entrée sans être arrêtées par les gardes de sécurité. À ma grande surprise, personne n'était chargé de vérifier les noms ou les invitations, si bien que j'avançai avec les autres, dont la plupart devaient sans doute être des employés de la Warner ou des représentants de la marque de bière Budweiser accompagnés de leur famille. Arrivé à environ dix mètres de la scène, je m'arrêtai. Juste devant moi, je pouvais apercevoir un Frank Sinatra souriant au milieu d'un cercle de proches qui se serraient la main en s'embrassant et discutaient en parlant très fort de l'interview de Cronkite la veille.

Alors que je marquais un temps d'hésitation derrière deux personnes que j'avais reconnues de dos, Brad Dexter et Leo Durocher, j'entendis Sinatra déclarer : “Oh, c'était le pied.”

Et Dexter ajouta : “Oui Frank, c'était fantastique.

— Vous savez ce qu'a fait Jilly après l'émission ? reprit Sinatra. Il m'a envoyé un télégramme disant : ‘Nous sommes les maîtres du monde.’

— C'est absolument vrai”, ajouta quelqu'un d'autre, sans qu'il me soit possible de dire de qui il s'agissait.

Tout autour de nous se trouvaient le valet de chambre de Sinatra, George Jacob ; son maquilleur, Layne Britton ; la dame aux postiches, Helen Turpin ; le chef d'orchestre et arrangeur, Nelson Riddle ; le compositeur, Gordon Jenkins ; et le chanteur Andy Williams, sans son épouse Claudine. J'aperçus un peu plus loin Ed Pucci, qui, suivi de Mahoney, marchait dans notre direction.

“Il y a tellement d'autres choses qu'ils auraient pu utiliser, continua Sinatra, toujours à propos de l'émission de Cronkite. Vous avez lu ce que Jack Gould a écrit dans son édito du *Times* ce matin ? Il a raison. Il aurait fallu parler davantage de l'homme et moins de sa musique.

— Je suis d'accord”, dit Durocher.

Puis le chef d'orchestre, Nelson Riddle, prit Sinatra par le bras et l'entraîna vers la scène en lui disant : “Frank, nous sommes prêts.”

Avant de partir, Sinatra allongea le bras pour distribuer quelques poignées de main et, remarquant ma présence derrière Dexter, il me tendit la main. J'ignorais totalement s'il m'avait reconnu ou non, mais je la lui serrai en disant : “J'ai, moi aussi, beaucoup aimé l'émission d'hier soir, Monsieur Sinatra, toutes mes félicitations.”

Il me sourit en répétant : “Il aurait fallu parler davantage de l'homme.

— C'est précisément la raison de ma présence, me hâtai-je de répondre. J'ai essayé de vous parler, mais je n'ai pas eu cette chance jusqu'ici.”

Il me regarda droit dans les yeux d'un air aimable, et alors que Riddle l'entraînait, il me dit presque en s'excusant : “Je n'ai pas eu une minute à moi.” Puis il ajouta tout bas – si bas que j'entendis peut-être ce que j'avais envie d'entendre plutôt que ce qu'il avait réellement dit : “On pourrait se débrouiller.”

Il s'éloigna et je restai quelques instants silencieux avant de m'apercevoir que Pucci et Mahoney se trouvaient juste à côté de moi et avaient été les témoins de ce bref échange avec leur patron ; et je sentis que mon statut venait de changer, au moins en ce qui concernait Mahoney, qui me serra la main. Mahoney, qui s'était montré si désobligeant les jours précédents, faisait maintenant preuve de cordialité.

“Je vous appellerai demain, me dit-il, et nous pourrons en reparler.”

Peut-être avait-il reçu la lettre de Hayes, mais cela ne faisait rien.

“Absolument, nous reparlerons de tout ça demain.”

Il me fit un signe de la main et s'éloigna, suivi d'un Pucci très aimable, à qui je n'avais pas encore annoncé que le responsable de la rubrique “Dîner en ville” avait décidé de ne pas parler de son restaurant. Je restai où j'étais, réfléchissant à la situation.

Étais-je désormais libre d'aller et venir dans le studio, au milieu de plusieurs centaines de personnes qui attendaient que l'enregistrement débute ? Étais-je au moins temporairement débarrassé de mon chaperon, à savoir Mahoney ?

Quelques jours plus tôt, il m'avait rapporté ce que Frank avait dit concernant ma présence lors de l'enregistrement : "Pas question." Et pourtant j'étais bien là, et personne ne semblait vouloir me jeter dehors.

Du coup, tout en me tenant à l'écart du cercle de ses intimes dans un premier temps, je passai les deux heures suivantes à déambuler plus ou moins à ma guise, et la session d'enregistrement à laquelle j'assistai cet après-midi-là se déroula de façon tout à fait différente de celle dont j'avais été témoin un peu plus d'une semaine auparavant.

Sinatra avait retrouvé sa voix après son rhume, et de la première chanson à la dix-huitième, son superbe timbre de baryton attaquait chaque mot de façon parfaite, de telle sorte que le téléspectateur pouvait penser que les mots écrits par un parolier sortaient tout droit du cœur et de l'âme de Sinatra, et reflétaient tout ce qu'il avait vécu.

Même quand il fut interrompu dans son tour de chant par une erreur de l'orchestre ou par un incident technique, il demeura imperturbable et conserva sa bonne humeur. Au beau milieu de sa chanson "When We Were Young", une caméra montée sur roulette renversa un des arbres en plastique blanc qui se trouvait près du micro. Sinatra s'interrompit et se retourna vers l'orchestre avec nonchalance.

"Un instant. Je crois que nous avons eu un léger incident." Quand le cameraman pétrifié se confondit en excuses, Sinatra se contenta de hausser les épaules. "Aucun souci, nous pouvons reprendre."

Si cet accident s'était produit lors du premier enregistrement, alors que Sinatra, malade, chantait faux, je ne crois pas qu'il aurait fait preuve d'une telle mansuétude. Mais aujourd'hui – alors que sa voix avait recouvré sa splendeur et que les angoisses concernant les torts qu'aurait pu causer à sa carrière l'interview de Cronkite s'étaient envolées – l'atmosphère dans le studio était à la joie et à l'optimisme, et il ne restait plus rien de la tension perceptible entre Sinatra et Dwight Hemion neuf jours plus tôt.

Après que Sinatra eut cette fois répété de façon satisfaisante "The Girl Next Door" au point de décider Hemion à procéder à son enregistrement, ce dernier lança depuis la cabine de régie : "Parfait Frank, on y va pour de bon ?"

Sinatra répondit gaiement : "Je suis prêt, Dwight." Il chanta merveilleusement bien six chansons ; et il était prêt à en attaquer une septième, quand, levant les yeux vers Hemion, il lui posa cette question : "Et si on buvait quelque chose de chaud maintenant ? Un petit grog pour se réchauffer les os ?"

Alors que les musiciens assis derrière manifestaient leur assentiment, Hemion lui répondit : "Tu l'as bien mérité, Frank."

À la fin de la septième chanson, il y eut une pause rafraîchissements de quarante minutes pendant laquelle les traiteurs mirent à disposition du public des boissons et divers amuse-gueules sur des tables dressées devant la loge de Sinatra.

Au moment où je m'approchai lentement de la foule assemblée, j'entendis Sinatra parler à Durocher et quelques autres du combat à venir à Las Vegas entre Floyd Patterson et Mohamed Ali. Bien que ce dernier eût renié en 1964 son nom d'esclave (Cassius Clay) en faveur d'un autre choisi par son leader spirituel Elijah Muhammad, Sinatra et ses amis, tout comme quelques journalistes et même Floyd Patterson, avaient un peu de mal à accepter ce changement.

J'entendis Sinatra dire : "Floyd a tous les atouts."

À quoi Durocher répondit : "D'accord, mais Clay a l'allonge.

— Laisse-moi te dire une chose, insista Sinatra. Si Clay se comporte face à Floyd comme il s'est comporté face à Liston – reculer en baissant sa garde et en découvrant son visage –, les coups de Floyd feront mouche soixante fois. Floyd est celui qui a la frappe la plus rapide...

— Pourvu que tu aies raison", dit alors Brad Dexter.

Puis quelqu'un appela Dexter en lui disant que le comédien George Jessel qui avait déjà chanté avec Sinatra lors d'un gala dans un club cherchait à joindre le chanteur.

"On se fout de Jessel, répondit Dexter, il porte un postiche...

— Comme un certain chanteur italien que je connais", lui répondit l'autre, que je ne parvins pas à identifier.

Sinatra rigola, puis il prit une bouteille de bourbon et s'en versa une rasade dans un gobelet en plastique qu'il vida d'une traite : "Petit grog pour se réchauffer les os", répéta-t-il.

Ses proches disaient parfois que sa voix douce était celle d'un "baryton bourbon".

Après s'être changé pour la deuxième série de chansons, Sinatra remonta sur scène et le programme prévu fut exécuté rapidement et sans problème. Il fut à plusieurs reprises obligé de s'interrompre, sans que cela semble le contrarier, et de la même manière quand il manqua une reprise alors qu'il était en train de chanter "When I was twenty-one, it was a very good year[01]..." – il dit de façon très désinvolte au compositeur Gordon Jenkins : "Il y a quelque chose qui coince ici, on la refait. "

Une fois terminée sa dernière chanson – "Put Your Dreams Away (For Another Day)" – il vint se placer devant le micro en désignant du doigt Jenkins et s'exclama : "Superbe, Gordie !" Puis il invita ses amis à gagner avec lui la cabine de régie pour visionner l'intégralité de l'émission sur le moniteur.

Entre vingt et trente personnes montèrent à la file indienne les marches pour se regrouper derrière Hemion et son équipe, avant d'être rapidement rejointes par Sinatra. Dans la mesure où j'avais l'impression d'être devenu invisible, je me joignis à la procession et parvins à me faire une petite place au troisième rang, derrière Sheldon Keller, un des auteurs de l'émission.

Devant, au deuxième rang juste derrière Sinatra et Hemion, les yeux rivés sur l'écran du moniteur, se trouvaient Durocher, Mahoney, Andy Williams et Brad Dexter, qui était toujours le premier à applaudir à la fin de chacune des chansons. "Super, Frank, absolument super", n'arrêtait-il pas de répéter. Après en avoir entendu une douzaine, il dit

01 — "Quand j'avais vingt et un ans, c'était une excellente année..."

d'une voix forte : "Frank, ça va être le tour de chant le plus sensationnel que j'ai jamais vu."

Sinatra se retourna alors et lui dit gentiment : "Ferme-la, Brad."

Mais cela ne découragea pas vraiment Dexter, et Sinatra ne paraissait pas plus contrarié que cela par ce flot continu de compliments. Il était lui-même clairement impressionné et satisfait, et vers la fin de son récital, resplendissant dans son smoking, il se pencha tout près de Hemion pour lui dire : "Si les gens apprécient encore la musique, je crois que cette émission va marcher du tonnerre."

Après la dernière chanson, tout le monde regagna les tables dressées devant la loge de Sinatra et la fête reprit. Mahoney s'approcha alors de Sinatra avec un petit bout de papier à la main, lui expliquant que le producteur de CBS, Don Hewitt, souhaitait lui parler.

"Hewitt, c'est pas le type qui est à l'origine de tout ce binz ?" demanda Sinatra, à qui on avait dit que c'était Hewitt qui avait poussé Cronkite à ajouter dans son émission les questions concernant la mafia.

"Si, c'est bien lui. Que souhaites-tu que je lui réponde ?

— Tu peux lui coller un direct par la poste ?"

22

Le lendemain, un Mahoney tout aussi amical que la veille à Burbank m'accueillit dans son bureau et me demanda si cela m'intéresserait d'aller voir avec lui le combat Patterson-Ali ; il ajouta qu'il pourrait me ménager une entrevue avant le match avec Al Silvani, l'entraîneur chevronné qui occuperait le coin de Floyd Patterson. Ce dernier était depuis longtemps employé par Sinatra à différents titres, et il travaillait à l'époque comme assistant de production sur le tournage du *Hold-up du siècle*.

Je fus d'autant plus étonné par sa proposition que, le soupçonnant d'avoir fait mettre le téléphone de ma chambre d'hôtel sur écoute, j'en avais déduit qu'il était au courant des appels que j'avais passés à titre personnel à Patterson (lequel avait déjà fait mettre de côté une place pour moi) ; mais peut-être Mahoney préférait-il m'avoir près de lui de façon à pouvoir garder un œil sur moi à Las Vegas et s'assurer que je ne relancerais pas Sinatra de façon aussi insistante que si j'avais été seul. Je ne vis malgré tout aucune raison de décliner, car le fait d'être avec Mahoney me permettrait d'approcher le cercle des intimes de Sinatra. Le lundi 22 novembre au matin nous prîmes donc l'avion ensemble pour nous rendre à Las Vegas ; après avoir gagné en taxi le Sands Hotel and Casino, où nous avions prévu de descendre, nous fûmes accueillis dans le salon de réception par le patron du casino, Jack Entratter, un quinquagénaire chaleureux aux cheveux bruns élégamment vêtu, mesurant un mètre quatre-vingt-treize et pesant cent vingt-cinq kilos, qui s'était rendu célèbre à New York dans les années 1940 par son attitude polie et ses claques amicales dans le dos à l'époque où il était videur au Stork Club.

Dans l'avion, Mahoney m'avait révélé que Jack Entratter et Sinatra étaient amis depuis le début des années 1950, c'est-à-dire depuis qu'Entratter avait quitté son poste de gérant du night-club new-yorkais le Copacabana, pour participer au lancement du Sands Hotel and Casino à Las Vegas. Parce qu'il avait fait la connaissance de nombreuses personnalités du spectacle alors qu'il était au Copacabana et avait su faire bon usage de ses talents de diplomate pour s'assurer le soutien d'investisseurs, dont certains entretenaient des liens avec le monde de la pègre, Entratter avait rapidement réussi à faire du Sands le casino le plus luxueux de la ville. Il avait gagné des millions et était le seul à pouvoir programmer d'immenses vedettes telles que Sinatra et ses amis du Rat Pack, Dean Martin, Joey Bishop et Sammy Davis Jr.

Il était d'ailleurs prévu que deux d'entre eux se produiraient avec Sinatra sur la scène du Sands le soir même après le combat, m'annonça Mahoney, ajoutant qu'Entratter me donnerait un billet d'entrée, ce que ce dernier accepta aussitôt de faire. Entratter s'avéra encore plus arrangeant que Mahoney me l'avait décrit. Il nous montra nos suites, confirma notre réservation pour le déjeuner avec Al Silvani, nous emmena dans son bureau et nous donna les billets du match, puis il bavarda une dizaine de minutes avec moi tandis que Mahoney s'était absenté ; sans doute, supposai-je, voulait-il vérifier que tout se passait bien pour Sinatra, qui était arrivé la veille au soir dans son avion privé. Quand il était à Las Vegas, Sinatra descendait toujours au Sands. Ce fut Entratter qui prit l'initiative de la conversation.

“Frank et moi avons à peu près le même âge, et moi aussi j'ai réussi et je suis riche. Je possède des maisons ici et là, et je pourrais m'offrir un Learjet si j'en voulais un. Depuis la mort de ma chère épouse il y a deux ans, je suis seul et libre de faire ce que je veux. J'aimerais bien vivre comme Frank. Mais je ne peux pas.” Il marqua un temps d'arrêt, puis répéta : “J'aimerais bien, mais je ne peux pas parce que je ne sais pas vraiment quoi faire de ma vie. Je suis comme beaucoup de types arrivés à la cinquantaine qui ont connu une vie aventureuse et excitante quand ils étaient jeunes, et dont l'existence est devenue plus routinière et même morne malgré leur réussite. Dans mon cas, c'est probablement parce qu'au fond je suis très conservateur.”

Il m'expliqua qu'il était croyant, qu'il avait occupé la fonction de président de la congrégation du Temple Beth

Salomon, et ajouta qu'il ne jouait pas, ne fumait pas, ne buvait pas. Mais il reconnut avoir une amie, Lari Laine, s'abstenant toutefois de préciser qu'elle avait fait la couverture de magazines comme *Playboy*.

“Lari est adorable, mais je ne pense pas que je pourrai jamais l'épouser. D'une certaine manière ce serait en contradiction avec l'éducation que j'ai donnée à mes deux filles. Je ne sais pas. Je suis coincé. J'ai l'impression d'être pris au piège. Mais quand je suis avec Frank, tout change d'un coup. Être en sa compagnie est fascinant. Il vit pleinement chaque instant. Il refuse de vieillir. Il a énormément de talent, mais il sait aussi s'amuser. C'est vrai de beaucoup de ceux d'entre nous qui l'entourons. Il nous donne l'exemple pour ce qui est de vivre et de s'amuser. C'est communicatif chez lui. Il vit notre propre vie à notre place.”

Mahoney regagna alors le bureau d'Entratter, et nous prîmes congé. Nous nous dirigeâmes vers le restaurant en traversant la salle de jeux, où la sono diffusait exclusivement des chansons de Sinatra. Sur notre chemin, nous passâmes à côté d'un ami écrivain qui me fit un signe de la main depuis sa machine à sous.

“Ce ne serait pas Norman Mailer ? me demanda Mahoney en s'arrêtant pour mieux regarder.

— C'est bien lui. Mailer est un fan de boxe. Nous nous croisons à tous les combats importants.

— Est-ce qu'il est riche ?

— Je ne sais pas à quel point il est riche, mais ses livres sont des best-sellers, donc je suppose que ça se passe bien pour lui.

— Alors pourquoi est-ce qu'il porte ces tatanes ? Pourquoi est-ce qu'il ne s'habille pas mieux ?”

Comme à son habitude, Mahoney était impeccablement mis, avec des chaussures de prix à boucle de cuir, une chemise blanche rayée, une cravate marron et un blazer coûteux orné d'une pochette orange à motif cachemire. J'avais dans l'idée que tous ces articles venaient tout droit de la boutique pour hommes préférée de Sinatra à Beverly Hills, Carroll & Co.

"Vous voulez donner à Mailer l'adresse du tailleur de Sinatra ? lui dis-je en forçant un sourire. Ce serait parfaitement ridicule. Contrairement à vous ou à M. Sinatra, Mailer ne voit pas l'intérêt de porter des vêtements de qualité."

Mahoney ne fit aucun commentaire, mais pendant que nous nous dirigions vers le restaurant, je fus frappé par le fait que Sinatra et Mailer partageaient au fond bien des points communs. Ils avaient tous les deux un ego boursouflé, une productivité hors norme, tous les deux avaient connu jeunes le succès et la gloire, et ils passaient leur temps à faire en sorte que ça ne change pas. Acclamé par la critique, le premier roman de Mailer, *Les Nus et les Morts*, avait paru en 1948 alors qu'il n'avait encore que vingt et un ans et, tout comme Sinatra, Mailer avait très tôt voulu faire carrière comme acteur et comme réalisateur, s'engageant parallèlement en politique et pour des causes sociales. Lui et Sinatra étaient des hommes aimant boire et des aficionados de la boxe qui avaient pris des cours, et l'un comme l'autre avaient la réputation d'être prêts à en découdre avec ceux qui les provoquaient, tout en souhaitant dans le même temps être entourés d'une cour d'admiratrices. À quarante-deux ans, Norman Mailer, qui était alors marié avec une actrice nommée Beverly Bentley, avait déjà eu quatre épouses.

Arrivé dans la salle de restaurant, Mahoney me présenta Al Silvani. Après avoir échangé une poignée de main avec lui, je m'assis et lui souhaitai la meilleure chance possible pour Patterson le soir même. Sinatra avait confié à Silvani la mission d'être l'entraîneur de coin de Patterson suite au décès un mois plus tôt de celui qui avait été son entraîneur pendant de longues années, Dan Florio.

"Je pense que Patterson peut l'emporter", dit Silvani, un homme aux cheveux gris musclé et large d'épaules âgé d'environ cinquante-cinq ans.

Entre autres choses, Silvani avait donné des leçons de boxe à Sinatra au début des années 1940, et depuis, il avait partagé son temps entre la préparation de boxeurs professionnels au plus haut niveau – parmi lesquels Jake LaMotta,

Henry Armstrong, Carmen Basilio et Rocky Graziano – et son emploi d'assistant de production de Sinatra ; à l'occasion il avait aussi tenu des petits rôles dans ses films.

"Si je ne pensais pas que Patterson a une bonne chance de battre Clay, continua-t-il, je n'aurais pas quitté les Bahamas où nous étions en train, Johnny Delgado et moi, de tourner en mer des scènes du *Hold-up du siècle*, et fait tout ce chemin jusqu'à Las Vegas rien que pour ramasser quelqu'un envoyé au tapis. J'ai fait près de 5 000 kilomètres pour venir ici, et donc je le redis : je suis venu parce que je pense que Patterson peut gagner."

Il sortit de sa poche une petite fiche sur laquelle figuraient des notes écrites en capitales au crayon, me la tendit et me dit : "Tenez, lisez. C'est mon pense-bête pour dire à Patterson durant le match ce soir ce qu'il faut ou ne faut pas faire."

Il y avait sur la carte quatre phrases brèves, et pendant que je les lisais à voix haute devant Silvani et Mahoney assis en face de moi, Silvani écoutait les yeux fermés en hochant la tête.

1. Toujours avoir une garde haute. Balancer le corps de droite à gauche. Suivre Clay. S'il recule en dansant, ne pas le suivre.

2. Ne pas tenter des frappes de loin. Se rapprocher. Inutile de viser la tête. Des directs du droit en travers/des crochets du gauche au corps de Clay.

3. Ne jamais le tenir au corps à corps. Lui envoyer des petits uppercuts du droit. Suivre avec l'épaule en visant le menton. Être méchant. Vous n'êtes pas copains.

4. En te balançant de droite à gauche tu évites les directs du gauche de Clay. Ne lui parle pas. Il va te parler, mais toi tu ne réponds pas. À la pesée et au moment des consignes de l'arbitre avant la cloche, ignore Clay. Contente-toi de fixer sa poitrine.

Je rendis sa fiche à Silvani et le remerciai, néanmoins convaincu que rien de tout ça ne pourrait éviter à Patterson d'être battu, même si j'espérais fortement qu'il en aille autrement. Qu'on l'appelle Cassius Clay ou Mohamed Ali, l'adversaire de Patterson était un poids lourd plus large, plus grand, qui cognait plus fort, et au demeurant plus talentueux que lui ; il avait démoli Liston et Patterson à deux reprises, et je ne voyais pas comment ce dernier pourrait l'emporter ce soir-là. Du fait de sa grande expérience, Al Silvani était quelqu'un de très respecté dans l'univers de la boxe, aussi gardai-je mes réflexions pour moi, allant même jusqu'à me demander si Silvani ne surestimait pas Patterson simplement parce que Sinatra s'était pris d'amitié pour lui et avait parié sur sa victoire. Ce déjeuner avec Silvani me mettait quelque peu mal à l'aise. C'était une idée de Mahoney – probablement une tentative de faire passer à Hayes le message qu'il était prêt à coopérer avec moi. Mahoney ne m'avait jamais dit qu'il avait reçu une semaine plus tôt la lettre de Hayes le mettant personnellement en cause, mais j'étais enclin à penser qu'après en avoir pris connaissance, il s'était senti menacé ; et que par conséquent, il avait fait en sorte de me mettre pour la première fois en contact avec un proche de Frank Sinatra. Mahoney ne voulait pas ou ne pouvait pas m'obtenir un rendez-vous en tête à tête avec le grand homme lui-même, mais il espérait amadouer Hayes en faisant preuve d'un minimum de bonne volonté. Connaissant ce dernier, je doutais que cela puisse marcher.

Plusieurs heures plus tard, je retrouvai Mahoney dans le hall d'accueil, et nous prîmes ensemble une voiture pour nous rendre au Palais des Congrès à un peu moins de deux kilomètres. J'étais inquiet à l'idée que mon vieil ami Floyd Patterson – qui, à trente ans, avait livré près de cinquante combats professionnels et subi plusieurs K.-O. depuis le début des années 1950 – puisse être sérieusement blessé ce soir face à un Mohamed Ali aussi vif que féroce, qui, à vingt-trois ans, était au tout début de sa carrière.

Lors de la conférence de presse qui s'était tenue plus tôt dans la journée et que j'avais regardée à la télévision juste avant de quitter ma chambre d'hôtel, j'avais noté que Patterson, ignorant la consigne de Silvani, s'était montré agressif à l'égard d'Ali lors de la pesée ; il avait persisté à l'appeler "Cassius Clay" et avait promis de reprendre à ce "musulman noir" le titre de champion du monde poids lourd pour "rendre le trophée à l'Amérique", laissant entendre qu'Ali, né à Louisville, était devenu étranger du fait de son affiliation spirituelle avec la Nation of Islam et que pour lui, c'était un "devoir patriotique" de le vaincre. Ali avait répliqué en qualifiant Patterson d'"Oncle Tom", et il avait prédit qu'aussitôt le combat engagé, il allait faire courir Patterson autour du ring tel "un lapin pris de panique".

Au grand dam des supporters de Patterson, ce fut en gros ainsi que les choses se passèrent. Avant d'être déclaré vaincu par K.-O. technique au cours du douzième round, Patterson avec son mètre quatre-vingt-trois et ses quatre-vingt-dix-huit kilos avait donné l'impression d'être totalement impuissant face à un adversaire qui faisait sept kilos et demi et dix centimètres de plus que lui et qui, grâce à une allonge supérieure de vingt-cinq centimètres, transperçait sa garde comme il le voulait ; dans le même temps, Ali se dérobait avec une telle aisance que Patterson n'avait jamais été en mesure de s'approcher d'assez près pour lui porter des coups en retour.

Mahoney et moi n'étions pas assis côte à côte. Il occupait avec les membres de la bande Sinatra une partie du deuxième rang, lequel était légèrement surélevé par rapport au premier rang où se trouvait Sinatra flanqué de Jilly Rizzo et Dean Martin, en compagnie de Joey Bishop, Jack Entratter et la compagne de ce dernier, Lari Laine. Mon siège était au quatrième rang, deux rangs derrière le sien. Avec moi se trouvaient un certain nombre de journalistes et d'écrivains amateurs de boxe. Outre Norman Mailer, il y avait le romancier Budd Schulberg, qui était également l'auteur du scénario du film oscarisé *Sur les quais*, ainsi que le rédacteur en chef de la *Paris Review*, George Plimpton, le patricien diplômé de Harvard qui était un sportif amateur connu pour s'être mesuré à des athlètes professionnels et avoir rédigé ensuite des chroniques pleines d'esprit relatant ses expériences.

Dans un de ses livres – *Out of my League* [Trop forts pour moi], paru en 1961 – Plimpton avait raconté son expérience de lanceur puis de batteur avec des joueurs de baseball professionnels à l'occasion d'un tournoi d'exhibition. Un peu plus tôt, en 1959, il avait disputé quelques rounds au Stillman's Gymnasium au croisement de la 54e Rue et de la Huitième Avenue à Manhattan, contre le poids mi-lourd afro-américain Archie Moore ; grand seigneur, celui-ci s'était contenté de lui casser le cartilage du nez, provoquant un saignement. Ce qui avait amené le trompettiste Miles Davis à demander après coup : "Archie, c'est du sang blanc ou du sang noir là sur tes gants ?" Ce à quoi un ami de Plimpton avait rétorqué : "Monsieur, c'est du sang bleu."

Durant tout le match Patterson-Ali, qui dura plus longtemps que ce qu'avaient pronostiqué la plupart des journalistes mais dont l'issue n'avait jamais fait aucun doute, presque tout le monde s'accorda à penser qu'Ali aurait très facilement pu mettre Patterson K.-O. bien plus vite, mais qu'il avait préféré jouer avec lui, l'humilier en lui glissant des insultes à l'oreille – "Allez l'Amérique, viens-y" – et accroître sa frustration en dansant tout autour du ring d'une façon à la fois joyeuse et menaçante, se livrant à une prestation, qui, pour les spectateurs, équivalait à regarder quelqu'un "arracher les ailes d'un papillon" pour reprendre les termes du spécialiste boxe du *New York Times*.

Au onzième round, quand Patterson, fatigué, tenta plusieurs frappes de loin malgré les consignes de Silvani, il se fit mal au dos et se retrouva dès lors incapable de parer les coups efficacement. Avant la reprise, Silvani tenta de le soulever par-derrière pour essayer de lui dénouer les muscles du dos, sans succès. Peu après, alors que Patterson avait visiblement du mal à se protéger, l'arbitre interrompit le combat et déclara Ali vainqueur par K.-O. technique.

Tandis qu'Ali, triomphant, fanfaronnait haut et fort dans le micro du présentateur et que les soigneurs de Patterson bassinaient son front couvert d'ecchymoses et posaient un peignoir sur ses épaules, j'aperçus la silhouette d'un Sinatra hiératique quitter son siège du premier rang, puis se diriger lentement vers la sortie, suivi par ses amis. Je supposai qu'ils allaient retourner au Sands, où Sinatra devait se produire sur scène en compagnie de Joey Bishop et de Dean Martin.

Mahoney était avec eux, mais je m'abstins de leur emboîter le pas, préférant aller assister à la conférence de presse d'après-match dans le vestiaire de Patterson en compagnie des journalistes et de quelques personnes, qui, comme moi, y étaient régulièrement invitées par l'agent publicitaire du promoteur. Debout au fond de la salle, aux côtés de George Plimpton et du pilote de Patterson, Ted Hanson, qui devait ramener le boxeur à New York plus tard dans la soirée, j'écoutai les reporters assis devant moi poser des questions à Patterson à propos de son dos.

"Aucune excuse pour avoir perdu ce combat", répondit Patterson assis sur une table d'exercice, une serviette autour du cou.

Il reconnut que son adversaire (qu'il persistait à appeler "Clay") était sans conteste le meilleur boxeur au monde et qu'il constituait à lui seul une classe à part en catégorie poids lourds.

Avec son médecin et son manager, Cus d'Amato, d'un côté et Al Silvani de l'autre, Patterson continua de répondre patiemment aux questions, mais il parlait si doucement que par moments j'avais bien du mal à le comprendre. Alors que l'exercice touchait à sa fin, j'eus l'impression d'entendre quelqu'un prononcer mon nom, mais je n'y prêtai pas attention. Puis j'entendis de nouveau, cette fois plus distinctement : "Est-ce que Gay Talese est ici ?"

C'était la voix de Floyd Patterson. Tous les journalistes se retournèrent pour voir, et c'est alors que George Plimpton, me jetant un regard interrogateur, me dit : "Il s'adresse à toi."

Je me redressai, levai le bras droit et lui répondis à voix haute : "Je suis là, Floyd.

— T'as réussi à voir Frank Sinatra ?" me demanda-t-il.

J'étais trop surpris pour répondre, si bien qu'il répéta : "T'as réussi à voir Frank Sinatra ?"

La question était si inattendue et tellement absurde venant de ce boxeur hors-norme qui avait été humilié une heure plus tôt en mondovision, ce qui venait peut-être de mettre un point final à sa carrière, et qui était là, à se rappeler que je lui avais récemment demandé son aide pour cette commande de mon magazine qui me barbait !

Comment comprendre Floyd Patterson ? Comment son esprit fonctionnait-il ? Peut-être le célèbre adage de Durocher s'appliquait-il dans son cas – “les types gentils finissent bons derniers” –, et plus généralement dans l'univers brutal de la boxe. J'avais consacré à Patterson plus d'une trentaine d'articles au fil des années, et il réussissait encore à m'étonner.

Quoi qu'il en soit, il continuait de m'interroger du regard, attendant une réponse. Je la lui donnai : “Merci beaucoup, Floyd, et, oui, j'ai réussi à voir Frank Sinatra”, mentis-je alors.

23

Plus tard, de minuit jusqu'à l'aube, je suivis Frank Sinatra à la trace, généralement d'assez loin, mais de suffisamment près par moments pour entendre ce qui se disait.

Pour commencer, je me glissai au milieu de son auditoire dans le salon du Sands et j'observai le jeu rituel auquel il se livrait avec Dean Martin et Joey Bishop, avant de sauter ensuite dans un taxi pour le suivre lui et ses amis au Sahara, où ils restèrent plus d'une heure installés autour d'une table à boire et discuter pendant que Sinatra se faisait gentiment chambrer sur scène par son ami le comédien Don Rickles. Finalement, il était pas loin de quatre heures du matin quand Sinatra quitta le Sahara pour retourner au Sands, entraînant dans son sillage les membres de sa cour ; certains avaient emporté leur verre de whisky, et ils continuèrent à boire sur le trottoir et tout le long du chemin. On sentait bien à les regarder prendre du plaisir, que ces heures leur appartenaient habituellement. Sinatra semblait avoir faim et, arrivé au Sands, il se dirigea vers la salle de restaurant où une table avait été réservée dans un coin pour ses amis et lui. Pour plus d'intimité, un paravent de bois ajouré peint en blanc avait été installé devant la table, qui me donna l'impression de constituer une ligne de démarcation, un point au-delà duquel il était interdit de s'aventurer. Je m'installai donc seul à une petite table assez proche au milieu de dizaines de joueurs et de touristes venus dîner juste à côté du salon dédié aux jeux, et de ma place je sentais les vibrations des roulettes qui tournaient et entendais les exclamations des parieurs.

Assis devant ma bière et mon hamburger, j'étais en train de relire les notes que j'avais griffonnées sur mes fiches cartonnées plus tôt dans la soirée, quand j'aperçus Mahoney qui me saluait de la main à la table de Sinatra. Je lui rendis son salut avec un sourire, pensant à juste titre qu'il ne fallait pas y voir une invitation à venir les rejoindre. S'y trouvaient alors Dean Martin, Joey Bishop et Jilly Rizzo ; Jack Entratter et son amie Lari Laine ; Leo Durocher accompagné d'une femme nommée Betty ; Harold Gibbons, un haut responsable du syndicat des camionneurs, plus quelques autres qui m'étaient inconnus.

En fait, cela ne me dérangeait pas d'être seul. Au moins avais-je la latitude de pouvoir suivre Sinatra et sa bande tout autour de Las Vegas, comme je l'avais fait la semaine précédente lors de l'enregistrement pour la NBC à Burbank. Et sans que Sinatra ou ses représentants aient fait de concession tangible, une sorte de modus vivendi semblait s'être établie entre nous : aussi longtemps que je ne chercherais pas des noises à Sinatra, il ne m'en chercherait pas non plus. Je me rappelais ce que m'avait dit l'acteur Richard Bakalyan, que Sinatra avait commencé par le ridiculiser avant de faire appel à lui : "Frank ne dit jamais 'J'ai eu tort' ou 'Je suis désolé', mais il a d'autres façons de le montrer." Peut-être cela expliquait-il pourquoi ma présence était désormais tolérée dans l'ombre de celui qui avait tenté de m'interdire de séjour avec cette sentence : "Pas question !" À moins que la lettre au ton menaçant envoyée par Harold Hayes ait joué en ma faveur. Je ne devais jamais avoir le fin mot de l'histoire.

À l'exception des quelques mots que nous avions échangés la semaine précédente lors de la session d'enregistrement quand je l'avais félicité à propos de son interview avec Cronkite, nous n'avions jamais eu l'occasion de parler ensemble. Il ne m'avait pas davantage adressé la parole depuis que nous nous trouvions à Las Vegas ; et pourtant il donnait l'impression de ne pas être gêné de me savoir dans les parages, comme ce fut le cas lorsqu'il quitta brièvement la salle de restaurant pour aller jouer au blackjack et que je pus voir et entendre ses échanges avec le croupier. Dans les notes que je tapai à la machine dans ma chambre après cinq heures du matin avant d'aller me coucher – mon rythme de vie était désormais calqué sur celui de Sinatra –, voici ce que je consignai :

> ... posant son verre sur la table de blackjack face au croupier, Sinatra se tient légèrement en retrait de la table, sans se pencher contre elle. Il écarte le pan de sa veste de smoking pour sortir

de sa poche de pantalon une épaisse liasse de billets soigneusement rangés. Il prélève un billet de cent dollars et le place sur la table recouverte de feutre vert.

Le croupier lui sert deux cartes. Sinatra en demande une troisième, surenchérit et perd ses cent dollars.

Sans manifester la moindre émotion, il mise un deuxième billet de cent dollars. Il perd. Puis un troisième, qu'il perd également. Il mise alors deux billets de cent, et les perd. Posant finalement son sixième billet de cent dollars sur la table, et perdant encore, Sinatra salue celui qui est en face de lui en disant : “Bravo pour le croupier.”

La foule qui s'est agglutinée autour de lui s'écarte pour le laisser passer. Mais une femme se plante devant lui et lui tend un morceau de papier pour obtenir un autographe. Il le signe et lui dit : “Merci à vous.”

Continuant sur ma lancée, je retranscris cette scène de repas :

La table est à peu près de la dimension de celle qui lui est réservée chaque fois qu'il se rend au Jilly's à New York ; et les gens qui sont autour de cette table à Las Vegas sont en gros ceux que l'on peut généralement voir autour de Sinatra au Jilly's, ou lorsqu'il mange au restaurant en Californie, en Italie, dans le New Jersey, et partout où il se trouve. Quand Sinatra s'attable, les amis en qui il a confiance sont là. Où qu'il soit, quel que soit le standing du lieu, l'esprit de bande prévaut, parce qu'indépendamment du chemin parcouru, Sinatra est resté au fond un gamin fidèle à sa petite bande. À ceci près qu'il peut désormais l'emmener partout.

Quelques jours après avoir regagné Los Angeles, je me rendis en voiture aux studios de la Paramount, et alors que j'attendais dans les coulisses en compagnie de machinistes et de figurants, je pus voir Sinatra et sa covedette italienne Virna Lisi préparer une scène du *Hold-up du siècle*. Sinatra y joue le rôle d'un plongeur en haute mer dont un aventurier sans scrupule a loué les services pour une tentative finalement ratée de prendre en otage le paquebot *Queen Mary* au cours d'une traversée transatlantique. Dans la scène à laquelle j'assistai, Sinatra et Vina Lisi étaient en train de dériver dans une piscine au milieu de vagues, luttant pour se hisser sur une fragile épave en bois – une tentative dont Donohue allait devoir faire plusieurs prises car Vina Lisi paraissait avoir des difficultés à se souvenir de son texte et à le dire comme il fallait.

En temps ordinaire, Sinatra aurait manifesté des signes d'impatience à cause du retard qui s'accumulait, mais ce jour-là, il se montra étonnamment patient et fit tout ce qu'il pouvait pour encourager sa partenaire. En fait, il se montra gai et charmant avec tout le monde sur le plateau durant tout l'après-midi, savourant sans doute encore les critiques enthousiastes, qui, plus tôt dans la journée, avaient salué sa prestation dans l'émission spéciale diffusée la veille sur la NBC.

Ce fut seulement quand le réalisateur donna l'impression de réfléchir un peu trop longtemps avant de les inviter à sortir de l'eau que le chanteur râla gentiment à l'adresse de Donohue et des cameramen : "Il faut y aller, les gars. L'eau est froide et je sors à peine d'un rhume."

Une heure plus tard, vêtu de vêtements secs, Sinatra se tenait devant sa loge pour recevoir les félicitations à propos de l'émission prodiguées par un groupe d'amis, parmi lesquels Richard Conte, qui jouait le rôle d'un mécanicien dans le film, ou encore le comédien Steve Rossi, qui, avec son partenaire Marty Allen, formait le célèbre duo comique Allen & Rossi alors très en vogue à la télévision et dans les night-clubs. Comme je me trouvais derrière Rossi, je captai à un moment donné l'attention de Sinatra, et je fis un pas en avant pour lui dire combien j'avais moi-même admiré son spectacle filmé par la NBC. Avec un sourire, il admit que sa prestation avait été excellente, ajoutant : "Et je ne suis pas si facilement satisfait."

Je lui fis alors part de mon espoir de pouvoir partager quelques instants avec lui avant mon départ pour New York. Cela faisait déjà trois semaines que j'étais à Los Angeles.

"Oh, j'ai été si occupé", répondit Sinatra. Puis, avant de faire volte-face pour regagner sa loge, il suggéra : "Peut-être qu'on pourra arranger quelque chose après mon retour de Palm Springs lundi."

Quatre jours seulement nous séparaient de lundi, mais je doutais que mon tête-à-tête avec Sinatra puisse jamais avoir lieu. Lors de notre bref échange à Burbank, il avait avancé la même excuse. J'avais également en tête le commentaire d'un photographe de la Warner nommé Dave Sutton au cours d'une conversation récente : "Si tu veux avoir accès à Sinatra de la manière dont tu le souhaites, il faut que tu deviennes son ami. Et si tu deviens son ami, tu te rendras compte que tu ne peux rien écrire sur lui."

De retour à mon hôtel après ce déplacement dans les studios de la Paramount, je rédigeai une lettre destinée à faire le point avec Harold Hayes que je postai le lendemain :

Vendredi 26 novembre 1965

Cher Harold,

Hier, j'ai vu très brièvement Sinatra. Il n'avait pas le temps de parler avec moi – il semble n'en avoir jamais le temps [...] les choses évoluent, toutefois [...] Il se peut que je ne puisse pas faire l'article tel que nous le souhaitions – mais peut-être qu'à force de ne pas pouvoir le faire et d'avoir constamment été écartés par sa garde rapprochée qui s'efforce de le protéger, nous allons cerner au plus près la vérité de l'homme.

Lorsque Sinatra regagna Los Angeles le lundi après-midi pour tourner les dernières scènes du *Hold-up du siècle*, je me joignis à la centaine de personnes présentes dans les coulisses de la Paramount ; figuraient parmi elles Jim Mahoney, Brad Dexter, Ed Pucci, Mickey Rudin, Al Silvani, sa fille Nancy, plus quelques fans célèbres de Sinatra comme le lanceur vedette des Los Angeles Dodgers, le géant Don Drysdale (un mètre quatre-vingt-dix-huit), et un des meilleurs golfeurs professionnels américains, Francis "Bo" Wininger.

Wininger m'avait appris que bien que passant peu de temps sur les terrains de golf, Sinatra était néanmoins capable de scores approchant les 80 coups, et Nancy s'était empressée d'ajouter que son père évitait de jouer au golf parce que “ça prenait trop de temps”. J'avais fait la connaissance de Nancy à l'occasion d'un déjeuner qui nous avait réunis quelques jours plus tôt, le vendredi, après qu'à ma grande surprise et à mon grand plaisir, elle eût accepté mon invitation à laquelle son père n'avait cette fois-ci pas mis son veto.

Mahoney ne chercha pas non plus à s'opposer à la rencontre programmée le lendemain avec Brad Dexter, ce dernier m'ayant invité à venir le voir dans les locaux de Sinatra Enterprises où il occupait la fonction de vice-président ; et comme son patron avait quitté la ville, il prit la liberté de s'installer dans le grand bureau de Sinatra – un vaste espace aux cloisons de verre et au design moderne, décoré de bambous et de figuiers au milieu duquel trônait un immense bureau en bois effilé en forme d'ailes d'avion. Derrière, il y avait un fauteuil de cuir noir avec un coussin orange, et Dexter s'y installa confortablement pour notre entrevue. Assis en face de lui, je l'écoutai se désoler que sa réputation personnelle soit exclusivement due au fait qu'il avait sauvé Sinatra le jour où ce dernier avait été entraîné par une lame de fond alors qu'il se baignait tranquillement à Hawaï. Sinatra était allé là-bas pour tourner *L'Île des braves* dans lequel il tenait aussi le rôle principal. Brad Dexter y jouait un sergent des *Marines* têtu. Faisant fi de toute modestie, il m'expliqua que c'était là un des rôles importants, parmi des dizaines d'autres, qu'il avait interprétés au cours de ses vingt-quatre années de carrière et en tant qu'acteur peu connu certes, mais talentueux.

En fait, à peine avions-nous commencé à parler qu'il me suggéra de réfléchir à lui consacrer un profil dans *Esquire* au cas où je ne parviendrais pas à écrire l'article sur Sinatra comme j'en avais l'intention.

24

Lors de nos rencontres, Nancy Sinatra, âgée de vingt-cinq ans, s'avéra aussi ouverte que son père s'était montré fuyant. Non seulement elle accepta de répondre à mes questions, mais elle ajouta certaines informations que je ne lui demandais pas, concernant par exemple la relation que son père avait nouée avec l'actrice Mia Farrow, qui avait cinq ans de moins qu'elle.

"Mon père nous a invitées toutes les deux dans sa maison de Palm Springs et nous nous entendons très bien, m'avait confié Nancy au cours de notre déjeuner le vendredi à la cafétéria de la Paramount. Il a sa vie privée, et j'ai la mienne, mais il sait qu'il peut être lui-même avec moi. Il sait qu'il peut nous inviter toutes les deux et que ça ne me contrariera pas. Il n'a aucune raison de se sentir coupable. Il n'est plus marié, il est célibataire et c'est un bon père de famille."

Bien qu'il ait divorcé de sa mère pour se mettre en couple avec Ava Gardner en 1951, il n'avait jamais abandonné sa famille, souligna-t-elle ; il avait noué avec ses trois enfants des liens d'amour durables, et il avait gardé avec leur mère des rapports respectueux et attentionnés ; elle n'avait d'ailleurs pas fait changer les serrures après son départ et elle n'avait jamais cherché à limiter ses prérogatives en marchandant son droit de visite.

Quand Ava Gardner s'était séparée de son père en 1957 – Nancy avait alors dix-sept ans –, elle avait espéré que ses parents se remarieraient. Son père lui avait toutefois expliqué que sa mère "ne pouvait plus le suivre dans son mode de vie", et cela n'avait en rien affecté leur proximité. La meilleure preuve était que sa mère avait été chargée d'organiser la fête qui aurait lieu au Beverly Wilshire à l'occasion du cinquantième anniversaire du chanteur.

Nancy m'avoua avoir grandi en "cherchant chez chaque jeune homme qu'elle croisait quelque chose qui lui rappelle son père" ; mais elle admit que c'était difficile car il était "un perfectionniste" doté d'une forte personnalité, tout en sachant se montrer sensible, intuitif et introspectif.

"Il peut être celui qui met l'ambiance dans une fête, ou il peut rester très calme à écouter et observer – et l'atmosphère de la fête changera en fonction de son attitude. À bien des égards, il est comme n'importe qui, mais ce n'est pas ainsi que les gens le voient. Ils pensent que pendant qu'eux sont à la maison en train de regarder la télévision, lui est quelque part en train de s'amuser. Ils oublient que lui aussi aime s'asseoir chez lui pour regarder la télévision. Je me rappelle avoir passé deux semaines avec lui, et durant tout ce temps il n'a pas vu une seule femme. Il possède aussi des qualités que la plupart des femmes admireraient chez n'importe quel homme, indépendamment du nom qu'il porte – sa façon de s'habiller, le fait qu'il sente toujours bon, qu'il soit toujours ponctuel, le fait qu'il soit attentif aux autres, soigneux, qu'il se souvienne de tout. Il suffit de mentionner le titre d'un livre que vous aimeriez lire, et le lendemain il vous l'envoie par la poste. Quand vous êtes son invité à Palm Springs, il est inutile d'apporter quoi que ce soit. Tout vous y attend. Il y a des vêtements que vous pourrez porter, les salles de bains offrent tous les articles de toilette et les médicaments que vous pouvez imaginer, et avant que vous ne repreniez la route, votre voiture aura été lavée et le plein fait." Elle s'arrêta un instant avant de reprendre : "Il est pointilleux et veut tout savoir. Quand il fait une émission télé, il sait d'avance comment tout se passera – les publicités, les éclairages, la sonorisation, les angles de prises de vue des caméras et leur blocage. Il pourrait probablement tout faire tout seul. Même chose pour les avions – il les connaît dans le moindre détail.

"Quand il achète une voiture, les choses ne se passent pas comme quand c'est quelqu'un d'autre qui en achète une. Il sait tout sur le modèle. S'il est amené à faire le serveur derrière le bar, il sait tout sur toutes les boissons. Il ne fait jamais rien à moitié. Il possède un hélicoptère, mais il n'a pas sa licence de pilotage ; il est néanmoins capable de piloter un hélicoptère."

En dehors de ce long déjeuner, j'eus l'occasion de revoir brièvement Nancy deux autres fois au cours du week-end et le lundi elle m'invita à venir aux United Western Studios de Hollywood pour assister à l'enregistrement d'une balade folk-rock qui allait bientôt se vendre à plus d'un million de disques et se hisser au sommet du hit-parade. Écrite et produite par Lee Hazlewood, elle avait pour titre "These Boots Are Made for Walkin'".

Avec ce titre elle allait atteindre le sommet de sa carrière et devenir pour la première fois une star à part entière, et non plus se contenter de chanter ou de jouer aux côtés de son père ou d'autres vedettes comme Elvis Presley, et tenir des petits rôles dans différents films. Au moment où nous quittions le studio d'enregistrement, je pus sentir la satisfaction qu'elle éprouvait, et aussi qu'elle allait très vite s'habituer à être elle-même après son divorce d'avec l'acteur et chanteur Tommy Sands. Elle vivait désormais seule dans sa nouvelle maison à Beverly Hills, qui avait entièrement été refaite et décorée selon ses goûts, et peut-être que sa coopération totale avec moi – chose que son père et nombre de ses amis m'avaient refusée – attestait de sa nouvelle indépendance d'esprit.

Je m'abstins de lui demander si son père était au courant qu'elle avait accepté de me consacrer du temps. Connaissant la capacité de ce dernier à tout savoir et à tout sentir, je supposais que c'était le cas, mais peut-être avait-elle décidé seule que c'était une bonne idée de coopérer avec le journaliste d'*Esquire* dans l'espoir d'atténuer quelque peu le courroux de son rédacteur en chef – son père et Mahoney lui ayant ensuite donné leur accord. À moins, autre possibilité, qu'elle se soit rendue disponible en pensant, comme Brad Dexter, qu'elle pourrait peut-être postuler pour faire elle-même l'objet d'un portrait dans *Esquire*.

Mais rien de tout cela n'avait réellement d'importance à mes yeux, car au terme d'un séjour de presque un mois à Los Angeles, riche en stress et en déconvenues, je commençais finalement à prendre du plaisir à préparer cet article et j'étais satisfait, non seulement d'avoir été présent lors de la session d'enregistrement de Nancy Sinatra, mais aussi plus tard le même jour de me rendre avec elle dans sa petite Ford Mustang jusqu'au parking de la Paramount pour assister au tournage de la scène finale du *Hold-up du siècle* dans laquelle son père jouait.

Elle connaissait pratiquement tous les acteurs et tous les spectateurs sur le plateau, m'en présenta quelques-uns, et aussi longtemps que je restai à ses côtés j'eus l'impression de ne pas être un intrus. C'est peut-être ce qui explique qu'après avoir entendu Jack Donohue annoncer une pause, et ayant repéré Sinatra, assis seul dans un fauteuil de toile en train de bavarder avec un cameraman, je me sentis suffisamment en confiance pour prendre l'initiative de l'aborder. Quand je l'avais vu pour la dernière fois quatre jours plus tôt, alors qu'il s'apprêtait à partir passer le week-end à Palm Springs, il m'avait laissé entendre que peut-être il parlerait avec moi à son retour ; et comme j'étais fatigué d'attendre, je pensais que c'était maintenant ou jamais.

"Je vous prie de m'excuser Monsieur Sinatra", lui dis-je en m'accroupissant devant lui. Il se détourna du cameraman et me sourit. "J'espérais pouvoir fixer avec vous un rendez-vous quand vous en aurez terminé avec ce film.

— Je suis désolé, me répondit-il. Je n'ai absolument pas le temps. Quand j'en aurai fini ici cet après-midi, puis avec un enregistrement dans la soirée, je prendrai l'avion pour me rendre à Mexico. Il faut que je parte loin, j'ai besoin de partir loin." Il s'interrompit un instant, puis reprit : "Ça a fait beaucoup trop de choses. J'ai atteint un point de saturation. Quand j'étais plus jeune, j'avais toujours la sensation de saturer le marché, et maintenant c'est arrivé pour de bon.

— Je comprends", lui dis-je.

Ce qu'il venait de me dire correspondait à ce que j'avais moi-même ressenti un mois plus tôt quand j'avais argumenté en vain avec Harold Hayes pour ne pas avoir à faire cet article. Tout au long de l'année, Frank Sinatra avait fait l'objet d'un excès de publicité à l'approche de son cinquantième anniversaire et désormais il en était victime, et moi aussi. Le même jour était arrivé dans les kiosques le magazine *Look*, avec en couverture l'annonce d'un article de fond dans lequel je n'avais rien trouvé que je n'aie déjà lu dans d'autres publications ou entendu dans les interviews diffusées à la radio ou à la télévision.

Quand Donohue vint interrompre notre échange pour l'avertir que le tournage allait reprendre, Sinatra se leva rapidement pour me serrer la main, me dit au revoir et s'éloigna. Je fus déçu du caractère abrupt de son départ, mais je me résignai à accepter que ma demande de recevoir un minimum d'attention de sa part avait été satisfaite. J'avais fait de mon mieux pour lui tendre la main, et désormais plus rien ne justifiait que je repousse davantage mon retour à New York.

Pour écrire mon article, j'avais avec mes notes dactylographiées suffisamment d'informations, presque toutes recueillies en position d'observateur depuis les coulisses, mais aussi lors des entrevues que m'avaient accordées des personnes en contact avec Sinatra dans l'industrie du cinéma ou de la musique, ou qui travaillaient pour lui personnellement ou pour sa compagnie, ou encore qui composaient son entourage lorsqu'il ne travaillait pas – en d'autres termes, des amis, des parents, des membres de sa cour, des pique-assiettes, plus diverses personnes relativement obscures, lesquelles, comme je m'obstine à le répéter, ont de tout temps constitué mes principales sources d'information.

À quelques rares exceptions près, ces personnes n'auraient pas été jugées dignes d'intérêt par un responsable de rubrique nécrologique en dehors de ce qui les liait à Sinatra ; et pourtant, elles m'avaient permis collectivement de parler de l'homme sans avoir eu personnellement de rapport avec lui. À bien y réfléchir, ce n'était pas tout à fait vrai, car d'un tout autre point de vue, lui et moi étions liés depuis ma jeunesse, ainsi que j'eusse aimé le lui confier au moment où il avait pris congé de moi.

Jeune Italo-Américain ayant grandi dans le sud du New Jersey en l'écoutant à la radio et en lisant ce que la presse disait sur lui dans les années 1940, j'avais été inspiré par sa vie et ce qu'elle provoquait chez les gens. Il faisait l'admiration de la plupart des filles de ma classe au lycée, et tout autant des dames d'âge mûr qui fréquentaient la boutique de modiste de ma mère dans ma ville natale d'Ocean City, une station balnéaire blanche solidement tenue en main par les protestants à environ vingt kilomètres au sud d'Atlantic City. Dans ses films, il courtisait des filles superbes quand il s'agissait de comédies légères, il partageait la vedette avec Duke Ellington, Count Basie, et l'orchestre de Tommy Dorsey dans les comédies musicales, et, à une époque où la plupart des noms italiens imprimés dans les journaux étaient ceux de membres de la mafia, il s'abstenait de jouer des rôles de gangsters, se présentant plutôt comme un homme respectueux des lois, qui refusait toute forme de racisme et d'antisémitisme, comme un artiste toujours engagé, à la fois généreux et patriote, qui dansait en costume de marin avec Gene Kelly dans *Escale à Hollywood*, offrait des fleurs à une cuisinière en pâmoison dans *Amour et Swing*, ou prônait la tolérance face à une bande de bigots dans *The House I live in* [La maison où je vis].

Dans ce court-métrage, rappelant ses origines comme je viens de le faire moi-même, il parlait de ce que cela signifiait d'être le descendant d'immigrés italiens, de miséreux appartenant aux hordes de profiteurs d'origine étrangère, qui, après avoir vécu en Amérique tout au bas de l'échelle sociale, avaient réussi à se hisser progressivement grâce à leur esprit d'initiative, à la souplesse et à la croissance de l'économie du Nouveau Monde, et sans aucun doute à un peu de chance.

Parmi les immigrés qui avaient débarqué sur le territoire américain un siècle plus tôt ou peu s'en faut, certains s'appelaient DiMaggio, Cuomo, Scalia, Iacocca, Coppola, Giamatti, DeLillo, Stella, Scorsese, De Niro, Pelosi et Germanotta (en l'occurrence les ancêtres de Lady Gaga) – mais il était tout aussi vrai qu'aucun des descendants de ces migrants italiens n'avait fait mieux, en termes de célébrité mondiale, que le petit-fils chanteur du savetier sicilien nommé Francesco Sinatra.

Né en 1857, à environ cinquante kilomètres au sud-est de Palerme dans une ville connue pour ses mines de soufre où le travail des enfants était la norme, Francesco Sinatra avait débarqué seul en Amérique à la fin des années 1890. Après avoir travaillé dans une fabrique de crayons parce qu'il y avait alors un trop grand nombre de savetiers originaires d'Italie à New York, il avait réussi à économiser assez d'argent pour faire venir sa femme et leurs quatre enfants en 1903.

Parmi eux, son fils âgé de neuf ans, le père du futur Frank Sinatra : Antonio Martino Sinatra, qui, à même pas vingt ans, avait été embauché comme chaudronnier dans les docks en cale sèche du New Jersey, avant de devenir boxeur professionnel sous le nom de "Marty O'Brien", par égard pour les nombreux amateurs et promoteurs de boxe irlandais, mais aussi parce qu'à l'époque, les nouveaux venus italiens comme Antonio étaient stigmatisés du fait de leur nom et de leur façon de vivre, ce qui les rendait peu vendeurs quand ils figuraient à l'affiche de ce sport barbare réservé aux basses castes.

Les préjugés contre les Italiens allaient perdurer durant plusieurs décennies en Amérique, comme je pouvais moi-même en témoigner au vu des insultes – "ouistiti", "rital", "macaroni" – que m'adressaient régulièrement les jeunes brutes d'origine irlandaise que j'avais pour condisciples à l'école de la paroisse. Les années de guerre après 1940 avaient été particulièrement éprouvantes pour moi. Non seulement l'Italie était alliée avec l'Allemagne nazie, mais deux des frères de mon père nés en Italie qui eux avaient fait le choix de ne pas émigrer en Amérique, mes oncles Nicola et Domenico, servaient dans l'infanterie des armées mussoliniennes qui se préparaient à repousser l'invasion par les Alliés de la Calabre, région montagneuse située à l'emplacement des orteils dans la péninsule italienne en forme de botte d'où ma famille était originaire, et qui n'était séparée de la pointe orientale de la Sicile que par un simple détroit.

L'engagement militaire de mes oncles se révéla rapidement une cause perdue d'avance ; blessés au combat, ils durent se rendre et furent enfermés dans un camp de prisonniers de guerre britannique en Afrique du Nord.

Sur la commode de notre logement, en face du poste de radio sur lequel j'écoutais Sinatra, se trouvait un cadre avec les photos de mes deux oncles, prises plus tôt au cours de la guerre, sur lesquelles on les voyait souriants dans leur uniforme avec des épaulettes bizarres. Tard dans la nuit, après que nous avions été informés de leur emprisonnement, j'entendais souvent mon père prier pour qu'ils s'en sortent vivants et en bonne santé. Et lors de la messe dominicale, je le regardais s'approcher de l'autel pour allumer un cierge en ayant certainement une pensée pour ses frères prisonniers.

En dehors de ça, quand il parlait avec les clients dans son atelier de tailleur, ou quand il déjeunait au café du coin de l'autre côté de la rue, mon père, Joseph Francesco Talese, s'affichait ouvertement pro-américain ; et une fois, à l'occasion d'un discours qu'il avait fait devant le Rotary Club local, il avait déclaré que s'il avait été plus jeune, il aurait été fier de servir dans l'armée des États-Unis et de participer à la destruction de son pays natal.

Illustrées d'une photo sur laquelle il apparaissait vêtu avec élégance, ses déclarations avaient fait la une de l'hebdomadaire l'*Ocean City Sentinel-Ledger*. Même si les sentiments ainsi exprimés avaient été accueillis comme il se doit, ils n'avaient rien eu de surprenant dans la mesure où mon père était depuis longtemps connu au sein de cette communauté de Républicains patriotes comme un Américain d'adoption loyal et digne, une réputation due en partie à son habileté et à ses talents de tailleur capable de couper des vêtements adaptés à toutes les corpulences.

Avait également joué le fait qu'il avait obtenu la citoyenneté américaine en 1928 – il résidait à Ocean City depuis 1922. Il était parti seul de son village calabrais deux ans plus tôt à l'âge de dix-sept ans suite au décès prématuré de son père, dans le but d'aider financièrement sa mère désormais veuve et ses frères et sœurs après s'être perfectionné dans son métier de tailleur sous la tutelle d'un cousin débonnaire installé à Paris, Antonio Cristiani, arrivé en France en 1911, et qui était alors à la tête d'une boutique prospère située rue de la Paix.

Sept mois plus tard, au printemps 1921, mon père avait repris son périple à destination de l'Amérique en embarquant à Cherbourg pour gagner Ellis Island dans le port de New York, puis il s'était installé dans un premier temps à Philadelphie – où il avait trouvé du travail dans un grand magasin comme retoucheur et preneur de mesures pour les costumes et les pantalons – et un an plus tard, l'obtention d'un prêt bancaire lui avait permis de reprendre un petit atelier de tailleur vacant à Ocean City, station balnéaire qu'affectionnaient de nombreuses familles de notables de Philadelphie, la grande ville située à une centaine de kilomètres en direction du nord-ouest.

Avec le temps, impressionnés par ses qualités professionnelles, mais aussi plus tard par sa partenaire mince, séduisante et surtout si au fait de la mode pour avoir auparavant travaillé comme vendeuse au rayon robes du principal grand magasin de Brooklyn, Abraham & Strauss, nombre d'hommes appartenant à ces familles éminentes, mais aussi les membres de l'élite locale qui se piquaient de donner le ton aux quelque trois mille résidents permanents, étaient venus grossir sa clientèle.

Après avoir fait la connaissance de mon père à l'occasion d'un mariage italien à Brooklyn, puis l'avoir épousé quelques mois plus tard au début de l'été 1929, ma mère avait acheté avec lui un local commercial plus vaste dans la rue principale d'Ocean City et ils avaient développé l'atelier de tailleur pour en faire une boutique répondant aussi aux exigences des dames les plus éminentes de l'île.

À l'instar des journalistes de terrain régulièrement en contact avec les personnalités influentes et dignes d'intérêt, les marchands d'articles de mode qui consacrent leur temps à vendre de beaux costumes et de belles robes aux gens importants se voient offrir la possibilité de progresser socialement à travers leur activité. Cela avait été le cas pour mes parents, comme en témoignait leur réussite d'abord à s'attacher la sympathie de leurs clients, ensuite à se faire inviter par eux pour jouer au bridge et devenir membres du country club implanté sur l'autre rive de la baie où les boissons alcoolisées étaient en vente libre, contrairement à Ocean City où une loi en prohibait la vente. Mais quand bien même leurs clients avaient conféré à mes parents un statut plus élevé, cela ne me protégeait en rien de l'agressivité des fils d'ouvriers irlandais, qui me harcelaient presque quotidiennement et qui parfois n'hésitaient pas à maculer de boue mes vêtements sur mesure à la récréation.

Jusqu'à mes quatorze ans, j'avais eu l'impression d'avoir une identité double, américain parce que né aux États-Unis mais étranger par mes origines, jeune garçon issu d'une minorité immigrée dans un pays où les noms à consonance italienne étaient associés au fascisme à l'étranger et, dans notre pays, à la mafia. Même l'existence d'un Joe DiMaggio adulé par ses fans n'y changeait rien ; Joe DiMaggio était un homme solitaire, une superstar introvertie qui ne s'exprimait que la batte à la main et n'entretenait pas de relations avec les autres membres de l'équipe.

Lorsque j'entrai au lycée en 1945, beaucoup de choses avaient changé : la guerre était finie, les armées alliées l'avaient emporté, Mussolini était mort, mes oncles avaient été libérés et, grâce à son talent et à une personnalité qui le rendait capable de se mettre au diapason de son public, la star Frank Sinatra avait réussi à toucher à la fois les minorités et l'ensemble des Américains. Il s'était imposé comme le premier citoyen américain d'origine italienne totalement assimilé – ce qui rendait désormais possible à des gens comme moi de se sentir véritablement chez eux en Amérique.

J'avais expliqué tout cela à Nancy Sinatra au cours de notre ultime conversation à Los Angeles. Elle m'avait dit comprendre mon souhait de faire parvenir à son père une note pour prendre congé, et après qu'elle s'était engagée à la lui remettre, je lui avais écrit ceci :

Samedi 4 décembre 1965

Cher Monsieur Sinatra,

Cet après-midi, je suis allé voir votre adorable fille Nancy, et au cours de notre conversation je lui ai fait part de mes regrets de ne pas avoir pu vous parler durant le mois que je viens de passer ici. S'il m'avait été donné de passer quelques moments informels en votre compagnie et si j'avais pu voyager avec vous et vos amis, histoire de mieux apprécier la chaleur qui règne au sein de votre cercle de connaissances, cela ne fait aucun doute que j'aurais fait de vous un portrait tout à fait classique, lequel aurait répondu à toutes les questions restées en suspens lors des documentaires télévisés et des articles parus jusqu'à ce jour dans les magazines. Comme vous, j'adore quand tout se passe bien dans mon travail. À mon grand regret, cela n'a pas vraiment été le cas durant le mois qui vient de s'écouler – il y a eu votre maladie, votre emploi du temps incroyablement chargé, plus diverses autres choses qui ont fait que je n'ai pu que vous observer à distance. Malgré tout, j'espère vous rendre justice dans l'article que je vais rédiger pour *Esquire* en brossant un portrait attachant de l'homme Sinatra et de l'influence que vous exercez sur vos amis, vos ennemis et votre époque.

J'étais venu avec de bonnes intentions, je repars avec de bonnes intentions. Avant de vous rencontrer je prenais votre vitalité très au sérieux, et je la prends désormais encore plus au sérieux. Tous mes vœux de réussite vous accompagnent – je vous souhaite une chance qui soit à la hauteur de votre talent sans égal.

Gay Talese

25

Je n'ai jamais reçu de réponse à cette lettre adressée à Sinatra, et je n'ai plus jamais eu de nouvelles de lui ou de Nancy, ni de quiconque susceptible de savoir ce qu'il avait pensé de l'article paru dans *Esquire*, ou même simplement s'il l'avait lu.

Paru dans la livraison d'avril 1966 sous le titre "Sinatra a un rhume", il s'ouvrait sur la scène dont j'avais été témoin le premier soir quand je l'avais vu au bar du Daisy, alors qu'il fumait une cigarette et sirotait son bourbon, se sentant très seul bien qu'accompagné de deux blondes, avant de presque en venir aux mains avec Harlan Ellison dans la salle de billard. Il s'achevait sur une note apaisée, avec cette description d'un Sinatra serein, assis au volant de son coupé Ghia, roulant seul par une journée ensoleillée à Beverly Hills au moment où les feux de circulation étaient sur le point de changer de couleur :

> Frank Sinatra stoppe sa voiture. Le feu est au rouge. Les piétons traversent rapidement la rue en passant devant son pare-brise, mais comme toujours, il y a une exception. C'est une jeune femme qui doit avoir entre vingt et trente ans. Arrêtée au bord du trottoir, elle le dévisage. Il la voit du coin de l'œil sur sa gauche, et comme la même situation se répète chaque jour ou presque, il sait bien ce qu'elle est en train de se dire : On dirait bien que c'est lui, mais est-ce vraiment lui ?
>
> Juste avant que le feu ne passe au vert, Sinatra tourne la tête et la regarde droit dans les yeux en attendant la réaction qui suivra immanquablement. Elle réagit et il lui sourit. Elle sourit à son tour, mais déjà il a disparu.

Cette scène dans la rue m'avait été racontée non seulement par plusieurs jeunes "piétonnes" que j'avais eu l'occasion de rencontrer pendant mon enquête, mais Sinatra en personne l'avait confirmée au cours de conversations qu'il avait eues avec certains de ses intimes, notamment sa fille Nancy. Le reste de mon article, au total cinquante-trois pages manuscrites, soit vingt-huit feuillets, se nourrissait de ce que j'avais vu en suivant Sinatra sur le plateau de tournage, dans le studio d'enregistrement, au cours de son déplacement à Las Vegas, ainsi que de mes réflexions personnelles et de mes récriminations griffonnées au jour le jour sur les fiches en carton découpées aux dimensions de ma poche de veste qui m'accompagnaient partout où j'allais. J'avais ensuite repris ces notes, éliminé ce qui ne me semblait pas pertinent, et dans une tentative d'injecter une certaine dose d'esthétique, j'avais utilisé des stylos multicolores Sharpie à pointe fine pour reporter les informations retenues sur deux feuilles de carton non découpées de 35 centimètres sur 20, jusqu'à obtenir au final un tableau graphique plutôt baroque qui m'avait fait usage de plan – il donnait, sous une forme abrégée avec des flèches et des renvois dans tous les sens, un aperçu d'ensemble de mon article scène par scène, avec mention au passage de certaines frustrations que j'avais pu éprouver au cours de mon enquête puis de la rédaction de mon texte.

Un jour que je me trouvais dans les bureaux d'*Esquire* pour travailler avec les relecteurs chargés de vérifier l'exactitude des faits peu après que j'avais fini de rédiger mon article – qui ne serait publié que deux mois plus tard –, quelqu'un du service publicitaire, apparemment tombé sous le charme de ce tableau graphique que j'avais apporté, insista pour qu'il soit photographié dans l'intention de l'utiliser dans les pages de présentation du numéro d'avril, à côté de la table des matières et de l'éditorial, tel un truc censé attirer l'attention sur le portrait de Sinatra imprimé plus loin.

Malheureusement, cette personne du service publicitaire, tout comme les relecteurs, n'avait pas suffisamment prêté attention aux annotations écrites çà et là dans ledit tableau – annotations dans lesquelles je me plaignais d'avoir été obligé de faire cet article sur Sinatra et parlais du rédacteur en chef du magazine de façon très irrévérencieuse :

> Je ne voulais pas le faire ! Mais le magazine *Esquire* souhaitait depuis des années consacrer son article de fond à Sinatra – et je n'ai pas réussi à dissuader Harold Hayes. Je ne lui faisais pas

totalement confiance – en cas d'échec, il refuserait d'entendre mes excuses stupides à propos du rhume de FS – Hayes peut bien aller se faire foutre.

Après la parution de mon article, et après avoir été félicité et invité par Hayes dans un restaurant chic, j'attendais de voir à quel point la lecture de mes gribouillages dans le tableau l'aurait courroucé. Je m'attendais aussi à ce que le responsable du service publicité soit licencié, de même que le relecteur qui avait imprudemment laissé passer la publication de mes commentaires grossiers. Mais il ne se passa rien. Si Hayes avait examiné le tableau de près et s'il avait lu les commentaires que j'avais écrits, il n'y fit jamais allusion, et je me gardai bien d'attirer son attention sur ce point. Je n'avais pas non plus eu vent qu'un autre journaliste les ait lus, et rien ne vint au courrier des lecteurs – j'en conclus donc que je m'étais tiré de cette affaire, pas vu pas pris, à moins que Hayes et ses subordonnés aient préféré fermer les yeux car ils n'auraient rien eu à gagner à les avoir vus.

Pourtant, comme je l'avais noté dans le tableau, je n'avais pas totalement confiance en Hayes, et l'idée me vint que non seulement il était parfaitement au courant, mais qu'un jour ou l'autre, il saurait me le rappeler et l'utiliser contre moi. Il avait parmi les auteurs travaillant pour *Esquire* la réputation d'avoir le compliment éphémère, et aucun service rendu ne suffisait à s'attirer durablement sa gratitude. Trois ans plus tôt, en 1962, alors qu'il venait de rejeter un article de Baldwin sur la vie nocturne à New York parce qu'il le trouvait en inadéquation avec les illustrations de Tom Keogh déjà envoyées à la gravure, Hayes m'avait téléphoné un jeudi soir chez moi après que Baldwin avait refusé de reprendre ce qu'il avait écrit, pour me supplier de lui venir en aide. Il voulait que je jette un œil sur les photocopies des illustrations qu'il allait me faire livrer en main propre le lendemain matin, et que je réfléchisse à un texte de six feuillets qui colle avec les dessins artistiques de Keogh. Hayes me suggéra en outre de prendre une chambre pour le week-end à l'hôtel Theresa dans Harlem, afin de faire un tour dans les boîtes de nuit du quartier, d'interviewer propriétaires et clients, et de lui rapporter le lundi matin un texte prêt à être publié, le bouclage étant calé un peu plus tard dans la journée.

Après un week-end sans dormir, j'avais réussi en gros à m'acquitter de la tâche que Hayes m'avait confiée grâce aux conseils et aux contacts fournis par un ami noir et mes collègues du *New York Times*. Il me remercia avec effusion et l'article – auquel il avait donné comme titre "Harlem pour rire" – parut avec les dessins de Keogh dans le numéro de septembre.

Même si je n'étais pas totalement satisfait de la fluidité de ma prose, j'étais heureux d'avoir relevé le défi eu égard aux circonstances. Mais quelques mois plus tard, quand j'avais demandé à être mieux rétribué pour chacun de mes articles, tout en concédant que j'avais fourni plusieurs contributions de qualité, Hayes décréta que mes textes n'étaient pas toujours exceptionnels, faisant notamment référence à "Harlem pour rire". J'encaissai sans rien dire, mais je n'acceptai plus jamais de me laisser imposer d'écrire un article dans l'urgence.

Rédiger le portrait consacré à Sinatra me prit cinq semaines, et malgré les demandes répétées que me fit Hayes de lui fournir des extraits de mon travail, je ne lui montrai rien avant d'avoir écrit la totalité de mon texte dans une forme que j'estimais satisfaisante. Par bonheur il adora le résultat et il ne fit ni correction ni coupure.

Plus tard durant l'année 1966, quand je m'attaquai finalement à ce qui constituait à mes yeux ma véritable priorité – un profil consacré au rédacteur en chef du *New York Times* Clifton Daniel –, je rédigeai un article de fond de quarante feuillets qui me demanda cinq mois de recherche et d'écriture, et qui, avec les illustrations, occupa au total vingt-sept pages dans le numéro d'*Esquire* daté de novembre. Il y était question de la manière dont Daniel dirigeait le *Times*, que je mettais en perspective avec le style de ses prédécesseurs en remontant jusqu'à la période d'avant la guerre de Sécession. J'évoquais également les succès et les erreurs de plusieurs générations de journalistes, de relecteurs et de divers surnuméraires qui avaient contribué à faire l'histoire du journal depuis sa fondation en 1851.

Les réactions des lecteurs furent nombreuses et Hayes, qui avait au départ pensé que les figures du journalisme dont j'avais choisi de raconter la vie n'étaient pas suffisamment célèbres ou importantes pour intéresser le lectorat d'*Esquire*, en fut surpris et impressionné. Si bien qu'après cet article consacré à Daniel, il m'encouragea à continuer de m'intéresser aux gens du *Times*. Je consacrai donc ensuite des articles à Harrison Salisbury, le correspondant très critiqué du *Times* en poste à Moscou, puis à John Corry, un correspondant local insatisfait, et enfin à Tom Wickler, le responsable du bureau de Washington qui éprouvait un sentiment de frustration. Ces textes, auxquels s'ajoutait celui que j'avais écrit précédemment sur le responsable des nécrologies Alden Whitman, retinrent l'attention des maisons d'édition, et en 1967, on me proposa un contrat pour consacrer un livre au *Times*. Trois ans plus tard il était achevé et sortit sous le titre *Le Royaume et le Pouvoir*.

Dès lors je cessai de travailler sous contrat pour *Esquire* afin de me consacrer à l'écriture de livres de non-fiction remplis de personnages parents lointains de Bartleby. Même quand je me penchai de près sur un des chefs de la mafia nommé Joseph Bonanno, qui avait mis en scène un soir à Manhattan avec deux de ses hommes de main une fausse tentative d'enlèvement devant lui permettre d'échapper à des rivaux décidés à le liquider ainsi qu'aux agents fédéraux qui le recherchaient pour l'arrêter, mon paragraphe introductif rapportait le point de vue du portier indolent qui s'était trouvé à l'extérieur du bâtiment au moment de l'incident :

> Parfaitement conscients qu'il est quelquefois préférable de ne pas en savoir trop, la plupart des portiers new-yorkais ont acquis une sorte de sixième sens : la vision sélective. Ils sentent instinctivement ce qu'il faut voir, ce qu'il est préférable d'ignorer et à quel moment il vaut mieux ne pas se montrer trop curieux et savoir fermer les yeux – quand il se produit une bagarre ou un accident devant le bâtiment, ils sont presque toujours quelque

part à l'intérieur, dans l'impossibilité de voir quoi que ce soit ; et ils sont généralement en train de héler un taxi dans la rue à l'instant précis où des cambrioleurs traversent le hall d'entrée. Quand bien même tel portier réprouve les pots-de-vin ou l'adultère, il a invariablement le dos tourné quand le gérant glisse une enveloppe à l'inspecteur de la commission de sécurité ou quand un locataire dont la femme est en voyage prend l'ascenseur accompagné d'une jeune personne. Sans aller jusqu'à taxer le portier d'hypocrisie ou de lâcheté, on peut néanmoins souligner son remarquable instinct pour éviter de se retrouver mêlé aux affaires d'autrui. C'est une question d'expérience : il aura sans doute appris qu'il n'y a rien à gagner à être le témoin oculaire d'événements immoraux ou de la folie qui s'est emparée de nos villes.

Aussi, nul ne s'étonnera d'apprendre que le soir de ce mardi pluvieux d'octobre où le caïd de la mafia Joseph Bonanno se fit enlever peu après minuit par deux hommes de main devant un luxueux immeuble de Park Avenue près de la 36e Rue, le portier était occupé à bavarder avec le liftier dans le hall, tant et si bien qu'il ne vit absolument rien.

Un extrait de ce livre qui avait pour titre *Ton père honoreras* parut dans le numéro d'août 1971 ; et *Esquire* publia également en août 1975 un extrait de mon livre suivant, *La Femme du voisin*, qui s'ouvre sur l'histoire de Harold Rubin, un ado solitaire de Chicago vivant une histoire d'amour masturbatoire avec la photo d'un superbe mannequin nommé Diane Webber posant nue sur une dune de sable de Baja en Californie.

L'ouvrage qui suivit, *Unto the Sons* [L'héritage de nos fils], explorait la vie de mes ancêtres italiens, y compris celle de mes deux oncles, les anciens prisonniers de guerre pour lesquels je m'étais tant inquiété au début des années 1940 à l'époque où, pendant le conflit, je commençais à écouter Frank Sinatra à la radio.

Je passai la plus grande partie de l'été 1982 en Italie à interviewer ces oncles ainsi que plusieurs autres parents éloignés que je n'avais, jusqu'alors, jamais rencontrés. Durant l'automne, je pris pour la première fois un vol à destination de Paris, afin de m'entretenir avec celui qui avait été le mentor de mon père, Antonio Cristiani ; j'avais traduit le journal intime qu'il avait tenu durant quarante ans et je fis souvent appel à son extraordinaire mémoire jusqu'à son décès, survenu en 1986 alors qu'il était nonagénaire. Ce récit de 661 pages racontait principalement l'histoire de deux tailleurs, Cristiani et mon père, et *Esquire* en publia six extraits en bonnes feuilles en 1992.

Pendant toutes ces années, je continuais de suivre les faits et gestes de Sinatra, ce qui était chose facile vu que son nom apparaissait constamment dans l'actualité et qu'il se produisait souvent en public. En 1992, il donna quatre-vingt-sept concerts ; en 1993, quatre-vingt-dix (ce fut cette même année que son compère Jilly Rizzo se tua dans un accident de voiture) ; en 1994, il tint la vedette au Radio City Hall de New York, se produisit au Japon et aux Philippines, ainsi qu'à Chicago, Atlantic City et Las Vegas. Le 12 décembre 1995, à l'occasion de son quatre-vingtième anniversaire, l'Empire State Buiding fut illuminé en son honneur et Bruce Springsteen chanta ses louanges en le qualifiant de "saint patron du New Jersey".

En juillet 1996, il fêta avec Barbara Marx, sa quatrième épouse, leur vingt-cinquième anniversaire de mariage (son mariage avec Mia Farrow, sa troisième épouse, avait pris fin en 1968 au bout de deux ans) ; et en 1998, vers le milieu du mois de mai, son nom et sa photographie apparurent à la une des journaux et sur les écrans de télévision du monde entier : à l'âge de quatre-vingt-deux ans, Sinatra venait de mourir au Cedar-Sinai Medical Center de Los Angeles des suites d'une crise cardiaque.

Une grande photo de lui en smoking, un verre de whisky dans une main, fut publiée dans la moitié supérieure de la une du *New York Times*, qui lui consacra une oraison funèbre longue et parfaitement respectueuse, dont l'auteur était le critique musical Stephen Holden. (Le grand spécialiste des nécrologies, Alden Whitman, qui était mort en 1990 à l'âge de soixante-seize ans, n'avait jamais été remplacé.) Un des responsables des éditoriaux me demanda de préparer un article, et alors que je l'avais commencé en mentionnant l'origine très modeste du père de Sinatra, je réussis à le clore par cet hommage au chanteur dans lequel je disais tout ce que je n'avais pas eu la possibilité de lui dire en personne.

> Il était une fois un petit boxeur tatoué aux yeux bleus et au teint rubicond, né en Sicile, qui s'appelait Martin Sinatra et qui, cherchant à augmenter ses chances de trouver un emploi en Amérique à une époque où porter un nom de famille à consonance italienne n'offrait aucun avantage tangible (sauf au sein de la mafia), se présenta sur le ring sous le nom de Marty O'Brien. Je ne voudrais pas paraître manquer de respect à l'égard de cet homme qui sacrifia son nom à des intérêts purement commerciaux, car historiquement c'était une pratique très courante chez les immigrants quand ils souhaitaient se fondre dans la population américaine – ou dans le cas spécifique de M. Sinatra et de son nom d'emprunt, pour séduire les nombreux organisateurs de combats de boxe d'origine irlandaise et les Irlando-Américains qui, en ces temps reculés, comptaient parmi les amateurs les plus ardents de ces combats.
>
> Pour le seul fils de ce boxeur, accepter ce genre de compromis aurait toutefois été un anathème, car il était destiné à vivre une vie aussi folle que couverte de gloire, une vie qui faisait les gros titres, et qui, pour nous tous (à commencer pour nous autres Américains d'origine italienne), allait constituer une source d'inspiration durant un demi-siècle parce qu'elle nous avait donné le courage d'accepter et de respecter pleinement ce que nous sommes.

Cinq ans plus tard, en 2003, alors qu'*Esquire* célébrait son soixante-dixième anniversaire, les rédacteurs et les journalistes désignèrent à l'issue d'un vote "Frank Sinatra a un rhume" comme "le meilleur récit jamais écrit" de toute l'histoire du magazine. Le texte fut réimprimé dans un cahier spécial avec ses illustrations, y compris le tableau graphique et son "Hayes peut bien aller se faire foutre", auquel personne n'avait apparemment jamais prêté attention. Bien sûr aucun des votants qui travaillaient à l'époque pour le magazine et qui avaient presque tous entre vingt et quarante ans, n'y était déjà lorsque cet article avait paru pour la première fois en 1966, et en fait, la plupart d'entre eux l'avaient probablement découvert à cette occasion. Harold Hayes, qui avait démissionné d'*Esquire* en 1973 à la suite d'un désaccord avec son propriétaire Arnold Gingrich, était mort en 1989 à l'âge de soixante-deux ans – ayant droit, soit dit en passant, à un article nécrologique sur deux colonnes dans le *Times*, avec sa photo.

Si Harold Hayes avait toujours été de ce monde en 2003, il aurait sans doute été le seul à savoir que j'avais été récompensé pour avoir livré un récit que je ne voulais pas écrire au départ. Mais cette récompense tomba au bon moment, car mon travail ne me valait plus guère d'encouragements ou de félicitations. Au cours des dix années précédentes – si de 2003 je remontais à 1993 – plusieurs de mes projets avaient fait long feu, et quand j'avais proposé à ma maison d'édition un manuscrit pratiquement achevé, on m'avait signifié qu'il était inutile de persévérer car mon livre était trop obscur, ou sans intérêt, et que de toute façon il ne s'en vendrait pas suffisamment.

En 1995, après avoir placé dans le *New Yorker* un court article sur le restaurant Gino's, j'avais voulu approfondir mes recherches pour en faire un livre sur la vie de ceux qui travaillent dans les cuisines en m'inspirant de ce que George Orwell avait fait avec son classique paru en 1933 *Dans la dèche à Paris et à Londres*. De la même façon qu'Orwell avait raconté ce qu'il avait vu pendant qu'il travaillait comme intérimaire dans la fournaise d'une cuisine – aux côtés de "gros cuisiniers au teint rose", de "plongeurs repoussants" et de serveurs qui détournaient des victuailles –, j'avais dans l'idée de raconter dans mon livre la vie des cuisines d'un restaurant pas spécialement chic, le Tucci, qui se trouvait au 206 de la 63e Rue Est, entre les Deuxième et Troisième Avenues.

Étant ami avec l'un des propriétaires, j'avais été autorisé à y passer tout le temps que je voulais, et on me donna même un tablier à porter en cuisine quand on préparait les repas. Parfois j'assistais le maître d'hôtel à l'entrée, pour accueillir et placer les clients – toujours dans l'espoir de mieux comprendre de l'intérieur comment fonctionnait ce genre d'établissement et le rôle joué par chacun des employés pour essayer de gérer les demandes et les caprices des convives.

Malheureusement le personnel du Tucci ne parvint pas à séduire suffisamment de clients pour rester en activité très longtemps ; en mars 1997, treize mois après son ouverture, il mit la clé sous la porte et je cessai d'être le journaliste en résidence au Tucci.

Laissant de côté mes notes, je me consacrai durant le reste de l'année 1997 et le début de l'année 1998 à avancer sur deux autres projets de livre auxquels je réfléchissais depuis longtemps. Le premier concernait un suivi sur Selma, la ville de l'Alabama célèbre pour ses plantations d'antan, qui avait fait les gros titres dans le monde entier à cause du massacre du "dimanche sanglant" perpétré en 1965 par les forces de l'ordre à l'encontre des marcheurs de Martin Luther King quand ils avaient voulu donner une impulsion au processus d'inscription sur les listes électorales. J'avais obtenu mon diplôme de fin d'études à l'Université de l'Alabama en 1953, et après avoir été envoyé par le *Times* couvrir la confrontation et avoir gardé aussi un certain nombre de contacts personnels dans cet État grâce à mes nombreuses visites en l'espace de trente ans (le 7 mars 1990, j'avais signé un article en première page du *Times*, à l'occasion du vingt-cinquième anniversaire du "dimanche sanglant"), j'avais des tonnes de notes plus trois chapitres entièrement rédigés qui, espérais-je, me permettraient de signer un contrat. Mais ma maison d'édition, qui venait de publier un livre sur la question des droits civiques, réussit à me persuader de décaler mon projet d'une année, voire plus.

J'avais intitulé l'autre livre sur lequel je travaillais, mais dont il était encore trop tôt pour que j'en parle à mon éditeur, "Un mariage version non-fiction". Il s'agissait d'un récit intime sur notre longue relation avec mon épouse Nan, qui travaillait comme directrice de collection chez Doubleday et comptait parmi ses auteurs des gens aussi prestigieux que Margaret Atwood, Ian McEwan ou Pat Conroy. Depuis notre mariage en 1959, j'avais tenu un journal sur notre vie de couple et j'avais des tiroirs entiers remplis de lettres que nous avions échangées et de photos sur lesquelles nous figurions ensemble. Notre mariage est de ceux qui ont naturellement connu des hauts et des bas, mais il se distinguait en ceci que notre relation avait été à la fois intime et distante.

Elle avait sa vie littéraire avec ses collègues savants et ses écrivains ; et j'entretenais pour ma part des rapports avec un cercle d'amis plutôt attirés par le sport et dotés d'une insatiable curiosité pour des sujets qui, pour dire les choses gentiment, ne l'intéressaient pas. Quand j'avais entamé les recherches pour *La Femme du voisin* au début des années 1970, en commençant par fréquenter les salons de massage puis en prenant la gérance de deux d'entre eux à Manhattan afin de consigner par écrit au jour le jour mes observations, Nan n'avait élevé aucune objection sur la méthode utilisée pour rassembler des faits (dans la mesure où je m'en étais expliqué à l'avance avec elle). Mais elle n'avait guère apprécié la publication dans un magazine new-yorkais d'un article dans lequel on me décrivait en train de gambader dans un salon de massage du centre-ville où les masseuses nues et leurs clients se voyaient proposer de s'ébattre ensemble dans le sauna ou la piscine les fesses à l'air ("Une soirée dénudée avec Gay Talese", annonçait le titre). À la suite de cette parution, nous nous étions mis d'accord sur une séparation à l'essai.

Ce conflit et d'autres encore étaient exposés sans fard dans mon manuscrit, de même que mon séjour de trois mois dans un paradis pour nudistes pratiquant l'amour libre baptisé Sandstone Retreat, une propriété de six hectares située dans les montagnes de Santa Monica surplombant la plage de Malibu. Seuls les couples y étaient admis, et en l'absence de Nan, j'avais demandé à mon amie Sally Hanson, qui était alors en train de divorcer de son mari Jack, tout en demeurant copropriétaire et cogérante du Daisy, de m'accompagner. Sally tenait dans mon manuscrit une place importante, même si du début à la fin le personnage central restait Nan ; le grand mystère la concernant qu'il me fallait, en tant qu'auteur, éclaircir pour mes lecteurs, était le suivant : qu'est-ce qui pouvait expliquer qu'une femme aussi intelligente, désirable et adorable, financièrement indépendante, ayant de nombreuses relations, ait pu rester mariée avec moi aussi longtemps ?

Laissant cette question de côté jusqu'au moment où je me sentirais prêt à dévoiler à mon éditeur mes écrits secrets (et à les partager avec Nan), je m'envolai pour la Chine en octobre 1999 dans le but d'explorer une histoire moins compliquée : celle d'une footballeuse de vingt-cinq ans née à Pékin, Liu Ying, qui avait attiré mon attention plusieurs mois auparavant quand je l'avais regardée à la télévision jouer la finale de la Coupe du monde féminine opposant la Chine et les États-Unis à Pasadena, en Californie, devant les 90 185 spectateurs du Rose Bowl (le plus grand nombre de spectateurs jamais enregistré dans l'histoire des épreuves sportives féminines).

Liu Ying s'était distinguée de façon malheureuse en manquant un penalty durant les prolongations et était donc personnellement responsable de la défaite de son équipe face aux Américaines – on traversait alors une période où le gouvernement chinois se montrait de plus en plus hostile à l'égard des États-Unis sur les questions de politique étrangère. C'était aussi l'année où on fêtait le cinquantième anniversaire de la révolution victorieuse de Mao, et j'essayais d'imaginer ce que cela avait pu représenter pour cette jeune femme de devoir rentrer pleine de honte dans un pays conquérant de 1,3 milliard d'habitants juste après la déroute de Pasadena.

Je m'étais dit que l'histoire de Liu Ying serait intéressante à raconter et au terme d'un long marchandage avec le ministère des Sports chinois, j'avais obtenu les autorisations nécessaires. Au cours des quatre mois qui suivirent, non seulement je l'interviewai et m'entretins une douzaine de fois avec sa famille – par le truchement d'un interprète –, mais je l'accompagnai aussi dans ses déplacements avec ses équipières pour aller disputer des matchs amicaux à Hong Kong, Hawaï, dans la région de l'Algarve – toujours dans le but de se préparer pour les Jeux olympiques qui devaient se tenir à Sydney en Australie.

J'y allai aussi, avant de retourner en Chine pour des interviews de suivi avec Liu en 2001 et 2002. À la suite de quoi, je m'enfermai durant deux ans à New York pour classer mes centaines de pages de notes dactylographiées, avant de rédiger une première version du livre sur les épreuves et les tribulations de Liu Ying qui ne trouva pas preneur. Aucun éditeur ne se montra intéressé. Quelques commentaires favorables sur mon style, oui, mais les différentes maisons d'édition auprès desquelles j'essayai de le placer estimaient qu'il ne trouverait pas son public en Amérique. J'obtins plus tard la même réponse de la part de plusieurs éditeurs chinois. Ma seule consolation fut de parvenir à sauver une partie de la triste histoire de Liu Ying – de même que divers fragments de mes ébauches sur les restaurants et sur l'Alabama, ainsi qu'un article qui m'avait été commandé par le *New Yorker* à propos d'un ancien *Marine* nommé John Bobbitt qui buvait beaucoup et qui, un soir qu'il s'était endormi, avait été émasculé par sa femme – pour constituer un livre de souvenirs intitulé *A Writer's Life* [Une vie d'écrivain], paru en 2006. Comme l'avait prédit son éditeur perspicace ce livre n'eut guère de lecteurs.

À l'époque, j'étais toutefois déjà plongé dans un autre projet dont j'attendais beaucoup – un livre décrivant le rôle héroïque mais largement ignoré des dizaines de membres du personnel du New York Metropolitan Opera – ceux qui s'occupaient des décors, de l'éclairage, des calages, des accessoires, des costumes, sans oublier le souffleur qui, tout au long de la représentation, reste cloîtré sous le pupitre du chef d'orchestre, et il y avait aussi les dresseurs qui fournissaient des animaux ou des oiseaux pour une brève apparition sur scène durant les représentations.

Le directeur général de cet opéra, Peter Gelb, qui avait pris son poste en 2006, avait eu la gentillesse de faire en sorte que je puisse interviewer tous ceux qui y travaillaient en fonction des événements – je fus même autorisé certaines soirées à rester caché derrière un rideau pendant que les chanteurs se produisaient sur scène. Puis, à ma grande surprise et à ma grande déception, M. Gelb parut soudainement s'inquiéter des facilités d'accès dont je bénéficiais et il décida que tout ce que j'écrirais devrait lui être soumis pour approbation.

C'était bien entendu un cas de rupture de contrat et, dans la mesure où il s'avéra impossible de le faire changer d'avis, je laissai tomber mon projet de livre et archivai mes notes. Le seul aspect positif de cette histoire fut qu'elle me donna la possibilité de rédiger plus tard un article consacré à une soprano russe nommée Marina Poplavskaya dont j'avais fait la connaissance en déambulant dans le bâtiment. Ce texte parut dans le *New Yorker* en décembre 2010.

Quelques mois après, je reçus un mot d'un certain Gerald Foos qui résidait à Aurora dans le Colorado et possédait depuis plusieurs années un motel dans lequel il avait aménagé des systèmes lui permettant d'observer les clients dans une douzaine de chambres depuis le grenier qui se trouvait sous le toit à deux pentes de son motel. Invité par lui en 1980, j'avais visité son motel après avoir reçu une lettre dans laquelle il m'expliquait comment il violait l'intimité de personnes inconnues ; en fait, durant trois jours et trois nuits, je l'avais accompagné dans ses activités de voyeur et j'avais pu lire le carnet qu'il avait noirci de commentaires et d'observations. Toutefois, après avait accepté de partager son histoire avec moi, il avait refusé que son nom soit mentionné ; or c'est là une condition que je pose concernant tous ceux sur qui j'écris parce que je tiens à ce que mes lecteurs sachent quelles sont mes sources. Et dans la mesure où il craignait qu'en donnant son nom, je l'expose à des poursuites et une peine de prison, je n'avais jamais parlé de son histoire durant plus de trente ans.

Mais en 2010, il m'écrivit pour me faire savoir qu'il ne travaillait plus dans son motel mais souhaitait néanmoins raconter son histoire, et qu'il ne s'opposerait plus à ce que son nom soit cité, estimant qu'il y avait désormais prescription.

Cela m'amena à me déplacer plusieurs fois pour aller l'interviewer à son domicile à Denver et feuilleter la pile de rapports manuscrits qu'il avait rédigés à propos de ce qu'il avait vu, entendu et appris au cours de sa carrière de voyeur. Après avoir écrit une longue ébauche de ce que j'appelai *Le Motel du Voyeur*, et l'avoir soumise au rédacteur en charge des articles de fond du *New Yorker*, je fus encouragé à creuser cette histoire – dont la rédaction fut achevée en 2015. Le *New Yorker* la publia début avril 2016, avant qu'elle ne paraisse sous forme de livre chez Grove Atlantic.

La publication du *Motel du Voyeur* suscita une polémique presque aussi violente que celle déclenchée par *La Femme du voisin* plusieurs décennies plus tôt, ce à quoi je m'étais plus ou moins attendu au vu du caractère peu reluisant de certains personnages que je dépeignais dans ces deux livres ; et cette fois encore, cela eut pour résultat de troubler les lecteurs, mais aussi de susciter des commentaires très négatifs et à mes yeux injustifiés du *Washington Post* sur un point précis, ce qui m'amena à m'emporter bêtement contre son article et me valut en retour une publicité encore moins flatteuse.

Avec le temps je finis par ignorer cette polémique en m'investissant dans un nouveau projet chronophage, bien qu'il y soit là aussi question d'un personnage très critiquable et en même temps tragique. Il s'agissait de Nicholas Bartha, un médecin âgé de soixante-six ans, divorcé, qui faisait de longues journées de travail dans les services d'urgence de plusieurs hôpitaux et qui en dehors de ça vivait seul dans le bâtiment en pierre brune de quatre étages dont il était propriétaire dans l'Upper East Side à Manhattan ; et à mesure que je l'écrivais, son histoire n'était pas sans me rappeler celle de Bartleby.

Tout comme le personnage imaginé par Melville, le Dr Bartha était un homme étrange et taciturne, si attaché à son cadre de vie qu'il avait décidé de se supprimer en faisant sauter sa maison plutôt que de la vendre pour se plier à l'arrêté d'expulsion délivré par un tribunal. La décision du Dr Bartha, que l'on peut rapprocher de la mort de Bartleby due à son entêtement à s'accrocher à son univers, fit les gros titres de la presse à New York et ailleurs, et c'est ainsi que j'eus connaissance de ce fait divers, qui me donna envie de retracer l'histoire de cet infortuné médecin.

Mais, plutôt que d'entrer ici dans les détails, permettez-moi de vous présenter ce texte qui m'a demandé trois années de recherches et d'écriture – un conte moderne intitulé “La maison de pierre brune du Dr Bartha” auquel j'ai mis hier le point final et que vous allez pouvoir lire dans les pages qui suivent.

TROISIÈME PARTIE

LA MAISON DE PIERRE BRUNE DU DOCTEUR BARTHA

26

La ville de New York compte quelque chose comme un million de bâtiments. Cela inclut les gratte-ciel, les immeubles résidentiels collectifs, les célèbres *brownstones*, ces maisons typiques en pierre brune, les maisons individuelles, les grands magasins, les centres commerciaux, les garages automobiles, les écoles, les églises, les hôpitaux, les crèches et jusqu'aux refuges pour les sans-abri.

Sur une superficie d'environ 773 kilomètres carrés, on recense plus de 19 000 parcelles non bâties ; il y a quelques années, le terrain au 32 de la 62e Rue Est, entre Madison Avenue et Park Avenue, est retombé du jour au lendemain dans cette catégorie – après la décision prise par l'infortuné propriétaire de la maison de pierre brune qui s'y dressait de la faire sauter (et lui avec). Il n'avait pu se résoudre à vendre cette résidence de style néoclassique grec qu'il aimait tant après que la Justice lui avait ordonné de verser à son ex-femme – ils avaient divorcé trois ans auparavant – la somme de 4 millions de dollars.

Cet homme, qui s'appelait Nicholas Bartha, était un médecin de soixante-six ans. Corpulent, il portait des lunettes, mesurait un mètre quatre-vingt-trois, avait des manières raffinées et parlait avec un léger accent étranger. Il était né en 1940 en Roumanie dans une famille aisée – père catholique et mère à demi juive – dont la maison et la mine d'or avaient été confisquées d'abord par les nazis, puis par les Soviétiques. Quelques décennies plus tard, après qu'un juge new-yorkais avait tranché la procédure de divorce en faveur de sa femme et qu'un shérif adjoint était venu signifier au Dr Bartha de vider les lieux, il s'était fait ce serment : "Je ne laisserai personne m'expulser comme ont pu le faire les communistes en Roumanie en 1947." Et d'ajouter : "Les tribunaux de New York sont une cinquième colonne."

En juillet 2006, peu avant qu'il déclenche l'explosion à laquelle il ne devait pas survivre, il s'adressait en ces termes à son ex-épouse Cordula dans une note annonçant son suicide retrouvée dans son ordinateur : "Tu as toujours voulu que je vende cette maison, et je t'ai toujours répondu 'Je ne la quitterai que les pieds devant'."

"Il a tout simplement disjoncté, devait déclarer son avocat Ira Garr, à propos de la manière dont le Dr Bartha avait réagi à la notification d'expulsion du shérif. C'était insupportable pour lui, parce que, voilà, il était arrivé dans ce pays avec rien du tout. Pendant des années ses parents et lui avaient économisé sou à sou pour s'acheter cette maison de ville. C'était l'idée qu'il se faisait du rêve américain, sa façon à lui de dire 'Je suis un citoyen américain, j'ai réussi en Amérique. Je possède une belle propriété dans un beau quartier. Et c'est là que je veux vivre'. Cette maison était devenue un peu sa maîtresse."

Depuis quelques années déjà, ce médecin vivait seul dans cette résidence de quatorze pièces sur cinq niveaux. La partie supérieure des fenêtres était en forme d'ogive et on y accédait par un portail en fer forgé à deux battants qui s'ouvrait en haut d'un escalier de neuf marches en pierre, avec, au niveau du trottoir, deux pilastres surmontés de globes. Construit en 1882, ce bâtiment était le plus ancien du pâté de maisons. Il se dressait entre le Links Club, datant de 1917, où l'élite des amateurs de golf avait coutume de se retrouver, et un immeuble de quinze étages, la Cumberland House, qui en 1958 avait pris la place de plusieurs bâtisses que l'on avait démolies ; entre 1895 et 1898, l'une d'entre elles avait été habitée quelque temps par Theodore Roosevelt à l'époque où il dirigeait la police de la ville de New York. Entre les années 1920 et les années 1940, deux de ses fils, Theodore Jr et Kermit, allaient eux aussi être des visiteurs assidus de la maison achetée par le Dr Bartha dans les années 1980. À compter de 1927, un club secret y tint en effet ses réunions à l'étage du salon. S'y retrouvaient quelque vingt-cinq hommes importants, parmi lesquels, outre les fils Roosevelt, le banquier Winthrop D. Aldrich, le philanthrope William Rhinelander Stewart, l'expert en industrie minière Oliver Dwight Filley, le naturaliste C. Suydam Cutting, le président de la Cour suprême de l'État de New York Frederic Kernochan et d'autres encore, tous passionnés par les questions de politique internationale ; pour beaucoup, ils avaient travaillé dans les services de renseignement alliés pendant la Première Guerre mondiale. La figure de proue de ce groupe était le magnat de l'immobilier Vincent Astor, qui s'intéressait particulièrement à l'espionnage, et qui avait transmis au gouvernement des États-Unis de nombreux renseignements recueillis lors des croisières qu'il faisait sur son yacht privé.

En se fondant sur les archives laissées par Vincent Astor, Kermit Roosevelt et plusieurs de leurs amis, le Pr Jeffery M. Dorwart a dépeint dans un article publié par le *Quarterly Journal* de la New York State Historical Association le groupe constitué par Astor comme un réseau d'espionnage composé de volontaires bien nés, qui travaillaient sans aide financière ni instructions du gouvernement et se réunissaient une fois par mois pour dîner et échanger dans un "appartement new-yorkais discret situé au 34 de la 62e Rue Est, qui possédait une ligne téléphonique ne figurant pas dans l'annuaire ainsi qu'une boîte aux lettres".

Pour ses membres, c'était simplement "La Pièce", notait le Pr Dorwart, et "quand ils rentraient de leurs voyages à travers le monde, ils rendaient compte de ce qu'ils avaient vu lors des réunions de La Pièce, qui avait des allures de service de renseignement, avec une dimension informelle quelque peu romantique". Le Pr Dorwart, qui enseignait l'histoire à Rutgers University de Camden dans le New Jersey, signalait que même si son nom n'apparaît pas dans la liste des membres de La Pièce, Franklin Delano Roosevelt "connaissait parfaitement chacun d'eux grâce aux réseaux de connaissances qu'il s'était constitués à Groton, Harvard et au sein de la société new-yorkaise", et il soulignait que plusieurs des participants réguliers aux réunions de La Pièce, parmi lesquels Vincent Astor, le juge Kernochan et William Rhinelander Stewart, "se trouvaient en février 1933 aux côtés de Roosevelt à Miami quand un tueur avait failli assassiner le président fraîchement élu".

Dans ses mémoires parus en 2005 sous le titre *Burn after Reading* [À brûler après lecture], l'ancien directeur de la CIA Stansfield Turner, évoque le fait que FDR avait effectivement envoyé Vincent Astor et Kermit Roosevelt dans le Pacifique en 1938 sur le yacht d'Astor dans l'espoir de glaner des informations sur les installations japonaises. "Il semble que cela ait été l'occasion pour Astor de vivre une aventure excitante, écrit-il, mais il ne rapporta aucun renseignement nouveau [...] Astor était toutefois un des directeurs de la Western Union Telegraph Company, et avait à ce titre la possibilité de communiquer à FDR le texte de certains câbles et de certains télégrammes sensibles. Et il y avait dans La Pièce plusieurs banquiers, ce qui permettait de recueillir des informations sur les transferts de fonds. On ne connaît pas les instructions données à Astor par Roosevelt, mais les messages envoyés par le premier au second laissent penser que Roosevelt approuvait pleinement ces activités douteuses."

D'après le Dr Paul Mantia, qui était son collègue et ami, le Dr Bartha était au courant que sa maison avait jadis abrité La Pièce. Il l'avait appris le jour où un chercheur avait débarqué chez lui pour lui expliquer toute l'histoire et lui demander la permission de visiter le salon en arguant de son importance historique.

Alors que les appartements de location avaient été transformés par Bartha lors de son installation dans les lieux pour faire du bâtiment une maison de famille, il accueillit son visiteur et lui fit traverser le vaste hall d'entrée, avec son plafond surélevé, ses miroirs anciens et sa cheminée de marbre ; et il fut très vite enchanté à l'idée qu'ils marchaient dans les pas des espions mondains réunis par Astor. Par la suite, devant le Dr Mantia, le Dr Bartha avait évoqué tout sourire la possibilité de transformer un jour cet espace en musée.

Les deux médecins avaient lié connaissance à l'époque où ils assuraient les urgences de nuit au Bronx Lebanon Hospital. Âgé de cinquante et un ans, le Dr Bartha en avait quinze de plus que Paul Mantia, un médecin mince aux yeux bleus né à Brooklyn qui portait des lunettes et dont les manières polies et aimables contrastaient avec la forte personnalité de son collègue ; mais le respect intransigeant de l'éthique médicale et la disponibilité de ce dernier pour dispenser des conseils toujours précieux avaient fait à jamais de Mantia son admirateur, son émule et son fils putatif. Chaque fois que la femme de Mantia décrochait quand Bartha téléphonait chez eux, elle appelait son mari en lui disant : "C'est ton père au téléphone" ; et Paul Mantia, qui avait perdu son vrai père quand il avait treize ans des suites d'une crise cardiaque, laissait immédiatement tomber ce qu'il était en train de faire pour prendre l'appel.

"Bartha était un excellent médecin", me dit-il en m'expliquant qu'aux urgences les praticiens sont dans l'obligation de traiter des patients qu'ils ne connaissent pas et qui ont parfois du mal à s'exprimer à cause de leurs blessures ou de leur maladie ; malgré cela, à force de perspicacité et de persévérance, Bartha était capable d'établir très vite un diagnostic et de rédiger un rapport écrit que les autres médecins savaient fiable, à commencer par ceux qui se tenaient prêts à intervenir dans le service des soins intensifs. "Quand le Dr Bartha en avait terminé avec un patient, tout était réglé, tout avait été fait, rien n'avait été laissé de côté." Pour le Dr Mantia, Bartha était "prodigieusement minutieux".

En 2001, après dix années d'amitié et de pratique conjointe, Nicholas Bartha et Paul Mantia ouvrirent un cabinet privé au rez-de-chaussée du 34 de la 62e Rue Est ; et progressivement, à l'occasion de leurs conversations brèves mais fréquentes entre deux consultations et pendant les pauses repas tout aussi brèves tard dans la nuit à la cafétéria de l'hôpital, Paul Mantia apprit de plus en plus de choses sur celui qui était son mentor, médecin sérieux mais homme mélancolique qui ne manifestait jamais ses sentiments et à qui il ne restait plus que cinq années à vivre.

27

Nicholas Bartha était né en Roumanie de parents d'ascendance hongroise. Bien que sa famille se définisse comme catholique, son grand-père maternel était rabbin. Enfant, il se rappelait s'être caché durant la Seconde Guerre mondiale avec d'autres personnes dans des puits de mine appartenant à des familles de mineurs d'or, dont certaines étaient juives ; tous espéraient échapper aux bourreaux antisémites et ultranationalistes des Gardes de fer à l'époque où la Roumanie était l'alliée de l'Allemagne nazie. Plus tard, lorsque les nazis furent contraints de battre en retraite, les Russes se hâtèrent de pénétrer en Roumanie, ce qui entraîna de nouveaux drames. Nicholas se souvenait d'avoir vu passer des charrettes tirées par des chevaux chargées des cadavres de ceux qui s'étaient dressés contre les communistes en 1946.

Au début des années 1950, accusé sans preuves d'avoir caché de l'or quelque part dans les collines des Carpates pas très loin de la mine d'or qu'il avait exploitée avant qu'elle ne soit nationalisée, son père fit deux ans de prison.

Bien que Nicholas soit parvenu à achever ses études secondaires, il eut interdiction de s'inscrire en faculté de médecine à cause des problèmes politiques de son père. En octobre 1956, il fut heureux d'apprendre par la Radio Europe libre et La Voix de l'Amérique qu'une révolution venait d'éclater à Budapest en Hongrie. Deux semaines plus tard, le soulèvement avait été écrasé, 20 000 Hongrois avaient été contraints de s'exiler et les Soviétiques avaient repris le contrôle du pays.

Durant toutes ces années, Nicholas travailla à l'usine comme tourneur – il coupa, ponça, polit et perça avec une telle efficacité qu'en 1960 il fut suffisamment bien vu pour être autorisé à s'inscrire à la faculté de médecine de Cluj, une petite ville située dans le nord-ouest de la Roumanie. Mais en 1963, alors que son père et sa mère purgeaient une peine de prison de neuf mois, encore accusés d'avoir stocké de l'or, Nicholas fut exclu de la faculté de médecine

– et le désespoir qu'il en conçut devait le marquer pour le reste de sa vie. Quelques heures avant de faire sauter sa maison de pierre brune, dans une lettre d'adieu adressée par mail à un certain nombre de personnes – son avocat Ira Garr, son professeur d'informatique Alejandro Justo, son meilleur ami Paul Mantia et sa meilleure ennemie et ex-femme Cordula – il avait fait allusion à la manière dont la Seconde Guerre mondiale et les années de guerre froide dans sa Roumanie natale l'avaient profondément marqué.

> J'espère qu'un jour on élèvera un mémorial en l'honneur des Européens de l'Est trahis par le Prés. Roosevelt à Yalta [...] qui a obligé à retourner d'où il venait un bateau de réfugiés juifs, les renvoyant ainsi se faire exterminer en Europe
>
> Les Roumains ont fait ce qu'il convenait de faire avec Nicolae Ceaucescu [le leader communiste des années 1960 qui avait été fusillé avec sa femme en 1989].
>
> Je ne suis pas du bois dont on fait les esclaves. Je me rebelle vite.

Il s'était enfui de Roumanie en 1964, à l'âge de vingt-quatre ans. Un ami des services de sécurité roumains l'avait averti de son arrestation imminente ; à cause du refus de ses parents alors emprisonnés de répondre aux attentes de leurs geôliers, il allait bientôt être pris en otage. Le 15 mars, Nicholas Bartha avait débarqué en Israël. Il y était resté neuf mois, avait travaillé dans un kibboutz et y avait appris l'hébreu. En décembre, il était parti pour l'Italie après avoir été informé que son père et sa mère, récemment libérés, avaient pu s'installer à Rome grâce à un parent éloigné qui était prêtre au Vatican.

Au bout de six mois, désireux de partir aux États-Unis, Nicholas et ses parents demandèrent un visa provisoire, qui leur fut accordé fin juin 1965. Ils s'installèrent dans un appartement à Rego Park dans le Queens, où Nicholas trouva du travail sur une chaîne de montage de la Bulova Watch Company qui produisait des systèmes pour minuteries. Il touchait le salaire minimum, soit 1 dollar 98 cents de l'heure. Sa mère Ethel trouva un emploi dans un salon de beauté et son père Janos fut embauché comme cuisinier au Plaza Hotel à Manhattan. Un peu plus tard, Nicholas quitta l'entreprise Bulova où, faute d'être citoyen américain, il n'avait aucune perspective d'avancement, et il trouva du travail, toujours dans le Queens, à la Astra Tool and Instrument Manufacturing Company, où il gagna très vite cinq dollars de l'heure, économisant chaque cent. Dans son journal intime, il nota qu'il s'était toujours rendu à pied au travail et n'avait jamais acheté de voiture, et que, malgré la tentation, il ne s'arrêtait jamais en route pour manger quelques pancakes sur Northern Boulevard.

En 1967, alors qu'une carte verte venait de lui être attribuée, il fut également admis à la faculté de médecine de Rome. Durant sept années, Nicholas y suivit ses études, tout en rentrant chaque été chez ses parents à Rego Park pour reprendre son poste de tourneur chez Astra Tool, obtenant même au fil du temps plusieurs augmentations de salaire.

Au printemps 1974, il reçut son diplôme de médecin. À cette époque, il était devenu citoyen américain. Depuis un an déjà, il vivait une histoire d'amour avec une jeune femme, étudiante comme lui à l'Université de Rome. Elle s'appelait Cordula Hahn. C'était une petite brune enjouée âgée de trente ans, à la voix douce et au physique passe-partout, qui était titulaire d'un doctorat en littérature allemande et qui avait travaillé comme assistante dans une maison d'édition italienne. Elle vivait depuis plus de quinze ans en Italie, où elle était arrivée avec ses parents en 1960 en provenance des Pays-Bas. Son père et sa mère étaient des réfugiés tchécoslovaques qui avaient fui leur patrie occupée pas les nazis en 1938 pour gagner la Hollande où ils s'étaient installés dans le village de Bilthoven, une communauté prospère située à une trentaine de kilomètres à l'est d'Amsterdam. C'est là que Cordula était née en 1942. Son père était catholique, sa mère juive et, bien que convertie au catholicisme, elle avait été obligée de porter l'étoile jaune pendant tout le temps où les Allemands avaient occupé les Pays-Bas.

Les parents de Cordula, qui avaient fait des études supérieures, trouvèrent en Italie des situations satisfaisantes et ils y furent bien acceptés socialement – même si en 1973 ils s'avouèrent déçus par le petit ami que Cordula s'était choisi. Pour des raisons qu'ils s'abstinrent de lui donner, ils n'appréciaient pas Nicholas ; et lui, qui n'était pas du genre à oublier un affront, garda dès lors une dent contre eux.

En 2002, dans sa déposition pour la procédure de divorce, il mentionna le manque d'atomes crochus entre sa belle-mère et lui ; en 2006, dans sa lettre d'adieu, il s'en prit au paternalisme de la famille de Cordula. À ses yeux, le père de son épouse était un Sudète de gauche né dans une famille fasciste, alors que son père à lui avait "bâti son ascension sociale en épousant la fille d'un avocat de Carlsbad".

Mais en dépit des réticences de ses parents à l'encontre de Nicholas, Cordula quitta Rome pour le suivre aux États-Unis en 1974 une fois qu'il eut achevé ses études de médecine ; et durant les trois années suivantes, bien que n'étant pas officiellement mariés, tous deux vécurent sans avoir à payer de loyer dans l'appartement aménagé dans le sous-sol de l'immeuble de Rego Park que la famille Bartha, mettant en commun les économies de tous ses membres, avait acheté en 1967 pour la somme de 63 000 dollars, juste avant le départ de Nicholas pour la faculté de médecine. Les Bartha avaient versé un apport de 20 000 dollars et obtenu un prêt hypothécaire pour les 43 000 dollars restants.

Nicholas débuta en 1974 un internat de deux ans au Elmhurst General Hospital dans le Queens, puis fut nommé médecin résident durant deux années supplémentaires. Pendant ce temps, Cordula, qui parlait cinq langues, trouva un emploi à Manhattan au service culturel du consulat général des Pays-Bas, qui avait fait en sorte qu'elle obtienne un visa. Mais en 1977 elle s'aperçut qu'elle était enceinte. Nicholas aurait préféré qu'elle se fasse avorter, mais elle insista pour avoir l'enfant – leur fille, prénommée Serena, naquit sept mois après le mariage civil du couple dans le Queens.

Ils quittèrent alors le sous-sol pour s'installer dans un appartement situé dans les étages de l'immeuble des Bartha.

Ils versaient chaque mois 200 dollars pour abonder le fonds familial dédié à l'entretien du bâtiment, soit l'équivalent du loyer payé par les locataires dont ils avaient pris la suite. En décembre 1978, Cordula mit au monde une deuxième fille, prénommée Johanna. Nicholas, se sentant obligé de gagner davantage, fit des heures supplémentaires à l'hôpital. Mais il était moins souvent à la maison, et il avait du mal à trouver le sommeil dans l'espace exigu qu'il partageait avec ses deux enfants et une épouse mécontente surchargée de travail. Cordula se sentait délaissée et elle le lui faisait savoir. Dans sa lettre d'adieu, long manifeste de dix pages qu'il rédigea avant de se suicider en 2006, il évoquait les regrets qu'il avait éprouvés au cours des premières années de leur union :

> Cordula fit une dépression post-partum, avant de devenir psychotique après avoir eu deux filles. Elle refusa de se soigner. En 1980, j'avais pris la décision de divorcer, [mais] je changeai d'avis à cause des enfants.

En 1980, mettant de nouveau leurs économies en commun pour constituer un apport de 199 699 dollars, Nicholas et ses parents achetèrent la maison de pierre brune située au 34 de la 62e Rue Est pour la somme de 395 000 dollars. Nicholas tenait à ce qu'ils s'installent à Manhattan. Son ami le Dr Paul Mantia se rappelait l'avoir entendu décrire le frisson qui l'avait traversé un après-midi face à la fontaine de Grand Army Plaza sur la 59e Rue, avec derrière lui le Plaza Hotel et, toute proche, l'entrée de Central Park, tandis qu'il pensait en lui-même : “C'est là que je veux vivre.”

28

Avant même que la famille emménage dans sa nouvelle maison, il fut décidé que Nicholas, sa femme et leurs deux filles occuperaient les deux derniers étages, ses parents l'étage juste en dessous, tandis que l'étage du salon ferait office de vaste entrée, sorte de *piano nobile* à l'italienne, histoire d'afficher leur fierté. Ethel avait l'intention d'ouvrir un salon de beauté au rez-de-chaussée, là où Nicholas et Paul Mantia devaient quelques années plus tard installer leur cabinet.

Ce salon s'avéra très vite une activité lucrative – il compta parmi ses clientes l'épouse d'Anthony Quinn, qui venait se faire shampouiner les cheveux, ou encore la célèbre présentatrice de la télévision Barbara Walters, qui, elle, venait se faire épiler les jambes à la cire. Mais aux alentours de 1990, le salon d'Ethel fut fermé un peu plus d'un an après son ouverture à cause des plaintes du voisinage, car l'implantation de ce genre d'activité commerciale n'était pas autorisée par les règles d'urbanisme du quartier.

Nicholas et ses parents avaient acheté leur maison en 1980, mais s'y installèrent seulement cinq ans plus tard. Non seulement les travaux de réfection et de réaménagement prirent énormément de temps – rénovation du toit et des sols, nouvel escalier intérieur, nouvelles salles de bains, nouveau carrelage de la terrasse du deuxième étage, sans compter les travaux et la poussière pour refaire les murs qui s'effritaient, en un mot tout ce qui était nécessaire pour transformer une bâtisse centenaire en logement destiné à abriter une famille [ce qu'elle avait été pendant des décennies avant qu'un de ses propriétaires ne la transforme après la guerre en immeuble de rapport] –, mais la famille Bartha dut également verser des indemnités aux locataires pour qu'ils acceptent de partir ou bien attendre que les baux de ceux qui s'accrochaient à leur logement expirent.

Les locataires des dix appartements que comprenait l'immeuble avaient effectivement fait appel à un avocat pour tenter de contester la décision de la famille Bartha qui voulait les obliger à libérer les lieux. Un certain Joseph Conlin, un quinquagénaire particulièrement procédurier qui organisait des réceptions à intervalles réguliers, était à l'initiative de la constitution de ce groupe de locataires mécontents. Il louait l'étage du salon (lequel comptait au total six pièces, une salle de bains et deux cuisines) au prix avantageux de 850 dollars par mois et, en tant que président d'une compagnie organisatrice de concerts, il avait pris l'habitude de profiter de son vaste appartement pour y inviter des chanteurs d'opéra célèbres, comme Maria Callas, Carlo Bergonzi ou Renato Tebaldi. Il vivait une partie de l'année à Palm Beach en Floride – où il menait une vie sociale très active, comme danseur de salon réputé ou comme organisateur de soirées sur le *Sea Cloud*, un quatre-mâts de 110 mètres construit en 1931 pour Marjorie Merriweather Post, l'héritière de la société General Food –, mais il était bien résolu à attaquer la famille Bartha devant un tribunal civil pour ne pas se laisser expulser de son adresse chic dans l'Upper East Side de Manhattan.

L'acolyte la plus virulente de M. Conlin était une jolie divorcée du nom de Monika Barbier. Âgée d'un peu plus de trente ans, les yeux bleus et la chevelure blond caramel, elle occupait un appartement de deux pièces et demie au deuxième étage pour un loyer mensuel très raisonnable de 400 dollars. Pour avoir souvent habité dans des quartiers moins bien cotés, elle était comme M. Conlin jalousement attachée à ce logement dans un quartier huppé. Son appartement, qui comprenait un salon de belle taille, une chambre à coucher séparée et une cuisine entièrement équipée, était garni de meubles anciens, parfois précieux comme son fauteuil sculpté, sa commode ou le bureau à cylindre qui portait l'inscription *1870*, l'année de sa fabrication. Monika Barbier les avait achetés à une autre locataire, Carolyn Jo Finklehoffe, qui avait décidé de quitter son appartement du deuxième étage au début de l'année 1979 alors qu'elle venait de perdre son mari, Fred F. Finklehoffe, auteur du scénario de plusieurs films qui avaient Judy Garland et Mickey Rooney pour vedettes.

Monika Barbier, qui avait divorcé de son mari, un Français prénommé Jean-Marie, était née près de Berlin en 1942 sous le nom de Monika Wagner ; parlant couramment trois langues, elle avait passé une partie de sa vie à Paris avant de venir s'installer à New York du fait de sa séparation. Après avoir travaillé comme agent de voyages, assistante styliste dans une compagnie de vêtements de sport pour femmes et mannequin de démonstration dans le *Garment District*, elle était désormais assistante de direction pour le président de la chaîne de télévision éducative allemande dont les bureaux se trouvaient au cœur de Manhattan.

Elle avait vécu seule dans un minuscule studio situé au 307 de la 29e Rue Ouest, dont le loyer mensuel s'élevait à 200 dollars, somme qu'elle considérait excessive pour un quartier aussi sale et bruyant, où il lui arrivait souvent de ne pas se sentir en sécurité la nuit. Pourtant elle avait aimé vivre dans ce quartier bouillonnant, avec tous ces gens différents qui transitaient par la gare de Penn Station ou qui se rendaient au Madison Square Garden, ainsi qu'au bar populaire de l'Egyptian Gardens Tavern, dont la cuisine, la musique et les danseuses du ventre orientales lui rappelaient ses nombreux voyages au Caire à l'époque où elle vivait à Paris et travaillait comme hôtesse de l'air pour la Trans World Airlines.

Elle avait débuté en 1965, sur les lignes à destination de l'Europe, du Proche-Orient et de l'Extrême-Orient. Alors qu'elle travaillait depuis cinq ans pour la TWA, elle avait su se montrer suffisamment persuasive pour dissuader un terroriste armé qui voulait contraindre le pilote du Boeing 707 d'un vol Paris-Rome à aller se poser à Damas en Syrie – elle pensait qu'ils risquaient d'y être traités avec une certaine brutalité par le personnel de l'aéroport – et le faire changer d'avis pour atterrir plutôt à Beyrouth au Liban, où ils furent reçus de façon amène, sans que personne ne soit tué, arrêté, ni même dépouillé.

Parce qu'elle avait réussi à faire tomber un terroriste sous son charme, elle s'était imaginé qu'elle saurait bien dissuader la famille Bartha d'expulser leurs locataires ; mais elle avait largement sous-estimé la détermination et la force morale d'Ethel, la mère du Dr Bartha, alors âgée de soixante-deux ans.

Durant les années 1940 en Roumanie, avant que les nazis puis les communistes ne confisquent leur maison et leur mine d'or, Ethel Bartha avait tenu la comptabilité de son entreprise. En janvier 1980, alors qu'elle exerçait les mêmes responsabilités après l'acquisition de la maison, elle s'était mise en devoir de la vider de ses locataires pour que les travaux de maçonnerie et de peinture puissent démarrer. Il lui fallut plus d'un an pour arriver à ses fins, parce qu'elle était constamment freinée par leur avocat et Monika Barbier – qui, en plus de l'envoi de pétitions à Mme Bartha et de la procédure intentée par l'avocat des locataires, décida un beau jour d'aller se mesurer avec sa propriétaire en se présentant sans rendez-vous au salon de beauté où Mme Bartha travaillait alors. Ce salon se trouvait au rez-de-chaussée d'un grand immeuble au 209 de la 56ᵉ Rue Est, et Ethel avait prévu d'y rester jusqu'à ce qu'elle puisse ouvrir son propre salon dans sa maison de pierre brune.

Quand Monika Barbier arriva dans l'établissement, Mme Bartha était occupée avec une cliente ; une fois celle-ci partie, Monika s'avança pour se présenter – les deux femmes ne s'étaient jamais rencontrées –, mais Mme Bartha lui tourna aussitôt le dos et, les bras croisés, elle resta campée là, rigide, évitant de la regarder en face. Elle demeura ainsi un long moment, immobile et distante.

Ce petit incident au milieu du salon attira très vite l'attention des autres clientes et des esthéticiennes, et comprenant plus ou moins que l'inébranlable Mme Bartha n'accepterait jamais de négocier, Monika avait fini par repartir sans faire de scandale, consignant ce qui suit le soir même dans son journal intime : “Naïve que j'étais, j'espérais parvenir à la convaincre de me laisser rester dans mon appartement si je lui parlais personnellement [...] Or j'ai eu affaire à une femme soignée et parfaitement coiffée, mais inaccessible, au visage fermé.”

Six mois plus tard, Monika avait déménagé dans un appartement en sous-location au quatrième étage d'un immeuble qui en comptait vingt, près de la 34e Rue et de Park Avenue. À la suite d'un jugement du tribunal civil qui les avait déboutés en reconnaissant le droit de la famille Bartha à occuper seule sa maison, elle avait reçu son arrêté d'expulsion en même temps que tous les autres locataires.

Cette décision de justice fut pour la famille une source de soulagement et de satisfaction, mais il se trouva néanmoins un de ses membres pour exprimer des réserves devant la perspective de quitter le Queens. Il s'agissait de l'épouse du docteur, Cordula. Elle craignait que le fait de déménager à Manhattan n'entraîne une hausse des impôts fonciers et un surcoût des primes d'assurance, et que le coût de la vie finisse par les écraser. Elle avait quitté son emploi au consulat de Hollande en 1977 pour élever ses enfants, et elle avait été réembauchée en 1988, mais à temps partiel seulement. Elle était également fâchée que son mari ait refusé de faire mention de son nom sur le titre de propriété de la nouvelle maison. Son nom à lui et celui de ses parents figuraient sur le titre de propriété original, mais pas celui de Cordula. Elle lui en fit souvent le reproche et, lors de la procédure de divorce, elle expliqua au juge qu'elle s'était toujours sentie menacée financièrement car “si quelque chose arrivait à son mari” elle risquait d'avoir des problèmes du fait qu'elle n'était pas citoyenne américaine. Elle avait en effet préféré conserver sa nationalité hollandaise, mais estimait néanmoins que son nom aurait dû figurer sur le titre de propriété bien que son mari lui ait souvent dit “qu'il ne lui faisait pas confiance et que de toute façon il ne mourrait pas”.

“C'était toujours et exclusivement ‘sa maison’, poursuivit-elle. Il était obsédé par cette maison. C'était sa seule passion.”

Après que la famille Bartha eut obtenu le départ des locataires, Nicholas décida d'être son propre maître d'œuvre, de façon à pouvoir superviser les ouvriers qui travaillaient à la rénovation du bâtiment, et il installa même dans le sous-sol un atelier et un tour pour fabriquer des meubles en bois.

Il dessina et réalisa par exemple des lits pour ses filles, construisit plusieurs tables, renforça les chaises ainsi que d'autres meubles achetés en magasin, stabilisa l'escalier de façon à l'insonoriser et installa une bibliothèque du sol au plafond dans le salon de la famille, avec une échelle montée sur roulettes.

Il choisit la couleur des peintures pour les murs, décida à quel endroit devraient être installés les meubles et les éléments de décoration, et fit savoir que chaque chose devrait rester là où il l'avait mise, et non être changée de place par qui que ce soit.

Il faisait également office d'homme d'entretien pour le bâtiment : il nettoyait les gouttières, déblayait la neige, réparait tout ce qui dysfonctionnait dans les toilettes, la climatisation ou l'évier de la cuisine. Sa femme l'aida – elle surveillait les ouvriers pendant que son mari était de garde à l'hôpital, et son apport pour l'achat de la maison en 1980 s'éleva à 45 000 dollars, prélevés sur ses fonds propres. (Cet argent lui avait été donné par son père.) Mais là encore, toute contribution de sa part avait été considérée comme normale, déclara-t-elle dans sa déposition, en répétant : "C'était *sa* maison."

Pour faire face aux dépenses liées à la maison, Nicholas devait gagner environ 9 000 dollars par mois, ce qui l'obligeait à travailler dans deux hôpitaux, parfois plus – un service de jour dans l'un, de nuit dans l'autre, des heures supplémentaires le week-end dans un troisième. Il touchait un salaire hebdomadaire régulier dans un établissement tandis qu'il effectuait dans l'autre des vacations, généralement pour un taux horaire de 60 à 80 dollars. À partir du début des années 1990, son revenu annuel était légèrement supérieur à 200 000 dollars, mais cela l'obligeait à travailler six jours sur sept, si bien qu'il passait peu de temps chez lui avec sa femme et ses filles.

Pour son professeur d'informatique Alejandro Justo, "il était accro au boulot". Le Dr Bartha était en plus contraint de passer plusieurs heures sur les routes chaque jour et chaque nuit car les seuls hôpitaux où il pouvait trouver un emploi régulier étaient des centres d'urgence situés loin de Manhattan, comme le Lutheran Medical Center de Brooklyn, le Mount Vernon Hospital de Westchester, le St. Anthony's Community Hospital de Warwick ou le Mercy Community

Hospital de Port Jarvis. Cela lui prenait soixante-dix minutes pour se rendre de chez lui à Warwick, une heure et demie pour aller à Port Jarvis.

Durant les presque douze années qui s'écoulèrent avant qu'il fasse l'acquisition d'une nouvelle Toyota Echo en 2000, il couvrit chaque semaine plusieurs centaines de kilomètres avec sa vieille berline Honda rouge, le siège conducteur reculé à fond pour que son ventre puisse tenir (il pesait environ 120 kilos), sans pouvoir écouter quoi que ce soit car son autoradio lui avait été volé peu après l'achat de la voiture. Ayant décidé qu'il pouvait se passer de radio, le Dr Bartha ne l'avait jamais fait remplacer, tout comme il s'était abstenu de couper les morceaux de fil électrique longs de dix centimètres qui pendouillaient du tableau de bord à l'emplacement du poste.

Voyageant avec lui comme passager un après-midi, le Dr Mantia avait essayé d'arranger l'apparence du tableau de bord en repoussant les fils à l'intérieur de l'ouverture, mais Nicholas l'avait arrêté en lui disant : "Ne t'inquiète pas pour ça. Laisse tout comme c'est." Mantia avait obtempéré sans demander d'explication. Il lui vint à l'esprit que Nicholas souhaitait peut-être qu'on sache que sa voiture avait déjà été vandalisée afin de décourager tout nouveau voleur. À moins que Nicholas, en qui le Dr Mantia voyait un père "excentrique" avec ses habitudes propres à l'Ancien Monde, soit resté attaché aux liens brisés et aux objets volés, avec au premier chef la maison de famille des Bartha en Roumanie.

Le Dr Bartha fut néanmoins la personne qui exerça la plus forte influence sur la vie de Paul Mantia. Il imitait Bartha en tout, aussi bien pour le modèle de chaussures qu'il portait, la voiture qu'il conduisait, et même les magasins où il achetait ce dont il avait besoin.

Un jour qu'il avait mis des mocassins italiens, Mantia se rappelait s'être plaint à Bartha que le sol du service des urgences du Bronx Lebanon était si dur qu'il en avait mal aux pieds. Le Dr Bartha lui avait aussitôt conseillé de changer de chaussures au profit d'un modèle en cuir souple à semelles de caoutchouc de la marque Rockport qui le soulagerait ; il lui expliqua également comment les acheter au meilleur prix dans une boutique près de Canal Street. Ayant compris que le Dr Bartha préférait toujours conduire une petite voiture, car, outre les économies sur le prix de revient au kilomètre, il la trouvait plus facile à caser sur les places de stationnement étroites, Mantia acheta une Toyota Scion IQ au capot aplati longue de trois mètres, qui dressée à la verticale aurait à peine touché le cercle d'un panier de basket. Bartha expliqua à Mantia où acheter les meilleurs légumes au marché de Harlem, comment se procurer le revêtement de toit métallique le plus fiable en s'adressant à une fabrique du Bronx, et où trouver des armoires de bonne qualité dans un magasin de Maspeth dans le Queens.

Bartha avait noué des liens d'amitié avec des membres du personnel des hôpitaux d'origine afro-américaine, asiatique ou hispanique, et il était très proche d'un collègue médecin nommé Rodolfo A. Nazario, qui était né à Porto Rico et avait passé son diplôme en République dominicaine.

Le Dr Nazario était un homme petit, élégant, à la chevelure grisonnante, qui pouvait se montrer sec mais jamais discourtois ; il avait à peu près l'âge de Bartha et partageait son scepticisme quant aux bonnes intentions professées par les gens puissants. Le père du Dr Nazario était un juge haut placé à Porto Rico, et son fils citait souvent un de ses dictons favoris : “La loi et la justice n'avancent pas main dans la main. La loi est la loi, la justice est la justice. La loi est censée protéger la justice, mais elle n'en fait rien.”

Nazario avait rencontré Bartha en 1989 quand ils avaient commencé à travailler aux urgences du Bronx Lebanon. “Bartha était un excellent médecin qui prenait soin de ses patients, disait Nazario, mais il était aussi très exigeant. Quand les gens faisaient les choses comme elles devaient être faites, il était charmant. Dans le cas contraire, il n'hésitait pas à se montrer critique. Mais il ne haussait pas le ton en disant : ‘Virez-moi untel ou untel !’ Non, il disait : ‘Ça ne va pas. Il ne faut pas s'y prendre comme ça. Vous devez procéder ainsi.’ Et les gens appréciaient généralement cette manière de faire.”

Quand ils n'étaient pas contraints de dîner à la cafétéria de l'hôpital, Bartha et Nazario, parfois accompagnés de leur jeune collègue Paul Mantia, allaient prendre leur repas dans des endroits comme le restaurant italien Dominick's ou la Patsy's Pizzeria dans le Bronx ; les rares fois où ils étaient de repos en même temps, ils se retrouvaient dans un restaurant roumain de Yorkville que Bartha connaissait, ou à sa taverne grecque préférée, Uncle George's à Astoria ; ou encore, comme le leur avait suggéré leur technicien informatique et ami Alejandro Justo, originaire de Buenos Aires, dans un restaurant argentin baptisé La Fusta, à North Bergen dans le New Jersey, non loin de l'endroit où Justo habitait et travaillait sur ses ordinateurs.

"Le Dr Bartha adorait les tripes qu'on y servait", expliquait Justo, un trentenaire maigre aux yeux et aux cheveux sombres, qui avait quitté l'Argentine à l'âge de dix-sept ans pour étudier dans le Massachusetts et avait obtenu à l'Université d'Amherst un diplôme d'ingénieur électricien. "C'était un bon mangeur, disait-il, il aimait tout." Cela incluait des spécialités latino-américaines comme le pernil – une cuisse ou une épaule de porc marinée rôtie lentement et assaisonnée d'origan séché, de sel casher, de poivre en grains moulu en plus de deux ou trois gousses d'ail par livre de viande.

Le Dr Bartha aimait tellement le pernil qu'il s'en fit communiquer la recette par Nazario ; et lors du réveillon suivant, alors que Bartha était de service, il invita tout le personnel médical à venir déguster avec lui le pernil qu'il avait préparé plus tôt à son domicile ; il en avait apporté à l'hôpital dans des récipients empilés à l'intérieur du coffre de sa Honda.

Mais si Nicholas Bartha aimait bien cuisiner et s'attabler avec ses amis, Cordula et lui allaient rarement au restaurant ensemble et, au cours des quatre ou cinq dernières années de leur mariage, ils vécurent plus ou moins chacun de son côté sous le même toit. Lui passait la plus grande partie de son temps à l'hôpital, où il se montrait plein d'attentions pour ses patients et pour les membres du personnel avec qui il était ami. Quand il rentrait chez lui tard dans la nuit, son épouse dormait généralement déjà et elle se fâchait s'il la réveillait pour lui demander de se lever et de lui taper une lettre ou autre. "Je suis fatiguée", lui disait-elle parfois, ce à quoi il répliquait : "Tu es toujours fatiguée" ; puis il s'abstenait de lui adresser la parole au petit déjeuner – à moins qu'elle n'ait déjà quitté les lieux à sept heures le matin pour se rendre à son travail au consulat de Hollande. Elle avait repris un temps plein en 1994 et travaillait souvent jusqu'à sept heures le soir. Elle était parfois tenue d'assister à des événements culturels encore plus tard au consulat ou ailleurs à Manhattan.

Cordula se déplaçait avec sa propre voiture, une Ford Festiva, et elle était sur le point de devenir chef des bureaux du consulat pour un salaire annuel de plus de 80 000 dollars. Toutefois, elle continuait de prélever sur les salaires de son mari de quoi payer la plupart des factures, notamment les frais mensuels d'entretien et de maintenance de la maison, les impôts, les assurances, les frais relatifs aux enfants et à leur scolarité, et même ses voyages en Europe pour aller voir ses parents une ou deux fois par an, parfois avec une de ses filles voire les deux.

Son mari prétendait ne pas avoir le temps de prendre des vacances. Il n'avait pas non plus de temps à consacrer aux loisirs. Durant toutes leurs années de mariage il n'était allé que deux fois au cinéma avec Cordula et il était incapable de se rappeler le titre ou l'intrigue des deux films qu'ils avaient vus. Il n'allait jamais au théâtre, ni à l'opéra ou au ballet, et il n'assistait jamais à des événements sportifs. Un jour, son réparateur de matériel informatique Alejandro s'était mis en devoir de réinitialiser un programme concernant les opérations médicales tout en gardant un œil sur le match de Coupe du monde que livrait l'équipe de football d'Argentine dont il était un supporter inconditionnel. Chaque fois qu'il bondissait sur ses pieds ou hurlait de satisfaction après un geste technique réussi par un des joueurs argentins, le Dr Bartha, assis à ses côtés, levait un sourcil perplexe.

"Il était totalement incapable de comprendre mon enthousiasme", devait déclarer Justo.

29

Alejandro Justo se rendait souvent au 34 de la 62e Rue Est pour aider le Dr Bartha quand son ordinateur dysfonctionnait ou si son imprimante se bloquait, ou s'il rencontrait un problème avec un des appareils mobiles achetés dans des magasins discount tels que son BlackBerry, son PalmPilot ou son téléphone Startac.

Lorsque Mantia et Bartha ouvrirent leur cabinet au rez-de-chaussée de la maison – ils y furent par la suite rejoints par deux parodontistes qui louèrent les pièces ouvrant à l'arrière du bâtiment –, Justo y installa six ordinateurs neufs, et il vint même une fois supprimer les images pornographiques installées par un hacker dans le disque dur.

Quand Justo ne trouvait pas d'endroit où se garer, il s'arrêtait en stationnement interdit le long de la maison de Bartha et attendait que le médecin lui envoie une de ses filles, Serena ou Johanna ; l'adolescente restait alors assise au volant pendant que Justo travaillait à l'intérieur. Il trouvait les deux jeunes filles gentilles et serviables et, à une occasion au moins, il répara également leur ordinateur.

Mais il se sentait rarement bienvenu les jours où Cordula était présente. Quand elle daignait le saluer, c'était d'une manière sèche et peu amène. Un jour, elle le croisa dans l'escalier sans lui adresser la parole. Cela se passait vers la fin de l'année 1996, à une époque où son mari et elle se disputaient souvent. Pourtant Justo se rappelait que Cordula s'était montrée fort aimable lorsqu'il l'avait rencontrée pour la première fois environ un an plus tôt, à l'occasion de la fête d'anniversaire du Dr Nazario à Fort Lee, dans le New Jersey. Elle lui avait été présentée par son mari. Cela avait probablement été leur dernière sortie ensemble, car Justo et Nazario apprirent peu après de la bouche de Bartha que sa femme et lui ne s'adressaient plus la parole.

Les deux hommes avaient compati car ils avaient eux aussi connu ce genre de problème par le passé. Le premier mariage du Dr Nazario s'était terminé par un divorce. Et en matière de mariages brisés, Alejandro Justo faisait figure de spécialiste. Son père, un Argentin d'origine italienne désormais riche qui vivait en Floride, avait été marié six fois. La mère d'Alejandro avait été sa première et sa cinquième épouse. Quelques années après avoir obtenu son diplôme de fin d'études, Alejandro avait lui-même épousé une Uruguayenne, avec laquelle il avait eu une fille. Leur histoire s'était mal terminée. Plus d'une décennie avait passé mais sa fille refusait toujours de lui parler. Au début, Justo avait tenté d'oublier ses déboires conjugaux en passant une licence de pilotage et en effectuant de longs vols au-dessus des nuages avec son monomoteur. Il avait fini par retrouver le bonheur avec une Costaricaine qui était devenue sa seconde épouse.

L'autre ami proche du Dr Bartha, Paul Mantia, qui n'avait connu pour sa part qu'un seul mariage et était heureux en ménage, compatissait également aux malheurs conjugaux de son collègue, tout en lui conseillant de se montrer plus patient avec Cordula et de ne pas se laisser aller aussi facilement à la soupçonner sans preuve d'avoir un amant en Europe et de détourner de l'argent de leur compte commun pour le déposer aux Pays-Bas. Un jour que Mantia le grondait gentiment en lui disant : “Nick, de grâce, arrête avec ta parano”, Bartha lui avait répondu : “Quand on vit dans un pays communiste, il faut être parano pour survivre.”

Au printemps 1997, estimant que l'autoritarisme de la période post-soviétique de la Roumanie appartenait désormais à un passé révolu, la mère de Bartha, qui avait alors soixante-dix-neuf ans, décida que c'était le moment ou jamais de réclamer la restitution de la maison et des autres biens dont sa famille avait été spoliée dans les années 1940 puis 1950.

Son mari, Janos, était mort en 1993 à New York à l'âge de quatre-vingt-trois ans et, depuis lors, Ethel vivait seule dans l'appartement du premier étage. Le Dr Mantia, qui avait fait sa connaissance, se rappelait combien elle était optimiste avant ce voyage à l'étranger ; mais une fois sur place, racontait-il, elle s'était systématiquement heurtée à la passivité et l'inaction de la bureaucratie locale. "Elle avait en sa possession tous les documents prouvant que la famille Bartha était propriétaire de certains biens, mais on refusa de l'entendre et on l'empêcha d'agir comme elle l'aurait voulu. C'est pour cette raison qu'elle fit une crise cardiaque au cours du voyage et mourut là-bas, en Roumanie. J'imagine que sa pression artérielle a dû faire exploser le tensiomètre à force de ne trouver personne qui veuille bien l'écouter."

Avant son décès, son fils et elle étaient officiellement devenus les copropriétaires de la maison de pierre brune. Elle avait légué la moitié de sa part à son fils, l'autre moitié devant être répartie à égalité entre ses deux petites-filles, Serena et Johanna. Cordula bénéficiait pour sa part d'un versement de 25 000 dollars, qu'elle déposa, certes sans conviction, sur le compte joint du couple, conformément à la demande de son mari.

Durant toutes ces années, les deux filles vivaient assez mal les rapports glaciaux entre leurs parents, et la question de savoir si elles allaient réussir (ou pas) dans leurs études et dans la vie fut l'objet d'échanges tendus dans le huis clos familial, avant de devenir publics lors de la procédure de divorce.

Le Dr Bartha restait convaincu que son épouse dorlotait trop leurs filles et les laissait libres de faire tout ce qu'elles voulaient au lieu de les obliger à se plier aux critères d'excellence chers à leur père. Il fut outré de voir Serena, dont les résultats à la Bronx High School of Science avaient toujours été excellents, abandonner ses études de deuxième cycle à Fordham pour s'inscrire dans une école de cuisine (après s'être fait faire un tatouage sur chaque épaule) dans l'espoir de devenir cheffe. Après de très bonnes études à la Brooklyn Technical School, sa plus jeune fille, Johanna, qui souhaitait travailler dans la création s'était inscrite au Fashion Institute of Technology. "Je ne pense pas qu'avec une cuisinière et une couturière, il y ait de quoi s'enorgueillir", avait-il déclaré à sa femme. Mais son aînée, Serena – qui témoigna contre lui au tribunal –, l'accusa d'avoir tenu sur sa sœur et elle-même des propos agressifs qui avaient sapé leur confiance en elles. “Mon père voulait que nous nous conduisions en femmes de tête et en fonceuses. Avocates, ou médecins, quelque chose du genre.”

Lorsque le Dr Bartha fut appelé à la barre, son avocat, Ira Garr, lui rappela ceci : “Vos filles ont témoigné contre vous en disant que vous aviez été déçu par leurs résultats scolaires et universitaires.

— Je pense qu’elles auraient dû faire mieux que ce que j’ai fait moi, répondit-il. Je sortais de mon village, avec un boulet politique qui ne m’aidait guère par ailleurs. Je me disais qu’elles pourraient aller un peu plus loin que je ne l’avais fait. Elles n’ont pas saisi la chance qui leur était offerte. C’est tout.”

Son épouse n’était pas d’accord.

“Comment peut-on faire mieux ? demanda-t-elle à Ira Garr. Ma plus jeune fille est créatrice de mode. Elle prépare les costumes pour deux spectacles d’avant-garde à Brooklyn [...] Serena excelle dans son travail pour devenir une grande cuisinière [...] Ce sont des enfants merveilleuses qui possèdent un véritable sens artistique.”

Si elle ne fut pas appelée à témoigner lors du procès, Ileana Cora, la secrétaire sexagénaire toujours tirée à quatre épingles qui gérait le cabinet Bartha/Mantia, était parfaitement au courant de la vie tumultueuse de la famille du Dr Bartha, pour avoir été témoin de plusieurs scènes qui s’étaient déroulées en présence des patients dans la salle d’attente.

Ileana Cora gardait notamment le souvenir d’un jour où, après avoir utilisé sans l’autorisation de son père une de ses cartes de crédit, Johanna avait été tellement furieuse de constater qu’il avait clôturé ce compte, qu’elle avait fait irruption dans son cabinet pour se disputer violemment avec lui alors qu’il était en consultation avec un patient. Surpris et gêné, il avait tardé à réagir, mais Ileana Cora était intervenue et avait exfiltré Johanna du cabinet.

À cette époque, elle était probablement la seule femme qui éprouvait à l’égard du Dr Bartha des sentiments admiratifs et protecteurs. Une douzaine de femmes avaient candidaté pour le poste de secrétaire et, si l'on en croit le Dr Mantia, Bartha l'avait choisie parce qu'elle lui rappelait sa défunte mère. D'apparence soignée, Ileana Cora se présentait toujours impeccablement habillée à son travail, avec un foulard autour du cou (à Porto Rico, sa mère confectionnait des robes pour les dames célèbres) ; c'était en outre une excellente gestionnaire parfaitement à l'aise avec les outils informatiques.

"Le Dr Bartha faisait une fixation sur sa mère, déclara le Dr Alan Winter, un des deux parodontistes qui louaient le local à l'arrière du bâtiment. Il disait toujours, 'C'est l'immeuble de ma mère', ou 'Ceci ou cela appartenait à ma mère' – 'ma mère, ma mère, ma mère'."

Le Dr Winter évoqua la photo de l'acteur Anthony Quinn dédicacée à sa mère qui était accrochée au mur derrière le comptoir de la réception, ainsi que les casques sèche-cheveux de son salon de beauté toujours entreposés au sous-sol.

"J'ai l'impression, poursuivait le Dr Winter, même si rien ne me permet de l'affirmer, que si sa mère n'avait jamais ouvert son salon ici, et si elle et lui n'avaient jamais vécu dans ce bâtiment, il aurait agi différemment. [Il fallait entendre par là : au lieu de l'emmener avec lui dans sa tombe, il l'aurait peut-être mis en vente.] Comme je l'ai dit, il avait ce truc : 'C'est celui de ma mère. Je refuse de l'abandonner.'"

La stratégie développée au tribunal par l'avocate de Cordula, Donna Bennick, fut sans aucun doute une des raisons qui amenèrent Bartha à perdre son bien. C'était une minuscule blonde aux yeux bleus d'environ quarante-cinq ans, qui sut exhumer certains faits accablants et les exploiter ; ce qui lui permit de brosser un portait tellement sombre du Dr Bartha que le juge décida au final de le condamner à verser 4 millions de dollars à Cordula.

Les faits en question avaient trait à une dispute du couple survenue en 1998 ; mais pour l'avocate, l'important était que cet événement lui avait permis de mettre la main sur deux feuilles de papier que le Dr Bartha avait arrachées à un carnet juste après cette dispute pour les couvrir de commentaires et de dessins grossiers avant de les poser en l'absence de sa femme sur le placard de la cuisine où elle les verrait forcément tôt ou tard. Sur une des feuilles il avait écrit en lettres capitales : "Tu es un tyran !" Et à côté de ces mots il avait dessiné une faucille et un marteau ainsi qu'un svastika. Cordula avait découvert ce message alors qu'elle était seule, et bien que décontenancée et en colère – en particulier à cause de la croix gammée et de l'histoire de sa famille sous l'occupation – elle n'exigea pas d'explications quand son mari revint à la maison. En fait, elle récupéra sans rien dire les deux feuilles et les garda pendant plus de trois ans. En 2002, juste avant la procédure de divorce, elle les confia à son avocate, qui les produisit au tribunal comme pièce à conviction n° 1 de l'accusation – dans le but de démontrer que bien que la mère de Bartha ait été à demi-juive et que son grand-père maternel ait été rabbin, le Dr Bartha était profondément antisémite.

Peu après la dispute de 1998 suivie du message l'accusant d'être un "tyran", Cordula partit fêter l'anniversaire de son père aux Pays-Bas, comme elle le faisait chaque année au début de l'hiver. Accueillie à l'aéroport par sa belle-sœur, Cordula lui parla de la croix gammée et lui annonça la fin de son mariage. Mais au cours de sa visite qui dura un mois on lui diagnostiqua un cancer. Lors de son retour à New York en janvier 1999, elle se rendit au centre anticancéreux Sloan Kettering qui confirma le diagnostic : elle avait un cancer de stade 2.

Appelée à témoigner, elle déclara que son mari avait été "choqué" par la nouvelle, et qu'il avait soudainement manifesté des signes d'inquiétude et d'affection pour elle. Prenant sur son temps de travail, il l'avait accompagnée une fois à l'hôpital et, un soir, il lui avait fait la surprise de lui préparer un dîner de fête. Elle se souvenait également de son enthousiasme lorsqu'il lui avait annoncé avoir rencontré au Harlem Hospital un médecin qui disposait d'un nouveau traitement susceptible de l'aider à guérir.

Mais c'était resté sans suite, "une grande déception" selon ses mots. Son mari avait par ailleurs refusé de participer aux séances de thérapie organisées à l'intention des malades guéris du cancer. Il prétendait "n'avoir rien à dire". Vers la mi-août 1999 – après huit mois durant lesquels Cordula reconnut qu'il "l'avait un peu soutenue" – le couple eut une nouvelle dispute. Lors de leur témoignage devant le tribunal, ni l'un ni l'autre ne fut capable de se rappeler quelle en avait été la cause et le sujet, si ce n'est que cela concernait leurs filles. "J'avais pris la défense de Johanna et ma femme avait passé outre, prenant parti pour Serena." C'était tout ce dont lui se souvenait. Quoi qu'il en soit, ils ne s'adressèrent pas la parole pendant des mois. Chaque jour elle se rendait à son travail, lui au sien, et la nuit ils ne faisaient plus chambre commune au troisième étage. Il avait déménagé au deuxième et dormait sur un sofa. Il voyait ses filles de temps à autre et échangeait rapidement quelques mots avec elles. Mais les filles vivaient désormais dans une famille brisée – et plutôt que d'en faire un secret, elles s'en ouvrirent à des amis et des connaissances.

Serena en parla notamment à Brian Sugrue, le second du Links Club situé juste à côté de chez eux. Chef de partie dans un salon de thé russe avant de rejoindre le Links en 1987, ce fils d'immigrants irlandais avait des yeux noisette, pesait dans les 100 kilos et mesurait un mètre quatre-vingts. Il coiffait ses cheveux courts en pointe à grand renfort de gel. Sur son bras gauche, il s'était fait tatouer son surnom en petites lettres, "Grue".

Serena, qui avait elle aussi des tatouages et aspirait à faire carrière dans le monde de la cuisine gastronomique, avait très vite noué avec lui une relation amicale et, quand il sortait des cuisines pour sa pause cigarette, ils bavardaient sur le trottoir au pied de l'escalier donnant accès à la maison de pierre brune. Brian Sugrue aimait les Marlboro Lights et en fumait un paquet par jour. Quand ils souhaitaient avoir davantage d'intimité, Serena et lui se retrouvaient sous l'escalier, près de l'entrée du cabinet du Dr Bartha. Une ou deux fois elle le fit pénétrer à l'intérieur quand il n'y avait personne.

En fait, le Dr Bartha et Sugrue avaient déjà fait connaissance et échangeaient parfois quelques mots. Ils s'étaient rencontrés par hasard un après-midi : assis seul sur la dernière marche de l'escalier, Sugrue fumait sa cigarette quand il entendit le portail en fer forgé s'ouvrir et, se retournant, il vit apparaître le Dr Bartha. Avant que ce dernier ait eu le temps de dire quoi que ce soit, Sugrue se leva et lui dit : "Oh désolé, je bloque l'escalier." Sans répondre, le Dr Bartha garda les yeux sur ses chaussures tandis qu'il descendait avec précaution. Il s'arrêtait pour reprendre son souffle après chaque marche, s'agrippait à la rampe d'une main et tenait dans l'autre un sac de toile. Il portait un blazer bleu, une chemise boutonnée jusqu'au col sans cravate, et un large pantalon beige. Tête nue, ses cheveux gris voletant doucement dans le vent, ses lunettes à monture d'acier en équilibre sur son gros nez au milieu d'un visage aux traits épais qui lui donnaient un air solennel, il descendit lourdement l'escalier et faillit percuter le jeune homme qui tenait sa cigarette allumée à bout de bras en direction du sol. "Désolé d'avoir envahi votre espace", répéta Sugrue. Sans rien dire, le Dr Bartha le regarda avec une curiosité détachée. Sugrue portait une casquette de baseball, un pantalon à carreaux et sa veste blanche de cuisinier.

"Pas de souci, lui avait finalement lâché le Dr Bartha, vous pouvez vous asseoir sur ces marches autant que vous voulez." Le sourire que le médecin lui adressa en même temps surprit Sugrue, qui avait été mis en garde par Serena à propos de la tendance de son père à se montrer cassant. "À bientôt, lui avait dit le médecin. Il faut que j'y aille." Puis il contourna Sugrue pour se diriger vers sa voiture, garée au bord du trottoir un peu plus loin. Dès lors, prenant le médecin au mot, Sugrue s'appropriait quotidiennement les marches de la maison – où il leur arrivait d'échanger brièvement. Parfois il était question de la météo ou de quelque événement anodin survenu dans le quartier, ou de la façon dont les choses se passaient pour Sugrue à son travail. Jamais le médecin n'avait mentionné le fait que son père Janos avait lui-même travaillé comme cuisinier à l'hôtel Plaza. Quand Sugrue l'avait appris plus tard, il avait pensé que cela expliquait peut-être l'attitude cordiale du médecin à son égard.

Quand Serena lui parla des problèmes entre ses parents, Sugrue lui dit combien il était désolé pour elle ; mais en fait ses collègues du Links et lui avaient déjà été les témoins privilégiés des problèmes qui existaient au sein de la famille, mais aussi des moments où la maisonnée semblait vivre en harmonie. Depuis la fenêtre de la salle Auchincloss située au troisième étage, là où les membres du club se faisaient servir leurs repas durant la belle saison, le personnel des cuisines pouvait parfois apercevoir Johanna, la plus jeune et la plus mince des deux sœurs, prendre un bain de soleil en bikini sur la terrasse à l'arrière du deuxième étage du bâtiment. À d'autres occasions, les deux filles s'installaient tout en haut de l'escalier de la maison pour, semble-t-il, s'isoler pendant que leurs parents se disputaient à l'intérieur.

Un après-midi à la mi-octobre 2001, Brian Sugrue aperçut par la fenêtre Cordula qui sortait de la maison avec ses filles, et il ne les vit pas revenir ce jour-là, ni le lendemain, ni aucun autre jour durant les semaines qui suivirent. En fait, Sugrue ne devait plus revoir Serena. Bien entendu, lorsqu'il lui arrivait de croiser par hasard son père sur les marches il ne posait aucune question, et ce dernier ne lui donna jamais la moindre explication – souvent il passait à côté de lui en se contentant de lui faire un petit signe de la tête. Mais Sugrue en était très vite arrivé à la conclusion que désormais le médecin et Mme Bartha ne vivaient plus ensemble.

30

Contrairement à sa femme, le Dr Bartha ne souhaitait pas divorcer, si bien qu'il se vit obligé de faire appel à un avocat. Il arrêta son choix sur Ira Garr, un spécialiste new-yorkais bien connu des affaires matrimoniales. Âgé d'un peu plus de cinquante ans, M. Garr était un homme mince à la voix douce, dont les yeux verts étaient protégés par des lunettes à monture d'acier ; la plupart des juges et des juristes qu'il avait croisés l'appréciaient pour ses manières courtoises. La juge de la Cour fédérale de Manhattan, Kimba Wood, avait fait appel à Ira Garr quand elle avait eu besoin de se faire représenter pour mettre un terme à son mariage avec l'éditorialiste politique Michael Kramer après quatorze années de vie commune. Il avait aussi été présent aux côtés d'Ivana Trump lors de son divorce avec Donald Trump, et il avait suivi le dossier de l'éditeur Rupert Murdoch lors de sa séparation avec sa troisième épouse, Wendi Deng, au terme là encore de quatorze années de mariage. Et quand il s'était lui-même trouvé dans cette situation – les deux mariages d'Ira Garr s'étaient soldés par des divorces –, il avait réussi à faire en sorte que les choses se passent sans animosité avec ses futures ex-femmes. Les conditions de leur séparation avaient été fixées rapidement de manière équitable, et lors de son premier divorce, son épouse, avec l'approbation de son propre avocat, l'avait laissé rédiger l'accord final.

Garr avait été présenté au Dr Bartha par un autre avocat qui était l'ami du Dr Paul Mantia ; ce dernier était en effet très préoccupé par le moral de son mentor et par l'aide juridique dont il avait besoin suite au départ soudain de Cordula et de ses filles. Le 17 octobre 2001, avant de partir s'installer quelque temps avec Johanna et Serena à Brooklyn puis de déménager à Washington Heights, elle avait laissé ce mot sur la commode :

Nicholas, il est clair que nous ne pouvons plus vivre ensemble. Plus de deux années sans s'adresser la parole cela me semble suffisant.

Tous mes vœux pour la suite. Cordula

Ils s'étaient en réalité adressé la parole au cours de ces deux années, mais surtout pour échanger des rosseries et des accusations. En 2000, il s'était amèrement plaint de son refus de remplir une déclaration d'impôts conjointe comme elle l'avait toujours fait. Il la soupçonnait – ce n'était pas la première fois – d'avoir pris pour habitude de virer des sommes d'argent tirées de leurs économies sur son propre compte en banque domicilié aux Pays-Bas, tout en continuant de vivre sur l'argent qu'il lui versait scrupuleusement sur leur compte commun. Pendant que Cordula effectuait un séjour prolongé en Europe au cours de l'été 2001 (son père était mort en juillet), son mari décida de louer à titre temporaire l'appartement du premier étage devenu vacant quatre années plus tôt suite à la disparition de sa mère. Il fit également retirer le nom de Cordula de la carte de crédit du compte de la Chase dont elle se servait généralement. Il prétexta un besoin d'argent criant, affirma qu'il n'arrivait plus à payer les dépenses mensuelles pour la maison et les impôts – plus les prêts étudiant de ses filles, les factures pour le téléphone et le câble, l'abonnement au *Times* qui lui était livré tous les jours à domicile, la femme de ménage, et les voyages de son épouse de l'autre côté de l'Atlantique – avec ce qu'il gagnait en cumulant ses deux, voire ses trois services en tant qu'urgentiste, plus les petits revenus que son partenaire Paul Mantia et lui retiraient du cabinet qu'ils venaient d'ouvrir au domicile de Bartha.

Alors que Cordula se trouvait en Europe, il lui téléphona pour l'accuser d'être avec son amant ; et juste avant son départ – en juin 2001 –, il l'avait de nouveau provoquée comme il l'avait déjà fait en novembre 1998, quand il avait collé les deux feuilles sur le placard de la cuisine après y avoir dessiné une faucille et un marteau, ainsi qu'une croix gammée.

Il n'avait pas cette fois utilisé le terme "tyran", mais gribouillé des remarques à peine déchiffrables sur quatre articles (tous parus en juin 2001) déchirés dans le *Times* parce qu'il les trouvait apparemment critiques à l'égard de son pays, les Pays-Bas, et par conséquent à son égard à elle puisqu'elle en était citoyenne. Il avait là encore dessiné un svastika sur chaque article.

L'un d'eux mentionnait le fait que le *Women on Waves*, un navire hollandais de quarante mètres financé par une association privée, avait été aménagé pour pratiquer des avortements dans les eaux internationales à proximité de pays où cet acte était interdit par la loi ; et il précisait qu'il commencerait par faire escale à Dublin.

Un autre disait ceci : "Depuis 1996, le nombre de jeunes demandeurs d'asile originaires d'Europe de l'Est, d'Afrique et d'Asie a plus que doublé aux Pays-Bas [...] La Chine est le principal pays d'origine des mineurs entrés en Hollande."

Le troisième était un article de suivi sur l'affaire du *Women on Waves*, qui révélait que le navire n'était pas immatriculé dans les règles et qu'il "serait peut-être contraint de retourner aux Pays-Bas pour s'y procurer l'autorisation manquante, avant de regagner l'Irlande en juillet, à moins qu'il ne mette le cap sur l'Amérique du Sud ou l'Afrique pour poursuivre sa campagne dans des endroits où les lois sur l'avortement sont particulièrement sévères".

Le quatrième article n'avait rien à voir avec les Pays-Bas ; c'était un portrait du conseiller politique du président George W. Bush nommé Stephen J. Hadley mentionnant ses efforts pour "convaincre les Alliés de l'OTAN et la Russie que mettre à la poubelle le traité de 1972 sur les missiles antibalistiques au profit d'une défense conjointe contre les missiles faisait sens pour les superpuissances, les ex-superpuissances et leurs alliés sceptiques".

Dans la mesure où Cordula elle-même avouait être restée perplexe sur les motivations qui avaient amené son mari à afficher ces articles ornés de croix gammées, l'avocat de celui-ci espérait trouver un moyen de permettre au Dr Bartha de s'expliquer. Ira Garr concéda néanmoins en dehors du prétoire qu'avoir affiché un svastika avait résonné comme "un glas pour les juifs de New York".

"Si vous aviez fait la même chose quelque part dans le Midwest, peut-être que vous auriez été applaudi. Toutefois, ajoutait-il, je ne pense pas qu'il soit antisémite. Je ne crois pas qu'il ait voulu créer un sentiment de menace. Ces commentaires griffonnés étaient juste stupides."

Juif lui-même, Ira Garr émettait l'hypothèse que le Dr Bartha "avait réagi ainsi à ce qu'il percevait comme une action despotique du gouvernement néerlandais", et lors de la déposition du Dr Bartha, il s'efforça de l'orienter dans cette direction.

"Avez-vous eu avec votre épouse des discussions concernant l'antisémitisme héréditaire des gens d'origine hollandaise ?

— Oui, répondit Bartha.

— De quoi avez-vous parlé ? Que vous a-t-elle dit ? Que lui avez-vous dit ?

— Beaucoup d'entre eux étaient antisémites. La reine était mariée à un sympathisant nazi.

— C'est votre épouse qui vous a dit ça ?

— Oui."

Mais quand Garr demanda confirmation à Cordula, elle se contenta de répondre : "Je ne m'en souviens pas."

Quand il lui demanda d'expliquer pourquoi son mari avait écrit "Tu es un tyran", elle répondit : "Aucune idée.

— Le Dr Bartha voulait dire que vous aviez à son égard une attitude fasciste, lui dit alors Garr. Vous le persécutiez." N'obtenant pas de réponse il reprit : "Pensez-vous que les inquiétudes du Dr Bartha au sujet de l'argent étaient fondées ?

— Je pense qu'on aurait eu assez d'argent si on avait organisé les choses autrement.

— Lui avez-vous jamais demandé de travailler moins ?

— Ma situation était celle d'une femme vivant avec un homme avec qui il est impossible de discuter de quoi que ce soit."

Joan B. Lobis, qui présidait les débats, était la première juge new-yorkaise à avoir ouvertement fait état de son homosexualité. Elle avait été une des fondatrices du Comité du barreau de New York pour les droits des Lesbiennes, des Gays et des Transsexuels. Pour des raisons qu'il avait expliquées au Dr Bartha avant la tenue du procès dans un courrier en date du 12 août 2002, Garr aurait souhaité que ce procès soit présidé par quelqu'un d'autre.

> Cher Dr Bartha,
>
> Je me suis rendu au tribunal pour la conférence d'avant-procès. Il est clair que nous ne souhaitons pas que la juge Lobis préside ce procès dans la mesure où elle s'est déjà forgé une opinion défavorable vous concernant.

Mais bien que la juge Lobis ait gardé cette affaire, Ira Garr était convaincu d'avoir un dossier suffisamment solide pour étayer la conviction du Dr Bartha selon laquelle Cordula n'avait pas de raison juridiquement valable de demander le divorce à New York et qu'elle ne pourrait donc pas prétendre à un partage à parts égales de leurs biens. L'État de New York était en effet un de ceux où il est nécessaire de prouver qu'il y a eu faute.

"Le nombre de motifs permettant d'obtenir le divorce ici est limité. L'un d'entre eux est l'adultère. Le Dr Bartha n'avait pas de liaison. Un autre est l'abandon du foyer conjugal. Le Dr Bartha n'est pas parti. Un autre est la cruauté. Les textes définissent un traitement cruel comme une attitude qui rend dangereux ou impossible le fait de vivre ensemble. La barre est placée très haut. Il existe deux cas qui font jurisprudence : Hessen et Brady. Ce sont les deux cas auxquels la cour d'appel a considéré qu'elle pouvait se référer au cours des années 1970, et tous deux précisent que des preuves très substantielles sont nécessaires pour établir l'existence d'un traitement cruel.

"Au cours de leurs presque vingt-quatre années de mariage, aucune plainte n'a été déposée par Cordula auprès de la police, aucune ordonnance d'éloignement n'a été rendue, aucune attestation médicale de violences conjugales n'a été produite. Avant d'avoir affiché le message accusant son épouse de le tyranniser en novembre 1998, le Dr Bartha n'avait jamais rien fait d'équivalent depuis leur rencontre en 1973. Jamais au cours de leur longue vie commune l'un ou l'autre des deux époux n'a souffert de dépression ni ne s'est trouvé dans l'incapacité de faire correctement son travail ou de suivre sa routine quotidienne.

"Cordula prenait soin d'elle-même, continua Garr. Elle est toujours partie en vacances. Elle se rendait en Europe plusieurs fois par an pour voir sa famille. Elle a quitté le foyer conjugal après avoir consulté un avocat et a laissé une lettre à l'intention du Dr Bartha qui disait ceci : 'Nicholas, il est clair que nous ne pouvons plus vivre ensemble. Plus de deux années sans s'adresser la parole cela me semble suffisant. Tous mes vœux pour la suite.' Il n'y est nullement fait mention de violences. Rien d'autre, sinon le fait qu'elle était en colère."

Lorsque ce fut le tour de Cordula de témoigner, il lui demanda :

"Avez-vous jamais été soignée pour une dépression ?

— Non.

— Jamais entre 1996 et 2001 ?

— Non, je suis d'un tempérament plutôt joyeux.

— Madame Bartha, pourquoi n'avez-vous pas eu recours à une thérapie ?

— Parce que ça n'est pas dans nos habitudes de faire ce genre de chose. Et même si c'est une pratique courante aux États-Unis, vous n'allez pas d'emblée consulter un psychiatre. Vous commencez le plus souvent par chercher une solution à votre situation de la manière qui vous semble la plus adaptée."

Quand ce fut à Bartha de témoigner, Garr attira son attention sur la pièce à conviction n° 1 fournie par l'accusation – le dessin avec la faucille et le marteau, la croix gammée et le texte : "Tu es un tyran."

"Y a-t-il une raison qui vous a poussé à laisser ce message à l'intention de Mme Bartha ?

— On avait dû se disputer et je lui ai dit 'Tu es un tyran'.

— Vous a-t-elle déjà tyrannisé ?

— Oui.
— Lui avez-vous laissé ce document dans l'intention de proférer à son encontre une insulte à caractère racial ?
— Non.
— Avez-vous jamais discuté de ce document avec Mme Bartha ? En a-t-elle jamais fait mention lors de vos discussions ?
— Dans la mesure où je ne me souviens plus de la raison qui m'a amené à faire ça, la seule chose que je puisse dire est qu'on s'était disputés avant et que j'en avais probablement souffert.
— Je vous montre la pièce à conviction n° 2 – un article de journal ayant pour titre 'Un navire hollandais procédant à des avortements fera sa première escale en Irlande'. Au dos figure la date lundi 11 juin 2001 [...] et en haut on dirait une croix gammée. Avez-vous affiché cet article pour que Mme Bartha le lise ?
— Oui.
— Y avait-il une raison à cela ?
— Objection", l'interrompit Donna Bennick, l'avocate de Mme Bartha.
Garr reprit ses questions adressées au Dr Bartha.
"Je vais vous présenter la pièce à conviction n° 3 de l'accusation. Quelque chose semble avoir été coupé [...] Est-ce votre écriture ? Avez-vous jamais eu une discussion avec Mme Bartha au sujet de ces trois documents ?
— Non.
— Lui parliez-vous fréquemment ?
— Je ne la voyais pas fréquemment, je ne pouvais donc pas lui parler fréquemment.
— Elle a dit lors de son témoignage que vous vous étiez régulièrement montré violent à son égard. Vrai ?
— Non.
— L'avez-vous jamais frappée ?
— Non.
— Elle a prétendu dans sa plainte que vous la traitiez comme votre esclave.
— J'ignore à quoi elle fait allusion.

— Quand vous vous disputiez, comment vous sentiez-vous après ?
— J'essayais d'éviter ce genre de discussion car cela nuisait à la qualité de mon travail.
— Donc vous l'évitiez ?
— C'est ce que j'essayais de faire.
— Pourquoi n'accompagniez-vous pas plus souvent [votre femme et vos filles] quand elles partaient à l'étranger ?
— Ça n'aurait pas pu se faire. Si je ne travaillais pas, nous n'aurions pas eu suffisamment d'argent." Puis il ajouta : "Ma belle-mère ne m'aimait pas.
— Mme Bartha se plaint que vous faisiez certaines choses dans la maison sans lui demander son avis.
— Elle ne s'intéressait pas vraiment à la maison. Elle a toujours pensé que nous aurions dû la vendre parce que c'était au-dessus de nos moyens. Et plus tard, nous évitions de parler.
— Elle voulait vendre la maison ?
— Elle l'a toujours voulu.
— Avez-vous jamais pris un après-midi de congé pour accompagner votre épouse au centre de traitement anticancéreux ?
— Je ne sais pas comment j'aurais pu l'aider. Je ne peux pas me permettre de dire aux différents hôpitaux qu'il m'est impossible de venir. Je suis payé à la vacation. Je n'ai pas de contrat. Je n'ai pas de couverture maladie. Rien."

Pour l'avocate de Cordula, convaincue que le Dr Bartha était coupable de négligence à l'égard de sa femme alors qu'elle souffrait d'un cancer, toutes ces excuses étaient irrecevables. De plus, elle pensait que les svastikas qu'il avait affichés à l'intention de sa femme à demi juive constituaient bien un "traitement cruel et inhumain" – et justifiaient donc par là même la demande de divorce et le partage à parts égales de son bien mobilier et de leurs autres avoirs.

"La brutalité n'est pas nécessairement de nature physique, déclara-t-elle pour contrer l'argument de M. Garr selon lequel Cordula n'avait jamais eu de marques attestant qu'elle avait été battue, n'était jamais allée se plaindre à la police, n'avait pas eu recours à une thérapie ou n'avait jamais explicitement demandé à son mari de l'emmener à l'hôpital où elle se faisait soigner puis de la ramener. Elle avait été forcée de compter sur ses filles ou sur des amis, parce qu'elle savait que ça ne servirait à rien d'espérer de l'aide de la part de son mari."

Donna Bennick était née en Caroline du Nord. Elle mesurait un mètre cinquante-cinq et avait les cheveux clairs. Pugnace, elle exerçait depuis vingt ans, d'abord en qualité d'avocate commise d'office au sein de la Legal Aid Society, avant de se spécialiser dans les affaires matrimoniales, en particulier celles qui impliquaient des victimes de violences conjugales – et à ses yeux, Cordula Bartha en était une à n'en pas douter. C'eût été pour Cordula "une torture psychologique" de devoir rester mariée avec "une brute grincheuse", avait déclaré Mme Bennick, avant d'ajouter que la seule raison qui motivait le refus du Dr Bartha de divorcer "était de se protéger des conséquences financières qui en découleraient". Et de poursuivre : "Au vu des faits, il n'espère quand même pas faire croire à la cour que ce mariage avait une quelconque valeur sentimentale pour lui [...] Ce n'était rien d'autre qu'une source de rentrées financières nécessaires pour lui permettre de réaliser son rêve d'habiter dans sa maison de l'Upper East Side."

En réponse à M. Garr, qui avait suggéré que Cordula cherchait à s'attirer la sympathie de la cour en se présentant comme une victime du nazisme qu'elle n'était pas – "elle n'avait que trois ans à la fin de la Seconde Guerre mondiale, avait-il dit, et pourtant la retranscription des débats est pleine de références à son expérience de survivante de l'Holocauste [ce qui lui avait donné la possibilité] de parler de choses dont il était impossible qu'elle se souvienne" –, Donna Bennick avait rétorqué : "Elle se présente à juste titre comme une personne d'origine juive née aux Pays-Bas en 1942, trois ans avant la fin de la guerre [...] À aucun moment elle ne s'est présentée comme une survivante de l'Holocauste, ce qu'elle est pourtant bel et bien."

Les arguments et contre-arguments, les appels et reports à des dates ultérieures, les négociations concernant la pension alimentaire, la juste répartition des biens et autres questions qui faisaient l'objet de débats, prolongèrent la procédure durant presque quatre ans dans un système judiciaire lent et débordé. Quand le cas fut définitivement tranché en 2005, Cordula avait obtenu gain de cause sur toute la ligne. La juge Lobis lui accorda le droit de divorcer pour "traitement cruel et inhumain". Puis elle confia le règlement de l'aspect financier à une auxiliaire de justice faisant fonction d'"arbitre spécial" – dans ce cas précis Marilyn Dershowitz, une belle-sœur d'Alan Dershowitz, professeur de droit à Harvard. À l'issue d'une audition, celle-ci conclut que certes la maison était un "bien propre" appartenant au Dr Bartha – en d'autres termes qu'il lui appartenait –, mais que Cordula devrait recevoir en compensation pour sa contribution à leurs longues années de mariage la somme de 1,2 million de dollars.

Pour le Dr Bartha, c'était inacceptable, si bien que son avocat se tourna vers la cour d'appel pour tenter de faire invalider la décision de Mme Dershowitz en même temps que la décision de la juge Lobis d'accorder le divorce. Or la cour d'appel valida la décision de la juge Lobis tout en admettant que l'analyse de Mme Dershowitz était erronée ; avant de décider finalement, lors d'une nouvelle audition, que la maison du Dr Bartha (son seul bien ayant une réelle valeur) était un "bien commun" – ce qui signifiait que sa valeur devrait être répartie à parts égales entre son ex-épouse et lui. Le médecin était dévasté.

M. Garr prit immédiatement langue avec le Dr Bartha pour le pousser à se pourvoir en cassation devant la plus haute juridiction de l'État de New York, la Court of Appeals, avec l'espoir de corriger ce qui lui semblait être un exemple d'injustice flagrant. Mais à ce stade, le Dr Bartha avait perdu toute confiance dans le système judiciaire et il avait coupé les ponts avec son avocat. Environ six mois plus tard, lors d'une nouvelle audition en présence de la juge Lobis pour décider de la répartition des biens du couple – audition à laquelle le Dr Bartha refusa d'assister –, Cordula se vit attribuer la somme de 4 millions de dollars. Ce chiffre fut fixé après que l'avocate de Cordula, Donna Bennick, avait fait citer devant la cour un expert en évaluation immobilière qui estima à 7 millions de dollars la valeur de la maison de pierre brune. La somme due à Cordula s'élevait donc à 3,5 millions de dollars, soit la moitié de sa valeur totale. La cour y ajouta 500 000 dollars au titre des réparations complémentaires, comme la pension alimentaire et les frais d'avocat.

Le Dr Bartha avait arrêté de payer son avocat après la finalisation du divorce, si bien qu'il ne fut pas représenté devant la cour pour contester le caractère excessif de cette décision et demander sa révision par la Court of Appeals. M. Garr lui-même apprit que Cordula allait toucher 4 millions parce que Donna Bennick l'en avait informé par téléphone.

“J'ai tenté de prendre contact avec lui, mais il n'a pas répondu au téléphone ni à ma lettre. Je n'étais plus son avocat, mais ce n'était pas là ma préoccupation principale. Ce qui me préoccupait le plus était que vous disposez d'un certain délai après une décision pour faire opposition et vous tourner vers la cour d'appel supérieure. Ce délai était sur le point d'expirer. Puis ce fut trop tard. Il avait épuisé tous ses recours. Il était pris au piège. C'était comme tirer sur une vache dans un couloir. Donna laisse la parole à l'expert : ‘Combien vaut l'immeuble ?’ – ‘Sept millions.’ Elle se tourne vers l'épouse : ‘Que désirez-vous ?’ – ‘J'en veux la moitié.’ – ‘Très bien.’ Il est complètement coincé. Au lieu de garder sa maison, il se retrouve avec moins que rien.”

Et Garr de développer son raisonnement : “En supposant que l'immeuble vaille 7 millions de dollars, sa vente aurait généré une énorme plus-value imposable. La famille Bartha l'avait acheté pour 400 000 dollars dans les années 1980 et avait dépensé plus d'un million de dollars pour les travaux de rénovation. L'assiette des impôts aurait donc été de 1,4 million de dollars. En tablant sur un taux de commission de 5 %, soit environ 350 000 dollars, plus des frais de notaire d'environ 150 000 dollars, le produit net de la vente aurait été au maximum de 6,5 millions de dollars. Dont il faut déduire l'impôt sur une plus-value s'élevant à 5,1 millions de dollars. À raison d'un taux d'environ 30 %, prélèvement fédéral et prélèvement de l'État confondus, la somme à payer se serait élevée à 1,5 million, laissant un produit net de la vente égal à 5 millions.

"Mais le Dr Bartha n'était propriétaire que des trois quarts de l'immeuble, poursuivait-il, soulignant que lorsque sa mère était morte en 1997 – son fils et elle en étaient alors copropriétaires –, elle lui avait légué par testament la moitié de sa part, l'autre moitié devant être partagée entre ses deux petites-filles, Serena et Johanna. Si bien que sur les 5 millions de dollars le Dr Bartha en recevrait 3,75 millions, tandis que ses deux filles auraient à se partager 1,25 million.

"Personne n'ayant mentionné le fait que le Dr Bartha n'était propriétaire que d'une partie de sa résidence, ou encore les implications découlant de la vente de l'immeuble vis-à-vis des impôts, la cour attribua à Cordula ce qu'elle demandait. Résultat final, du fait de l'incapacité du Dr Bartha à faire face à la situation, il se trouvait désormais dans l'obligation de payer à sa femme 4 millions de dollars, alors qu'il ne pouvait pas tirer plus de 3,75 millions de dollars de la vente de son bien. Pour dire les choses simplement, elle aurait dû recevoir plus de 100 % du produit net de la vente de ce bien propre. Apparemment c'en fut plus que ce qu'il pouvait accepter."

Pour M. Garr la situation dans laquelle se trouvait plongé Bartha constituait "le cas le plus triste" qu'il ait connu en presque trente années de pratique. "Nous voyons arriver des clients, du genre Wall Street prétentieux, qui gagnent énormément d'argent, se croient plus malins que tout le monde et font parfois fi des conseils que nous leur donnons. D'accord. Je peux comprendre. Parfois vous représentez une femme aisée de l'Upper East Side mariée à quelqu'un qui a gagné des centaines de millions et qui a des droits à faire valoir. Mais le Dr Bartha n'était pas comme ça. Il n'était pas du genre à faire du cinéma.

“Quand je le voyais, il était toujours habillé de manière informelle. Un pantalon beige, une chemise toute simple, quelquefois une veste – rien à voir avec la plupart de nos clients qui portent des vêtements sur mesure. Je conseille toujours à mes clients de se présenter au tribunal en costume avec une cravate, et aux femmes de porter une robe simple et un minimum de bijoux. Mais le Dr Bartha se présentait devant la juge Lobis sans cravate. Il portait une veste, mais pas de cravate. Il était hors de question pour lui de s’habiller pour témoigner du respect à une personne en qui il avait perdu toute confiance.

“C’était un homme imposant, d’un abord assez rugueux. Mais je n’ai pas souvenir de l’avoir jamais entendu élever la voix au cours de nos conversations, ou utiliser un langage grossier. Il était solitaire, distant, presque inabordable. Je suppose que c’est pour cette raison que je me suis toujours adressé à lui en lui disant ‘docteur Bartha’, alors que lui m’appelait ‘Monsieur Garr’. D’habitude mes clients m’appellent ‘Ira’. Je suis en général assez libre avec eux et nous nous appelons par nos prénoms ; certains d’entre eux sont devenus d’excellents amis avec lesquels je parle littérature, cinéma, théâtre, du genre comment avez-vous trouvé Kevin Kline dans la pièce *Present Laughter* ? Mais le Dr Bartha ne m’a jamais parlé d’autre chose que de son dossier et de la manière dont le fonctionnement de la justice le minait – et c’était effectivement le cas. Elle l’a laissé tomber.

“Quoi qu’il en soit, il arrive que les juges se trompent. C’était une mauvaise décision. Je pense que si je la soumettais aujourd’hui à n’importe quel juriste compétent, il me dirait : ‘Mais c’était un bien propre. Comment a-t-on pu en arriver là ?’ Oh, j’aurais bien voulu continuer à suivre ce dossier et si le Dr Bartha avait repris contact avec moi, je lui aurais dit : ‘Nous allons faire appel. D’un point de vue juridique, ça ne tient pas une seconde.’ Mais je lui aurais dit qu’il n’y avait pas de garantie. Vous ne savez jamais d’avance si un juge va vous aimer ou vous croire. Et vous n’avez aucune garantie que la cour d’appel qui doit statuer sur trente affaires par semaine va consacrer suffisamment de temps à votre cas pour l'examiner comme il se doit.

"Mais comme je l'ai dit, le Dr Bartha avait baissé les bras. Il se disait, en gros : 'Les dés sont pipés, c'est comme avec le communisme en Roumanie, et la juge new-yorkaise est une lesbienne qui a pris le parti de Cordula et de Donna Bennick, elles se sont liguées contre moi.'"

Ces sentiments précipitèrent sa perte un an plus tard, et on les retrouve dans ses dernières pensées confiées à son ordinateur.

* La juge Lobis a décidé de m'expulser de la maison pour l'achat de laquelle ma mère, mon père et moi-même avons travaillé et économisé. Pour la deuxième fois mes parents et moi avons tout perdu...
* Cordula a prétendu avoir été perturbée par la croix gammée dans la cuisine sur l'article du *New York Time*, alors qu'elle s'adressait aux extrémistes hollandais [...] J'ignore pourquoi les extrémistes hollandais se croient obligés d'exporter leurs valeurs sociales dans d'autres pays [...] Pour la juge Lobis, la croix gammée avait pour but de déstabiliser Cordula, et non de caractériser les pratiques de certains groupes en Hollande – le premier exportant la pratique de l'avortement, l'autre faisant venir des mineurs pour les exploiter sexuellement.
* J'ai survécu à Adolf et aux Gardes de fer [...] mais c'est ainsi que la juge Lobis traite un homme âgé qui a entre 12,5 % et 25 % de sang juif [...] Je crois avoir droit à une crémation dans un cercueil d'une valeur de 7 millions de dollars. J'ai travaillé pour ça durant plus de soixante-cinq ans.
* Fascisme = communisme = politiquement correct.

31

Tout au long de l'année qui lui restait à vivre, le Dr Bartha continua d'échanger quelques mots avec son voisin Brian Sugrue chaque fois qu'ils se croisaient dans l'escalier où Brian prenait sa pause cigarette. Déjà enveloppé, le Dr Bartha semblait avoir encore pris du poids – dépassant peut-être les cent cinquante kilos selon Sugrue. Non seulement le médecin se déplaçait lentement, agrippé à la rambarde en s'arrêtant régulièrement, mais il descendait désormais les escaliers à reculons.

Par un après-midi sombre et frais de février 2006, le Dr Bartha s'arrêta au moment où il venait d'atteindre le trottoir et, se tournant vers Sugrue, il lui dit sur un ton détaché : "Voyez-vous, février est le mois préféré des candidats au suicide." Puis il marqua un temps d'arrêt et lui demanda : "Savez-vous pourquoi ?

— Non.

— À cause des carences en vitamine D dues au manque de soleil."

Sans attendre que Sugrue réagisse, il lui tourna le dos pour rejoindre péniblement sa voiture. Ce fut seulement cinq mois plus tard que Sugrue repensa à ce dialogue surréaliste.

Sans doute Bartha avait-il envisagé de passer à l'acte en février ou à quelque autre moment. Le Dr Mantia gardait le souvenir de ce jour où, en pénétrant dans son bureau, il avait constaté la disparition de tous les diplômes de médecine qu'il avait accrochés au mur. Il était alors passé dans le bureau occupé par Bartha juste à côté du sien pour lui en parler, mais ce dernier n'avait rien répondu dans un premier temps. Puis il avait sorti lentement sa clé de voiture de la poche de sa veste et l'avait tendue à Mantia.

"Ils sont dans le coffre de ma voiture.

— Que font mes affaires dans le coffre de ta voiture ?

— Ne me demande pas", lui avait répondu Bartha.

Perplexe, Mantia était resté planté quelques instants face à Bartha dans l'attente d'une explication. Mais Bartha avait gardé un silence obstiné. Mantia avait alors pris la clé et était sorti pour explorer les divers endroits du quartier où Bartha garait habituellement sa Toyota Echo. Il l'avait trouvée pratiquement un pâté de maisons plus loin, avait récupéré ses diplômes et regagné son cabinet pour les suspendre aux clous qui étaient toujours là. Ensuite il avait enfilé sa blouse blanche et s'était installé derrière son bureau, en attendant que la secrétaire Ileana Cora fasse entrer son premier patient.

Dans le bureau de l'entrée, le Dr Bartha était assis face à son ordinateur. Il portait un costume et une cravate, comme toujours en consultation, mais jamais ailleurs. Avoir son cabinet à domicile était pour lui une source de satisfaction et de fierté. Contrairement au service des urgences, on n'y était reçu que sur rendez-vous. Quand il avait acheté des blouses blanches pour lui-même et le Dr Mantia, il avait fait broder dessus leurs noms en lettres rouges. Généralement taciturne pour ne pas dire buté, il ne faisait aucun effort pour accueillir ses patients avec le sourire après qu'ils avaient préalablement été reçus par la très aimable Mme Cora, dont le principal talent était de gérer le secrétariat d'une manière qui satisfaisait tout le monde, un exploit rendu possible par le départ récent des locataires pas toujours faciles des pièces situées à l'arrière du bâtiment.

Pendant presque quatre ans à compter de 2002, les deux parodontistes – les docteurs Alan Winter et Alan Pollack, plus leur assistant – avaient loué les pièces donnant sur l'arrière et y avaient installé un scanner pour la réalisation d'implants dentaires.

Pour les protéger des radiations, leurs patients étaient contraints d'attendre à l'entrée en compagnie des patients de Bartha et de Mantia, ce qui ne posait pas de problème sauf quand le nombre de sièges s'avérait insuffisant, auquel cas le Dr Bartha exprimait son mécontentement en grommelant. Le Dr Winter et lui avaient souvent des différends concernant le réglage de l'air conditionné – même les jours de grande chaleur, Bartha insistait pour que la machine fonctionne sur le programme économique – et il souhaitait également que le cabinet ne soit pas pollué par des effluves de parfum parce qu'il avait récemment développé une allergie. Ses patients avaient été avertis de ce problème par la secrétaire, mais le Dr Winter n'avait apparemment pas été prévenu et, vrai ou non, ce fut là une des raisons qui l'amenèrent à déménager avec son partenaire en juin 2006.

"Bartha était vraiment pas facile, expliquait le Dr Winter. Il avait parfois une attitude irrationnelle. À plusieurs reprises il m'avait déclaré : 'Je ne veux plus de vous ici.' Pour finir, c'est nous qui avons dit : 'Non, c'est vraiment plus possible de traiter avec lui.' Sans doute qu'à force de le connaître, il y avait dans tout ça quelque chose de comique [...] En présence de Mantia, il se déridait un peu. Il aimait beaucoup Mantia [...] mais il fallait que les choses se fassent à sa façon."

À cette époque-là Bartha habitait seul dans sa maison depuis presque trois ans. Il vivait de manière frugale et cuisinait avec son micro-ondes et une plaque électrique. Les locataires qui avaient signé en 2001 un bail d'un an pour l'appartement de ses parents étaient partis et n'avaient pas été remplacés.

C'était sans doute tout aussi bien pour le Dr Bartha, dont le manque d'enthousiasme à accueillir des locataires était visible rien qu'à consulter la liste des conditions soumise à l'agence de location plusieurs années auparavant : les locataires avaient interdiction d'avoir des animaux de compagnie, de faire de la musique, de fumer à l'intérieur du bâtiment, et ils avaient ordre de ne jamais déplacer les meubles.

Jusque dans sa solitude il ne supportait pas les nuisances du monde extérieur. Il gardait les fenêtres fermées pour se prémunir, avec un succès mitigé, contre la fumée dégagée par l'énorme grill ambulant des vendeurs de sandwichs qui s'installaient au coin de la 62e Rue et de Madison Avenue. Il évitait également de sortir sur le balcon surplombant le four à pizza qui se trouvait sur la terrasse à ciel ouvert installée à l'arrière du restaurant Serafina sur la 61e Rue Est. Dans son ordinateur il avait noté ceci :

> Le maire Michael Bloomberg est un client de Serafina. À chaque fois qu'il y mange une pizza, il contribue à aggraver

> les difficultés des personnes qui ont des problèmes respiratoires. Les fours à pizza fonctionnant au charbon sont interdits depuis des décennies à Rome et en Italie, mais on continue d'en installer autant que faire se peut à New York.

Juste en face de chez lui, le Dr Bartha pouvait contempler avec quelque amertume le siège de l'homme d'affaires et investisseur désormais multimillionnaire, Ronald Perelman. Dans le même pâté de maisons où sa mère s'était vue contrainte de fermer son salon de beauté pour violation des règles de zonage, M. Perelman avait désormais l'autorisation de gérer son empire commercial.

> La Fleming School [au 35 de la 62e Rue Est] a été rachetée pr M. Perelman et abrite désormais les bureaux de Revlon. Au 37 de la 62e Rue Est, un autre immeuble de bureaux [...] La 62e Rue Est est classée en zone résidentielle. Mais ça ne s'applique pas aux gens qui ont des relations.

Tard dans l'après-midi du vendredi 7 juillet 2006, alors que le Dr Bartha était de service au Mount Vernon Hospital à Westchester, un coursier passa à son cabinet et confia à Ileana Cora un pli sous enveloppe. Ce pli émanait du bureau du shérif de la ville de New York et contenait l'ultime avertissement pour le Dr Bartha d'avoir à vider les lieux. La secrétaire le posa sur son bureau, puis à la fin de l'après-midi, elle quitta le cabinet pour le week-end.

À la même époque, le Dr Mantia se trouvait en vacances au Canada avec son épouse et leur fils de neuf ans. Il était censé être de retour à neuf heures le matin le lundi 10 juillet. Mais moins d'une heure avant, le Dr Bartha avait ouvert un robinet au sous-sol pour permettre au gaz de se répandre dans tout le bâtiment.

Le médecin se trouvait seul à l'intérieur au moment où l'explosion se produisit. Pour empêcher quiconque d'entrer il s'était placé devant la fenêtre de la salle d'accueil dans son cabinet du rez-de-chaussée. Après avoir lu l'avis d'expulsion du shérif, il avait contacté sa secrétaire pour lui demander d'annuler tous les rendez-vous de la journée. Il ne fait donc aucun doute qu'il avait bien l'intention de se donner la mort ce matin-là dans cette maison de pierre brune à laquelle il attachait davantage de prix qu'à sa propre vie.

Avant l'aube, il avait adressé par mail à un cercle restreint de personnes, parmi lesquelles son ex-femme et le Dr Mantia, la note annonçant son suicide qu'il avait préalablement tapée sur son ordinateur. Il y avait peu de chances que quelqu'un l'ait lue alors qu'il se tenait debout derrière la fenêtre de son cabinet sans avoir la moindre idée du temps qui allait s'écouler avant qu'il y ait assez de gaz à l'intérieur du bâtiment pour obtenir le résultat souhaité.

Vers 6 h 30, une odeur de gaz se répandit dans le sous-sol et au rez-de-chaussée de l'immeuble qui abritait le Links Club, juste à côté. À l'intérieur de ce bâtiment en brique de quatre étages de structure classique situé au 36 de la 62e Rue Est, le premier à la sentir fut un serveur âgé de quarante ans, né en Équateur, nommé Jack Vergara, qui était de service pour préparer le petit déjeuner servi aux membres du club à partir de 7 h 30.

Le même jour, à 5 h 30, M. Vergara avait pris le train à la gare de Grant Avenue près de son domicile à Maspeth dans le Queens, et, après être descendu trente minutes plus tard au coin de la 59e Rue et de la Cinquième Avenue, il avait remonté trois blocs en marchant rapidement, avait obliqué à droite pour traverser Madison Avenue et était passé sous la marquise de toile verte de l'immeuble de quinze étages de la Cumberland House située au 30 de la 62e Rue Est. Quelques mètres plus loin, l'entrée du garage souterrain de la Cumberland House traversait le trottoir ; l'allée était également mitoyenne avec le mur ouest de la maison de Bartha. Lorsque Jack Vergara passa devant le bâtiment pour gagner l'entrée du Links Club, il fut probablement l'une des dernières personnes que le Dr Bartha aperçut de son vivant.

Après être entré dans le vestibule du Links Club peu avant 6 h 30 et avoir salué le gardien de nuit, Vergara dit : “Ça sent le gaz.” Tandis que son collègue hochait la tête d'un air de dire que lui ne sentait rien, Vergara se dépêcha de gagner l'escalier qu'il grimpa sans s'arrêter jusqu'à la cuisine au troisième étage.

Il pensait que quelqu'un avait peut-être laissé le four allumé toute la nuit par négligence ; ce n'était pas le cas, mais il fit néanmoins le nécessaire pour prévenir immédiatement la compagnie du gaz et demander une inspection d'urgence.

Moins de vingt minutes plus tard, deux inspecteurs arrivaient sur place, en même temps que des pompiers. Les détecteurs des inspecteurs révélèrent effectivement la présence de gaz, sans toutefois réussir à en identifier la provenance. Alors même que les employés des cuisines étaient à l'étage inférieur en train d'installer les tables dans la salle à manger, Vergara dit au cuisinier : “Aujourd'hui nous servirons seulement des petits déjeuners froids” – ce qui signifiait qu'il y aurait des jus de fruits, des fruits, des céréales, des pâtisseries et du café chaud de la cafetière électrique, mais ni bacon, ni œufs, ni pancakes, ni quoi que ce soit d'autre nécessitant l'utilisation d'une cuisinière à gaz.

Le cuisinier protesta : “Le chef sera furieux quand il arrivera et verra que le bacon n'est pas prêt.” Il ajouta que les membres seraient probablement eux aussi mécontents de ne pas avoir plus de choix.

“Aujourd'hui, petit déjeuner froid”, répéta Vergara. Il n'était que serveur, mais en l'absence du directeur de l'établissement, il exerçait ses prérogatives d'employé le plus ancien car cela faisait plus de vingt ans qu'il travaillait au Links Club. Si bien que ce matin-là, un petit déjeuner froid fut servi, et comme il se chargea d'en expliquer lui-même la raison à chaque convive, il n'y eut pas de récriminations.

Alors que la fin du service du petit déjeuner approchait, aux alentours de 8 h 30, Vergara entendit ce qu'il devait décrire comme “un énorme tremblement”, un bruit très fort et une sensation de secousse qui lui traversa le corps et qu'il attribua tout d'abord à une collision avec un camion benne à l'extérieur, ou peut-être à une grosse explosion dans son moteur.

Lorsqu'il regarda par la fenêtre du troisième étage qui donnait sur la rue, il ne vit rien, néanmoins. Puis alors qu'il redescendait au deuxième, il jeta un coup d'œil par une fenêtre latérale et vit un immense nuage de poussière sombre s'élever dans l'atmosphère. Il réalisa alors que la maison de pierre brune qui se trouvait juste à côté depuis 1881 avait disparu du paysage.

Réduite en miettes par l'explosion, démantelée et éventrée, elle s'était évaporée dans un spectacle apocalyptique avant de déverser en retombant un amoncellement de planchers affaissés en feu qui couvrait le trottoir et le bord de la chaussée ; dans le même temps, une colonne de cendres et de débris provenant de la maison du Dr Bartha et de tout ce qu'il possédait s'élevait vers le ciel – ses livres calcinés, ses ordinateurs pulvérisés, de minuscules fragments de ses chaussures, de ses vêtements, de ses lunettes, de son lit, de son four à micro-ondes, de ses ustensiles de cuisine, les carreaux de faïence de la salle de bains, les moquettes, les rampes, les poignées de porte, des fragments à demi intacts des pilastres en pierre, les balustres cabossés, la porte de fer forgé à la française tordue qui ne tenait plus sur ses gonds – Christopher Gray nota dans le *Times* qu'elle "titubait tel un ivrogne au sommet de l'escalier". Au milieu des gravats il y avait aussi les restes des séchoirs à cheveux que le médecin avait entreposés comme pour se souvenir que sa mère y avait jadis brièvement tenu un salon de beauté. Au milieu des monceaux d'éclats de bois, il y avait peut-être des débris provenant des boiseries de La Pièce dans laquelle Vincent Astor avait jadis présidé son groupe d'espions amateurs bien nés. Et parmi les encadrements de fenêtres désormais sans vitres projetés vers l'extérieur par l'explosion, se trouvait celle derrière laquelle le Dr Bartha s'était posté juste avant que son corps ne se retrouve enseveli sous une avalanche de décombres.

Eric Gleacher, un financier de soixante-six ans membre du Links Club, était très occupé à se savonner sous la douche d'une des chambres du troisième étage au moment où l'immeuble de Bartha s'effondra, et il ne réalisa absolument pas l'ampleur de la catastrophe qui venait de se produire – elle fit au total dix blessés dans les rangs des pompiers et cinq parmi les passants, sans compter les dommages causés à treize des quatre-vingt-quatre appartements de la Cumberland House. Il s'était installé au Links parce qu'il était en plein divorce et n'avait pas pu emménager dans son nouvel appartement qui n'était pas encore terminé.

"Les deux chambres du Links disponibles pour de courts séjours n'avaient pas été refaites depuis des années, racontait M. Gleacher. Elles semblaient tout droit sorties des années 1960, avec une décoration très comme il faut. Le grand avantage est que la pression de l'eau y est bonne. Je suis lent quand je prends ma douche le matin parce que je me rase en me lavant. Alors que je me rasais, j'ai entendu un grondement. Comme un retour de flamme dans une chaudière. Je ne me suis pas inquiété parce que le bruit n'était pas excessivement fort et comme j'avais été chargé de m'occuper des explosifs durant mon service actif au sein de la Deuxième division des *Marines* à Camp Lejeune en Caroline du Nord dans les années 1960, je savais reconnaître une explosion de plastic C4, de dynamite, ou de grenade. Ce bruit n'avait rien de commun avec la déflagration de ces différents types d'explosifs.

"J'ai regardé par la fenêtre de la salle de bains et j'ai aperçu un camion benne blanc stationné devant les bureaux de Ronald Perelman. Je voyais aussi des décombres qui jonchaient la rue et une femme étendue sur le trottoir près du coin nord-est de l'intersection entre la 62e Rue et Madison Avenue.

"J'ai d'abord pensé qu'on avait tenté de faire sauter le bureau de Perelman, dit-il en faisant référence au magnat controversé et quatre fois divorcé. Ronald était un client et un ami avec lequel j'avais travaillé à de nombreuses reprises. Je l'avais aidé à faire l'acquisition de Revlon dans les années 1980 et je le connaissais bien. Il était foncièrement honnête mais dur en affaires, et il avait par conséquent beaucoup d'ennemis qui auraient sans doute bien aimé le voir se faire rabattre le caquet.

“Je me suis habillé à toute vitesse et, en ouvrant la porte de ma chambre, je me suis retrouvé nez à nez avec un pompier new-yorkais qui tenait une hache. Il m’a dit qu’il valait mieux que je me dépêche de vider les lieux. Il y avait du verre brisé devant l’entrée et le portier de service avait des coupures et saignait. Je me suis frayé un chemin à travers les débris et j’ai traversé la rue pour gagner le trottoir d’en face.

“J’ai vu des flammes redoutables s’élever le long du mur du Links orienté à l’ouest jusqu’à en lécher le toit. Je me suis dit que l’immeuble allait être dévoré par le feu. Mais quelques secondes plus tard les pompiers ont fait la démonstration de leur savoir-faire. Leurs lances à incendie sont entrées en action et ont arrosé la façade du Links, faisant baisser l’intensité des flammes à une vitesse remarquable.”

Ronald Perelman n’était pas sur place au moment de l’explosion, mais sa secrétaire, qui était assise derrière son bureau, raconta plus tard que l’impact l’avait projetée hors de son siège et que le bruit de l’explosion lui avait rappelé l’époque où elle vivait en Israël et avait travaillé durant sept ans dans le bureau du maire de Tel-Aviv. Ashley Stackowski, une autre employée de bureau de Perelman née en Californie, avait pour sa part pensé qu’un tremblement de terre venait de se produire. Elle avait réussi à prendre une photo des ruines de l’autre côté de la rue, qui fit la une du *New York Daily News* le lendemain (avec un crédit lui attribuant le cliché).

Durant tout l’après-midi les hélicoptères des chaînes télévisées survolèrent le quartier et, bien que la Maison-Blanche eût fait savoir que l’explosion ne semblait pas être l’œuvre de terroristes, le Dr Bartha, rebaptisé par certains titreurs le “Dr Boum”, devint très vite célèbre dans le monde entier grâce à la télévision et aux journaux. En mission à Camp Fallujah à l’ouest de Bagdad, le lieutenant des *Marines* Renny McPherson, vit les images de la maison de pierre brune en feu sur le poste de télévision installé dans l’entrée du mess, et il envoya aussitôt à ses parents qui habitaient au coin de la 62e Rue et de Park Avenue – son père était par ailleurs membre du Links – un mail pour leur demander s'ils allaient bien.

Quand le Dr Paul Mantia arriva devant le bâtiment entouré de voitures de police et de camions de pompiers, il fut soulagé d'apprendre que Mme Cora ne se trouvait pas à l'intérieur au moment de l'explosion. Son bureau était désormais enseveli sous un monceau de gravats, mais il avait heureusement fait faire des duplicatas de ses diplômes qu'il gardait chez lui. Également à son domicile, il avait sur son ordinateur le message que le Dr Bartha lui avait envoyé une heure ou deux avant l'explosion.

> Paul, je suis désolé mais je ne peux plus supporter cette situation. Je suis heureux que tu aies passé avec succès ton certificat de requalification devant le conseil. Cela a rendu ma décision plus facile. J'espère que tu as passé de bonnes vacances.

Le Dr Bartha avait également envoyé deux messages d'adieu à son ex-femme. Il avait écrit ceci dans le premier :

> Cordula, continuer de vivre n'a plus aucun sens pour moi. Travailler dans ces conditions s'apparente à une punition. Je vais perdre mon cabinet. Tomber malade quand les conditions sont optimales n'est déjà pas facile. Seul, ce doit être terrible.

L'autre message adressé à Cordula était le suivant :

> Quand tu liras ces lignes ta vie sera changée pour toujours. Tu seras passée de chercheuse d'or à exploratrice de cendres et de ruines.

Dès que les pompiers eurent réussi à le dégager, le Dr Bartha fut transporté inconscient en urgence au New York Presbyterian Hospital. Il était brûlé aux deuxième et troisième degrés sur pratiquement la moitié du corps, et durant toute la durée de son hospitalisation il fut incapable de parler ou de communiquer de quelque façon que ce soit.

Il mourut le 15 juillet, cinq jours après son admission. Une semaine plus tard il fut inhumé dans le Queens.

“Ce fut un petit service funèbre dans la plus stricte intimité familiale”, déclara le maître de cérémonie, confirmant par là qu’aucun des amis proches du Dr Bartha (en l’occurrence les docteurs Mantia et Nazario, ainsi que le technicien informatique Alex Justo) n’avait été invité à y assister. Cordula était présente et déposa quelques roses pastel sur la pierre tombale, mais le fossoyeur du Cypress Hills Cemetery déclara ceci au *New York Daily News* : “Il n’y a pas eu de larmes. Personne n’avait vraiment l’air affecté [...] Un prêtre a lu une courte prière de la Bible, ensuite nous avons descendu le cercueil blanc.”

Une fois l’enterrement passé, Cordula (qui devait acheter par la suite un appartement à l’extérieur de Manhattan) refusa d’accorder des interviews à la presse et elle n’a pas varié depuis. Dès que quelqu’un essayait de les contacter, elle ou ses filles, le cabinet d’avocates qui la représentait intervenait avec une mise en garde contre toute violation de l’intimité familiale.

Bien que le Dr Bartha n’ait pas laissé de testament, ses filles (déjà propriétaires de 25 % de son bien) héritèrent des 75 % restants, ainsi que de ses dettes posthumes – soit une facture de 5 000 dollars pour son hospitalisation et une autre de 5 730 dollars pour son enterrement dans le Queens, ainsi que la somme de 230 000 dollars facturée par la ville de New York pour l’évacuation par camion des monceaux de débris.

Plusieurs procès en dommages et intérêts furent intentés à la succession pour couvrir les dégâts causés aux deux immeubles mitoyens, le Links Club et la Cumberland House, de même que les blessures infligées à plusieurs personnes comme Jennifer Panicali, âgée de vingt-deux ans, qui dut être opérée après avoir été criblée d’éclats de verre et d’esquilles de bois alors qu’elle marchait dans la 62e Rue pour se rendre à son travail d’été au Département des Parcs et Jardins.

Ileana Cora, la secrétaire du cabinet du Dr Bartha, porta elle aussi plainte contre la succession pour demander des dommages et intérêts en compensation de sa "détresse psychologique et mentale durable" : elle était sur le point d'arriver devant le bâtiment ("la clé à la main") quand celui-ci s'effondra. Elle n'avait pas été blessée physiquement, expliqua son avocat, mais elle était choquée que le médecin lui ait demandé d'annuler tous les rendez-vous du lundi 10 juillet, "sans l'avoir avertie de ne pas venir travailler".

Parmi les autres plaintes citées à l'époque par Associated Press, figurait celle déposée par une des avocates de Cordula nommée Polly Passonneau, qui protestait contre le fait que sa cliente ait été qualifiée dans la lettre d'adieu du docteur de "chercheuse d'or", expression ensuite largement reprise par les médias, y compris par le *New York Times*. Pour Mme Passonneau, feu le Dr Bartha avait refusé un verdict équitable et avait ainsi subi "les conséquences de son comportement personnel".

Il fut aussi fait mention dans un article du *New York Post* des poursuites pour homicide involontaire intentées par les fils et la fille d'une femme décédée à la suite d'un surdosage médicamenteux au Lutheran Hospital. Le Dr Bartha figurait parmi les médecins qui avaient traité cette patiente, et l'hôpital accepta de verser un dédommagement de 50 000 dollars à chacun des plaignants, bien que, était-il précisé dans l'article, "on ne sache pas qui avait administré le médicament".

La plus grosse dette à régler dans le cadre de la succession – le Dr Bartha avait choisi de mourir pour ne pas avoir à l'honorer – était la somme de 4 millions de dollars qui avait été attribuée à Cordula dans le cadre du divorce. Il n'y avait bien évidemment pas d'argent disponible jusqu'à ce que quelqu'un rachète la parcelle, qui en fait avait pris énormément de valeur depuis que le Dr Bartha avait transformé sa maison en un terrain nu de 186 mètres carrés. S'il ne l'avait pas rayé de la carte, son cher bâtiment construit cent vingt-quatre ans plus tôt aurait pu être vendu pour environ 7 millions de dollars, somme fixée par l'évaluateur immobilier lors du jugement de divorce. Mais devenu vacant, le terrain représentait pour les promoteurs immobiliers une opportunité bien plus lucrative – et moins d'une année après l'explosion, une ambitieuse femme d'affaires acheta la parcelle à Serena Bartha, qui avait pris la gérance de la succession, pour la somme de 8,3 millions de dollars. Très vite elle annonça son projet d'y édifier une luxueuse maison de ville qu'elle prévoyait de mettre en vente quelques années plus tard pour un montant compris entre 30 et 40 millions de dollars.

L'acquéreuse du 34 de la 62e Rue Est, une certaine Janna Bullock, était une blonde séduisante de quarante ans, née en Russie.

32

Laissant derrière elle un mariage malheureux et sa petite fille confiée à sa mère à Saint-Pétersbourg, Janna Bullock – Mme Boulakh, en Russie, après son mariage – était arrivée à New York au début des années 1990 et s'était installée à Brighton Beach, le quartier de Brooklyn bien connu pour son importante minorité russophone. Elle avait travaillé comme employée chez un traiteur et comme nurse chez un vieux patricien juif père de sept enfants dont la femme avait été internée en hôpital psychiatrique. Par la suite, Janna Bullock avait été recrutée comme auxiliaire de justice et comme interprète par des avocats de Brooklyn spécialisés dans les questions relatives à l'immigration. Ils comptaient parmi leurs clients un économiste russe du nom d'Alexei Kuznetsov, qui, en 2000, allait devenir le directeur financier de la région périphérique de Moscou. C'était un homme grand et affable qui approchait de la quarantaine et portait des lunettes.

Quand M. Kuznetsov décida de venir à New York pour affaires, ses employeurs envoyèrent Janna Bullock l'accueillir à l'aéroport JFK. De cette rencontre naquit une liaison, suivie d'un mariage et, quelques années plus tard, elle était à la tête d'une entreprise spécialisée dans l'immobilier à New York et Moscou dont la valorisation boursière avait, estimait-elle, atteint 2 milliards de dollars. Un article du *New York Times* mentionna le fait qu'elle avait commencé à s'enrichir après avoir commencé "à faire l'acquisition de vastes terrains autour de Moscou pour y développer des centres commerciaux et des maisons individuelles, avant d'établir un partenariat géré par le département placé sous l'autorité de son mari".

Début 2005, notait encore le *Times*, elle se mit à racheter, restaurer et revendre des maisons de ville dans l'Upper East Side, engrangeant au passage d'énormes bénéfices – des "culbutes", comme on dit dans le jargon de l'immobilier. Le bâtiment situé au 54 de la 64e Rue Est qui avait abrité le siège d'un hebdomadaire, le *Weekly Observer*, constituait de ce point de vue un parfait exemple. Janna Bullock avait acheté le bâtiment 9,5 millions de dollars en janvier 2005, puis après avoir investi environ 1 million dans les travaux de rénovation, l'avait revendu onze mois plus tard 18,75 millions.

Peu après avoir racheté la parcelle du Dr Bartha, elle annonça que le futur bâtiment aurait des murs extérieurs en pierre de taille et en verre, un système de chauffage et de climatisation géothermique, un toit paysager bordé de haies de bambous, une cascade dans la cour intérieure et une piscine mesurant 11 mètres dans le sous-sol. Il était prévu d'aménager un ascenseur en verre, quatre chambres, une salle à manger pour les réceptions, un office, une cave à vin, et un spa avec hammam.

Cherchant peut-être à se concilier les grâces du Links Club voisin, l'architecte de Janna Bullock dessina les plans d'une maison de ville avec une entrée en retrait placée à un mètre cinquante de la limite de la propriété, et au quatrième étage, le toit du nouveau bâtiment était repoussé de deux mètres cinquante de manière à ne pas déborder sur le toit mansardé du Links. Le président du Links, John S. Pyne, ne fut toutefois pas enthousiasmé quand il fut autorisé à consulter les plans. "Sur le papier, la future construction ne présentait pas la moindre ressemblance avec un seul des bâtiments du bloc", déclara-t-il en soulignant que l'on se trouvait dans le district historique de l'Upper East Side – et les membres du club lui apportèrent aussitôt leur appui, déclarant par un vote de 18 voix contre 5 que le projet n'était "pas en conformité" avec le voisinage. M. Pyne fit également valoir que la façade du bâtiment en pierre de taille paraîtrait "choquante et prétentieuse" à côté du bâtiment de brique rouge du Links Club vieux de quatre-vingt-onze ans.

Janna Bullock n'en continua pas moins de vanter le charme de la maison de ville qu'elle se proposait d'édifier. Elle en fit publier des croquis dans le catalogue des biens immobiliers de Sotheby's et la porta aux nues dans les interviews qu'elle accordait aux nombreux journaux qui la sollicitaient.

Quand un journaliste du *Times* lui demanda si le fait d'avoir racheté l'ancienne propriété du Dr Bartha ne risquait pas de créer "un problème d'image", elle répondit : "Je ne veux pas être associée à cette tragédie en quoi que ce soit. Pour moi, c'est un simple terrain à bâtir."

Et son courtier avait ajouté : "La mémoire se perd vite. Il se passe tous les jours des choses à New York. Est-ce que cela arrive souvent que l'on ait la possibilité de faire construire un bâtiment flambant neuf dans l'Upper East Side ?"

Un beau jour, on vit Janna Bullock descendre de sa limousine avec chauffeur en tailleur blanc Valentino, collier de perles et escarpins noirs. Elle passa la barrière fermée par une chaîne, pénétra dans le terrain vacant, puis s'installa, jambes croisées et mains jointes, dans la fauteuil-œuf de marque Arne Jacobsen que son attaché de presse avait fait livrer un peu plus tôt, se balançant sur son piétement en aluminium non loin du mur du Links Club côté ouest. Au milieu des herbes folles, des pierres arrondies et de quelques déjections et autres traces laissées au passage par les rats, Janna Bullock prit la pose pour le photographe du *New York Times* et bavarda avec le journaliste, confortablement assise sur ce lopin de terre de 186 mètres carrés qui n'avait pas vu la lumière du soleil depuis plus d'un siècle.

L'article du *Times* la présentait comme "une femme du monde ou une héritière", qui était "de tous les événements mondains". Dans un article ultérieur on pouvait encore lire ceci : "Elle assiste au gala de printemps de l'American Ballet Theatre élégamment vêtue de noir ; au bal de printemps donné au profit de la Société pour le mémorial du Sloan Kettering Cancer Center, vêtue de blanc ; au gala Guggenheim, vêtue de bleu."

Il était aussi mentionné qu'elle avait fait à moto un voyage de Saint-Pétersbourg à Moscou pour accompagner les acteurs Jeremy Irons et Dennis Hopper, ainsi que Thomas Kerns, l'ancien directeur de la fondation Solomon R. Guggenheim. Elle était d'ailleurs entrée au conseil d'administration de la fondation en 2007, et il se disait qu'elle possédait une remarquable collection de peintures et de sculptures contemporaines, ainsi que plusieurs œuvres d'art russes datant de la fin du XIXe siècle. Outre ses maisons et ses avoirs en Russie, à Manhattan et dans les Hamptons, on lui attribuait un appartement à Paris, une propriété en Suisse, un yacht et un hôtel dans la station de ski de Courchevel dans les Alpes françaises.

Mais les choses commencèrent à se gâter quand Pavel Kuznetsov, avec qui elle venait d'avoir une deuxième fille, démissionna de son poste gouvernemental en 2008 avant de se réfugier toutes affaires cessantes en France. Dans le même temps, un de ses associés fut visé par ce que la presse qualifia de tentative de meurtre à la suite d'un contrat mis sur sa tête.

Quelque temps après, Kuznetsov mais aussi son épouse furent accusés de corruption en Russie – complicité de fraude, blanchiment, et détournement d'au moins 26 millions de dollars au détriment de l'État russe. La compagnie immobilière que Janna Bullock possédait dans ce pays fut saisie et reprise par un groupe concurrent auquel appartenait l'ancien professeur de judo de Vladimir Poutine. Les autorités russes tentèrent d'obtenir son extradition, mais les autorités américaines ignorèrent cette demande dans la mesure où Janna Bullock était désormais une citoyenne américaine.

Son mari déclara qu'il avait été forcé de démissionner de ses fonctions à Moscou à cause des irrégularités découvertes par les enquêteurs du gouvernement dans les activités immobilières de son épouse ; mais elle répondit que les accusations formulées contre elle étaient de nature politique et qu'elles étaient révélatrices de la jalousie des Russes. "Juste parce que j'ai mieux réussi que d'autres, déclara-t-elle au *Times*, quelqu'un a eu envie de tout me voler."

En février 2012, elle organisa dans un immeuble de style Beaux-Arts qu'elle avait mis en vente, une exposition de photos présentant deux douzaines de portraits de Russes influents – des personnalités appartenant au monde des affaires, de la justice, des médias, de la politique, y compris M. Poutine – accompagnés de légendes peu flatteuses.

"Mme Bullock s'en prend à rien moins qu'à l'élite au pouvoir en Russie", nota un journaliste du *Times*, tandis que le critique d'*Art in America* ajoutait pour sa part : "Le contenu de l'exposition semble davantage relever d'une opération de propagande que de la réalité ; et il est de même difficile de dire si Mme Bullock a été spoliée, ou si elle a précipité sa propre chute."

Elle vivait désormais séparée de M. Kuznetsov dont elle allait bientôt divorcer, et s'employait à trouver les financements nécessaires à la construction de sa nouvelle maison sur le terrain de feu le Dr Bartha. De son côté, son architecte invoquait la récession et la baisse d'activité dans l'immobilier pour justifier son retard : "Le ralentissement économique a coïncidé presque exactement avec le moment où le chantier devait commencer. Chaque fois que j'entrevois une lueur d'espoir au niveau économique, c'est tout le contraire qui se passe." Et, ajoutait-il à propos de la volonté de Janna Bullock de bâtir une résidence de luxe au 34 de la 62e Rue Est, "son enthousiasme n'a pas faibli d'un iota".

Cette déclaration datait de 2012. Deux ans après, le terrain restait toujours aussi vide et inoccupé – à l'exception des herbes qui y poussaient en liberté, des rats et des souris qui l'avaient colonisé, ou d'un sans-abri qui se glissait parfois derrière la barrière cadenassée pour passer la nuit blotti dans l'angle nord-ouest du terrain. De nombreux voisins se disaient choqués par ce spectacle désolant, et tout spécialement un monsieur d'ordinaire patient et affable nommé James Savage, car les fenêtres de son appartement du troisième étage ouvrant sur la façade est de la copropriété donnaient sur le dépotoir. Conseiller en gestion de fortune et membre du conseil d'administration de la Cumberland House, il était âgé de soixante-deux ans et ses lunettes lui conféraient un air studieux.

Avant d'être dans la finance pour des firmes telles que Merril Lynch, James Savage avait travaillé plusieurs décennies durant au sein de la police new-yorkaise, d'abord comme patrouilleur à compter de 1966 puis, six ans plus tard, comme inspecteur en civil, avant de se voir confier la fonction d'administrateur du fonds de pension de la Patrolmen's Benevolent Association jusqu'en 1999.

Il se trouvait en vacances à Montauk avec son épouse Marie, une petite dame brune aux yeux bleus qu'il avait épousée en 1969 à Brooklyn d'où ils étaient originaires, quand le Dr Bartha avait provoqué l'explosion de sa maison, le 10 juillet 2006. Abasourdi par la nouvelle, le couple était aussitôt rentré en voiture pour venir se mêler à la foule des autres résidents de la Cumberland House contraints d'attendre derrière les barrières de police que les pompiers rapatrient leurs engins et que les camions bennes commencent à évacuer les tonnes de gravats et de suie.

Les ingénieurs ayant conclu que leur bâtiment ne présentait aucun risque pour ses occupants, les résidents avaient pu pénétrer un par un dans le hall et prendre l'ascenseur pour aller inspecter leur appartement.

"Notre porte d'entrée avait été enfoncée par les pompiers, se souvenait James Savage. Les murs et les plafonds étaient noirs de fumée et la peinture avait cloqué à cause de la chaleur dégagée par l'incendie. Nos fenêtres, encadrement compris, avaient disparu. Cela faisait vraiment drôle. C'était un peu comme si on sortait à l'extérieur. Il y avait du verre brisé partout. Notre appartement était dans un état indescriptible. Nous avons trouvé des traces de sang dans la salle de bains. Apparemment un pompier s'était coupé. Un emballage de pansement traînait dans le lavabo. Nous avons réussi à récupérer tous les objets de valeur que nous pouvions emporter avec nous. Mais impossible de retrouver notre chatte Rosie."

Informés que leur chatte avait été confiée par un des premiers intervenants sur les lieux à un refuge animalier proche, James et Marie Savage prirent son panier ainsi que les 120 dollars qu'ils avaient laissés à l'intention de la personne chargée de s'occuper de leur animal de compagnie en leur absence et se présentèrent à l'accueil du refuge – où on leur a appris que la chatte venait de mourir alors qu'on lui faisait un test pour la rage.

“Ma femme a été anéantie par cette nouvelle. Et moi aussi. Nous avons regagné notre voiture avec notre panier vide. Nous avons pris conscience que nous n’avions plus de toit. Nous avons donc décidé de retourner à Montauk où nous avions laissé nos affaires. Ce fut notre premier jour de vacances et la journée la plus sombre de notre vie.”

Au fil des semaines et des mois qui suivirent, le couple s’installa chez des parents puis séjourna au New York Athletic Club avant de déménager dans une copropriété de l’East Side. En janvier 2007, six mois après l’explosion, ils purent finalement réintégrer leur appartement de la Cumberland House, où une heureuse surprise les attendait. Maintenant que l’immeuble du Dr Bartha n’était plus là pour leur boucher la vue, leur appartement du troisième étage était désormais baigné de soleil. C’était vrai pour eux, mais aussi pour beaucoup de leurs voisins.

Un demi-bloc plus au sud, la lumière pénétrait maintenant à flots dans l’arrière-boutique de la modiste installée au 27 de la 61e Rue Est, donnant directement sur les têtes des employés qui y fabriquaient des chapeaux, tandis que juste à côté, les clients du restaurant Serafina qui mangeaient en terrasse dans le patio jouissaient d’une vue totalement dégagée sur l’hôtel particulier de Ronald Perelman situé du côté nord de la 62e Rue. Pour les esthéticiennes installées près des fenêtres arrière du salon de coiffure Minardi, qui comptait Marie Savage parmi ses clientes régulières, l’horizon s’était aussi élargi en direction du nord.

Se retrouver du jour au lendemain à pouvoir jouir de 186 mètres carrés de vue dégagée à New York constituait indéniablement un agrément aussi rare que précieux, mais dont personne ne saurait évaluer le prix dans une ville sans cesse en train de se développer en surface et en hauteur, où la lumière semble toujours vous être prêtée à titre temporaire.

Au cours de l’année 2015, Marie Savage prit pour la première fois conscience qu’il se passait quelque chose quand elle remarqua que la clarté du ciel au-dessus de la fenêtre de sa salle à manger était désormais traversée par une étroite bande d'ombre chaque jour plus haute. Sa salle à manger se trouvait à l'arrière de l'appartement, et elle s'y installait l'après-midi pour peindre des portraits, un talent qu'elle avait perfectionné plusieurs années auparavant à la Arts Students League.

L'origine de cette ombre qui ne cessait de croître en hauteur se trouvait en fait cinq blocs plus au sud de la Cumberland House. C'était un building en copropriété de 95 étages qui venait d'être construit au 432 Park Avenue, entre les 56e et 57e Rues. Haut de 425 mètres, il se targuait d'être le bâtiment d'habitation le plus haut de la ville, mais pas très loin, au 217 de la 57e Rue Ouest, un immeuble à la fois résidentiel et commercial baptisé Central Park Tower était en construction. Haut de 472 mètres, il devait à terme se classer juste derrière la première tour du World Trade Center, qui, grâce à sa flèche, culminait à 541 mètres. (Achevé en 1932, l'Empire State Building ne s'élève qu'à 381 mètres.)

Si l'on en croit Gian Luca Clementi, maître de conférences en économie à la Stern School of Business, "nous vivons un âge d'or pour le bâtiment dans les métropoles américaines". Il a déclaré ce qui suit d'après un article du *Times* : "À ce jour, les métropoles américaines restent encore moins urbanisées que les grandes villes du même type, de sorte qu'on va probablement voir se développer de plus en plus de constructions."

Le service de l'urbanisme de New York a délivré en 2017 le chiffre record de 179 320 permis de construire pour les cinq districts de la ville. Les engins de chantier, les grues géantes et les ouvriers équipés de casques de protection et de ceintures porte-outils (qui s'expriment en différentes langues) semblent omniprésents, dispersés sur des milliers de chantiers pour travailler activement à l'intérieur des échafaudages arrimés aux murs et des filets de protection des bâtiments neufs ou en travaux pour rénovation.

Au 268 Broadway, un de ces bâtiments anciens dont les murs extérieurs sont actuellement recouverts de hauts échafaudages abritait jadis les services centraux de l'urbanisme de New York. C'est une structure de six étages datant du milieu du XIXe siècle, qui a accueilli au début un grand magasin, avant d'abriter durant plusieurs décennies le siège du *New York Sun*, et qui a finalement été racheté par la municipalité en 1966. (L'ancien journal avait pour slogan : "Le *Sun* [...] Il brille pour tous.")

Mais en 2016 la façade en marbre était endommagée au point d'être devenue dangereuse pour les passants, et un programme de restauration pluriannuel fut alors engagé. En plus des échafaudages et des filets anti-chutes, le site fut protégé par un passage couvert fait de plaques d'acier, de tubes métalliques, de poutres et d'un garde-corps en contreplaqué extra-résistant installé sur le trottoir.

L'installation d'échafaudages est une activité qui, à New York, brasse selon les estimations un milliard de dollars. Il existe plus de soixante entreprises spécialisées dans cette activité, et les services de l'urbanisme ont délivré des permis validant la mise en place d'environ 7 000 passages couverts. Alignés deux par deux, ils pourraient couvrir environ 450 kilomètres de trottoir dans la ville de New York. Le garde-corps de chaque passage doit obligatoirement être peint en vert, une couleur choisie en 2013 par le maire Michael Bloomberg en écho à l'initiative municipale visant à planter un million d'arbres et à investir massivement dans les parcs et jardins.

Au début de l'année 2017, Marie et James Savage découvrirent, horrifiés, le passage couvert en contreplaqué vert installé sur le trottoir juste à côté de leur appartement de la Cumberland House, ainsi que la présence de plusieurs ouvriers casqués qui transportaient des coffres à outils, des planches et des poutrelles d'acier jusqu'au terrain vide dans la 62e Rue Est.

Sans que les époux Savage – ni pratiquement qui que ce soit d'autre dans le voisinage – en aient été avertis, ledit terrain avait été discrètement vendu environ un an plus tôt par Janna Bullock, la reine de la culbute venue de Russie, à la Woodbine Company, une société immobilière installée à Rye dans l'État de New York.

Un des deux propriétaires de la Woodbine, Theodore Muftic, était le fils d'un médecin originaire du Monténégro. Né dans le Colorado, âgé de cinquante-cinq ans, les yeux bleus, trapu, il était sorti diplômé de la Harvard Business School en 1992. Sa mère, née en Oklahoma, était une personnalité politique qui avait plusieurs fois fait campagne pour le poste de maire de Denver, sans succès.

L'autre partenaire de la Woodbine s'appelait Francis Plummer Jenkins III. C'était un quarantenaire bon chic bon genre d'un mètre quatre-vingt-trois aux cheveux bruns, qui, après avoir obtenu sa licence à la Suffolk University de Boston, avait passé une maîtrise de gestion des affaires à l'Université de Londres. C'était pour l'essentiel lui qui avait mené les négociations avec Janna Bullock et, ses avocats lui ayant rappelé qu'elle avait fréquenté les oligarques russes, il s'était présenté à chacune de leurs rencontres cravaté et vêtu d'un costume bien coupé, avec une écharpe Hermès assortie et une montre Rolex qu'il avait empruntée.

Il avait fini par la convaincre de lui vendre son terrain pour 11,95 millions de dollars en 2015. Elle l'avait acheté 8,3 millions de dollars à la succession Bartha en 2007, mais le profit réalisé avec cette transaction ne la satisfaisait pas. Ses revenus et sa marge de manœuvre ayant beaucoup baissé au cours des années qui avaient suivi les scandales financiers à Moscou dans lesquels elle et son mari, désormais en prison, étaient impliqués, elle s'était néanmoins résolue à accepter l'ultime offre de la Woodbine – c'était la dixième fois au moins depuis la fin des années 1880 que l'endroit changeait de propriétaire.

33

Le bâtiment avait pour la première fois été mis en vente au printemps 1882 pour 10 000 dollars, par deux promoteurs associés nommés Joseph B. Wray et Samuel P. Bussell. Juste à côté, aux numéros 32 et 30 de la 62e Rue Est, ils avaient construit simultanément deux bâtiments de grès rouge de style néoclassique grec mis en vente au même prix. Ces deux bâtiments furent démolis à la fin des années 1950 pour laisser la place à la Cumberland House, une copropriété de quinze étages, qui conserva comme adresse le 30 de la 62e Rue Est. Si l'on en croit un article de l'historien spécialiste de l'architecture Christopher Gray paru dans le *Times*, le premier acquéreur qui occupa le numéro 34 fut un marchand de fruits nommé Charles A. Parsons, qui y emménagea en 1884 et y resta un peu moins de dix ans avant de revendre son bien pour la somme de 45 000 dollars à John S. Robinson en 1893. Celui-ci rencontra probablement des difficultés et se débarrassa du bâtiment un an plus tard en le revendant 28 500 dollars à un certain Peter Brady, qui le revendit presque aussitôt pour le même prix à un nouvel acquéreur, Oliver J. Wells.

Wells était un avocat de Brooklyn qui avait servi dans l'infanterie américaine pendant la guerre de Sécession et qui fut par la suite nommé juge dans un tribunal de la ville. Lui et ses héritiers conservèrent la propriété durant plus d'un demi-siècle, avant de la vendre finalement en 1952 pour 60 000 dollars à un certain Vatcho Kobouroff, né en Bulgarie, agent immobilicr à Yonkers, une ville située dans l'État de New York.

De 1952 à 1975, Kobouroff resta propriétaire du bâtiment, mais, comme Oliver J. Wells et ses héritiers l'avaient fait avant lui, il le louait à des New-Yorkais connus dont les noms étaient souvent mentionnés dans la presse, quelquefois suivis de leur adresse.

Parmi les premiers locataires à l'époque de la famille Wells figurait Walter Gibbs Murphy, un importateur de champagne très actif ; cet homme d'un mètre quatre-vingt-dix était le fils du sénateur de l'État de New York, Thomas Murphy, lequel avait occupé la fonction de percepteur du port de New York sous la présidence d'Ulysses S. Grant. Le fils Murphy était un passionné de sport qui pratiquait le golf, la voile et le tir à la carabine, et il avait remporté de nombreux trophées dans des compétitions amateur, notamment à Monte-Carlo. Il ne s'était jamais marié, ce qui explique peut-être pourquoi, quelques années plus tard, les lieux furent occupés successivement par plusieurs membres des familles Aldcroft et O'Kane.

En 1930 un article paru dans la rubrique mondaine du *Times* commençait ainsi :

> M. et Mme Richard Bradbury Aldcroft qui résident au 34 de la 62e Rue Est ont annoncé les fiançailles de leur fille, Mlle Elena de Rivas Aldcroft, avec Robert Fisher Kohler, fils de Mme Emil Kohler, résidant 830 Park Avenue et à New Canaan, et du regretté M. Kohler.
>
> Mlle Aldcroft appartient à une vieille famille new-yorkaise et à la célèbre famille de Rivas originaire de Cordoue et Madrid en Espagne. Elle est la petite-fille de feu Thomas Murphy, un important marchand installé à New York dans les années 1860, qui était un ami proche des présidents Lincoln et Grant.

En 1939, un autre article parut dans la rubrique mondaine du *Times* avec ce chapeau :

> M. et Mme Thomas Francis O'Kane résidant au 34 de la 62e Rue Est ont donné hier soir à leur domicile une réception avec buffet dînatoire en l'honneur de leur fille, Mlle Helen Marcia O'Kane, qui va bientôt les quitter pour aller s'installer pendant une année à Hartford, Connecticut, afin d'y poursuivre ses études.

À l'époque où Vincent Astor et les membres de La Pièce se retrouvaient épisodiquement dans la suite discrète à l'étage du salon, d'autres locataires célèbres habitaient le bâtiment, notamment l'industriel Siegfried Bechhold, dont les usines fabriquèrent le M4 Sherman pendant la Seconde Guerre mondiale.

On ignore quand exactement la maison de pierre brune cessa d'être une résidence familiale pour être transformée en appartements, mais on sait qu'au début des années 1950, quelque temps après que Vatcho Kobouroff avait racheté le bâtiment aux héritiers d'Oliver Wells, la partie de l'immeuble comprise entre le sous-sol et le dernier étage fut transformée en dix appartements en entresol, avec dans chacun d'entre eux une salle de bains, un réfrigérateur et une cuisinière à gaz.

Vers la fin des années 1920, une des locataires qui s'appelait Virginia McManus, bien qu'elle se soit fait connaître ailleurs sous le nom de Karen Moore ou d'autres encore, cessa de payer son loyer mensuel de 225 dollars ; convaincu qu'elle se livrait à la prostitution, Vatcho Kobouroff posa un jour un cadenas sur sa porte et l'attaqua en justice, se plaignant devant le juge de l'incessant "défilé d'hommes" dans le couloir qui menait à son appartement du deuxième étage.

Le juge décida qu'il pouvait prétendre toucher ses arriérés de loyers, mais il le condamna pour avoir interdit à la dame d'entrer dans l'appartement et d'avoir accès à ses affaires personnelles. "On n'a pas le droit de se faire justice soi-même, déclara le juge. La justice est une chose indispensable dans notre société et elle est si importante que même les gens malhonnêtes ont droit à ses égards."

En 1976, Vatcho Kobouroff vendit l'immeuble pour 256 000 dollars à Joerg Klebe, un banquier d'investissement âgé d'environ trente-cinq ans originaire de Berlin et installé à New York, qui dirigeait, entre autres entreprises, l'Agate Realty Corporation domiciliée au 666 de la Cinquième Avenue. M. Klebe garda la maison de pierre brune durant quatre années avant de la revendre en 1980 à la famille Bartha pour 395 000 dollars.

Un peu plus d'un quart de siècle plus tard, Nicholas Bartha allait transformer le bâtiment en terrain libre de toute construction, qui fut vendu par Janna Bullock en 2015 pour 11,95 millions de dollars aux propriétaires de la Woodbine, Theodore Muftic et Francis Jenkins III. Lesquels firent à leur tour appel à un architecte pour transformer ce terrain nu en une résidence de luxe dont ils espéraient pouvoir tirer 30 millions de dollars.

Leur architecte se nommait Henry Jessup. Ce sexagénaire mince et agile mesurait un mètre quatre-vingt-neuf, portait des lunettes à monture en écaille de tortue et avait les cheveux coupés court. Ses commentaires étaient toujours lapidaires et précis.

Encore adolescent à Greenwhich dans le Connecticut, Jessup avait gagné de l'argent de poche en repeignant l'été la maison de ses voisins, qui lui demandaient aussi parfois de réparer la porte du garage ou de remplacer les volets, voire d'installer une extension sur une portion de leur terrain.

À force de travail, Jessup avait non seulement appris le métier de charpentier, mais aussi réussi à concrétiser ses rêves d'enfant – "J'étais toujours en train de dessiner et de peindre quand j'étais gosse". En 1970, à l'âge de dix-neuf ans, il fonda une société de construction, grâce à laquelle il paya ses frais de scolarité durant les quatre années qu'il passa à Brown University à Providence, Rhode Island, où il choisit comme spécialité histoire de l'art.

Il n'avait pas encore décidé alors de devenir architecte. En fait, il n'avait "pas encore la moindre idée" de ce qu'il souhaitait faire plus tard, et entre le lycée et l'université, il avait passé huit mois à faire le tour de l'Europe sur une moto jaune vif qu'il avait achetée 600 dollars à Londres et qui l'emmena jusqu'en Turquie et en Grèce. Ses parents s'étaient séparés alors qu'il avait treize ans et, pendant que son adolescence se déroulait agréablement entre son père et sa mère, il eut avant tout à se battre pour faire en sorte que ses propres espérances se réalisent.

Il avait ramené sa moto d'Europe, et il l'utilisa encore quelque temps avant de partir à Providence, où, en plus de ses études, il se distingua suffisamment au sein de l'équipe de football très bien classée de son université pour se voir proposer après l'obtention de son diplôme en 1974 un contrat avec l'équipe des Rhode Island Oceaners dans la Ligue américaine de football.

Bien qu'il n'ait jamais touché plus de 500 dollars par match, et bien moins encore quelques années plus tard quand il joua avec un statut de semi-professionnel, Henry Jessup continua de pratiquer le football jusqu'à ses quarante ans. Père de deux filles, il avait épousé en 1984 une femme originaire du New Jersey ; à l'époque de leur rencontre c'était une jeune actrice qui avait écrit quelques scénarios et joué de petits rôles à Hollywood, avant d'obtenir un rôle de danseuse dans la reprise à Broadway en 1977 de la comédie musicale *Le Roi et moi*.

Satisfait de la maison qu'il lui avait construite à Katonah, dans l'État de New York, un client (lui-même architecte) encouragea Jessup à s'inscrire à la Columbia Graduate School of Architecture, dont il sortit diplômé en 1978. En l'espace de presque quarante ans – et surtout depuis qu'il travaillait dans son bureau de Lower Broadway –, il avait conçu et réalisé environ 500 projets d'importance variable à travers le monde. Au nombre des pays dans lesquels il avait travaillé figuraient l'Australie, le Costa Rica, l'Espagne, l'Allemagne et la France – même si une grande majorité de ses clients vivaient à New York ou dans la région du Grand New York.

Faisait notamment exception un financier du Vermont nommé Peter Novello, qui, en 2008, avait acheté pour 10,8 millions de dollars un immeuble en brique centenaire de cinq étages au 21 Beekman Place ; il avait alors fait appel aux services de Jessup pour tout casser à l'intérieur et réagencer les treize pièces du bâtiment de la cave au grenier. Jessup avait dessiné une nouvelle entrée avec un portique couvert en pierre de taille et, sur le toit, une pergola et un jardin. Pour les étages, il avait passé commande de nouvelles fenêtres, de nouveaux escaliers, avait fait installer trois cheminées, des parements en brique et des corniches supplémentaires ; il avait aussi fait creuser une cave pour y installer une salle de sport.

Mais vers la fin du chantier, alors que le mobilier était sur le point d'être installé, le propriétaire était mort subitement dans le Vermont à l'âge de cinquante-six ans. "Je fus choqué et triste qu'il n'ait jamais pu profiter de cette maison et convaincre sa famille installée dans le Vermont de venir y passer davantage de temps avec lui", avait déclaré Henry Jessup.

Un an après, en juillet 2013, les héritiers de M. Novello vendirent ce bien à l'État du Qatar pour 34,35 millions de dollars, soit un prix record de 51 153 dollars le mètre carré pour une maison de ville de six mètres de façade à Manhattan.

Cette transaction attira l'attention des promoteurs new-yorkais sur le travail de Jessup, et très vite, Theodore Muftic et Francis Jenkins III s'adressèrent à lui pour rénover une maison de ville sur la 64e Rue Est, puis une autre sur la 66e Rue également côté Est, et enfin pour concevoir un immeuble neuf sur le terrain vacant du 34 de la 62e Rue Est.

"C'est le meilleur architecte à qui j'ai jamais eu affaire, déclara Muftic. La plupart d'entre eux s'efforcent de réaliser quelque chose dont la photo se retrouvera dans les pages d'*Architectural Digest*. Lui veut simplement construire un bâtiment qui lui vaudra le respect de tous les membres de la profession et que le client aimera."

Pour Jessup, "des tas d'architectes tentent de repousser les limites de l'œuvre d'art, mais ce n'est pas mon cas. Je suis un professionnel et je fais ce que l'on me demande de faire. Grâce à mon expérience dans la construction, je sais faire preuve de beaucoup de pragmatisme à mesure qu'on avance. La combinaison de cet ensemble de facteurs semble avoir joué en ma faveur."

Après avoir accepté le chantier pour le compte de la Woodbine Company, une des premières choses qu'il fit fut de dessiner sur ordinateur le bâtiment qu'il avait en tête pour estimer le coût de sa réalisation en prenant en compte le type de client susceptible de l'acheter.

La réglementation en vigueur interdisant qu'un immeuble de cette rue soit divisé en appartements, Jessup et les deux propriétaires imaginèrent que le bâtiment de quatre étages tel qu'il était proposé sur le papier pourrait servir de résidence à un ambassadeur ou un consul, ou encore qu'il pourrait tenter quelque magnat originaire de Chine, de Russie ou d'un pays du Moyen-Orient comme le Qatar, qui avait récemment dépensé plusieurs millions de dollars pour acquérir non seulement l'immeuble de Novello, mais aussi d'autres maisons de ville à Manhattan.

"Le projet original a été pensé dans ce but", déclara Jessup. Il expliqua que dans les premières ébauches de l'immeuble il avait prévu “une entrée séparée pour le personnel, ce qui est essentiel dans de nombreuses cultures moyen-orientales”, et aussi de “grandes salles de réception avec possibilité d’aménager la cave pour le personnel de service et répondre aux exigences en cas de vente à un diplomate”. Pour finir, les propriétaires et lui envisagèrent même de modifier l’adresse, abandonnant le 34 pour le 32, 62e Rue Est, le chiffre 4 n’étant pas un chiffre porte-bonheur dans la culture chinoise.

Mais au cours des mois suivants, alors que le marché immobilier new-yorkais très instable voyait de moins en moins d’acheteurs internationaux se présenter – en partie du fait de nouvelles règles d’imposition moins favorables et d’un contrôle plus strict des mouvements de capitaux en Chine, en Russie et ailleurs –, Jessup, anticipant la possibilité que l’acquéreur soit finalement américain, révisa ses plans d’aménagement des différents étages. Il élimina par exemple la salle de réception avec la pièce réservée au personnel de service dont un diplomate aurait pu avoir l’utilité et la remplaça par une grande cuisine familiale.

Concernant l’aspect extérieur, Jessup envisageait de réaliser un bâtiment de style Beaux-Arts qui ne jure pas avec les styles architecturaux très différents des deux immeubles mitoyens. Sur le flanc ouest se trouvait l’immeuble en brique de la Cumberland House, avec à ses deux étages inférieurs des parements en calcaire de l’Indiana. Côté est se dressait le Links Cub centenaire de style néogéorgien, qui de l’avis de Jessup, constituait “un superbe exemple de bâtiment historique”.

Jessup pensait qu’il lui serait possible de créer une sorte de continuité en édifiant, en surplomb de la rampe d’accès au parking souterrain de ses voisins sur le côté est de son immeuble, un mur de brique en harmonie avec celui de la Cumberland House. Il espérait par ailleurs que la façade de son futur bâtiment en calcaire français de couleur crème donnerait l’impression de s’inscrire dans le prolongement des parements de calcaire de l’Indiana de la Cumberland, même s’il reconnaissait que le calcaire utilisé pour l’immeuble de la copropriété ressemblait un peu à du béton.

Il lui fut plus facile de faire en sorte que son immeuble s'harmonise avec le Links Club. Pour "rendre hommage" à ce dernier, il dota son immeuble d'un toit mansardé avec des lucarnes en cuivre en cohérence avec le bâtiment historique voisin. Il ajouta également dans ses épures des améliorations visuelles telles que des corniches et des denticules, ainsi que des bords de maçonnerie décoratifs appelés pierres d'angle, qui donnent l'impression de fixer les coins d'un mur. Il insistait toutefois sur le fait qu'il construisait une maison "d'aujourd'hui", un bâtiment qui, s'il pouvait passer à première vue pour un immeuble historique, en était en fait "une déclinaison historique". Il entendait par là que si l'échelle, les proportions et les matériaux s'inspiraient des précédents classiques, lui était attentif à rester contemporain – en posant par exemple en façade de son bâtiment des encadrements de fenêtres en acier et non en bois, "une sorte de clin d'œil à l'impression de modernité que nous souhaitons voir se dégager de cet endroit".

Son projet comprenait au total quatorze ouvertures en façade – deux au quatrième dont il était prévu qu'elles soient des lucarnes en cuivre avec une forme semi-arrondie encastrées dans le toit en ardoise noire du Vermont ; trois fenêtres au troisième surmontées d'une corniche avec des denticules ; trois fenêtres au deuxième, où le bâtiment prenait une forme bombée ; et trois portes-fenêtres à la française au premier ouvrant sur un balcon doté d'une rambarde métallique. Au rez-de-chaussée, deux fenêtres donnaient sur le trottoir, et à gauche des fenêtres, il était prévu une entrée sobre et moderne, une simple porte peinte en noir, flanquée de rampes en métal, à laquelle on accédait par deux marches basses en granit propre à décourager les squatters, plus une troisième haute de neuf centimètres – bel exemple de minimalisme comparé aux neuf marches d'une vingtaine de centimètres de l'escalier emporté avec lui par le Dr Bartha en 2006, privant du même coup le second du Links de l'endroit où il aimait venir fumer sa cigarette pendant ses pauses.

Quand un architecte comme Jessup qualifie l'immeuble qu'il est en train de dessiner de "déclinaison historique", cela revient à admettre l'existence des constructions historiques qui méritent d'être déclinées et, selon lui, beaucoup de celles-ci ont été construites à New York entre la fin des années 1880 et le début des années 1900 – une période qu'il qualifie d'"âge d'or de la construction des maisons de ville". Au nombre des architectes de cette époque dont il dit s'être inspiré figurent Charles A. Platt, qui, en 1907, dessina la maison de Sara Delano Roosevelt entre la 60e et la 70e Rue Est ; Chester Holmes Aldrich et William Adams Delano, qui, en 1916 créèrent le Colony Club réservé aux dames au coin de Park Avenue et de la 62e Rue ; et Mott B. Schmidt, qui, en 1927, construisit la maison de Vincent Astor sur la 80e Rue entre Park Avenue et Lexington Avenue. C'est là qu'Astor résidait à l'époque où il se rendait fréquemment dans la 62e Rue pour y rencontrer les autres membres de La Pièce, et Jessup décida d'utiliser pour la façade de son futur bâtiment le même type de calcaire que celui utilisé par l'architecte d'Astor près d'un siècle plus tôt, et qui, pour Jessup, était synonyme de projet de prestige. Il s'agissait en l'occurrence de pierre de taille importée de France.

Jessup avait prévu d'en passer commande de plusieurs tonnes auprès d'une carrière d'Euville, un village du nord-est de la France, et de les faire livrer dans une entreprise de Corgoloin en Bourgogne, pour qu'elles y soient taillées au cours des cinq ou six semaines suivantes aux dimensions indiquées par Jessup sur ses plans. Ses dessins devaient non seulement montrer à quoi ressemblerait le bâtiment une fois terminé, mais aussi préciser les dimensions de chacune des plaques de calcaire destinées à la façade. Soit au total environ trois cents pièces, allant d'une corniche pouvant peser trois cents kilos à des moulages décoratifs plus petits, des rebords de fenêtres, des chapes de toit pesant entre vingt-cinq et cinquante kilos.

Une fois les différents éléments préparés à Corgoloin conformément aux instructions de Jessup, ils seraient emballés et mis en caisse, puis envoyés au port du Havre, où, chargés dans des containers de six mètres, ils partiraient pour le terminal de Staten Island. La cargaison passerait deux semaines en mer avant d'être acheminée par camion à Manhattan.

Chacun des trois cents éléments serait numéroté (d'après les indications figurant sur les plans de Jessup) de façon à aider les ouvriers qui les réceptionneraient dans la 62e Rue à les hisser, les insérer à leur place et finalement les fixer à un endroit préalablement déterminé à l'intérieur du cadre en acier fixé sur la façade. Pour les ouvriers, cela équivaudrait un peu à réaliser un puzzle géant avec des morceaux de calcaire de formes diverses.

Selon les prévisions de Jessup, le coût de cette pierre s'élèverait au total à près de 500 000 dollars. Pour la construction du bâtiment – matériaux plus main-d'œuvre – cinq millions au total seraient nécessaires. La date butoir pour la livraison de l'immeuble avait été fixée à fin janvier 2018, au plus tard.

Mais avant de pouvoir faire quoi que ce soit, avant même de passer sa commande de pierre de taille en France, Jessup devait d'abord recevoir du Bureau de l'urbanisme toutes les autorisations nécessaires pour ce qu'il comptait faire – tâche ô combien assommante. Il était entre autres tenu de communiquer ses plans à la Société historique de l'Upper East Side ainsi qu'à la commission de protection des sites classés, dans l'espoir d'obtenir leur agrément.

Dans le même temps il devait recruter des transporteurs, des ingénieurs, des juristes pour l'aider à s'en sortir face aux nombreuses restrictions liées au zonage défini par le Département des Bâtiments de New York, ainsi qu'avec les différents problèmes relatifs à l'évacuation des eaux usées, à l'électricité, aux dispositifs anti-incendie et au nouvel ascenseur que Jessup avait dessiné entre le sous-sol et le quatrième étage. (Il n'y avait pas d'ascenseur dans l'ancienne maison.)

Jessup allait aussi devoir apporter au Département des Transports la garantie que le trottoir et la chaussée seraient réparés en cas de dégradation durant la période de construction ; et devoir consulter le Département de la Protection de l'environnement concernant le raccordement aux canalisations dans la rue, le Département de l'Énergie avant de forer le sol pour mettre en place les piliers soutenant la structure, et le Département des Pompiers pour confirmer l'existence d'un accès par le toit en cas d'urgence.

34

Le piéton qui passe en flânant devant un chantier de construction ne réalise généralement pas qu'un architecte comme Jessup doit consacrer pratiquement un an à régler les problèmes de paperasse avant qu'un charpentier puisse planter le premier clou ou que le premier mètre cube de béton puisse être coulé. Et il est probablement tout aussi vrai que peu de gens prennent le temps de réfléchir au fait que, sous chaque fondation nouvellement coulée, il risque de se trouver une fosse commune pleine de morts anonymes qui, il y a longtemps, habitaient ce lieu où se trouvait alors une ferme, un parc, ou peut-être un porche accueillant, une chambre avec vue, ou quelque autre site intéressant, aujourd'hui tombé dans l'oubli mais où il faisait bon vivre autrefois.

Les Grecs ont bâti sur des temples phéniciens, les Romains sur des temples grecs, et il en a toujours été ainsi depuis. À New York, Henry Jessup s'apprêtait à bâtir une maison de ville sur les cendres du Dr Bartha.

Certes on peut voir partout des plaques avec des noms de rues, des plaques commémoratives, des statues, des bâtiments et des gares routières et ferroviaires ainsi que des aéroports qui ont pour fonction de préserver la mémoire des grands disparus : Carnegie Hall, La Guardia Airport, George Washington a dormi en ce lieu, Herman Melville a vécu ici, Bob Dylan a bu un verre dans cet établissement, c'est ici que John Lennon est mort.

Mais pour qu'il subsiste une trace écrite du nom d'une personne ordinaire depuis longtemps disparue dans les volumineux registres couverts de poussière du Service du Cadastre installé au 31 Chambers Street, mieux vaut qu'elle ait un jour été propriétaire d'un bien.

Cela explique sans doute en partie pourquoi le Dr Bartha attachait tant d'importance au fait d'être propriétaire de sa maison. Il y a souvent eu à l'origine des guerres mondiales des conflits de territoires ou de droits de propriété et, en

Roumanie, la famille du Dr Bartha avait en effet perdu ses terres au cours des années 1940, d'abord au profit des nazis, puis des communistes. Et peut-être faut-il y voir la raison qui, beaucoup plus tard à New York, poussa le Dr Bartha à déclarer la guerre à son ex-femme et à son avocate, au juge, et pour finir au shérif, lequel eut néanmoins le dernier mot en le ravalant au statut de sans-logis avant de faire de lui un New-Yorkais pratiquement oublié dont le nom est resté dans les dossiers de la ville et dans les archives de la presse uniquement parce qu'il avait un jour possédé un bien qui, à ses yeux, méritait qu'on lui sacrifie sa vie.

Dans l'histoire de Bartha il y a à la base ce terrain de 186 mètres carrés, à peine plus long et un peu moins large qu'un court de tennis. Mais bien qu'il ne constitue qu'un point minuscule sur la carte de l'Upper East Side, ce lieu avait lui aussi été marqué depuis la période coloniale par le passage d'une multitude de gens, incarnant tous la volonté et les efforts qui travaillaient la grande ville, mais aussi des différends et des désaccords qui ont tendance à surgir quand il est question de politique ou de patrimoine.

Même si ce n'est pas entièrement vérifiable, on peut penser que le terrain où se trouvait la maison de Bartha avait été acheté vers la fin du XVIIIe siècle par un célèbre imprimeur, éditeur et propriétaire foncier new-yorkais né en Irlande qui, durant la guerre d'Indépendance, fut copieusement critiqué pour avoir retourné sa veste en désertant le camp des rebelles américains pour rejoindre celui de l'occupant britannique. Il s'appelait Hugh Gaine.

Né près de Belfast autour de 1726 dans une famille qui luttait pour s'en sortir, il avait travaillé cinq ans en Irlande comme apprenti imprimeur ; puis en 1745, à l'âge de dix-huit ou dix-neuf ans, il avait débarqué seul à New York. Il avait rapidement trouvé du travail comme pressier chez James Parker, l'imprimeur officiel de la province de New York, qui, plusieurs années auparavant, avait eu comme mentor et ami à Philadelphie Benjamin Franklin.

Hugh Gaine travailla sous l'autorité de Parker durant sept ans – de 1745 à 1752 –, puis il se mit à son compte à Manhattan, où il fit fortune non seulement comme imprimeur des documents et décrets officiels et comme éditeur de l'hebdomadaire le *New York Mercury*, mais aussi comme propriétaire d'une librairie-bazar baptisée La Bible et la Couronne.

Sur les étagères et rayonnages des trois niveaux de sa maison d'Hanover Square, au sud de Wall Street, on trouvait un éventail très large de marchandises : livres en tous genres (bibles avec l'Ancien et le Nouveau Testament, le *Tom Jones* de Fielding, les *Lettres* de Montesquieu, la traduction par Pope de *L'Iliade* d'Homère, les poèmes de John Pomfret, des manuels pour écoliers et toutes sortes d'almanachs en anglais et en allemand) ; fournitures de bureau pour les particuliers et les secrétaires (papeterie, plumes, encre, cire à cacheter pour les lettres, crayons à mine de plomb, tire-bouchons, jeux de cartes) ; et aussi toutes sortes d'articles que les clients étaient susceptibles de trouver utiles ou agréables (gants de daim, bas de coton, bottes, chaussures, rasoirs de Londres et cuirs à rasoir, ciseaux pour parer les chevaux, talc, médicaments, instruments de musique tels que des violons, des flûtes et des fifres, tickets de loterie et aussi billets d'entrée pour des concerts ou des pièces de théâtre).

Gaine appréciait énormément – il y louait d'ailleurs une loge – le Théâtre de John Street, qui, jusqu'à sa fermeture définitive en 1798 au terme de trente et une années d'activité, fut le premier et le seul théâtre de Manhattan. Au nombre des artistes qui s'y produisaient figurait Eliza Arnold, la mère d'Edgar Allan Poe.

Actif au sein de diverses organisations civiques et philanthropiques, parmi lesquelles la New York Society Library et le New York Hospital, Gaine occupait aussi la fonction de sacristain à Trinity Church. En 1759, alors qu'il avait environ trente-deux ans, il y célébra son mariage, dont il eut trois enfants.

D'accord avec les autres rédacteurs de journaux new-yorkais pour désapprouver certaines décisions des Britanniques, notamment la loi sur le Timbre de 1765, il n'en prônait pas moins une certaine retenue et une attitude respectueuse vis-à-vis de la mère patrie, ce qui sans aucun doute encouragea les autorités à le nommer éditeur public de la province de New York, une charge lucrative laissée vacante par le retrait de James Parker quelques années plus tôt.

Gaine commença alors à accroître ses biens, achetant en 1770 une ferme de 2 400 hectares au nord de la ville, avant de prendre des parts dans un moulin à papier de Long Island. Mais la guerre éclata en 1775, et au moment où les troupes britanniques se préparaient à attaquer New York, Gaine partit s'installer avec sa famille dans la ville de Newark contrôlée par les rebelles pour se mettre à l'abri du danger. Il s'était remarié en 1769 à la mort de sa première épouse et avait eu deux autres enfants en plus des trois qu'il avait déjà. Obligé désormais de subvenir aux besoins d'une grande maisonnée, il était soucieux de se trouver dans le camp des vainqueurs. Il avait alors la conviction que l'Armée continentale finirait un jour ou l'autre par chasser les Anglais.

Entre-temps ses biens d'Hanover Square – sa boutique, sa maison et son imprimerie – avaient été saisis par l'occupant britannique, et des imprimeurs loyalistes avaient pris le contrôle de son journal (qu'il avait depuis peu rebaptisé le *New York Gazette and Weekly Mercury*) pour en faire une feuille à la gloire des Tories.

Un an plus tard, alors que l'occupation britannique se prolongeait et que l'Armée continentale battait en retraite, les autorités promirent l'amnistie à tous ceux qui feraient le serment de leur être fidèles, et Hugh Gaine fut au nombre de ceux qui acceptèrent cette condition. Sa décision fut bien évidemment tournée en ridicule au sein de la communauté rebelle de Newark ainsi qu'ailleurs. Dans son livre *American Media History*, Anthony R. Fellow présente Gaine comme un "éditeur qui a retourné sa veste" et un "Irlandais opportuniste".

Bien accueilli par les Anglais à son retour à New York, il avait néanmoins perdu son titre d'imprimeur officiel ; et bien qu'il ait retrouvé la jouissance de ses biens et de son journal, sa politique éditoriale restait étroitement surveillée par les autorités. Il ne paraît pas en avoir pâti. Durant toute l'occupation, qui se prolongea pendant huit ans, il se conduisit en loyaliste fidèle, même s'il s'exprima peu par souci de ne pas être la cible des extrémistes liés aux Fils de la Liberté, une société secrète de patriotes qui possédait des ramifications locales un peu partout dans les treize colonies durant la période révolutionnaire.

Les Britanniques furent finalement chassés en 1783 et, après que les rebelles avaient repris le contrôle de New York, Gaine fit enlever de son enseigne le mot "Couronne" et cessa de publier son journal. Il s'estimait heureux d'avoir pu sauver son commerce de livres et sa fortune considérable, et en dépit du déshonneur qui s'attachait à son nom, il profita au maximum au cours des vingt dernières années de sa vie des opportunités offertes aux individus fortunés par une ville nouvelle propriétaire de vastes étendues de terres non cultivées qui réclamaient des investisseurs et des bâtisseurs.

Quand il était arrivé à Manhattan encore adolescent, sa population, à l'époque d'environ 11 000 âmes, était presque intégralement concentrée le long des rives au sud et elle se déplaçait en utilisant les routes pavées construites un siècle auparavant par les Hollandais. En 1783, alors que la population avait atteint quelque 30 000 habitants, le bas de la ville était devenu un foyer de vie et de civilisation surpeuplé alors que quelques kilomètres plus au nord – de la 23e Rue jusqu'au Harlem d'aujourd'hui – on trouvait essentiellement des terrains en friche où alternaient marais, forêts non entretenues et vastes fermes où paissaient des troupeaux et où les carrioles tirées par des chevaux empruntaient les anciennes pistes indiennes transformées en chemins.

C'était un territoire encore exempté d'imposition, qui, une fois rendu habitable puis vendu, pourrait constituer une importante source de revenus dans une ville à court d'argent pour financer sa modernisation. Entre 1780 et 1800, Hugh Gaine acheta à des fins spéculatives les terrains où se trouve aujourd'hui une partie de l'Upper East Side, dont la 62e Rue entre Park Avenue et Madison Avenue.

Mais à l'époque, acquérir des terres au nord de la ville restait une entreprise aléatoire. En dépit des efforts des géomètres et de leurs employés, les limites des propriétés étaient souvent imprécises. Les employés chargés de dresser le cadastre commettaient des erreurs. Les détails mentionnés sur les cartes étaient parfois très flous, voire inexacts.

En ce temps-là, le métier de géomètre pouvait s'avérer à la fois difficile et dangereux. Casimir Goerck – qui, en 1785, avait cartographié de vastes étendues de terres à la demande des autorités municipales et qui, une décennie plus tard, établit un plan révisé de la ville – mourut en 1798 de la fièvre jaune, à l'âge d'environ quarante-cinq ans, à cause des moustiques qui l'avaient piqué pendant qu'il travaillait de longues heures durant dans les zones fangeuses qu'il explorait.

Dans le même temps, la ville avait commencé à vendre des parcelles de deux à quatre hectares qui, si elles avaient bien quatre côtés, n'étaient pas nécessairement de forme rectangulaire. Avec pour résultat que ces découpages irréguliers entraînaient parfois des conflits entre voisins à propos des limites de leurs propriétés respectives. Si l'on en croit les archives publiques, une dispute de ce genre concernant des terrains situés entre les 60e et 70e Rues avait opposé au début des années 1800 Hugh Gaine et un de ses voisins proches – l'héritier d'une grande famille de marchands, Peter P. Van Zandt. Pendant la guerre d'Indépendance, Van Zandt avait combattu avec le grade de commandant dans l'Armée continentale. C'était un paroissien actif au sein de l'Église hollandaise réformée ainsi qu'un parlementaire élu au Congrès de l'État. Il avait hérité des terres appartenant à son père, Johannes Van Zandt, qui, quelques années auparavant, avait été impliqué dans plusieurs conflits fonciers. Les autorités l'avaient accusé d'empiéter sur les biens de ses voisins et de revendiquer des terres dont il n'était pas le légitime propriétaire.

Avant que le conflit opposant Gaine au fils Van Zandt ait pu être réglé, Gaine mourut en 1807, à l'âge de quatre-vingt-un ans. Van Zandt mourut à son tour à l'âge de quatre-vingt-deux ans en 1812, après que les litiges liés à ses titres de propriété et à ceux de chaque propriétaire de la ville avaient été tranchés dans le sens d'une plus grande clarification du cadastre souvent confus de Manhattan.

Ce changement était intervenu dans le cadre du Commissioner's Plan de 1811, lequel s'appuyait sur les recommandations faites antérieurement par Casimir Goerck et qui, comme l'a dit dans un article paru dans le *Times* l'historien spécialiste de l'architecture Christopher Gray, "transforma Manhattan en main de fer à angles droits".

Seul Broadway fut autorisé à conserver son parcours sinueux à travers le centre de la ville, tandis que pour l'essentiel les espaces permettant l'expansion de la cité étaient divisés de façon à former une grille rectiligne composée de 12 avenues parallèles suivant l'axe nord/sud et de 155 rues orientées est/ouest. La grille définie en 1811 se composait de 2 000 blocs couvrant une surface d'environ 4 500 hectares, et les commissaires pensaient encourager ce faisant la formation de parcelles de plus en plus petites, ce qui les rendrait plus faciles à acheter, à vendre ou à bâtir.

C'est effectivement ce qui devait se passer au bout du compte, mais plusieurs décennies allaient être nécessaires avant que des promoteurs immobiliers commencent à inciter des propriétaires à s'installer dans cette partie de la ville. Il ne suffisait pas que l'emplacement des rues soit clairement indiqué sur le papier pour que des gens acceptent de venir y habiter, notamment parce qu'il n'existait pas de système de transport public fiable entre le nord et le sud de la ville. Rares étaient les acquéreurs qui avaient véritablement l'intention d'y faire construire une maison. La plupart du temps, c'était l'affaire de spéculateurs, de gens comme Hugh Gaine qui achetaient des hectares de terrain bon marché dans l'espoir de voir un jour leur valeur grimper du fait de l'essor de l'économie et de la population.

William Stephens Smith constitua de ce point de vue une exception notoire : marié à une des trois filles du président John Adams, il projetait de faire construire une maison sur le terrain qu'il avait acquis dans la 61e Rue près de l'East River. Mais parce qu'ils avaient soutenu le mouvement qui tentait de libérer le Venezuela de la domination espagnole, il fut inculpé avec quelques-unes de ses connaissances par un grand jury fédéral pour violation de la loi sur la Neutralité récemment promulguée. Bien que déclaré non-coupable, Smith ne fit jamais bâtir sa demeure et, après avoir vendu son terrain en 1796, il partit s'installer à Lebanon, plus au nord dans l'État de New York. Il existe toutefois encore la remise pour voitures qu'il avait construite sur la 61e Rue et qui abrite désormais un musée.

En 1816, plus de neuf ans après le décès de Gaine, ses héritiers vendirent leur terrain toujours vacant à un homme nommé Henry Dickers, qui le conserva quelque temps avant de le rétrocéder à la municipalité ; celle-ci le vendit en 1823 avec d'autres parcelles à un marchand bien connu du nom de John Mason, qui habitait Pearl Street dans le bas de la ville.

Après avoir fait fortune dans l'épicerie et avoir patronné un emprunt de guerre pendant le conflit de 1812, John Mason se mit à acheter des terres avec un appétit féroce, au point de presque faire concurrence à son contemporain légèrement plus âgé John Jacob Astor. Tandis que ce dernier accaparait une grande partie du Lower East Side et du quartier de Times Square sans pour autant investir pour le mettre en valeur, Mason avait de son côté jeté son dévolu sur des quartiers situés plus haut dans la ville et allait finir par posséder la plus grande partie des terrains entre la 53e Rue et la 64e Rue et entre la Cinquième Avenue et Park Avenue. Une partie des terres qu'il acheta avaient appartenu, entre autres propriétaires, à Hugh Gaine et Peter P. Van Zandt. À l'époque, John Mason était aussi actionnaire de la Chemical Bank, dont il allait bientôt prendre la présidence, et en 1832, il lança la ligne de chemin de fer New York-Harlem le long d'un tracé appelé à devenir par endroits celui de Park Avenue. Quand les chaudières de ses locomotives refusaient de fonctionner, il faisait appel à des chevaux de trait.

Mason ne vécut pas assez vieux pour voir l'Upper East Side se transformer en quartier chic plébiscité par les riches et les puissants. Il mourut en 1839 à l'âge de soixante-six ans.

Mais une de ses filles devait plus tard faire édifier un château en marbre au coin de la Cinquième Avenue et de la 57e Rue avant de devenir une des figures mondaines du quartier.

Il s'agissait de Mary Mason Jones. Isaac Jones, qu'elle avait épousé en 1818, succéda à son beau-père à la tête de la Chemical Bank. À l'époque de leur mariage, ils résidaient au sud de la ville, dans une maison de Chambers Street dont elle était propriétaire. Avant cela, ses deux sœurs et elle possédaient sur Waverly Place, dans le bas de Broadway, trois maisons mitoyennes dont les salons de réception avaient des portes communicantes que l'on ouvrait chaque fois qu'il fallait organiser un bal ou un événement mondain et accueillir beaucoup de monde. Lorsqu'elle était jeune fille au milieu des années 1870 et au début des années 1880, la romancière Edith Wharton, petite nièce de Mary Mason Jones, rendait parfois visite à sa grand-tante qui avait déménagé en 1870 pour habiter son château au 1 de la 57e Rue Est. Son mari était mort en 1854, la laissant seule avec leurs trois enfants. Lors du recensement de 1880, Mary habitait le château avec une de ses filles, une de ses petites-filles, et cinq domestiques. Il est question de cette demeure dans le roman d'Edith Wharton paru en 1920, *Le Temps de l'innocence*, où un personnage inspiré de Mary apparaît sous le nom de Mme Manson Mingott :

> Elle avait pour habitude de s'asseoir près de la fenêtre de son salon au rez-de-chaussée, comme si elle attendait tranquillement que le flot porteur de vie et d'élégance remonte en direction du nord jusqu'à sa porte isolée [...] Elle était certaine que bientôt les carrières, les serres en bois des jardins mal entretenus, les rochers sur lesquels les chèvres perchées contemplaient le paysage s'effaceraient devant la multiplication inexorable de résidences aussi imposantes que la sienne.

Dans la réalité, Mary n'avait jamais été une mondaine vivant dans la solitude au milieu d'un territoire maudit dans l'attente que le flot porteur de vie et d'élégance remonte en direction du nord jusqu'à sa porte isolée ; avant même qu'elle ait pris la décision de se faire construire son château en 1867, plusieurs de ses connaissances avaient déjà déménagé dans le nord de la ville, et sa jeune sœur Rebecca se préparait à faire de même.

L'héritage de Rebecca se composait de deux blocs délimités par les 55e et 56e Rues entre la Cinquième Avenue et Park Avenue et, louant les services d'un architecte, elle avait fait construire dans l'esprit des boulevards parisiens une rangée de huit maisons en calcaire de l'Ohio de couleur olive sur la Cinquième Avenue. Après s'être réservé pour elle-même une maison située à une intersection, elle avait vendu ou loué les autres à des amis et des connaissances, en s'inspirant de ce que Mary avait fait l'année précédente sur la Cinquième Avenue, entre les 57e et 58e Rues.

L'ensemble immobilier créé par Mary et baptisé Marble Row, se rapprochait du style de sa demeure au 1 de la 57e Rue Est, elle-même inspirée du château de Fontainebleau ; d'un point de vue architectural il était plus raffiné que celui de Rebecca. Mais les deux sœurs furent gagnantes avec leurs investissements immobiliers ; au nombre des locataires distingués de Mary, figurait au 745 de la Cinquième Avenue le Dr Charles Leale, qui, chirurgien dans un hôpital de Washington quelques années auparavant, avait été le premier arrivé sur les lieux au Ford Theatre pour soigner le président Lincoln qui venait d'être mortellement blessé.

Avec l'achèvement de Central Park en 1873, les propriétés situées au nord de la 59e Rue virent leur valeur doubler. Largement du fait de l'arrivée massive d'immigrants, la population de Manhattan passa d'environ 800 000 personnes à plus d'un million entre les années 1860 et les années 1880. Parmi les 20 000 ouvriers qui fournirent la force musculaire nécessaire pour déplacer les rochers, creuser la terre et planter les 270 000 arbres et buissons de Central Park, beaucoup étaient des immigrants.

Quelques années plus tôt la municipalité avait expulsé d'une zone délimitée par les 59e et 106e Rues et les Cinquième et Huitième Avenues les centaines de squatters et de personnes qui depuis longtemps vivaient parmi les rochers dans des cabanes en compagnie de leurs cochons et de leurs chèvres.

Quand l'aménagement de Central Park fut achevé, sa limite nord atteignait la 110e Rue et il couvrait 341 hectares au total. Durant l'hiver, les promeneurs pouvaient patiner l'après-midi sur des lacs, là où il y avait jadis eu des marais.

En 1881, Mary Mason Jones mourut dans son château à l'âge de quatre-vingt-dix ans. Sa sœur Rebecca était morte deux ans plus tôt. En l'espace de vingt ans, à mesure que leurs héritiers et tous les gens fortunés partaient s'installer plus loin vers le nord de la ville, la 57e Rue et ses alentours furent envahis par des entreprises commerciales. À la place des maisons désormais démolies où avaient vécu les sœurs Mason et les autres familles patriciennes, s'élevaient désormais des bâtiments abritant des bureaux, des banques, des grands magasins, des boutiques à la mode et des magasins de luxe.

À la grande époque où Mary était la doyenne de la haute société locale, les trois autres coins de son carrefour étaient occupés par des voisins qui s'appelaient Whitney, Huntington ou Vanderbilt. Un peu plus d'un siècle plus tard, son ancienne adresse au 1 de la 57e Rue Est était devenue celle du magasin de luxe Louis Vuitton. Les trois autres coins donnant sur la Cinquième Avenue étaient désormais occupés par des joailliers – Van Cleef & Arpels dans le coin nord-ouest, Bulgari dans le coin sud-ouest et Tiffany dans le coin sud-est – et un peu au sud de Tiffany allait être édifiée la Trump Tower.

35

L'année de la mort de Mary vit débuter la construction de ce qui allait être un siècle plus tard la maison de pierre brune du Dr Bartha. La parcelle de 186 mètres carrés située au 34 de la 62e Rue Est avait été acquise en 1881, en même temps que d'autres terrains, par une société en nom collectif formée par Samuel D. Bussell et Joseph B. Wray. Peut-être parce que le sol leur semblait suffisamment rocheux pour supporter une résidence de quatre étages, les maçons auxquels ils avaient fait appel pour la construire n'avaient pas jugé utile d'en renforcer l'assise avec des fondations en béton. Ou peut-être parce qu'à cette époque et concernant cet endroit, rien n'avait été édicté par les autorités de régulation, la ville étant soucieuse d'encourager une expansion en direction du nord jugée nécessaire.

Quoi qu'il en soit, au printemps 2016, l'architecte Henry Jessup commanda une analyse du sol ; au vu des résultats, il décida que le sol était trop sablonneux pour soutenir un immeuble et qu'il faudrait couler des fondations en béton.

La première étape consista à enlever toute la couche de sol composée de sable et de débris, ce qui nécessita d'avoir recours à plusieurs terrassiers plus un conducteur d'engin aux commandes d'une pelleteuse hydraulique capable de ramasser en une seule fois 75 kilos de charge. Tout ce qui fut enlevé par les hommes et la machine fut déposé dans une benne de sept mètres de long disposée sur le trottoir ; quand celle-ci fut pleine, un camion plateau l'emporta et la remplaça par une autre. Deux semaines furent nécessaires pour évacuer le déblai.

Le poids des gravats s'éleva à environ 450 tonnes. Une fois ce travail terminé, il y avait dans le sol une excavation profonde de six mètres. Au bout du compte, il avait été prévu que ce terrain creusé et aplani accueille un sous-sol et une cave ; mais il fut d'abord nécessaire qu'une machine spécialisée vienne mettre en place un par un les piliers en béton destinés à en quadriller la surface. Chacun de ces piliers était long de dix mètres et mesurait près de 30 centimètres d'épaisseur. Les vingt-quatre piliers furent disposés par rangées de quatre sur la largeur à partir d'une extrémité du terrain, et il fallut en installer six rangées au total pour couvrir l'ensemble de la surface. Furent alors posées des semelles de piliers, des sortes de cuvettes creuses disposées horizontalement sur les rangées de piliers, qui furent garnies de fers à béton avant d'y couler des tonnes de ciment acheminées par deux camions.

Le premier était un camion toupie pour malaxer le béton, le second un camion pompe. Le premier était équipé d'une flèche soutenant un énorme tuyau en caoutchouc pouvant atteindre l'ensemble de la parcelle depuis le trottoir pour y déverser en l'espace d'une seule journée 3,6 tonnes de béton – après toutefois que les ouvriers avaient mis en place les tuyaux d'écoulement et les gaines pour les câblages électriques. Une fois le béton déversé et étalé à l'aide d'outils munis de longs manches, et après qu'il avait suffisamment séché pour qu'il soit devenu possible de marcher dessus, le plancher des fondations se trouva achevé. Furent ensuite posés les panneaux de béton destinés à constituer les murs du sous-sol et de la cave, et après l'installation de poutrelles d'acier horizontales pour le soutenir, le plafond du sous-sol fut jugé à même de soutenir les quatre niveaux de cet immeuble à la structure de bois et d'acier qu'il restait à édifier. Les progrès de la construction étaient invisibles depuis l'extérieur à cause des échafaudages, et sur le trottoir on avait installé un passage couvert en contreplaqué vert pour protéger les piétons contre les chutes d'outils ou de gravats.

Dans la mesure où ce bâtiment se trouvait dans un quartier historique classé, les règlements exigeaient de ses propriétaires – ici la société Woodbine et ses deux actionnaires Theodore Muftic et Francis Jenkins III – qu'ils fassent installer à leurs frais des détecteurs de vibrations près de tous les bâtiments situés dans un rayon de trente mètres autour du chantier. À peine plus gros que des détecteurs de fumée, ces boîtiers étaient équipés de capteurs sans fil censés alerter les propriétaires des alentours si leur bâtiment était impacté par les travaux en cours. Il s'avéra donc nécessaire d'installer un ou plusieurs détecteurs à proximité de dix bâtiments, parmi lesquels le Links Club, la Cumberland House et l'hôtel particulier de Ronald Perelman de l'autre côté de la rue. Ces détecteurs devaient rester opérationnels durant toute la durée des travaux. Pour Muftic et Jenkins III, le coût de cette mesure de prévention s'éleva à 75 000 dollars environ.

Un maître d'œuvre méticuleux nommé Steve Mark était chargé de gérer les sommes nécessaires pour payer les salaires de tous les ouvriers appelés à intervenir sur ce projet – pour s'occuper de la charpente, de la peinture, de l'électricité, de la plomberie, de la structure de briques et d'acier, etc. Homme très expérimenté, ce septuagénaire avait depuis longtemps acquis la réputation de fournir à New York le meilleur travail au meilleur prix et, par conséquent, il était souvent appelé à superviser une demi-douzaine de chantiers à la fois, parfois plus, ce qui l'avait rendu multimillionnaire.

Steve Mark a les yeux bleus, des cheveux gris et il porte des lunettes ; il mesure un mètre soixante-quinze et a des airs de cycliste au visage buriné par le vent, ce qu'il est d'une certaine façon. Il se déplace chaque jour à vélo d'un chantier à l'autre dans différentes parties de la ville, depuis la maison qu'il possède entre les 70 et 80e Rues Est ; il pousse parfois jusqu'à Greenwhich Village, mais il reste le plus souvent à l'intérieur de l'Upper East Side, où, depuis 1978, il a construit ou rénové des centaines de propriétés, essentiellement des appartements en duplex ou en triplex dans des bâtiments en copropriété.

L'architecte Henry Jessup avait travaillé avec lui sur quelques-uns de ces projets, et c'est lui qui recommanda aux propriétaires de faire appel à Mark pour la 62e Rue. Tandis que le salaire de Jessup pour avoir dessiné les plans de la maison s'élevait à 400 000 dollars, les services de Mark coûtèrent 800 000 dollars, une somme courante pour ce genre de chantier. En outre, les propriétaires lui avancèrent 5 millions de dollars destinés à couvrir l'achat des matériaux et des fournitures, ainsi que le salaire des 150 ouvriers, y compris les primes qu'il a pour habitude de leur verser.

Comme il sait tenir ses budgets (son père était comptable) et qu'il a appris à connaître la valeur du travail manuel et celle du travail qualifié, il peut se montrer généreux avec les autres tout en gagnant bien sa vie. Il faut dire qu'il sait manier les différents outils tout aussi bien que n'importe quel membre des équipes dont il supervise le travail à travers la ville. Alors qu'il avait treize ans et vivait à East Meadow dans Long Island, ses parents firent appel à un entrepreneur pour construire une extension de leur maison, mais celui-ci disparut dans la nature avant la fin du chantier. Le jeune Steve emprunta alors des outils à son oncle Max, qui était plombier, plus quelques autres à un voisin électricien et, conseillé par les deux hommes, il parvint à achever l'extension.

Par la suite, il installa un petit atelier dans le garage de ses parents, où il mit à profit ses talents naissants de charpentier pour réparer un voilier en bois dont la coque était percée et il en restaura suffisamment l'étanchéité pour naviguer dans le Long Island Sound.

Les tests passés à l'école révélèrent qu'il avait un QI élevé, mais au grand désespoir de sa mère, qui était enseignante, il fut aussi classé parmi les élèves peu courageux, capables de beaucoup mieux faire ; il était en revanche autrement plus fiable et motivé quand il s'agissait de travailler après les heures de classe et durant les vacances d'été. Un été, il travailla dans un snack-bar au coin de Broadway et Nassau Street, livrant les commandes et donnant un coup de main en cuisine, et il apprécia tout particulièrement l'ambiance qui régnait parmi ses compagnons de travail venus de différents horizons, un esprit de camaraderie qu'il devait retrouver plus tard en tant que chef de chantier.

Un autre été, il travailla dans un service de comptabilité sous la direction de son père. Né à New York sous le nom de Morris Margolies, ce dernier avait passé un diplôme d'avocat, mais, d'après son fils, “il n'avait jamais réussi à trouver du travail dans un cabinet juridique jusqu'à ce qu'il ait changé son nom de Morris Margolies en Murray Mark". Finalement, le métier d'avocat lui avait tellement déplu qu'il s'était reconverti dans la comptabilité.

Le père et la mère de Steve Mark étaient des enfants d'immigrants juifs. La famille de sa mère était originaire de l'Empire austro-hongrois, et son père, Harry Strauchler, tenait un étal de fruits et légumes dans le Bronx. Les grands-parents paternels de Steve Mark étaient originaires de Pologne, et le père de son père, Joe Margolies, possédait un coffee-shop dans le quartier de la Bowery. La mère de Steve, Roslyn, était institutrice et, pendant trente ans, elle enseigna dans les écoles publiques de la ville. Steve obtint son diplôme de comptabilité en 1968 à l'Adelphi University à Garden City, Long Island, où il suivait les cours du soir tout en travaillant la journée, notamment dans un magasin de matériel de ski de Great Neck. Il puisa dans ses économies pour prendre des leçons de pilotage, et après être sorti diplômé d'Adelphi, il s'engagea dans l'armée de l'air, dans l'idée de suivre une école de formation d'officiers navigants.

Mais alors qu'il se trouvait sous les drapeaux à San Antonio, il se blessa en jouant au football pour se détendre, et après sa convalescence dans un hôpital militaire, il abandonna son programme de formation. Cela n'eut toutefois aucune incidence sur son intérêt pour le pilotage. Il possède actuellement un monomoteur à hélice avec lequel il vole pour se vider la tête, loin de ses soucis de travail. Avec son avion, il s'aventure jusqu'au Canada au nord, et jusqu'en Floride au sud.

Après sa démobilisation de l'armée de l'air, il épousa une jeune femme qu'il avait rencontrée au cours de ses études, et il retapa seul leur première maison à Flushing, puis la seconde à Larchmont, qu'ils partageaient alors avec leurs deux filles.

Pendant deux ans, il dirigea, dans le A&D Building sur la 58e Rue Est à Manhattan, une entreprise spécialisée dans les cuisines et les salles de bains ; puis, chaudement encouragé par quelques-uns de ses clients les plus riches qui lui prêtèrent de l'argent, il se lança dans la construction.

En l'espace de quatre ou cinq ans, il avait sous ses ordres une équipe de quatre-vingts à quatre-vingt-dix personnes, et jusqu'à neuf responsables de projet, toutes des femmes.

"Les femmes sont bien meilleures que les hommes s'agissant de gérer les projets, déclarait-il. Elles n'ont pas d'ego. Ou si elles en ont un, elles ne l'amènent pas avec elles chaque matin au boulot."

La mission des cheffes de projet était de lui apporter une aide en matière de logistique et de liaison en partageant leur temps entre leur bureau et les chantiers pour s'assurer que tout avançait conformément au planning et dans les limites du budget prévisionnel ; elles devaient en outre veiller à maintenir une bonne coordination entre les fournisseurs, l'architecte, les experts et les clients.

Désormais trentenaire, mariée et mère de deux enfants, sa fille Rebecca est une de ses responsables de projet. Son autre fille, Alissa, elle aussi mariée et mère de deux enfants, est gastro-entérologue. Ses deux filles sont le fruit de son premier mariage, qui a duré vingt ans. En 1992, il s'est remarié et a eu deux filles et un fils, qui font leurs études. Son fils possède également sa licence de pilote, et vient parfois voler avec lui le week-end.

Steve Mark et son équipe achevèrent leurs travaux dans la maison de la 62e Rue fin décembre 2017, après y avoir travaillé un peu plus d'un an. Il n'y eut, heureusement, aucune chute fatale ni aucune blessure grave à déplorer parmi ses ouvriers et, mis à part la livraison tardive des fenêtres, tous les sous-contractants remplirent leurs obligations dans les délais prévus.

Une fois les échafaudages enlevés, les habitants du quartier éprouvèrent un sentiment de soulagement et de satisfaction. C'en était désormais fini des embouteillages et des coups de klaxon à cause des camions de livraison qui bloquaient la rue, et les piétons ne seraient plus obligés de cheminer entre deux rangées de tubes d'acier verticaux dans la pénombre du passage couvert installé sur le trottoir.

Les responsables du Links Club, qui, dix ans auparavant, avaient été si critiques de l'immeuble futuriste que la Russe Janna Bullock avait envisagé de construire, firent bon accueil à la déclinaison historique imaginée par Henry Jessup, car ils l'estimèrent compatible avec leur propre bâtiment néogéorgien.

La plupart des propriétaires de la Cumberland House se déclarèrent également satisfaits du nouveau bâtiment. Parmi eux, James et Marie Savage, qui, une année durant, avaient subi les nuisances sonores et la poussière, en observant des fenêtres de leur appartement au troisième étage qui dominait le chantier de construction les étincelles des postes de soudure, la brume de particules d'acier soulevée par les scies circulaires, la mise en place des panneaux d'isolation, des appareils d'air conditionné et des blocs de calcaire.

Ce tapage quotidien rappelait à John Savage l'époque où il avait vécu dans le quartier de Bay Ridge, à Brooklyn, au début des années 1960, quand l'endroit était envahi par les ouvriers qui construisaient la rampe d'accès du pont Verrazzano-Narrows, alors en voie d'achèvement. Mais il se rappelait aussi avoir vécu pendant une décennie à côté de la parcelle en friche et infestée de rats, si bien que l'achèvement de cette maison de ville marqua pour lui un heureux changement.

Pour les propriétaires, l'étape suivante consistait à vendre le bâtiment. Dans ce but, Theodore Muftic et Francis Jenkins III prirent contact avec le bureau de l'agence immobilière Sotheby's installée dans la 61e Rue Est pour qu'elle mette en vente leur bien au prix de 32,5 millions de dollars. Une publicité pleine page avec une photographie du bâtiment parut dans le *New Yorker Magazine* et plusieurs journaux publièrent des articles avec des titres tels que : "Dans l'Upper East Site, le site d'une explosion a laissé place à un bâtiment de style Beaux-Arts proposé au prix de 32,5 millions de dollars", ou encore : "La maison de ville construite sur le lieu d'une explosion de gaz en vente pour 32,5 millions de dollars".

Mais durant la période couvrant la fin de l'année 2017 et toute l'année 2018, le marché immobilier connut une phase de ralentissement, ce qui poussa Muftic et Jenkins III à baisser leur prix de départ à 27,9 millions de dollars. Malgré cela, ils ne trouvèrent pas d'acheteur. Comme l'expliquait un article paru dans le *Wall Street Journal* en novembre 2015, "New York fait face au télescopage de plusieurs facteurs économiques puissants : une offre surabondante de copropriétés neuves, une chute du nombre des acheteurs internationaux dans un contexte où plusieurs pays ont imposé un contrôle sur les capitaux et changé les règles d'imposition qui plafonnent les déductions des impôts locaux et d'État, et enfin une hausse des taux d'intérêt. On constate en outre un déplacement de la demande du haut vers le bas de la ville".

Au début de 2019, alors que la maison était toujours vide – le *Wall Street Journal* titra : "Le marasme du marché immobilier s'aggrave" –, les propriétaires furent obligés de prendre à leur charge une dépense annuelle de 80 000 dollars couvrant les impôts et divers frais, à savoir le gardiennage, l'entretien des fenêtres, ainsi que la dératisation et l'extermination des cafards à l'intérieur du bâtiment

Certes déçus de ne pas avoir réussi à vendre leur bien rapidement, Muftic et Jenkins III restaient néanmoins confiants qu'ils arriveraient tôt ou tard à faire affaire. "Nous pourrions vendre ce bâtiment en un jour ou deux si nous acceptions de descendre sous la barre des vingt millions", déclara Jenkins III, en ayant sans doute en tête une somme de 18 ou 19 millions. Mais une telle chose était inacceptable pour son partenaire et lui. Si bien que le panneau bleu que l'agent immobilier de Sotheby's avait accroché devant le bâtiment – "Hôtel particulier de construction récente à vendre" – était toujours là presque trois ans après son achèvement.

Fin 2019, les deux partenaires s'adressèrent à Douglas Elliman en remplacement de Sotheby's dans l'espoir d'obtenir une meilleure offre au plan financier. Mais deux autres années s'écoulèrent sans qu'un acheteur se présente. Finalement, en octobre 2021, le *New York Post* annonça en exclusivité que "l'hôtel particulier du Dr Boum" avait finalement trouvé acquéreur, un certain Marcus Lemonis qui résidait à Chicago. L'agent de chez Douglas Elliman chargé de la négociation, T. Roger Erickson, confirma que la maison de ville avait été vendue 18,2 millions de dollars.

M. Lemonis, qui décline toutes les demandes d'interview, est présenté comme un entrepreneur âgé de quarante-sept ans, né au Liban et deux fois marié, qui a, entre autres activités, produit une série de téléréalité intitulée "Le Profit". Dans la mesure où il refuse de faire le moindre commentaire, on ignore si M. Lemonis et son épouse ont l'intention de vendre leur résidence dans le Midwest pour s'installer de façon permanente à New York, ou s'ils comptent faire des allers-retours entre les deux villes. Bien qu'ils aient dépensé des sommes astronomiques en 2022 et 2023 pour aménager leur nouvelle acquisition, force est de constater qu'ils n'y ont toujours pas élu domicile.

Alors qu'il était allé faire du shopping un dimanche après-midi avec sa compagne au magasin Hermès au coin de la 62e Rue et de Madison Avenue, Ira Garr, l'avocat qui s'était occupé du divorce du Dr Bartha, passa par hasard à pied devant le bâtiment encore inoccupé. N'habitant pas dans ce quartier, M. Garr avait rarement eu l'occasion d'y revenir depuis l'époque où il s'était fréquemment rendu chez Bartha pour l'inciter à faire des concessions au profit de son ex-épouse et s'épargner ainsi de longues heures de contrariété et des frais de procédure qui ne cessaient d'augmenter.

En un sens, il comprenait l'obstination et la rigidité de son client, sachant à quel point le médecin s'était attaché à ce lieu devenu son foyer, au point de ne pouvoir l'abandonner – ou de laisser son épouse, qui n'avait jamais aimé y vivre, s'approprier une partie du produit de sa vente. Tel l'avocat de la nouvelle de Melville qui, tout en s'avouant déconcerté par Bartleby, prenait soin de lui avant de se retrouver finalement incapable de l'aider, M. Garr resta longtemps perdu dans ses pensées. Pour finir, son amie lui donna une petite tape dans le dos.

"Quelque chose ne va pas ? lui demanda-t-elle.

— Non, lui répondit-il après un court silence, j'étais juste en train de penser qu'un de mes anciens clients possédait autrefois ici une maison de pierre brune."

Puis il tendit le bras pour attraper celui de sa compagne avant de reprendre son chemin.

“Oui, c’était bien là, et le plus triste c’est que s’il avait fait le nécessaire pour trouver une solution, il pourrait couler des jours heureux dans sa vieille maison de pierre brune qui vaudrait 12 millions de dollars. Mais il venait d’un monde de ténèbres.”

Surprise, sa compagne se tourna vers lui et lui demanda : “De quoi parles-tu ?

— Oh, c’est une longue histoire, lui répondit-il, je te la raconterai une autre fois.”

SOURCES

On retrouvera les citations tirées des textes de Gay Talese dans les ouvrages de cet auteur précédemment parus aux Éditions du sous-sol.

TABLE

Première partie. Une histoire de Wall Street........... 09

Deuxième partie. Dans l'ombre de Sinatra 85

Troisième partie. La maison de pierre brune
du docteur Bartha.. 203

Sources 302

RÉALISATION : NORD COMPO À VILLENEUVE-D'ASCQ
IMPRESSION : NORMANDIE-ROTO IMPRESSION S.A.S À LONRAI
DÉPÔT LÉGAL : NOVEMBRE 2025. N° S63043/01 (2504352)
IMPRIMÉ EN FRANCE